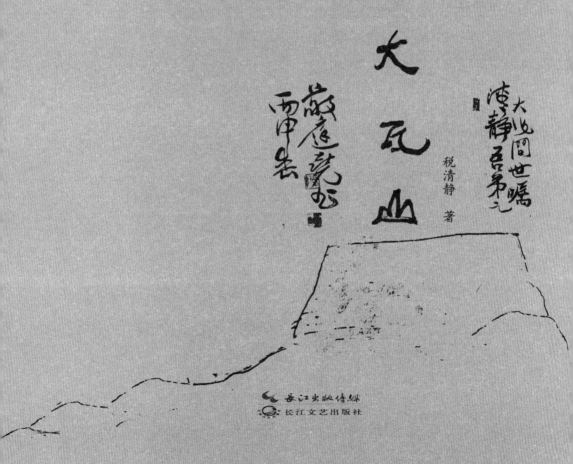

大瓦山

大道问世嚣
清静吾弟之
岁在乙巳
雷田书

税清静 著

长江出版传媒
长江文艺出版社

图书在版编目（ＣＩＰ）数据

大瓦山 / 税清静著. -- 武汉 ：长江文艺出版社，
2017.11
　　ISBN 978-7-5354-9822-9

　　Ⅰ. ①大⋯ Ⅱ. ①税⋯ Ⅲ. ①长篇小说－中国－当代
Ⅳ. ①I247.5

中国版本图书馆 CIP 数据核字(2017)第 164826 号


责任编辑：杜东辉　　　　　　　　　　责任校对：陈　琪
封面设计：水墨坊　　　　　　　　　　责任印制：邱　莉　　胡丽平


出版：

地址：武汉市雄楚大街 268 号　　　　　邮编：430070
发行：长江文艺出版社
电话：027—87679360
http://www.cjlap.com
印刷：武汉市首壹印务有限公司


开本：700 毫米×1000 毫米　　　1/16　印张：16　插页：2 页
版次：2017 年 11 月第 1 版　　　　2017 年 11 月第 1 次印刷
字数：286 千字　　　　　　　　　　印数：1—20000


定价：38.00 元

# 序

何开四

税清静一直在省作协创联部工作。他这部作品的问世和他在乐山金口河区挂职区委常委、政府副区长的经历有关。在那一年里，他走遍了金口河的山山水水。云聚云散，花开花落，纵然不是金口河的人，不是彝家子弟，他也将全部深情，投注在那片热土之上。

磅礴雄浑美丽多情的大瓦山，激发了作者的创作激情，成为他创作这部长篇小说的初衷。但是，要结撰一部长篇小说，绝非易事，更何况《大瓦山》的主体部分发生在十年浩劫，要拨开历史烟云，审视那段满目疮痍的苦难岁月，需要作家的胆识和勇气，也需要作家胸有丘壑，有着大视野、大格局的气魄。

平心而论，《大瓦山》是一部富于特色的长篇小说。以下三点尤其给人留下了深刻的印象。

这是一部接地气的作品，具有浓郁的生活气息。

《大瓦山》的"故事主场"发生在彝族人聚居的世外桃源"大瓦山"，作者不仅对当地的自然风景作了生动的描绘，如大瓦山风景、大峡谷、一线天、情人溜索的介绍，有画卷的呈现，更注重对民族文化内涵的深沉表现，同时又赋予其感性和艺术的色彩。不管是对彝家新年的介绍、彝族婚丧嫁娶等生活情景和地方习俗的详细描摹，还是穿插于其中的彝族古老的传说、民歌民谚，都内在化地构成了小说的有机组成部分，使得鲜明的彝族特色与小说情节发展相辅相成，水乳交融。看得出作者于此下了一番功夫，把田野调查和资料的收集熔铸于文学的再创作中，形成一种独有的风韵。

小说着力于人物的刻画和塑造。往往能以多种笔墨状写出人物的精神品格。兹举两例，以概其余。

《大瓦山》主人公艾祖国形象饱满，栩栩如生，立于纸上。作者以曲折多变的情节，富于沧桑的事件，多维度地赋予人物真实的艺术生命。艾祖国坚强勇敢、坚守信仰，视金钱为粪土，惜真情若珍宝。他从一个北京来的大学生，稀里糊涂地成为差点害死老革命牛巴马日的"罪人"，再成为大瓦山的普通一员，最终从一个单薄苍白的男孩，真正变成顶天立地的男子汉。他的成长与蜕变，他的受挫、遇难、自强的跌宕起伏，有着清晰的逻辑，形成了完整的人物个性。小说写的是历史，但不是简单的过去时，而是过去进行时。在阅读的语境中，读者有和主人公同时穿越时空的感觉。还需一说的是，作者虽然对主人公有几分偏爱，不吝笔墨，但清醒和理智一直制约着作者手中之笔。艾祖国不是"高大全"式的人物，不食人间烟火，而是一个有血有肉的平凡人，而正是在这种平凡中我们感受到了他的不平凡，从而增强了人物的可信度。

在《大瓦山》中人物众多，但即使是配角，作者同样精雕细刻，以不同的笔墨描写人物，特别是揭示出人性的深度。阿卓就是一个成功的例子。

阿卓是牛巴马日的妻子。作为一个曾经的女奴隶，她是一个比苦菜花还苦的、被侮辱被损害的角色。写女奴受辱的情节，在过往小说中并不少见，但《大瓦山》中的阿卓，之所以让人眼前一亮，却是她身上独特的"土地属性"。这种"土地属性"升华为美学的崇高，令人动容。

无论在多么艰难竭蹶的环境中，土地和庄稼都成了阿卓生命的支撑和生命的外化。作品不少情节都生动地诠释了她的土地情结。阿卓是那么心疼庄稼，以全部心血挚爱脚下这片土地，以至于她在丈夫重伤昏迷（她误以为丈夫已逝）之后，对别的事全都混沌不清，却依旧恪守着她的"庄稼卫士本能"——阿卓现在从早到晚都在忙一件事，她不停地到生产队的庄稼地里去检查，看到有庄稼倒了或者断了，她就想方设法把这些庄稼扶起来，谁也劝不住拉不住，一边扶庄稼还一边骂：曲柏这个砍脑壳的畜生，又糟蹋了那么多庄稼！阿卓，这个曾经被深深戕害、苦楚比欢乐多上数倍的女人，却以"地母"般的宽容和深情，清醒也好，疯狂也罢，不曾须臾离失自己身上的土地属性。这是她无可回避的归宿，也是她灵魂深处最执着的爱。作者洞察人性入木三分，以深刻悲悯来书写阿卓，引发了读者的强烈同情与共鸣。我们那与土地生生世世打交道的先辈们，他们何尝不是阿卓的"群像"呢？对庄稼粮食，对脚下土地，爱得那般忘我与深沉。我想，这和税清静对农村生活的体验，对土地有刻骨铭心的情感密不可分。稼穑稼穑，良有以也。

小说的语言也颇具特色，其中的幽默风趣，往往使人开心解颐。税清静的幽默是含蓄而不露锋芒的，比如彭火山笑言道："他们说在金河口走路必须把手背着走，打甩手走的话彝族姑娘就以为你向她示爱，她就会牵你的手；一旦有姑娘牵了你手，你就要负责，娶人家。整得我背着手走了好几天。"这是来自生活的笑料。作者寥寥几笔，就烘托出一个"背着手走路"的老实人形象。即使面对一头猪一条狗，作者也打趣道："王教授知道它们这是表示对客人的尊敬，赶紧上前劝阻，可是牛巴马日家这头本来打算喂到过年才杀的黑猪还是被提前执行了死刑"，"当它四处流浪饿得快撑不住时，只因周老大在人群之中多看了它一眼，从此它便跟了周老大"。而在描写大瓦山之前的荒僻落后时，作者干脆运用了网络段子："那时瓦山坪治安基本靠狗，通信基本靠吼，交通基本靠走，工程基本靠手。"这些生动的语言在小说中随处可见，为作品增添了色彩。

当然，作为清静的这部长篇小说，可能有的地方还值得完善。即使如此，我们也感受到作者对生活和文学的热爱，以及他的才华和创作的潜力。此书稿在网上曾得到众多网友的点赞，相信出版后会受到读者的欢迎。

(何开四，男，四川泸州人，中国作协会员，"五个一工程"奖获得者，四川省作家协会名誉副主席，原四川省文艺评论家协会主席，以擅长写赋而著称。1968年毕业于北京大学图书馆学系，1982年又毕业于厦门大学中文系，文艺理论研究生。1979年开始发表作品，著有长篇报告文学集《血染的风采》，文学评论集《批评与探索》，文艺美学专著《碧海掣鲸录》等。)

# 零

大瓦山像一叶孤舟游弋在茫茫云海之上，耸立于圣洁的雪原之巅。远处群山环绕，巍峨耸立。此情此景，我拙于用文字的排列来描绘它，只能唏嘘慨叹：得此美景，此生足矣！

艾祖国在他的日记本上继续写道：我没去过天堂，但我知道它很美。自从见到大瓦山，她大气磅礴，浩浩荡荡，让我知道之前所见过的雄浑不叫雄浑；她美轮美奂，韵景非凡，让我见识了以前见过的精美不算精美；她气韵流动，变化莫测，让我明白了之前所见过的幻境不是幻境。于我而言，也许这就是一种颠覆。可惜，面对颠覆，我似乎还没有做好准备，只能睁大双眼，却总也看不够……笔墨和思想都已不够用，在此等壮观面前，我只能说，这是造化的力量。山如海兮风如潮，云端极目叹天高；眼前有景题不得，胸中点墨似火烧。我从没见过这样的景色，所以我认为这就是天堂。

合上笔记本的时候，艾祖国不经意地看了一眼笔记本扉页上那几句：

> 一切都是命运
> 一切都是烟云
> 一切都是没有结局的开始
> 一切都是稍纵即逝的追寻

# 一

夜，死一样的静，这个冬天不是一般的冷。

金河口区公所的院子里最后一盏灯被牛书记吹灭了，整个金河口区全部消失在大山怀抱的黑暗里。

牛书记姓牛，年近三十。日本鬼子杀进北京城那天，他降生在重庆市铜梁县一户殷实人家，在家排行老三，于是叫牛季，如今是这个金河口区区委的一把手，来金河口工作三个多月了。他天天都是区公所睡得最晚的一个，今晚也不例外。牛书记刚躺下身子眼睛还没有闭上，急促的电话铃声突然响起。

闯屎到鬼了哦，日妈不早点打。牛书记两下三下把衣服抓来裹在身上，顾不得穿裤子，几步冲到紧靠门窗的办公桌前，在黑暗中一伸手就抓住了跳动的话筒。

喂，你好，我是金河口区委书记牛季，你哪里？

喂，牛书记好，出大事了……

你是哪个？

我是瓦山坪公社的日黑啊。

日黑是瓦山坪公社党委副书记，是彝族，牛季记得这个人。

日黑你好哟，不着急，慢慢说，出啥子大事了？牛书记反手从衣服包包里摸出一盒火柴来，歪着头夹稳了话筒，空出手来把桌子上的煤油灯点亮，顺手抓过笔记本和钢笔来。

牛巴马日死了！

你说啥子呢？牛书记以为自己听错了。

牛巴马日死了！

日黑你搞啥屎名堂，牛把马日死了你们不去找兽医找我干啥子！

牛书记气得"啪"的一声挂断了电话，同时把笔记本和笔扔到桌子上。简直没屎名堂，冷死老子了。牛季"噗"的一口吹灭了灯，赶紧钻进被窝里。整个金河口区再一次消失在大山怀抱的黑暗里。牛书记的被子还没有完全盖好，电话又响了。

硬是不要老子睡了嗦。牛书记又怒气冲冲地把衣服拉来裹在身上，几步冲到桌子前。

喂，你好，我是金河口区委书记牛季，你哪里？

牛书记，还是我日黑，牛巴马日死了！真的，书记……

我不管你日黑还是日白，各人自己去找兽医，听到没有！吼完他再次挂断了电话。牛书记当过兵，上过朝鲜战场，一着急就容易爆粗口。

咚、咚、咚！睡在隔壁的张区长张俊开始擂墙了。他比牛书记年长十岁，为人处世四平八稳。

兄弟，稳到点，注意你对人民群众的态度。张区长在那屋喊道。

牛季把脑袋伸出被子对着墙壁大声喊：注意个锤子态度，瓦山坪那个狗日的日黑一晚上都在日白，几次骚扰电话都是他打的，多半是酒喝多尿了。说完又把半个脑壳缩回被子里，只把耳朵露在外面，顺便在被沿上蹭了几下痒痒。

我是给你提个醒，这个时期要注意点，刚才日黑说哪个死了啊？

没得哪个死了。

牛季想这老小子耳朵好用得很嘛，前段时间李老师来时，敢情每天晚上都被他听到的哦？想到这里牛季真想给自己一巴掌。李老师叫李小红，是牛书记的爱人，在乐水市里一所中学教书。前段时间学生都去工厂劳动了，没学生可教的李老师就趁机到金河口区上来看牛书记。毕竟是年轻人嘛，很长一段时间没在一起了；再说牛季来金河口有三个月了，李老师还一次都没有来过。牛季内心也很想李老师来金河口，但同时又有点怕李老师来，原因就是住的老房子不隔音。区公所就这么个条件，总共一排八间平房，他来时张区长就安排他住的这间，住宿兼办公室。区上唯一的一部手摇电话也拉来安到了他这间房子里。这样书记区长就成了两隔壁，既便于工作又便于交流沟通，但是老婆来的话就不太便于生活了。正当牛季为让不让李老师来犯愁时，张区长却莫名其妙地患了中耳炎，有时跟他说话他也听不清，牛季这才放心大胆地让李老师来金河口住了好几天。昨天刚把李老师送走，今天他耳朵就好了？

老张，你耳朵没得毛病？中耳炎是装的嗦？想到这里，牛季赶紧问。

我的耳朵快好了，哈哈哈。隔壁响起了爽朗的笑声。牛季知道自己又上了这张老鬼的当，以后再也不能让李老师来金河口过夜了。

刚才日黑说哪个死了？张俊还在追问。

他说，牛把马日死了。牛把马日死了就日死了嘛，老百姓有肉吃了，好大个新闻哦。干脆明天喊他们给金边县委宣传部报告算了。

不对哦，是不是牛巴马日死了哦？

他说的就是牛把马日死了，多大个事情嘛，打尿一晚上电话，多半喝多了。

是不是牛巴马日死了哦？我的书记大人，牛巴马日是个人。他们彝族人喜欢太阳，名字里有日字的多得很，并不是我们汉人理解的意思。

牛巴马日是、是个人？牛季一屁股坐了起来。

是人，是瓦山坪公社胜利大队的支部书记。

日黑这个狗日的连你妈个名字都说尿不清楚，我打电话再落实一下。牛季赶紧穿衣下床。

在这个黑洞洞的深夜里，金河口区公所最高权力机构再次被点亮。

牛季左手按住电话机话筒，右手呜呜地摇动了七八圈电话机摇柄。

喂，总机，我是牛季，请帮我接瓦山坪公社。

你要说接101矿，隔壁张俊说，瓦山坪公社没有电话的，他们打电话都是到两里路外的101矿厂部借电话打。

好的，总机，请帮我接国营101矿厂部，谢谢。

啥子……接不通啊，你再接，几分钟前他们还给我们打了电话来的……哦，谢谢了。

电话没接通？张俊也起床穿好了衣服，把煤油灯点亮了。

总机说接不通，可能是哪一截线断了。

山上飞石、塌方等地质灾害随时都有可能把电话线砸断的，这很正常。

那、老张你看怎么弄呢？

要不我们连夜上山？你定。

你起来了？

早就起来了，你看呢？

上山，穿厚点，再把武装部长彭火山喊起来，一路。

好的，我马上去喊他，你也穿厚点，你脚杆痛，要不等会你还是骑马哈。"嘭"的一声，张俊边说边走，顺手就把门拉上了。他来金河口当区长五年了，蛋大个地方，哪里是沟哪里是坎，他早就搞得清清楚楚的：天晴下雨走路怎么走都有不同的走法；不打灯不照亮走夜路，天晴时踩白处，雨夜踩黑处——雨夜里路上发亮发白的全是水坑坑。他这都是跟老百姓学的，广大人民群众太有智慧了。

张俊一路小跑，来到百米之外的武装部，用脚猛踢了几下彭火山家的老木门。

哪个？"哗"的一声，彭火山将床边的冲锋枪子弹上了膛，立起耳朵听门外动静。

我，还有哪个？老张，起来，有急事！马上跟我到区公所集中，下乡。

马上啊？半夜三更的。彭火山赶紧轻轻把子弹退膛，关上了冲锋枪的保险。

马上！

带枪不？

背上嘛，搞快点，我在门口等到的哈。说完张区长就抄起手轻脚轻爪地回区公所了。

彭火山急急忙忙穿上衣服，把枪往脖子上挂，边提裤子边往门口走，打开门一股刺骨的寒风迎面扑来。彭火山赶紧扣上了衣服扣子，却不见了张区长的身影。

厕尿去了？张区长，张区长！彭火山房前屋后围着找了一圈。嘿，这个张老鬼，不是说等着一起走吗。嘟哝两句后，彭火山便独自朝区公所走去。

彭火山的脚步声，还是惊醒了周老大家的老黄狗，人年龄大了睡眠就少，可能狗也跟人一样。老黄狗跟着周老大都有二十来年了，传说老黄狗年轻时曾经是国民党军的一条军犬，后来国民党投降了，当时驻金河口的国军被蒋介石摒弃，跑的跑，逃的逃，投降的投降，落草的落草，也没人顾得上这条狗的死活。当它四处流浪饿得快撑不住时，只因周老大在人群之中多看了它一眼，从此它便跟了周老大。杀猪匠周老大家的狗被人尊称为大黄，一直叫到现在。又有人说，大黄跟周老大主要还是因为周老大是杀猪匠，跟到周老大有肉吃。彭火山也觉得这个说法合理些，而且彭火山还常常跟大家解释，大黄不是军犬，是条普通狗而已。

解放后金边县曾组织民兵到大瓦山上搜山剿匪，金河口的周老大左手牵大黄右手紧握杀猪刀上山当向导，结果无功而返。有人就怀疑是因为大黄曾经是国民党军军犬，故意带着大家在山上乱转，在不该叫时乱叫，给山上的匪军提前示警，为匪军提供了逃跑转移时间。总之剿匪失败罪过全在大黄身上。剿匪队曾想将大黄处死，以啖其肉，全靠周老大的人格魅力和手上的杀猪刀才保住了大黄的一条狗命，于是大黄更加尽职尽责，并且积极响应国家号召，多生多育。这么多年下来，全区上下百分之八十以上的"狗男狗女"都是大黄的狗子狗孙。也怪了，全区的狗就听大黄号令。山上也没有再出现匪患，大家这才慢慢原谅了大黄。大黄一开口，彭火山知道，全区的狗都该叫了。

果然，当金河口被嘈杂的狗吠声淹没时，彭火山已经走到了区公所，推开唯一亮着灯的门。牛书记正在给张区长手里的马灯加油。

来了？等一下马上就好。牛季招呼道。

出啥子事了？牛书记。彭火山问。

长话短说，可能是瓦山坪公社胜利大队的老大队长兼支部书记牛巴马日同志死了。张俊一边说一边放下手里的马灯。

不可能啊？那是个老革命。你们搞清楚没有？要不再打电话问问？彭火山有点着急。

还用尿得着你说，电话线断了，所以我们才把你喊来，马上上山去搞清楚具体情况。牛季说完从桌子上《人民日报》的边上撕下一块，折叠成长条状伸向桌上煤油灯火苗上，"呼"的一声点燃了，再将燃烧的纸条伸向马灯灯芯，甩了甩手中燃烧的纸条，送到嘴边一口吹灭了余火，再丢到地上踩了踩，轻轻放下马灯玻璃灯罩，侧身将马灯交给区长张俊，回手将那份《人民日报》收进了桌子抽屉里。

老张，你认得路，你撑马灯走前面，手电筒交给彭部长，他走我后面。

不骑马了？

不骑了，黑灯瞎火的，骑马也不安全，再说马也睡着了。

脚没得问题吗？

没得问题，走。

走。

三个人，两盏灯，很快就消失在茫茫大山之间。

大黄和它的子孙们再一次进入了黑甜的梦乡。

## 二

牛巴马日的尸体没有停放在牛巴马日家。因为日黑书记说了：牛巴马日同志是我党优秀的基层干部，牛巴马日的死是瓦山坪公社的一大损失，牛巴马日死得比泰山还重；牛巴马日也死得不明不白，牛巴马日老革命是公家的人，他突然死了，就是公家的事，所以牛巴马日的尸体被停放在胜利大队的大队部。日黑书记还交代，把那个从北京来的青年科学家先关起来，具体怎么办，等他请示区领导后再说。说完他就去101矿上向区上打电话了。

胜利大队的大队部，其实原是的莫曲柏头人的龙池山庄。

新中国成立前的莫曲柏家族统治着整个瓦山坪方圆一百多平方公里的领地。的莫家族不光有大量的奴隶，还有一支上百人的武装。瓦山坪背靠海拔三千多米高的大瓦山，数百万年的地质运动使得四周数座高山峡谷相连，围出中间相对平整的大片土地来。在这海拔两千余米的瓦山坪内还分布了五个水池，像五颗明珠，镶嵌在瓦山坪内，错落有致。最大的龙池有近十余平方公里，其实可以称为湖了；可山里人谦虚，一直就叫池。坐落在大瓦山脚下龙池旁边的龙池山庄因此而得名。

第二大的凤池有八九平方公里。这个池子里的水冬暖夏凉，池子里常年游弋着成群结队的鹅鸭，一到冬天还会飞来天鹅等老百姓叫不出名字的鸟，在这里过冬。大瓦山顶上白雪纷飞时，凤池中的水温也保持在十二三度。除了鸟儿，远近的山民都喜欢在这个池子里洗衣沐浴。

另外两个分别是鱼池和花池，大小差不多，都有两三平方公里水域。鱼池产鱼，这种高山淡水鱼味道特别鲜美，怎么捞也捞不完，是山上人家的主要肉食来源之一。花池四周一年四季都会盛开着各种不同的鲜花。每年盛夏，池中还会长出朵朵莲花，粉的，红的，白的，应有尽有，但一到冬天池里只剩一泓清水，什么都看不到了。不知道从何年何月开始，花池就成了山上人心中的圣地，水当然也成了圣水。山里人除了把大瓦山当神山、心中敬畏大瓦山外，其次就最怕得罪花池了。

第五个池子则是干池，因为今天的干池早已经干涸了。没有水的干池很多年过去了仍然寸草不生。每逢天降大雨，池内也存不了什么水，几个大太阳就晒干了。池内地面泛起一层层白蒙蒙的盐碱壳子，倒是看到有牛啊羊啊经常去啃食池内的泥土。据说老老老的莫家族的人就是靠用干池里的水晒盐发的家，后来发展成为瓦山坪的统治阶级。

偌大的瓦山坪不光是个世外桃源，而且完全就是一个独立王国。这个世外桃源所有的一切都归的莫家族，他们依托大瓦山天险拒绝融入任何一个中央政权，就连蒋介石的国民政府依仗现代化的洋枪洋炮，也只能勉为其难地打到现在金河口区公所所在的位置，即金河口镇而已，根本没法踏入瓦山坪半步，从而只好长期驻军金河口镇，守住瓦山坪的出口，以免山上彝民下山整事。反正我打不进来，你也别想出去。时间长了瓦山坪犹如与世隔绝，自成王国。

# 大瓦山

当然，瓦山坪并不是绝对不让外面人进入的。大瓦山位于乐水市峨眉山西麓金边县金河口区瓦山坪公社境内，海拔 3236 米，垂直高差千余米。远望大瓦山，如突兀的空中楼阁，又如叠瓦覆于群山之巅，与峨眉山、洪雅瓦屋山呈三足鼎立状，景色奇绝，极其壮观，并与峨眉山被誉为"姊妹山"。大瓦山历来为中外探险者所迷醉。早在一百多年前，美国著名探险家科尔·贝伯尔和英国植物学家、探险家亨利·威尔逊就曾先后登上大瓦山顶探险考察。贝伯尔将大瓦山誉为"世界上最具魔力的天然公园"。不过，科尔·贝伯尔和亨利·威尔逊都是用黄澄澄的金条和大量的鸦片为自己开路，才得到的莫曲柏家族首领的允许进入了瓦山坪。

牛巴马日，原是的莫家族的一个普通奴隶，九岁就接他父亲的班给的莫曲柏家放牛，从此再也没有见过他的父亲。放牛娃牛巴马日不声不响，天天早出晚归，一心扑在牛身上，把牛养得肥肥壮壮的，在没有引起任何人注意的情况下，牛巴马日没花几年工夫就从一个蔫不拉几的小屁孩长成个毛头小伙子。

的莫主人家的饭没吃到多少，主人家的牛奶他倒偷喝了不少。没办法呀，天天吃不饱，只有打牛的主意了。好在的莫家牛多，隔三差五总有母牛产仔。母牛产仔带小牛后一两年都还有奶水，牛巴马日饿了就经常抢小牛的奶，把小牛脑袋往边上一推，自己一弯腰钻进母牛肚皮下面或蹲或跪，一把抓住硕大的奶头对准自己张开的大嘴巴不停地撸捏。一根根白色的细线就直接射进了牛巴马日的喉咙；有时干脆直接将母牛的大奶头含到口中吮吸，直气得小牛围着牛妈妈转圈圈。母牛通常情况都会半推半就地让他整上几口；三五分钟后，小牛忍不住乱叫时，老母牛才会强行挣脱牛巴马日的纠缠，将奶头权让给小牛。可能母牛也很同情牛巴马日，每次挣脱前都会喷两个响鼻，提醒牛巴马日，再不让就要小心牛蹄牛角了哦。牛巴马日这时也会知趣地让开，各人找个地方，哪儿凉快上哪儿呆着，毕竟人家小牛才是正分。

鲜牛奶让牛巴马日的身体迅速成长，同时，公牛母牛的交配行为也让牛巴马日的生理迅速成熟。十四岁的牛巴马日越来越渴望看一看除了母亲以外的女人身体了，但他不知道这种与牛为伍的日子何时才能结束，在他记忆中父亲到死都是过着这样的日子。父亲是怎么死的？他妈一直都不肯告诉他。

直到有一天，烈日当空，牛巴马日放牛时跟着牛群屁股走着走着就来到了花池附近。当牛巴马日又美美地吃了一顿鲜牛奶，准备躺到草地上睡觉时，突然听到花池方向传来银铃般的笑声。那笑声如同猫儿轻轻抓挠少年牛巴马日的心房，他不由得竖起耳朵，猫着腰，循着声音搜索过去。

天啊天！阿嘎正带着个侍女光着身子在花池里洗澡，花池不是谁都不能亵渎的圣湖吗？曲柏阿嘎是曲柏老爷的二女儿，曲柏老爷的大女儿叫曲柏阿依，已经出嫁。彝族人给女儿取名字，一般老大叫阿依，老二就叫阿嘎。所以曲柏老爷的女儿也是奴隶主啊，她阿嘎是谁啊，她是瓦山坪的公主，她有什么不可以的呢？别说在花池洗个澡了，她就是想杀个人那也是稀松平常的事情。

一想到池中那两具白嫩的身体，要数曲柏阿嘎最丰满。牛巴马日的血脉都要爆炸了，这就是女人啊，这才是女人嘛。牛巴马日又悄悄将眼睛伸出草丛，目标锁定池中的阿嘎。不知何时，那只抓母牛奶子的大手已经伸进了裤裆内，像抓牛奶子一样抓住了自己的那根肉棒。他只觉得浑身燥热，不知如何才好。此刻手指一握住这撒尿的家伙，从天灵盖到后脚跟都跟着打了个大大的激灵，身体深处既痒又麻的感觉差点将牛巴马日放翻在地。他别无他选，赶紧一阵狂撸，直撸得天旋地转。牛巴马日"啊啊啊"的一阵忘情乱叫，随后万分痛苦地闭上眼睛倒在草丛中直喘粗气。

主人，是这个下人刚才在乱叫。

牛巴马日突然从自己的春梦中惊醒过来，睁开眼时，三个红衣少女就飘到了跟前，将他团团围住。

饶了我吧！牛巴马日一翻身便跪在了的莫阿嘎的脚下，身后草上地上散落粘连着星星点点的乳黄黏液。

可恶的东西，你敢偷看……叫什么名字？

马日。

全名？

牛巴马日。

牛巴生的杂种？难怪，一听名字就不是好东西，绑回去交给阿爸处置。的莫阿嘎脸上一阵红一阵白。

不甜，有点腥，不是牛奶，主人。的莫阿嘎身边那个矮小瘦弱的侍女用手指蘸着草上乳黄液体伸到嘴边，用舌头舔了舔认真地说。

蠢猪，你是怎么望的风？啪、啪！阿嘎转身抬手就赏了她几个耳光。

主人饶命，我错了。小侍女捂着火辣辣的脸颊，立马跪地带着哭腔求饶。

那晚，牛巴马日被吊在龙池山庄前的黄桷树上，等明天的莫曲柏老爷从金边县回来宣判处置。阿嘎小姐给他的罪名是私自下花池洗澡，亵渎了圣水，外加一条行为不轨——企图强奸曲柏老爷的母牛，数罪并罚小命休矣。奴隶的一切都属于奴隶主的，包括性命。

牛巴马日的生命进入了倒计时，牛巴女人营救自己儿子的行动已经悄悄开始。这个女人借助自己给的莫家煮饭的工作为掩护，主动孝敬两个看守一人一个荞麦饼子。看守也是下人，三口两口就将荞麦饼子啃来吃了。饼子还没吃完人已被放翻，牛巴女人将儿子从树上放了下来，塞给他几个荞麦饼子，流着眼泪说：儿子快跑，不要管我也不要管你姐姐，能跑多远跑多远，等的莫老爷回来你就跟你阿爸一样活不成了。记住，你阿爸就是曲柏老爷整死的，你以后要为他报仇雪恨。

女人看到儿子跑远了，就不慌不忙地将发辫打散，重新梳得整整齐齐，面色平静地捡起地上看守吃剩下的荞麦饼子大口大口地吃了起来。

牛巴马日趁着夜色，一路狂奔，冲出瓦山坪，绕开金河口镇，走小路穿白熊沟而出，天亮时终于进入金口大峡谷，沿大渡河岸边逆流而上，经汉源，过甘洛，用了九天时间，终于来到冕宁县城。饥肠辘辘的牛巴马日身无分文，他这才知道城镇与农村的差别。在大瓦山上，不管是谁的地里总是有庄稼，山上有野果野菜可以充饥，这城镇上倒是到处摆着吃的穿的用的，可那得花钱买才行。牛巴马日没有什么新奇感，他倒感觉到了这城镇更残酷的一面，认钱不认人。

远处是叮叮当当的铁器敲击声，牛巴马日看见几个衣衫褴褛、脏兮兮的乞丐，他下意识地看了看自己，才发现自己跟他们几乎一个样。他赶紧躲开了那几个乞丐，生怕别人把自己也当成了叫花子。走远了，他这才发现，自己还不如乞丐——乞丐还有个破碗和打狗棍，自己却什么都没有，连要饭的本钱都没有——不觉脸上掠过一丝苦笑。这时不知从哪儿飘来一股蒸煮食物的香味，牛巴马日那不争气的双腿就不由自主地拖着他的上半身挪了过去。

## 三

刚出锅的热包子，搞快买喽！动作慢了就没得喽！老板一边喊一边掀开了蒸笼盖子。牛巴马日不知道老板用汉话喊的什么，但他知道那蒸笼里是好东西。他在大瓦山上的莫老爷家看到过，但从来没吃过。

牛巴马日咽了咽口水，他不知道自己怎么走到包子铺来的。他扭过头，努力地不去看蒸笼一眼，可他的鼻子却没有办法关上开关。食物的气体分子混合在空气里，尽情冲进他的鼻腔，穿梭于他的肺泡，刺激着他的大脑皮层。他想尽快走开，可是怎么也迈不开腿。

要饭的，唉，那个要饭的，各人走远点哈！说你，聋子吗？老板吼了半天。牛巴马日真成了聋子，他一句也听不懂汉语。

街对面叮叮当当打铁的声音突然停了下来。

给我十二个肉包子，分成两份，记到我账上。王铁匠撩起火痕累累的猪皮围腰，在围腰反面的下摆上擦了擦手，从街对面走过来，边走边打量着被包子定在那里的牛巴马日。

王师，今天有客嗦？包子铺老板一边热情招呼一边捡着包子。

身材不错，脚杆短、手杆长、腰杆粗，是个打铁的好材料。王铁匠自言自语，全然没听见包子铺老板的话，走拢了，那目光都还在牛巴马日身上打转转。那眼神就像老嫖客进了窑子，眼神热烈直白，仿佛能将娘儿们衣裳剥光，完全忘了包子。

牛巴马日被他盯得发毛，他像真偷了包子一样正要开溜，却被一只有力的大手擒住了。

你别怕，我看你好半天了，这包子是买给你的。王铁匠将一包包子塞给牛巴马日。

牛巴马日听不懂王铁匠说什么，但通过动作，他知道，这个铁匠是要自己收下这包包子。这怎么行呢？牛巴马日坚决不要，他恨自己毅力不够，没能克服包子的吸引。

拿着吧，先吃了再说，这年头，哪个都会遇到过不去的坎，你一定是饿坏了，你是哪里人氏？王铁匠一边坚持给，一边与牛巴马日沟通，他更坚信他不是乞丐了。

自摸给尼！自摸给尼！牛巴马日还在坚持，他记得很小的时候，阿达给自己说过，饿死不做贼、再穷不乞讨、感恩不能忘。

王铁匠一听他张口就知道，这肯定是从哪个大家族里活不下去出来逃命的农奴。王铁匠也略懂一些彝语，于是半彝半汉半比划地与牛巴马日交流了起来，有些费劲，但效果比较明显。

通过交流沟通，牛巴马日知道了王铁匠的意思是叫自己跟着他学打铁，这当然是好事，自己再也不用流浪了。牛巴马日对王铁匠感激不尽，尤其当他看到了王铁匠打的刀，就让他下定了决心跟着王铁匠。他仿佛已经看到了光明看到了希望。王铁匠打的刀锋利无比，远近闻名。牛巴马日想，终有一天，我要杀回瓦山坪，报仇雪恨。

王铁匠膝下无儿无女，眼看后继无人手艺就要失传了，老天开眼，无端送来个儿子，好不欢喜。于是，牛巴马日就踏踏实实地跟了王铁匠学打铁，慢慢学会了说汉话。

牛巴马日跟着王铁匠，每天生火、拉风箱、抢大锤，打铁吃饭睡觉三点一线，简单而充实。

有一天早上，他正要生火，突然听到街面上有人喊了一声，丘八来了！

丘八来了！这一声喊叫，不亚于喊土匪来了！牛巴马日不知道什么是丘八，只见家家户户关门的关门，收东西的收东西，人人神色紧张，如临大敌。

牛巴马日正不知自己该做什么，只见王铁匠端着洗脸盆过来，将盆里的水一下泼进了牛巴马日刚生着的炉膛。"呼"的一声，炉膛里的水蒸气和煤灰冲上了天，来不及躲闪的牛巴马日被扑了一头一身灰，瞬间就变成了个小老头。

还不去关门！王铁匠手里已经多了一把大砍刀。

牛巴马日赶紧跑过去关门。这时他看到街上走来一群穿灰衣服背枪的人，这些人就是丘八？他们有那么吓人吗？看上去还没有大瓦山上的莫老爷家的家丁穿戴整齐。王铁匠一把拉开牛巴马日，关上了门，口中嘟囔道，这年头，兵匪一家，都是祸害老百姓的东西。

过了一两个小时，人们发现这群当兵的好像与以往那些兵不一样：他们来了不放枪，不砸门，不抢老百姓东西；他们自己找了间破庙住下来，自己生火做饭，很客气地敲门借邻居家水桶挑水，还水桶时还再三谢谢。这些举动，被门后面窗后面的无数双眼睛看得清清楚楚，一家两家无数家紧闭着的门陆续打开了，还有人主动跟这些当兵的聊天吹牛。人们慢慢知道，原来他们叫红军，是老百姓的队伍。老百姓居然有自己的队伍?!

后来，有人就带着两个当兵的来找到了王铁匠，说这支队伍要过大凉山，想请会讲彝语的牛巴马日帮他们当通司，去向彝人喊话、做宣传解释工作。王铁匠想来想去，还是答应了他们——他想要是遇上以前那些当兵的，早就把牛巴马日抓走了；这群当兵的，人家能跟你商量，已经不错了——只是再三要求，当完通司一定要放牛巴马日回来。

牛巴马日带着那群兵的头头，去拜访一个果基家族的头人。牛巴马日发现这个老爷比大瓦山的莫老爷更有钱，房子更大，奴隶仆人家丁更多，他心里有些害怕了，要是这家的老爷与大瓦山的老爷一样怎么办？正想着，一个老爷模样的人出来了，牛巴马日的心扑通扑通地跳。那人却说自己是管家，老爷没时间见他们，然后将牛巴马日拉到了一边。

他们到底有多少人？管家用彝语问。

二、二十二个人。牛巴马日想给自己壮胆，多说了两个。

你是彝人？

是的，我是彝人。

那就好，我们才是自己人。你去告诉他们，老爷要请他们吃饭。

请所有人？

是的，把所有人都要请上来，事成之后，重重有赏！牛巴马日发现管家的脸上掠过一丝不易察觉的奸笑。

你们是想把他们……

管好自己的嘴！到时有你的好处。

能不能赏我一支枪？牛巴马日不知哪来的胆子，突然想到要搞一把枪，有了枪就可以回去报仇了。

没有问题，不就是一把枪嘛！记住，全部请上来吃饭，一个不剩。管家说。

他说什么？当兵的头头问。

刚才是管家，他们想请你们吃饭；我们彝族人好客，要请就得请你们所有人一起来吃饭。牛巴马日想，请大家来吃饭还不容易？

吃饭可以，得选个好日子才能上山。两个当兵的头头碰了个头说。请牛巴马日向他们翻译，我们是红军，与国民党的部队不同，我们只是想借个道……

什么红军黑军的，都是匪军。当兵的还没说完就被管家打断了。牛巴，这句不翻译，你只跟他们讲，请他们吃饭来不来？不来就送客。管家不耐烦地站起来准备走了。

后天，后天晚上一定前来赴宴！当兵的说完拱手致了个礼。

好，好，失礼了，其他事请在宴会上与我们老爷商量。管家也致了个礼。

街面上又恢复了往日的平静和祥和，大家该干什么干什么。当兵的满大街与大家吹牛聊天，还帮老百姓干活。

只有牛巴马日不平静，他一想起过几天就有一支枪了，心中既紧张又害怕。

第三天中午，街面上呼啦啦一下涌入了几百号穿同样衣服的军人。牛巴马日从来没看见过这么多兵，晚上就要上山吃饭了，全部去吃？

司令，你们队伍到底有多少人？牛巴马日怯怯地问先来的兵头。

我们的队伍有四万万人，哈哈哈。当兵的头头说。

我们是尖刀排，今天到的是先遣队，不到一千人，后面还有几万……

牛巴马日头"嗡"的一下差点晕倒，赶紧说，知道了，知道了。走出几步，一转身扑通跪在了地上，司令，饶命！司令，饶命！

我不是司令，我只是个排长，你没有犯罪，饶什么命？当兵的说。

我、我怀疑，果基老爷他们，想谋害你们，我没有向你们汇报。

你现在不是汇报了吗？没关系，你就照样当你的通司行了，他们不是要请我们所有人去吃饭吗？我们今天晚上就一个不剩全部去赴宴，这就叫将计就计，哈哈哈。

好悬啊，牛巴马日擦了把冷汗。

当晚，牛巴马日就带着部队去果基老爷庄园赴宴。近千人的队伍，再加上跟着看热闹的和真正拥护这支部队的老百姓，一千多人，全部洪水般涌到了果基老爷庄园。管家哭丧着脸找到牛巴马日问，你不是说只有二十来人？哪来的这么多部队？

我也是今天下午才晓得，他们还有几万人马上到呢！

你知道他们总共多少人？

他们有四万万！牛巴马日认真地说。

放屁！全国才四万万人，等他们走了看我怎么收拾你！管家丢下这句话，转过身点头哈腰地招呼部队，呵斥奴隶们杀猪宰牛大宴红军。

牛巴马日愣了半天，赶紧跑到尖刀排排长跟前，磨蹭了半天，蹦出一句话：排长，我这样的人能跟着你们当红军吗？

牛巴马日当完通司后就跟着红军走了。瓦山坪解放的头一天晚上，牛巴排长带领三十名解放军战士避开了金河口镇大路，走胜利村白熊沟摸黑抄近道从后面突然袭击了瓦山坪的政治经济中心——的莫家族的龙池山庄，打死打伤二十余人，俘虏的莫曲柏老爷等一百余人，第二天在龙池山庄大黄桷树下召开了公判大会。革命战斗英雄牛巴排长代表党和人民判处罪大恶极的曲柏老爷死刑，并立即执行。牛巴排长亲自用自己当铁匠时打造的一把大刀砍下了仇人的莫曲柏的脑袋。

王铁匠打刀的手艺果然名不虚传，牛巴马日尽管只学得了他七八成手艺，但打的那刀也不简单。当兵这些年来，牛巴马日用它砍了两个鬼子的头、四个伪军的头和三个国民党军的头，没想到今天九九归一，杀回大瓦山砍的莫老爷的头它还是那么锋利。当众人将的莫曲柏摁着跪倒在黄桷树下时，牛巴马日发现这个头人的脸上，临死也没有一丝恐惧。的莫冷笑了一声，你会后悔的！

牛巴马日心中倒生出了一些胆怯，这在之前战场上杀人时是从未有过的。他举刀的手稍微有一些发抖，不过此时再换人来行刑已经不合适了。牛巴马日喝了一大口军用水壶里的酒，扔掉水壶，将左手搭在了右手上，重新握紧了十根指头，他看到父亲、母亲，还有很多被的莫老爷残害过的死者亡魂都在为自己鼓掌叫好！

啊！牛巴马日气运丹田，迸发出一声大喊。那声音穿过云雾，直撞上大瓦山顶，引起了一场不大不小的雪崩。就在喊声还没结束的时候，那大刀片子闪电般掠过了的莫老爷的脖子。的莫老爷身体一歪，头颅皮球般滚出去好远。他瞪着的双眼还没闭上，牙齿还在咔嚓咔嚓乱咬，可颈脖上的血液像突然爆了管，又像霓虹灯里突然打开的灯光喷泉。鲜红的射线构成了一组完美的几何图形，向四周喷射出好几米远。牛巴马日躲闪不及，被喷了一脸一身。

晦气！呸！呸！呸！牛巴马日向地上吐了三下口水，跺跺脚，丢下刀，转身走了。他想他这一辈子都不会再用这把刀了。那大刀"当"的一声脆响，正好掉在黄桷树下已经被的莫老爷鲜血染红的三颗石头上。那刀居然没沾染上一丝血迹。

瓦山坪彝族同胞终于翻身解放了，的莫家族的所有土地和财产被分给了瓦山坪全体人民。

瓦山坪公社成立后，英雄的革命战士牛巴排长并没能当上公社党委书记，而只当了个大队长兼支部书记。其原因有小道消息说是因为他没有向上级请示汇报，擅自做主处决了已经放下武器的的莫老爷。上级原本打算争取这股势力，却被牛巴横加破坏，此举涉嫌公报私仇，所以功过相抵，就地复员处理。当然真相如何几十年过去了也无从考证。

牛巴大队长这一干就是十几年。昨天晚上，牛巴大队长梦见的还是那棵黄桷树，牛巴马日看到的莫曲柏老爷正和他阿爸阿妈打"二七十"玩牌呢。今天早上出发前往大瓦山时，他还给北京来的青年科学家艾祖国讲这个梦，如今自己却躺在了龙池山庄这棵大黄桷树下一动不动，仿佛在等待上级领导来给自己盖棺定论。

# 四

跌跌撞撞地走了好几个小时，牛书记一行三人终于快到猴子拐了。猴子拐的猴子很灵，它们认得哪个是从外面来的生人哪个是山里面的老脸孔，以前经常有外来的货郎在此受到袭击，糖果瓜子被抢夺，人被抓伤者屡屡有之。猴子们成群结队，瞬间就出现在你面前，抢完东西瞬间又消失得无影无踪。

半夜三更的猴子也早休息了。前些年大炼钢铁，把山上树砍来炼钢都砍得差不多了，猴子的活动范围也就只有往山顶上退缩，所以近年来猴子伤人事件也越来越少，更不用说其他豺狼虎豹了。但彭火山知道领导让他带枪，就一定有带枪的道理，最好的下级就是领导叫干啥自己就干啥。

不行我们前面找地方休息一下？牛书记说。看来他确实走累了。

好的。张区长说。

都怪你，哄我去骑马，要不我这个腿不得受伤，我要是脚没问题的话，这点山路算啥子，和朝鲜的山地相比差远咯。

你来时，我们说山区干部必须学会骑马，是说起耍的，哪晓得你就当真了，硬是要把马骑会。骑马嘛，你先找个师傅教教嘛，或先找匹老实点的马儿练下嘛，一个人自己跑去练习骑马，你以为那马有李老师那么听话啊！哈哈哈！

就是，就是，哈哈哈。彭火山附和道。

火山你莫笑，你也比我好不到哪去，听说你也被他们日弄过。

就是，就是，我刚来时，他们说在金河口走路必须把手背着走，打甩手走的话彝族姑娘就以为你向她示爱，她就会牵你的手；一旦有姑娘牵了你手，你就要负责，娶人家。整得我背着手走了好几天。

哈哈哈！

哈哈哈！

兄弟，你还没听说过，我的前任的前任区长，那时刚解放不久，有一次区上通知公社、大队干部自带日用品到区上开会，你猜结果是什么？张俊说。

我估计他们中有人会把老婆带来开会。牛季说。

还真是每个人都把老婆带来开会了，一个个还振振有词说区上通知自带日用品的。

哈哈哈！

哈哈哈！

山区工作环境艰苦，整点壳子，开点玩笑自娱自乐也是可以理解的。牛季说。

领袖教导我们团结紧张、严肃活泼嘛。张俊说。对了对了，兄弟，你撑一下马灯，彭部长把枪给我，手电照到，你们站着别动。接过枪，张俊径直朝路边一棵树走去。

小心点，张区长，下面可是几百米高的悬崖。彭火山不无担心。

老天爷，劳慰你，别乱来，小心掉下野牛河喂了鱼，给金边县委还不晓得咋写报告。

没得关系，只有我吃鱼不会有鱼吃我。说话间，张俊已经举起枪，将枪背带套住了一根树枝，枪口朝下一拉，左手抓住树枝，两手一用力，咔嚓一声，将树枝折断，拖过来将枪还与彭火山。

冬天树枝脆得很。说罢张俊几折几折，一根一米多长的打杵棒棒就完成了，他将棒棒在山石上来回磨了几下，再递给牛季。

不得扎手了，杵上，算我哄你骑马把你脚给崴了，向你赔罪。

说那些，你哥子见外了，谢谢了！牛季高兴地接过这根特制的拐杖。

张区长有两手，牛书记肚量大！彭火山不失时机地补两句。

彭火山现在讲话水平高哦。

嘿嘿嘿，跟你们领导学的。

有了拐杖，牛季现在走起路来轻松了许多，不知不觉间已经走上了一段千年茶马古道，才轻松的心顿时又紧张起来。

老张，你说我们脚下这茶马古道有多少年了？牛季问。

两千年没得问题哦。

两千年走过多少人？经历过多少事啊？

你这个话题有点沉重、有点深刻。

牛书记站得高才想得远！彭火山不忘补刀。

你这个马屁拍得冇得啥子水平！我是想外面都闹得一塌糊涂了，我们金河口这块净土还能够保住多久？牛季语气沉重地说。

唉，冇得办法，只有走一步看一步，能保多久算多久了！张俊说。

我反正坚决听你们的，你们说什么就是什么！彭火山自己也觉得这个态表得好。

说屎不清楚哦，县上催了那么久了，我感觉我们快顶不住了！牛季很是无奈。

顶不住也要顶住，能顶一天算一天，直到哪天把我们两个整翻了，我们也算对得起金河口父老乡亲了！张俊更加悲壮。

你们两个领导也别太悲观，说不定很快就会过去的。彭火山安慰道。

也许吧！

但愿很快能过去！

前面便是狮子洞，狮子洞是这条茶马古道上最危险的必经之处，经多年改扩建，路从洞中经过，洞内洞中藏洞，曾经豺狼出没，也曾是盗匪最易得手之地。千百年来，不知有多少人在此处不是葬身虎口就是被盗匪洗劫一空，即使没被盗匪劫杀捡回一条性命，最后还是落得个人财两空、家破人亡。山上彝人就是凭这些天险才抵抗住了明清等历代中央政府铁蹄的征讨，解放前国民政府军队照样止步于此，但是再坚固的堡垒都是可以从内部突破的，所以要是没有牛巴马日同志，瓦山坪的解放事业可能还要往后拖。这就是历史，历史没有假设。

从这四十多米深黑暗阴森的狮子洞往外钻，三个人都是一身鸡皮疙瘩，头发倒竖，脊背发凉。张区长在前，右手将马灯举过了额头。他低着头，努力地想看清脚下的路面，不时回过头来，想牵一把牛季却又伸不出去手。牛书记手里有了张区长给他的那木棍拐杖，又有彭部长在后面照电筒，走起路来稳当了很多，他没有看到张区长想拉他的手。在这黑洞洞的山洞里，手电筒和马灯的光显得微弱，那光把三个人的影子在洞壁上拉成了三个张牙舞爪的怪物。彭火山手里的电筒光全用来给牛书记照路了，自己只得深一脚浅一脚地跟着往前走。他将枪斜背在背上，伸出左手探了探，想摸摸洞壁心里踏实点，手却摸到壁上湿漉漉毛乎乎的什么东西，吓得浑身一哆嗦，赶紧收回了手，索性吼起歌来。当彭火山的《大刀向鬼子们的头上砍去》第二遍唱完时，三个人才走出了山洞。牛季这时又想起了牛巴马日。

老张，你说这个牛巴马日，好大岁数哦？怎么会说死就死了？

比我大不了几岁，多壮的身体，咋个会莫名其妙地死了呢？张俊说。

就是，就是，他怎么会突然死了呢？彭火山补充。

三个人都找不到答案。

沉默，沉默不耽误行路。噗哒、噗哒的脚步声与悬崖下野牛河的咆哮构成了一组多声部变奏曲。

噗哒、噗哒、哗……

噗哒、噗哒、哗哗……

牛巴马日到底是怎么死的呢？

噗哒、噗哒、哗……

噗哒、噗哒、哗哗……

远处终于看到了一处亮灯的地方，那是国营101矿。那个灯是矿的标志，也是瓦山坪的标志。1958年这座矿建成后，那个灯就一直亮着。那是电灯，区上还没用上电灯，矿上找了股野牛河的支流建了一座小水电站，自己发电自己用。国营企业嘛，有钱，牛！也全靠他们开矿，要不金河口到瓦山坪的路还修不到这么宽，总之，金河口区也是沾了人家的光，做人要懂得感恩。

懂得感恩的还有日黑。日黑上初中和高中都是人家101矿上出钱送到金边去上的。日黑也是顺河场出的第一个高中生，也是新中国成立后成长起来的最大的官。瓦山坪公社建在顺河场后，日黑是第二任公社党委副书记。

日黑给区公所打电话报告战斗英雄老革命牛巴马日死讯时，电话线突然断了，事情也没说清楚，想下山报告，又怕山上胜利大队龙池那里再闹出点什么事情来。毕竟顺河场离大队只有七八里路远，公社一把手党委书记兼主任又到金边培训学习去了。公社党委管事的只剩自己一个人，日黑六神无主一晚上坐也不是站也不是，成了一只热锅上的蚂蚁，不知如何是好，折腾了大半夜，想来想去只有和衣而卧等天亮了再说吧。

日黑刚迷迷糊糊地闭上眼睛，就听到外面有人在砸门。

日黑，日黑，开门！在不在里面？

马上，马上！日黑听出来了，是张区长的声音，他像个流浪的孩子突然见到了爹娘，赶紧开门，点灯，将三位领导让进屋，又忙着四下找瓷缸倒开水。

别倒开水，你先跟我们说一下大概情况。牛季开门见山，单刀直入。

好的，三位领导先坐，我就长话短说。前几天，半个月前，区上不是安排人送了两位从北京来的地质科考队员嘛……

北京来的？我怎么不知道呢？科考队员跟牛巴马日的死有什么关系？牛季打断日黑的话问。

兄弟，你莫着急，听日黑慢慢讲嘛，科考队员的事我知道，你忙就没跟你汇报。张俊解释。

日黑接着说，科考队来了我们安排他们住在胜利大队，那里离大瓦山和五池都近，便于他们开展工作。胜利大队的牛巴马日大队长，年轻时在外面当过红军、解放军，汉话也说得最好，他就将科考队安排住他们自己家里了，并且他个人主动要求给科考队当向导和助手。本来是两个科考队员，老的那个上周又回北京了，昨天一早，牛巴马日和年轻的科考队员一起上的大瓦山，结果晚上被年轻的科考队员背回来时已经断气了。

那是怎么死的？张俊问。

摔死的。

乱尿整，现在是啥子季节，能登山吗？牛季很生气。

牛巴马日从小在山里长大，他还不懂哦？张俊说。

日黑嘟囔道，毛主席教导我们，人定胜天……

牛巴马日正是犯个人英雄主义才糟的。彭火山说。

先不说这些，我们这就去胜利龙池。老张，你说呢？牛季问。

好，边走边说。张俊说完就站了起来。

咋又冒出个科考队来，问题越整越复杂了。牛季说。

就是，就是，北京待得好好的不待，跑我们大山里来考啥子嘛考？彭火山说。

北京能待得好好的，他们还往我们山里跑啊？张俊说。

对了，日黑，日黑，那个年轻的科考队员呢？牛季问。

刚才，我正要汇报……走在最后的日黑赶紧向前小跑两步。

现在说也不迟嘛。张俊安慰道。

出事后，他们打他；他想跑，又被其他人抓回来了。怕整出人命，我先把他保护起来了，派了两个民兵守到。日黑有点骄傲了。

咋回事，要你保护？山上素来民风剽悍，张俊有点紧张。其他社员有反应？

反应还有点过激哦！日黑说。

关其他社员啥子事哦？牛季问。

书记，你不晓得哦，我们彝族嘛，是要分家支的，一家出事，整个家支的人都要来帮忙的。日黑解释。

就是，就是，相当于我们汉族所说的扎场子。彭火山适时补充。

那这个科考队员受到他们攻击了？张俊很关切。

我上去及时制止了，没得啥子大伤；我怕我走后他们又打人家，才把他"关"起来的。

闹得最凶的是哪个？要抓住重点人做工作。牛季问。

晓得，是牛巴马日的一个侄儿，约摸二十岁样子，青勾子娃儿跳得最高。我专门给他老汉打了招呼的，喊他把儿看好，不要再闹了。日黑回答。

你处理得对。牛季说。

谢谢书记。

谢啥子谢，善后工作还没开始，你的工作还多得很。牛季说。

你们一把手不在，你现在挑大梁，辛苦了！张俊也对日黑的工作给予充分肯定。

请领导们放心，我会把这件事情处理好的。日黑表态说。

莫要急着表态，处理得好处理得不好都要处理，处理不好事就处理人。

这事我跟领导们打包票，我得行……日黑想立军令状，但最终没说出口。

应该的，应该的。彭火山说。三个人都不明白他说什么是应该的，三个人又都明白他说什么是应该的……

# 五

其实山上真没有像日黑书记想象得那样简单，牛巴马日的侄儿也并没有因为他简单一句话而消停。

牛巴马日的侄儿小名叫克其，就是狗屎的意思。小名要贱，这无可非议，可他大名叫拉龙又着实有点大，拉龙意思是老虎。算了干脆还是叫他小名狗屎顺口些。

　　这个狗屎克其，年方十九，平时仗着舅舅牛巴马日是胜利生产大队大队长，多少有些衙内的嚣张做派。牛巴马日总觉得年轻时自己为了逃命害死了阿妈，丢下姐姐一个人那么多年，对姐姐的这个狗屎儿子不光视同己出，而且多少有些从爱屋及乌变成了溺爱和娇惯。

　　狗屎克其只念了个小学就没有读书了。虽然有时恨铁不成钢，但三年自然灾害时狗屎克其差点被饿死，牛巴马日更是不知道该怎样来弥补对他的爱了。

　　大瓦山彝族的风俗是近亲可以结婚，一般情况都是表妹要嫁人就得先嫁给表哥，如果表哥和其他人先结婚了，表妹才能有其他选择。所以狗屎克其在心中早就将表妹当成自己没过门的女人了。

　　牛巴马日的女儿牛巴史丽十六岁，从小爱笑、阳光灿烂、天真善良，跟她的名字一样是个像金子般灿烂的女孩。牛巴史丽本来在金边县城读高中，可是金边中学都停课好几周了，没有书读的高中女生牛巴史丽便回家来帮父母发展生产，成了一位小社员。牛巴史丽虽然出生在大山深处，但她一出生便被战斗英雄大队长父亲的光环所护佑和照耀，不是公主胜似公主。干农活不是细皮嫩肉的牛巴史丽的专长，没干几天，她就失去新鲜感。

　　半个月前，正当牛巴史丽百般无聊之际，大队长阿达突然带回来两个人，牛巴史丽又找到了新的兴奋点。当然，这一切都没有逃过狗屎表哥的眼睛。艾祖国一来，史丽表妹就基本上没有理睬过狗屎表哥了。狗屎表哥很生气，所以后果很严重，只是一直没找到机会下手，哪知道幸福又来得这么快！

　　但幸福往往又与痛苦相生相伴，牛巴马日可是自己的亲舅舅啊！活鲜鲜的一条生命啊，早上跟你艾祖国站着出门，晚上却横着回来。那不光是舅舅，还是狗屎克其在胜利大队横行霸道的大靠山啊，可这靠山突然崩塌，也就等于天塌了。看来狗屎克其的愤怒并不完全是装出来的。所以狗屎克其在得知舅舅死讯的第一时间里就吆喝了一帮人，不由分说地赏了艾祖国一顿拳脚。别人怕弄出人命，他才不怕呢，他的最低目标是把艾祖国弄不死也要弄残废，从此将他赶出龙池赶出胜利，永远都不要再见到这个人。哪知道被闻讯赶来的日黑书记制止了，说是将艾祖国关起来，其实也把狗屎的泄愤计划给关起来了。

　　说起真正天塌了的是牛巴马日的女人和女儿。家里的顶梁柱就这么突然垮了，没有男人的家也就不成其为家了，娘俩哭得那是昏天黑地。

马日的女人阿卓，就是早年给牛巴马日开手淫现场会时，被曲柏阿嘎打的那个小侍女。那年她才八九岁，根本搞不懂牛巴马日在干什么，莫名其妙替牛巴马日挨了打，还要跪下求饶认错，这就是奴才，有什么办法呢？她只有恨牛巴马日。

恨来恨去恨了十几年，把自己恨成了个大姑娘。直到有一天，自己被的莫曲柏老爷放翻按倒在苞谷地里面，阿卓才搞明白那年牛巴马日在干什么。那日，阿卓原本在小路上低头行走，忽然从身后伸出一只汗毛浓重的手，紧紧捂住她的嘴巴；另一只手像铁钳一般压在她胸前小小的蓓蕾上。后面的人使出拖牛的蛮力，将阿卓跌跌撞撞地拖下小路，一直拽到苞谷地中间。天上太阳明晃晃，她眯细眼睛，汪着两泡泪，压根看不清对方是谁，只觉得下身一凉，头脑兀自一惊，只感觉被冷风刷地刮过，赤裸裸的大腿肌肤起了一层密密的鸡皮疙瘩，当对方将她瘦弱的小腿往两边劈开，将一个硕大物件横蛮地顶进自己的身体时，她脑子还没转过弯来。

后来阿卓又被的莫曲柏老爷分别在黄豆和洋芋地里多次放翻按倒。每次被按倒完事后，曲柏老爷都会赏赐她一个粑粑。每次等到曲柏老爷心满意足地哼着小曲走远以后，阿卓才敢开始吃粑粑，她一边吃着粑粑一边骂道：曲柏畜生，你这个砍脑壳的，又糟蹋了那么一大片庄稼！吃完骂完，再拨开草，尖起食指和拇指，将掉地上的粑粑碎粒拈起来吃了，然后把那些压倒的庄稼尽可能扶起来。阿卓扶庄稼时极其认真，就像扶起自己摔倒在地的婴儿。有些庄稼枝干被折断了，扶起来又倒下去，她便找来树枝，利用庄稼叶子或杂草给折断的庄稼枝杆进行外科固定手术。折腾半天，将所有庄稼扶起来后，再骂几句砍脑壳的曲柏畜生，揉揉腿，捶几下酸疼的腰，活动活动膝关节，厌恶地抹一把脸上的莫老爷那带腥味的口水和自己的臭汗，拖着像鸭子一样往外拐的脚往家走去。

但是，要是很长一段时间没被放翻，阿卓还有点想让曲柏老爷来按倒。阿卓甚至盼望能给的莫曲柏老爷生个一男半女，这样自己的下半生说不定就有指望了。她哪晓得自己的下半生却靠不住曲柏老爷的下半身，曲柏老爷的下半身已经没什么火力，扣半天扳机打出一发半发子弹，射程极短，飞不拢靶子就自己掉地上了。所以不管你土地有多肥沃，种子不行甚至于没有种子就什么东西也长不出来。

阿卓在期望中望来的是失望。正当她以为自己这辈子就这样完了的时候，牛巴马日又杀了回来，一夜之间杀了的莫曲柏老爷，把瓦山坪的天给翻了过来，砍脑壳的曲柏真的被砍了脑壳。就这样阿卓也获得了自由，翻身奴隶做了主人。

有多少翻身女奴隶都希望英雄牛巴马日帮自己翻身，天天帮自己翻。牛巴马日成了女人们口中心中比吃饭还重要的念想，她们切切嘈嘈，私下低语，她们以此生能与牛巴马日睡上一觉为最大理想，干着活啊，背着背篼啊，彼此会打趣说，你昨晚梦见牛巴了吧，叫得整瓦山坪的人都听到了。她们说，看到牛巴大队长鼓鼓的腱子肉没有，像不像是跳动的小老鼠，好想上去摸一把哦……你看他脸上的胡茬没刮干净，如果在你的肚皮上蹭一蹭，会是怎样的痒法呢？另一个女人哈哈打趣，难道你被蹭过了吗？

阿卓对牛巴马日没来由的恨也没来由地消逝了。她不希望也不敢想让牛巴马日为自己天天翻身。她从没照过镜子，根本就不知道自己到底有多美。以前大家都说曲柏阿嘎是龙池第一美人，直到白马王子革命英雄牛巴马日把一面玻璃镜子送给阿卓，看到镜子中的自己，阿卓才确信自己才是龙池第一大美女。当然牛巴马日选阿卓并不仅仅因为她长得漂亮，而是因为她曾经品尝过他身体流出来的精华还为他挨过打。

想到曾经的美好，阿卓越哭越伤心。哭丧哭丧得哭，得哭出名堂，得哭出内容来，得哭得有腔有调有盐有味，让人家听到你的悲痛。这项形式和内容全国各民族基本上是统一的。哭来哭去，阿卓突然想起一件事了，昨天牛巴马日就想把小木楼上挂的那块去年的老腊肉取下来，煮给北京的客人吃。可阿卓爬上楼时突然想到牛巴马日有点感冒不能吃腊肉，于是又爬下楼来。刚一下楼又想反正是煮给客人吃的，牛巴马日可以不吃嘛，于是又爬上小楼去取腊肉，爬上去手还没摸到腊肉又想他不可能不吃，牛巴马日不吃客人好意思吃？便又爬下楼来，爬下楼却又想爬上去取腊肉，如此犹豫不决爬上爬下七八次，最终没把腊肉取下来煮着吃了。如今肉还在人已去，不禁又哭唱开来：

牛巴马日唉，牛巴马日哦，你不就是想吃我那块老腊肉嘛……
爬上去唉，爬下来哦，我的老腊肉你都没吃成就死了哟……

没有达到目的的狗屎克其，哪肯就此罢休，趁夜色悄悄请来了毕摩，在牛巴马日尸体不远处用石头架好锅，拴了只山羊在离锅不远的黄桷树下，吩咐人找来柴火，又点燃一大堆篝火。毕摩捏好了泥人，分别是四个害人的恶鬼——德斯德尔、德布尔色珠、德洛德昌、德噢列；草人也扎好了，也有一连串××名字；用竹片做的供鬼玩耍的竹笛、红伞也做好了……

毕摩一边咿里哇啦口中念念有词，一边挥舞树枝边走边跳，围着牛巴马日的尸体和阿卓娘俩不断转圈，不时朝她们身上喷水。在毕摩为牛巴马日举行超度仪式的同时，那边安排人烧水的烧水杀羊的杀羊。转累了，最后是把一块画有星、月、鬼和各式武器的木板用草绳捆着，远远扔到草丛里。等到毕摩吃饱以后，众人也开始吃坨坨肉，大快朵颐。

看守艾祖国的两个民兵也被喊来吃砣砣肉喝酒了，所有人好似过节一样兴高采烈，好像与死者牛巴马日及其遗属无关，更忘记了还关押着的艾祖国。拿了钱的毕摩把山羊的蹄、皮、肝、尾装在一个油乎乎的大口袋里，往肩膀上一搭，高高兴兴地回家了。

各位族人！仗着酒劲一声大喊，狗屎克其不知从哪里摸出根人骨头来。

毕摩带我找到了害死我舅舅的恶鬼。

它是谁？在哪里？众人高呼，好像在问谁中了奖一样兴奋。

我已经将它挖出来了，它就是死鬼的莫曲柏。克其表哥高高举着手里那根骨头。在有的地区，有谁久病不好的话，他们常常会通过毕摩找出害他们生病的鬼，然后挖出那死鬼的骨头来，让病人一边骂一边咬那死鬼的白骨，这样那鬼便怕了，便不再敢做祟了。但今天情形有些不同。

咬它！咬它！有人喊道。

咬死曲柏！咬死曲柏！地球人都知道牛巴马日与曲柏的仇恨。

曲柏老爷自从被牛巴马日砍下脑袋那天起就再没人称他为老爷了，曲柏的尸体被一把火烧了连个坟都没有。生前享尽荣华富贵的曲柏老爷怎么也想不到自己死后如此低调做鬼，还是被狗屎克其找到了一根没烧干净的腿骨，落得如此下场。

史丽表妹也被狗屎表哥这边的表演所吸引，渐渐停止了哭泣，长这么大她还没见过这个阵势。狗屎表哥一看表妹水汪汪的大眼睛扑闪闪地盯着自己，他就更加来劲了。

该死的曲柏老鬼，你敢害我舅舅，我咬死你！说完狗屎表哥咔嚓一声，就像啃甘蔗一样，将手中骨头啃下一块，"噗"的一口很夸张地吐到地上，直把个小史丽吓得一哆嗦。

于是众人便玩起了击鼓传花游戏，谁手里接到那根骨头，谁就骂一句的莫曲柏，再用刚才啃羊骨头的那张油嘴咬上一口又传给下一个人，恨之越深骂之越重下口也越重。不多时，曲柏的那根腿骨上就遍布牛巴族人愤怒的牙印了。尤其是牛巴的女人阿卓，她不像狗屎侄儿那样带表演性的夸张，她是对曲柏老爷有着发自内心的愤怒，想着当年你咬我的奶咬我的肉，今天又来害死了我的男人，我却只有咬你臭骨头的分，不禁一连咬了好几口才肯松手。

曲柏的半截腿骨终于传到了牛巴史丽手里，狗屎表哥感觉这个去金边读了几天洋学堂的表妹断然是咬不下去的，于是高喊一声，转移大家注意力。

害我舅舅的除了死鬼还有活鬼！

抓活鬼！抓活鬼！众人高呼。

反应快的早冲向了关押艾祖国的房间，几脚将门踹开，将个浑身筛糠抖个不停的艾祖国拎出来扔在地上团团围住。

打死这个活鬼，是他害死了舅舅！狗屎高喊。

打死他！打死他！

你们不能打死他！不能打死他！吃了人家肉喝了人家酒的两个民兵这才记起自己的职责。

让它鬼咬鬼！狗屎高喊。

鬼咬鬼！

鬼咬鬼！

曲柏的骨头被扔到艾祖国面前，看着这群张牙舞爪的魔鬼，艾祖国一秒钟都不想在这里待下去了，可此时哪由得了他？

艾祖国听不懂彝语，不知道他们在喊叫什么，但扔到眼前的分明是一根人骨。他刚想撑起上身坐起来，只见狗屎一个扫腿，准确地踢中艾祖国血肉模糊的右手，艾祖国失去支撑的上半身重重地扑倒在地。众人哈哈大笑。

我叫你啃曲柏的骨头啊！狗屎克其继续高声命令，又一脚踢到艾祖国的屁股上。

咬骨头！咬骨头！众人起哄。

他们让你咬地上的骨头！阿卓到底是女人，她用汉语为匍匐在地的艾祖国当上了翻译。嫁给牛巴这十多年，阿卓还是学会不少汉语。

艾祖国这才搞明白，是要他啃那根人骨头，顿时头摇得像个拨浪鼓。想起他们刚才在啃人骨头时，艾祖国就瘆得慌，这得多坚定的信仰啊，现在叫自己啃，怎么也下不了那个口。

不咬也得咬，给我抓住他。狗屎一喊，早有两人一左一右拧住艾祖国的膀子，像擒住一只小鸡。狗屎捡起地上那根被众人咬过的骨头，左手抓住艾祖国的头发，右手将那根骨头狠狠地戳到艾祖国的嘴巴上，血立马就流了一下巴。

他咬什么啊！他又不是彝族人！他又不懂你们这些旧风俗！牛巴史丽冲开人群，一把夺过狗屎表哥手上的骨头。我来咬！史丽脸上腾起一层雾茫茫的勇气，说罢就举起死人骨头往嘴里送。

# 六

给我住手！一声猛吼，黑暗里突然闪出四个身影，把众人惊了一跳。

其实，牛季一行人快到龙池山庄前听到响动不对劲，就先灭了灯，悄无声息地摸了上来进行抵近侦察，一看什么都明白了，日黑所说他做的工作基本成了他在日白扯谎。

你们在搞啥子名堂？把人放了！还啃人骨头，移风易俗移到哪去了？破四旧怎么破的？还搞封建迷信活动？哪个带的头？哪个当的毕摩？你们两个怎么看的人？日黑将一肚子邪火全发向众人，同时庆幸自己幸好没有立军令状。

一看日黑那黑脸董嘴的样子，大部分人也知道自己有点过分，再看日黑背后那几个重量级人物，张区长和彭部长有些人也认识，众人基本上就哑了火。

可以了，给他们说一下我们的来意！等日黑一阵机关枪扫射完毕把火发了，张俊两手叉腰，黑沉着脸对着日黑说。牛季接过别人递过来的板凳，把艾祖国拉来挨着自己坐下，从口袋里掏出手绢将艾祖国的手包扎起来。

日黑这才想起将各位领导介绍给大家，并告诉大家区上领导非常重视牛巴马日老革命，一听说老革命出了事连夜摸黑就赶了上来，一是要搞清楚牛巴马日是怎么死的，二是了解牛巴马日的家属有什么要求，三是要尽量做好牛巴马日的身后事情。你们再不能这样乱闹了，没有血缘关系的乡邻，除了帮忙的，无关人员就各回各家。反正就这么个意思。

结果说了半天没什么反应，一个人都没走。

你跟他们说清楚了？牛书记有点不高兴。

说清楚了。

那我们另外找个地方，去大队部分别单独了解情况。张俊说。

你叫啥子名字？你先跟我们走。牛季说。

报告领导，我叫艾祖国。艾祖国还是有些惊魂未定。

好名字，爱祖国，爱祖国。

说着一行五人起身向大队部走去。

不准他们把人带走！狗屎喊。人群又是一阵骚动。

不准乱说，领导带他去审案。日黑用彝语喊道，并瞪了一眼先前当了甫志高的那两个民兵。那两个民兵终于找到戴罪立功的机会了，立即招呼大家坐下休息，要相信领导，相信共产党嘛。

就是，所有人不准乱动。彭火山把手里的枪晃了晃也跟着走了。

小艾同志，你就从你们为什么来搞考察开始讲吧。牛季真的搞不懂这个时节来搞什么科考。他这才借着油灯看清艾祖国的长相，还真是大城市来的，长得白白生生，眉清目秀，这娃儿就是太瘦了点。

牛巴叔叔的死跟我们有责任，最主要是我的责任。艾祖国说。日黑赶紧找出笔记本和钢笔准备记录。

报告几位领导叔叔，我是清华大学地质系二年级学生艾祖国，今年二十岁。半个月前，我跟着我老师王大江，到金河口瓦山坪公社胜利大队来，我们主要想考察大瓦山和五池的地质构造和形成原因，老师在做这方面的课题研究。艾祖国镇定了许多。

现在这个季节适合搞科考吗？牛季问。

科学地讲，是不适合。

那你们又怎么选择这时候来了呢？

没办法，北京待不下去了，王教授才带着我来你们这里的。

王教授呢？

前几天到101矿上给北京打了个电话，回来后叫我在这里好好待着，等他回来继续搞考察，他就拿了点个人物品走了，说是回北京，不知道他家里出什么事了。艾祖国一脸真诚。

你们来后一直住牛巴大队长家里？张俊问。

报告领导叔叔，我和王教授来胜利大队后，牛巴叔叔就把我们安排住在他家里。我们带的个人物品和仪器设备都放在他家里。牛巴叔叔和阿卓阿姨以及史丽妹妹对我们都很好，不但管吃管住，牛巴叔叔还帮我们扛设备当向导，也没问我们要钱。

你们与他们家这些天有没有产生什么矛盾？好好想想。牛季问。

没有，只是感觉克其对我不太友好。

克其就是闹得最凶的那个，是牛巴马日的侄儿。日黑补充。

提到克其，牛季想起刚上山看到艾祖国挨打的事。

他们打人是不对的，你有没有哪里受伤？

没有伤到哪里，谢谢叔叔。说着艾祖国下意识地甩了甩胳膊。

你这脸上的伤呢？牛季问。

在黄桷树下地上戳烂的，倒下去时地上刚好有几块石头，皮外伤，皮外伤。艾祖国说。

就是，就是，没伤到筋骨就对了。彭火山赶紧补一刀表示自己的存在。

好了，那就谈谈昨天你跟牛巴马日上山的事吧。牛季说。

前几天，我跟王教授一起，我们在五池转了几天。王教授走后我休息了两天，前天晚上吃晚饭时牛巴叔叔说带我上大瓦山；我说山上有雪，恐怕上不去；牛巴叔叔说没关系，大瓦山上每一棵树、每一块石头都认识他；阿卓阿姨还笑话他吹牛，史丽妹妹也在。

接着说。

艾祖国开始回忆昨天跟牛巴叔叔上山的情景。早知道惹出这么大的事来还真不如就留在北京了，哪怕现在能离开也好。

这个时候，里面在开小会，外面却在开大会。两个"甫志高"民兵玩起了无间道。"甫志高"甲示意"甫志高"乙到大队部外望风，自己加入到群众核心圈内。所谓群众核心圈其实就是与牛巴马日平时玩得好一点的，或者有点沾亲带故的年龄稍长的几个老人。他们跟牛巴马日一样都是最下层奴隶苦出身，是"生彝"，即外面叫的白彝。他们懂得感恩，不过在瓦山坪在龙池代表毛主席共产党解放他们的是牛巴马日，牛巴马日才是他们心中的真神，是他们心中的红太阳。胜利大队的最高领导这神一样的偶像突然就没了，牛巴家支以后何去何从，谁来出任家支新领袖新头人，这才是他们最关心的事。

他们也不愿跟着狗屎克其这样乱闹，何况他们其中有的人还受过狗屎的欺负呢。当然，牛巴马日家人得要政府安排照顾好，牛巴马日的葬礼要搞好，要隆重，规模要超过曲柏的爸爸老的莫老爷的葬礼，不要让的莫家支那些人看笑话……凡此种种，最后还要北京科考队赔偿些钱分给大家……

被晾到一边的狗屎很生气，自己出力最大，这帮老东西，关键时刻就把自己抛弃了。话又说回来，反正自己也不是为了这帮老东西，让你们瞧不起，总有一天……

狗屎便去找同样被晾到一边的史丽表妹。

史丽嫫对不起，我只想给阿舅报仇。狗屎知道表妹对自己的气还没有消。

傻子都看得出，你那是报复。

你清醒点啊，他们不来这里，我阿舅就不会死，他就是我们仇人。

牛巴史丽无言以对，就只有哭了，也只有哭才能表达她复杂的心情。突如其来的变故让这个十六岁的花季少女根本承受不了，她也不知道该恨谁，该怪谁，该怎么办，她还在失去亲人的巨大悲痛中不能自拔。不过狗屎表哥的话也有些道理，他们不来是不是一切就不会发生呢？

那天，大人们都到大队部去了，敲锣打鼓的不知要搞什么名堂。近两年，敲锣打鼓的活动太多了，牛巴史丽是学生，她才不想参与生产队的事，可在家又无事可干，就悄悄取出禁书《红楼梦》来看。这书是她从金边中学一个女同学那里悄悄借的，这个同桌家里有不少藏书，好多书外面都不准卖不准看。这本《红楼梦》是中文版线装书，书中好些繁体字都认不得，只能读懂个大概意思。书上说谁跟谁云雨一番，哪个跟哪个又云雨一番，她就没读懂什么是云雨一番。大瓦山上天天都能见到云，有云不一定下雨，正在想云和雨的关系到底什么是云雨一番时，听到屋外有人喊：

上面派人来大瓦山喽！

上面派人从北京来看我们喽！

牛巴史丽赶紧收好书，将云雨一番抛之九霄云外。山上人，猴子倒天天见，北京人却从没见到过。冲出门去，锣鼓声却由远而近，一大波人正簇拥着两个外地人径直朝自己家而来。为首是一位中年人，身穿一件灰色中山服，四个口袋，左口袋上还挂着两支笔，一看就是个大知识分子。旁边是一男青年，瘦长瘦长的，模样清秀俊俏，令人忍不住想多看两眼。牛巴史丽这才注意到阿爸阿妈和好多族人今天都是穿着节日盛装。眼看人群要到跟前了，牛巴史丽赶紧跑回屋躲了起来。结果她发现这群人来到家里就不走了，还放下一些箱子、口袋等物品。牛巴史丽暗自窃喜，又要打牙祭了，有肉吃喽！

牛巴大队长将穿中山装、年长的客人请到堂屋火塘的左上方坐下，又将年轻的客人安排挨着年长的坐下，自己才回到火塘右上方坐定。

王教授，我们彝族嘛有句格言，汉人待客用茶，彝人待客用酒，今天我们好好干一盘酒，不醉不休，哈哈哈。牛巴马日用汉话说。

谢谢牛巴大队长盛情，不醉不休，不醉不休——小艾……王教授用眼神示意旁边青年客人。

艾祖国起身离去。王教授还真想一醉方休，这些日子过得真不是滋味。

牛巴女人阿卓抱着柴火进来，往火塘里加了几块木柴，火烧得更旺了，整个小木屋又从严冬回到了春夏。

艾祖国再次进来时手里多了一个网兜，网兜里装着两瓶北京红星二锅头。

牛巴大队长，这是我们的一点心意，不成敬意！请收下。王教授接过艾祖国手中的酒，双手捧给牛巴马日。

这个，这个，不好意思哈。牛巴马日脸上笑开了花，双手接过来递给女人，女人像抱着个婴儿一样搂着酒退了出去。

躲在隔壁的牛巴史丽把这些看得真切，年轻客人的一举一动深深印入她的脑海。

史丽嫫，史丽嫫！牛巴马日想起了自己的掌上明珠，出来拜见客人，不要像个没爹没妈教育的人。

来了！牛巴史丽应声，扭捏而出，有些窘迫有些局促。此时的史丽不知何时也换上节日的盛装，略一收拾就成了山沟里的一只金凤凰。

站到干啥？快叫王叔叔、艾叔叔。

王叔叔、艾叔叔你们好。牛巴史丽微笑欠身弯腰行礼，粉嘟嘟的小苹果脸上露出两个可爱的小酒窝，一绺青丝从耳后滑下，她轻轻捋了捋，接着又好奇地打量起两个客人来。

此时最窘不过的是艾祖国，突然当叔叔了，自己也比眼前的小女主人大不了几岁。不叫艾叔叔，难道叫艾哥哥？在火塘火光的照耀下，艾祖国的脸几乎红到了脖子根。

看到艾叔叔的紧张样，牛巴史丽觉得有点好笑。牛巴马日却发话了，史丽嫫自己去玩吧。在父亲眼里女儿永远长不大。

不管她了，来抽烟、抽烟。牛巴马日说：我们彝人是姻亲客人来了，一杆烟；亲戚朋友来了，一杆烟；见面问候，一杆烟；吉祥如意，一杆烟。

王教授，来干一口，我们山上自己种的兰花烟。说着递过去一个精致的烟斗。这个烟斗是用大渡河特产的一种黄玉磨成烟嘴，烟嘴与烟斗中间装上铜管而成；烟斗玉石上还有镶金，并饰有花纹，极为精美。这其实是曲柏老爷的，抄曲柏老爷家时抄出好多东西都分给大家了，牛巴马日只要了这件东西，平时也不舍得拿出来用。

这时，有人拖来条半大黑猪，将猪放倒在堂屋门口，当着两位客人的面前开始宰杀。彝族人好客，家里来了贵客得杀两条腿的家禽，一般被杀的都是鸡。但家里来了最尊贵的客人，最大的礼仪就是杀四条腿的家畜，这时被杀的就该是猪或者羊了，而今天牛巴马日大队长选择的是既杀鸡又杀猪。艾祖国还有些好奇，到底姜是老的辣，王教授知道他们这是表示对客人的尊敬，赶紧上前劝阻，可是牛巴马日家这只本来打算喂到过年才杀的黑猪还是被提前执行了死刑。

# 七

对于阿卓来说，牛巴马日真是她的天。她自认是个被曲柏老鬼糟蹋过的肮脏的下贱女人，居然能嫁给大英雄牛巴马日。婚后自己也没为牛巴马日生出儿子来，所以内心深感歉疚，觉得对不起牛巴马日；好在女儿史丽嫫长得又乖又聪明，阿卓多少找到点安慰，否则她早就自动辞职不做牛巴夫人了。

牛巴马日是党的人，党的人只信马列主义、毛泽东思想。阿卓不是党的人，阿卓为了维护牛巴马日，不知道背地里给曲柏死鬼烧了多少纸谈判过多少次，反复强调的还是：的莫老爷你不能再找牛巴马日麻烦，因为你杀了他爸爸，他妈妈又替他死了，而且我又被你睡过好几年……

阿卓相信自己的诚意会打动曲柏老爷，结果自己给曲柏老爷做了这么十几年的思想工作，给他行了那么多贿，牛巴马日还是出事了。阿卓想，给牛巴马日的陪葬物品里面一定要烧一把刀，让牛巴马日在那边再去砍曲柏的脑壳。算了，曲柏老爷有钱有家丁，这次过去他们一定有准备。就给牛巴马日带杆枪去，带杆像彭部长那样的枪——彭部长的冲锋枪肯定比牛巴马日的猎枪好，能打连发，能不停地扫射，就不信打不死曲柏。阿卓眼中已经没有了泪水，脸上浮现出了几分自信。

阿卓记起来了，北京人来的第一天吃饭，按照彝族的风俗习惯，主人用鸡款待客人时，客人中最主要的人要取鸡舌占卜吉祥，以舌如鱼钩状为吉，以首尾相连无法分开者为凶，以舌呈波状向内弯曲者为进财，以向外卷曲者折财。牛巴马日请王教授占卜，结果王教授按牛巴马日的吩咐，左手执舌尖，右手顺舌根用指甲使劲一捋，鸡舌两边的细脆骨一根折断了，一根卷在了一起。正在做服务生倒酒的阿卓看到牛巴马日脸一沉，差点把酒倒在了地上，结果牛巴马日却哈哈大笑说，不算不算，干酒干酒。

想到这里，阿卓骂道，就是这个北京来的小杂种，一连敬了我家史丽阿达三杯酒，对于我们彝人来说，一杯酒是亲家，两杯酒是冤家，三杯酒就是仇家。就是这两个北京来的人身上不干净，才把厄运带给我们的。阿卓气得咬牙切齿。

这时正好日黑来叫阿卓去大队部问话，民兵"甫志高"乙赶紧跟上来，告诉日黑书记外面族人开大会的情况和研究的大概内容。两人一阵耳语，当日黑把阿卓带进大队部时，阿卓一看到艾祖国就冲上去又打又咬，怎么拉都拉不开，把艾祖国吓得缩成一团不敢动弹。

外面的人听到大队部的动静后也坐不住了，一下围向大队部，吓得两个"甫志高"赶紧跑到门口去堵门。

你们还敢打我们的人呀？

快点把阿卓放开！外面的人一阵乱吼。

阿卓趁机挣脱日黑，冲向彭火山，两人扭到了一起。给我枪，给我枪！我要杀曲柏，我要杀光他们这些坏人！阿卓见到早上牛巴马日就背着那杆他自制的猎枪出门，一定要再帮牛巴马日弄杆好枪过去！此时的阿卓早就受牛巴马日之死的打击而精神恍惚了。

"嘭"的一声，扭扯中枪响了，所有人惊呆了。

更惊的是子弹不偏不倚，正打中了墙上领袖的头。意外就是这样发生的，不突然不意外就不叫意外。

赶紧把画像撕下来藏着。牛季愣了一下，赶紧说。

找张好的来再悄悄粘上去，日黑记到，出去谁也不能说。张俊跟牛季想到一起了。

就是、就是、就是……彭火山吓得半天回不过神来。

啊——我杀人了！我杀人了！阿卓夺门而出，瞬间就跑得无影无踪。

赶快安排人去找，日黑。张俊强打精神。你们外面哪些人能主事，选两个代表进来。两个"甫志高"民兵抓起张区长的手电筒，一溜烟也跑得没影了。

张俊这才发现，那些大队会计啊，妇女主任啊，生产队长啊一个都没见到。现在正是用他们的时候，这些人却躲得远远的，支使些妇女老人来出头。基层组织太需要加强了。

谈判还算顺利，有些要求能决定的，牛书记就当场拍板，如牛巴马日的抚恤啊，女儿读书问题啊，阿卓以后的生活问题啊等等。有些是坚决不能同意的，就态度鲜明地予以回绝，还有的是要请示县里的问题得带下山去汇报……

最后决定张区长留在山上，解决剩下的事情，牛书记和彭部长带艾祖国下山进一步审理。一听说要将艾祖国带走，山上人自然不干。张俊决定使出他的看家本领了。

你们打了他，打没有？你们晓得他的名字？他叫祖国，祖国都能打吗？而且人家还是爱祖国。你们错没有？张俊又接着说。他是从哪来的？北京来的对不对，毛主席住在哪里？他是跟毛主席住在一起的，跟到毛主席长大的难道还是坏人吗？等日黑翻译完，众人面面相觑。

出得门来，天已经大亮。东方已经发白，太阳就要升起，高高的瓦山顶已经威严地矗立在彩云之巅，一切都会好起来的。艾祖国径直来到牛巴马日尸体前，恭恭敬敬地磕了三个响头，把额头上的血都磕出来了。他又想起了牛巴马日的遗言，转身向牛巴史丽鞠了一躬，说，对不起，我会回来照顾你。然后跟着牛书记一行下山了。牛巴史丽呆呆地看着这一切，什么表情也没有。反正这一切似乎与她无关，好像大家都当她不存在。

心中有事，眼中无风景。牛季一路上眼皮老是跳个不停，狗日跳了好几天了还跳，你跳得凶，看你跳得到好久。

三人紧赶忙赶，下午两点多才赶回金河口镇。

一进镇，牛季总是感觉哪里不对。人都去哪儿了？刚走到区公所院子门口，就看到一些人在砸区委区公所的牌子。

你们在搞啥子？没王法了！

老子们在砸碎旧世界，建立新世界！跟你玩守株待兔、瓮中捉鳖呢，全部给我抓起来！

牛季"嗡"的一下眼冒金星差点栽倒，这一天还是来了。小艾快跑！艾祖国这哈娃儿愣怔了一下，忽然醒转过来，转身就跑。

早有几人冲上来，彭火山赶紧把枪取下来，保险刚打开，子弹还没上到膛，就被埋伏在大门后的人从背后一记闷棒打在了后脑上，"咚"的一声就栽了个狗抢屎，枪被摔出去几米远。火山还没来得及爆发火就被灭了。

我是区委书记！牛季不肯罢休。

你是走资本主义道路的当权派！你是反动派！你罪孽深重！一个声音高叫着。

你们这是违法行为！牛季还想抵抗。

你将刊登毛主席最高指示的《人民日报》锁在抽屉，你螳臂挡车，罪该万死！

牛季看到这些人将砸坏的区委区政府牌子取下来浇上油点上了火，原来挂区委牌子的地方挂上了一个金河口区人民革命委员会的牌子。牛季双腿一软，瘫在了地上。

誓死保卫毛主席！誓死保卫毛主席！

打倒反动派牛老三！打倒反动派牛老三！

打倒一切反动阶级！打倒一切反动阶级！

毛主席万岁！毛主席万岁！

无产阶级万岁！无产阶级万岁！

……

在排山倒海的口号声中，夺路而逃的艾祖国眼见要甩开追兵了，哪知前方一声断喝：站到！

斜刺里杀出一个猛张飞。艾祖国定睛一看，此人生得五短三粗，面目漆黑，眼若铜铃；更吓人的是此人从侧面看，根本就没有长鼻子，只有从正面看，通过嘴巴上面那两个朝天长着的黑洞洞，才能勉强看出一点鼻子的轮廓来。只见他右手紧握一把杀猪刀，那刀虽然锈迹斑斑，只因久未见着半点油荤，其实锋利无比。

艾祖国正要转身，只见一团黄毛像一支利箭，"嗖"的一声已经射到跟前拽住了他的裤腿。其实艾祖国的腿早已经像灌了铅，哪里还挪得动半步。耳听追兵的脚步将至，艾祖国叫苦不迭，心想这下完了完了，只怕这辈子回不了北京了。一股热水冲破阀门，从他裤裆内哗地流出。

就在这千钧一发之际，只见那人一个箭步冲上来，一蹲身左手只一夹，就将个艾祖国横夹在腋下，迈开腿就跑。可怜双脚离地的艾祖国，滴滴答答的热尿就顺着裤脚流了一路。

大黄，守到起！那人低喝一声，夹着艾祖国三拐两拐就消失了。

待那几个追兵循尿而来，大黄已经聚集了五六条它的儿孙，"狗兵狗将"们龇牙咧嘴地堵死了来路。那几人只好空手而归，谁也不愿意以身试狗。

醒醒，醒醒。那怪人轻轻将艾祖国摇醒。

艾祖国睁开眼睛一看见眼前这恶煞星黑铁塔，吓得两股战战，直往后缩，立时又要再度晕厥。

孩子，不要害怕，我姓周，大家叫我周老大。说说嘟个回事，他们为啥子要抓你？

艾祖国暗自检查了一下，先看到他手里没了杀猪刀，才壮着胆子回答，我也不知道为什么要抓我们。

他们抓了你们哪些人？

他们抓了牛书记，还打伤了彭部长。

书记都遭抓了？那你又从哪里来，嘟个讲的是普通话？长得也不像本地人？

艾祖国觉得眼前这恶煞星黑铁塔也不像坏人，就一五一十地把自己的来龙去脉从头到尾讲了一遍，只听得周屠夫在屋子里来回转圈圈。末了，艾祖国真诚地问杀猪匠周老大，周叔叔，您能救牛书记和彭部长吗？他们都是好人。

在艾祖国眼睛里这个世界上现在好像只剩下两种人了，好人和坏人。

是啊，我能救牛书记和彭部长吗？他们那么大的官都被抓了，我嘟个救得了他们？这个问题对于一个杀猪匠来说的确太复杂了。

这到底是嘟个一回事啊？杀猪匠的脑子快想爆了也找不到答案。

叔叔，请您一定要想法救他们！艾祖国"扑通"一声给周老大跪在了地上。

牛季走后，张俊在山上就给牛巴马日当起了孝子，同时叫日黑找人去把胜利大队那些会计啊主任啊生产队长啊全叫来开会，组织安排人赶紧写讣告，大体上按照彝族丧葬风俗习惯，还有哪些事情一一理出来，该报丧的报丧，昨天没来得及扭死落气鸡，今天没法补也就算了。没有找到银子就用红纸包几枚硬币放入牛巴马日口内，让他口含银子而去。几个婆子弄些白酒，本来要找牛巴家的下一辈男性来给牛巴马日擦拭净身的；可牛巴马日没儿子，也没有侄儿，那不争气的狗屎也跑得没了踪影，于是只有找来两个稍微沾得上点边的侄儿辈为牛巴马日净了身，表示子女后代对死者牛巴马日的尊重，同时也表示洗除牛巴马日在尘世间的烦恼和罪过。净身完毕后，更换了赶制的寿衣、寿鞋、寿帽，并去除了衣服上的扣子；以棉纱线按牛巴马日的年龄减去独女史丽一个单数后，以所剩的数目的根数束成腰带；穿戴完毕后，移放在灵床上。

一切有条不紊，只等到把阿卓找回来见上最后一面再入殓，然后等着发丧。彝族人崇尚自然，敬畏太阳，所以他们名字里爱用一个日字。太阳带来了光明带来了生命和希望，彝族人更敬畏火，正如著名年轻彝族诗人阿炉·芦根所说：生时火边来，去时火上归。彝族人是真正的唯物论者，他们认为人死如火灭，从虚无缥缈中来再回到虚无缥缈中去，于是人死一把火，化为灰烬归于尘土。他们既不烧纸也不垒坟，只把死者的骨灰烧尽，没烧尽的拢起，全送到自己那个家支历代祖先相对固定的埋骨灰的地方，简单埋在土里就行了；然后在埋骨灰的地方，捡几块石头围上一圈做标记，一般男性死者围九块石头，女性死者围七块石头。

一切准备就绪，牛巴马日被平放在一堆柴火上，焚尸人提来一桶酒，浑身上下给牛巴马日浇了个透，然后划燃了根火柴，先把耳朵上一直夹着的那根张区长发的纸烟点着了，猛吸了两口，赶紧用快要熄灭的火柴把蘸着酒的火把点燃。这时火柴已经烧到了他的手指尖，他一甩手将火柴头甩出老远，可还是觉得指尖被烧痛了。他突发奇想，不知道活人被火烧时到底有多痛，这倒是他从来没有想过的问题。

焚尸人转过身来，把火把向牛巴马日身下的柴堆伸去，脑袋里又想起了刚才这个问题，眼睛却不经意地看了一眼牛巴马日的尸体。突然被自己眼睛看到的一幕吓了一跳，他看到牛巴马日的手动了一下。他揉了揉自己的眼睛，往前凑了半步，他细一看，柴火没动，牛巴马日的手果真在动！

诈尸了！诈尸了！焚尸人吓得扔下火把就跑。

诈尸了！诈尸了！瓦山坪一下像炸开了锅。

张区长领着一帮人，一路狂奔，跑到焚尸场，伸手先探了一下牛巴马日的鼻息，马上大声喊道，赶快去两个人，找最近的人家，取扇门板来，赶快抬去抢救！

不是诈尸？有些人还在迟疑。

牛巴马日还活起的，赶快找扇门板来抬去抢救！张区长又催了一次。其他人才突然活了过来，于是一下跑开忙活去了。

牛巴大队长还活着！牛巴大队长还活着！人们奔走相告。

牛巴马日被人抬到了101矿区医院。医生检查了半天说，能活过来已经实属不易，将来也就是个植物人。

你看，以后他还能说话？张区长问。

这已经是个奇迹了，要是还能说话，那就是奇迹中的奇迹了。医生说。

山里人第一次听说了植物人这个新名词。当他们明白了这个词语的意义时，刚刚燃起的希望之火立即又熄灭了。

可是左等右等，派出去找阿卓的人等到天黑也没有把她找回来。101矿上电话线还没修好，还是打不出去电话。张区长只好让日黑书记安排全大队派工，轮流到101矿区医院来看护正在观察监护中的牛巴大队长。

## 八

天一擦黑，周老大匆匆忙忙做了些便饭，与艾祖国还有大黄三个饱餐了一顿，又灌了一大瓷盅盅老鹰茶。老鹰茶是金河口的特产，尤其以瓦山坪胜利山上的最好，解渴、利尿、口齿留香。周老大原本有个女人，是他用一根猪脚杆勾引回来的，准确地讲是被他的猪脚杆吸引来的。

那是几年前的一个冬天，跟这个冬天一样寒冷，周老大去永和公社帮公社大伙食团杀完猪。伙食团除了让他饱餐一顿泡猪汤外，额外还给了他根猪脚杆作为酬劳。回家路上，周老大冷得受不了，就将猪脚杆别在后腰捆袄子的草绳上，把手伸到裤裆里面烤自己雀雀的火。缩着脑袋踢着块石子往回走，一路上总觉得背后有人，转回头又没看到人，往地上狠狠吐了口唾沫，紧了紧裤腰，挣出一个响当当的臭屁，仿佛给自己助了威，心想老子是杀猪匠还怕鬼不成？

懒尿得管他身后是人还是鬼。等走到屋门口时才发现身后真有个人，还是个女人，那个女人形似骷髅骨瘦如柴，也不言语，两眼像是铁屑遇到磁盘，死盯他屁股上的猪脚杆。周老大恍然大悟，原来是看上了他那根猪脚杆了嘛。周老大就蛮豪气地把那根猪脚杆炖了一大瓷盅盅给女人吃了，自己一口汤都没有舍得喝。那女人也不知几天没吃饭，活像个饿死鬼投胎，呼哧哧几嘴就将猪脚啃完了。周老大咽着口水，生怕她将骨头也吞下去，千万别噎死在他家里。女人吃完肉，抱着瓷盅盅，扬起头咕噜咕噜将汤喝了个一滴不剩，又将瓷盅盅使劲摇了摇，确实再也倒不出汤来，这才傻笑着将空盅盅递给呆呆的周老大。女人揉了揉终于鼓起来的肚皮，"呃"的一声，打出一个极富感情色彩的嗝来。周老大从这个嗝里听到了感激，闻到了肉体的欲望，于是丢开手里的瓷盅盅，一下将女人扑倒在地上，饿着肚皮跟那个女人睡了一觉。女人就成了他老婆。女人是个哑巴，每次周老大外出杀猪，哑巴女人就跟着去帮忙打下手，递个刀呀刮个毛呀洗个肠子翻个肚子什么的，完了跟着饱餐一顿泡猪汤。三年前女人又突然消失了，兴许是盯上了别人的牛脚杆。跑了就跑了，周老大也没去找过，懒尿得找，也不让大黄去找。他就一直用那年给哑巴女人炖猪脚杆的那个瓷盅盅天天泡老鹰茶喝。

喝完老鹰茶，天已经全黑。周老大找来一条烂裤子，撕下一条裤脚，用杀猪刀切成两段，将粗的一截往自己脑袋上套试了一下，取下来利用裤脚上的窟窿眼拿杀猪刀略加修改，就剜出三个洞，往头上一戴，只露出眼睛和嘴巴，很有点土匪的卖相了。艾祖国有点想笑，在漆黑的夜里，其实他不用戴那玩意人家也看不清他那张黑脸的。

周老大又将那烂裤脚小的一头照此法弄了个面罩，强行套在了艾祖国脑袋上，找来根草绳绑在艾祖国腰杆上，帮他扯了扯衣服下摆。从周老大的眼神中艾祖国仿佛看到自己的父亲，艾祖国突然想哭。

周老大摸了摸大黄的脑壳，说了声，走！抄起杀猪刀，"噗"的一口吹灭了油灯，出了门，门外月黑风高，伸手不见五指。

七拐八拐，周老大尽走小路，也不照个亮，艾祖国就跟在这一狗一人后面深一脚浅一脚地不知往哪走，有几次都差点摔倒。奇怪的是所过之处，其他狗都不咬不叫，最多只是跟大黄呜呜地打个招呼。

其实，周老大下午早就摸清楚了关押牛书记的地方。

反动派头子牛老三被关在区公所最边上一间房子里，门口负责看守的人裹着两件军大衣已经睡熟了，正发出有韵律的鼾声，像是有人专门给他谱过曲。

去，把他守到！周老大跟大黄指了指，得到命令的大黄就跑到那人跟前趴下不动了。

周老大领着艾祖国摸到了关押牛老三的房子后面。窗户已经被石头和砖块封了。周老大用杀猪刀试了试，有几块是松的，便慢慢撬出半块砖，取下来轻轻递给艾祖国，把嘴巴嘟着使劲伸到砖洞洞里去。

牛书记，牛书记？睡着了哇？

哪个？牛季问，心想老子都这个样子还睡得着？

偏偏彭火山就睡着了，兴许是被打成了脑震荡，搞不清他是昏迷还是昏睡。

我是周大，别人都叫我周老大，杀猪的。

哦，啥子事？牛老三想起了那个没鼻子的杀猪匠模样，但不知道外面是敌是友。

我们是来救你们的。

还有哪个在外面？

小艾，北京来的大学生。

牛叔叔，是我，我们是来救你们出去的！艾祖国赶紧凑上去。

我不是叫你跑吗？跑回来捞尿啊？牛老三又急又气。这个背时娃儿哦！

牛叔叔，您放心，我们一定能救您。艾祖国开始扒拉封窗户的砖头石块。

周老大，你乱尿整，搞快把他弄起走！牛老三不想连累那么多人，自己才没有那么天真，跑得脱个尿。

我要救你们，我就要救你们！艾祖国更加用劲抠砖。

周老大，日妈听到没有，赶紧把他弄起走！牛老三急得直骂娘。

弄到哪去？

你是不光没长鼻子，你还没长脑袋？让他哪来的回哪去！

鼾声骤停，汪、汪汪、汪汪汪……

随着大黄的报警声，前院传来了嘈杂的脚步声。

我不会跑，我不会跑的……话还没说完，艾祖国的双脚已经离了地。周老大扛起艾祖国就跑，一阵风样消失在茫茫夜色中。全镇一片狗吠将周老大沉重的脚步声掩护得干干净净。

狗日牛老三的余党还想劫狱？一个胖子将地上的头套捡起来往自己脑袋上套，却怎么也钻不进去。

肯定是下午跑脱了的那个瘦猴子！

他不是本地人，跑不了好远，全镇搜。领头的命令道。

这一夜全镇的狗都睡不成了。

周老大一口气把艾祖国扛回家扔在地上，自己也一屁股坐在地上，只有出气没有进气，年龄不饶人，原来扛猪都没那么累。

牛书记说、把你、把你弄走，让你哪来、回、回哪里去！你各人、回你的北京去！

我不走！我还有考察任务！我要等王教授！艾祖国想到牛巴马日一家也不知道怎么样了。

外面狗叫声音此起彼伏，不走又能到哪儿去呢？艾祖国觉得怎么自己就是个灾星。

娃儿嘞，听话，各人回北京去找你妈老汉！周老大既不像张飞也不像李逵，倒像个周大妈了。

我真不想回去。艾祖国嘴上这样说，可心里想的是不回去又能去哪儿？也不知道父母亲在北京怎么样了？看来只有先回北京躲一躲再说。

那好，我回北京去。

这样才对嘛，好好活到，比啥子都强！

不一会，周老大就找出来一个包袱。他将包袱打开，里面是他这辈子穿过的最好的一套衣服——棉布染灰色对襟子衣服。这套衣服是哑巴给他置办的，没穿过几水。哑巴跑了后，他就再没穿过了。周老大将衣服给艾祖国穿在身上，将裤子收起来。

裤子太短，就不给你；其他也没得啥子，你把这些钱带到，不多，只有十几块，拿去买车票，还有十多斤粮票和六尺布票。说着从那条裤子包包里掏出一坨用手绢包着的东西来，打开后，从里面抽出一张五元钞票，想了想，又将那五元钱放回手绢里面，重新包好，然后塞给艾祖国。艾祖国知道那一定是周叔叔的全部积蓄，他哪里肯收。

听话，好好活到，这是我们两爷子的缘分，必须收到。周老大态度坚决。

艾祖国眼睛发潮，用力擦了一下鼻子，突然想起一句台词：放下屠刀，立地成佛！

左冲右突，摸黑走了大半夜，两个人终于离开金河口区管辖范围，来到了射箭坪。传说当年诸葛亮南征，与孟获在峨眉山南一处高地上对垒，相持不下，诸葛亮心生一计，约孟获阵前商议：为减少双方伤亡，不如这样，我在此地射上一箭，以落箭之地为双方地界，今后各守疆土，安居乐业，岂不是更好？孟获应允，想那诸葛亮手无缚鸡之力，还能把箭射多远？结果诸葛亮往南一箭射出，找了数天才在几百里之外的小凉山椅子桠口找到。无奈，孟获大军只好收刀捡褂，兵退凉山，后人便称此地为射箭坪。故事流传至今，地名沿用至今。

我只能把你送到这里了，我回去也该天亮了，你顺大路往前走，天亮前就能到金边县城。三国时代诸葛亮在射箭坪不用一刀一枪就打了一盘大胜仗，也祝你一路平安。周老大说完摸了摸艾祖国的脸，扭身就招呼正踮着一条后腿尿尿的大黄，径直消失在茫茫夜色里。

艾祖国兀自觉得周老大的背影越发高大了。

天亮时分，艾祖国终于到达了金边县城。整个县城还在睡梦中，到处墙上张贴着大字报、小字报，到处都是垃圾、传单。艾祖国信步由缰，走着走着看到一家开着门的包子铺，其实也不是什么正规的商铺，既无招牌也无服务员，估计是悄悄蒸几笼包子卖点钱补贴用度。闻着包子香，艾祖国的肚子便咕噜咕噜乱叫。

同志，请给我两个包子，一碗稀饭。艾祖国说。

马上，马上。包子五分钱一个，稀饭两分钱一碗；有粮票最好，两个包子一两粮票，送稀饭一碗。卖包子的是个六七十岁的老人。

同志，我想打听一下……

莫谈国事，莫谈国事，我们只卖包子！老人打断艾祖国，并警惕地观察四周。

把这些包子抬走！突然不知道从哪冲出来五六个穿着绿军装上衣的小青年来。

娃儿些嘞，你们也是有妈老汉的哦！给我留些嘛。老人快哭了。

全部抬走！全部抬走！抬蒸笼！抬蒸笼！

留给你当资本家啊？

我不是资本家，不是资本家！我不当资本家！你们抬走就是了……老人真就哭了。

自己要的包子还没吃成就被抬走了，艾祖国也不知道怎么办，直接将一角钱塞给了老人，正欲离开，后面跑过来一个人，是个姑娘，刚才那群抢包子的其中一个。

走，跟我们走！她一把拽起艾祖国就跑。

又多了一个短嫩巅儿的哦……包子铺老人在后面哭得更伤心了。艾祖国不知道短嫩巅儿是什么意思，估计是短命鬼的意思，这骂得也太毒了吧。

你是哪个学校的？叫个啥子名字？今年好多岁？会写毛笔字？为啥个长这么高？哪里的人？吃了几个包子？跟到我们干吃包子不用给钱的……一串连珠炮不停，艾祖国一个问题都没得机会回答她。

你们看，我又成功发展了一位同志！艾祖国被她拽着很快就追上了抬包子的人。

好，他暂时归你领导，喊他来帮忙抬蒸笼。

艾祖国就这样被裹挟着抬包子，送饭，贴大字报，贴小字报，游行。那个姑娘就跟着他一直喋喋不休，像只苍蝇，烦死人了。可他也没办法，还必须服从她的领导。艾祖国又说不来四川话，不敢张嘴，不敢张嘴就只有听从别人指挥。

我们家里不让我出来，我非要参加；我爸爸就打我，我就跟他们划清了界限，我自己跑出来的……她快人快语。

革命青年志在四方，我们也要不爱红装爱武装！我立志要成为又红又专的新青年！为维护无产阶级专政，为保卫党的事业奋斗终生……她说。

你长得还是很好看，人又白，可惜不会说话……她不光把艾祖国当哑巴，她还把他当成了傻瓜。

幸好我跟家里人划清了界限，要不我也受牵连了。前天他们抄了我的家，把我爸爸弄来批斗，把我爸爸收藏的那么多书全都烧了……她还说。

他们把我爸爸捆了，跪在地上的碎玻璃碴子里，是我给他亲自剃的阴阳头，哈哈哈……谁叫他反对我们……他原来头发那么好，现在一下白了一半了，呜、呜呜……她一阵哭一阵笑，听得艾祖国一身冷汗。

我也不知道我一天到底是在做啥子……她又说。

我有个好朋友，她是我最好的朋友，她长得比我漂亮，是个彝族女孩，不知道怎么样了。要是她也能跟我们一起干多好啊！我要是有她那样漂亮，肯定不得喊我搞后勤做这些杂活，她还借了我一本书，我们家就只剩下那一本书了……她又说。

她叫什么名字？艾祖国实在憋不住了。

什么？你会说话呀？普通话讲这么好，你哪个学校的呀？会说话怎么不早说呀？我还以为你是哑巴呢？你刚才说什么？一阵连珠炮又来了，那姑娘又惊又喜。

你一直喋喋不休地说个不停，我哪有机会讲话？

我哪有啊？哪有啊？我一直问你，你自己又不说嘛。你刚才说什么？

我问你好朋友叫什么名字？是不是叫牛巴史丽？

你怎么知道哩？你是哪里人哦？你是金河口的吗？你是少数民族吗？你怎么普通话讲那么好？你还没回答我。

你就不能讲慢点，你就不能一个问题一个问题地讲吗？你就不能歇一下嘴巴吗？

对不起，你认识牛巴史丽？金河口的牛巴史丽？

对，金河口区瓦山坪公社胜利大队的牛巴史丽。

她怎么样？你什么时候见到她的？她好吗？她提到过我吗？又来了。

她、她……

她怎么样，怎么样了？

她、她、她不怎么样，一句两句说不清。谈到牛巴史丽，艾祖国心中一阵隐痛。能找到电话吗？我想打电话。

对，对，打电话跟她说，我是谢丹阳，原来我家就有电话，但是现在没有了。要不我们去学校看看，打了电话你记得告诉我牛巴史丽的情况哈，先把这些东西贴完才能走。谢丹阳命令道。

# 九

张俊在山上苦苦等待，两天过去了还是没有山下的消息，阿卓也没有找回来。按照医院要求，牛巴马日只能就那样先观察，家里人都不用留下了，留下也没用，由护士照顾就行了。至于医疗费什么的，矿上领导说了，这么多年，你们从来都没麻烦过我们，反正矿也是国家的矿，矿上也要为驻地百姓服务，也要为维护民族团结做点贡献，不说钱的事。

张区长也觉得没有转出去的必要，再说路不好东转西转说不定就转死在路上了，于是交代给日黑，以后如果需要护理的话，全大队人轮流派人看着就行了。张区长于是叫人把牛巴马日的姐姐、姐夫请来商量牛巴马日的善后事宜，同时要求他们管好狗屎，不要再生是非。牛巴马日的姐姐是个老实巴交的人，狗屎的老汉三棍子打不出一个屁，除了酒什么都不关心，从小对狗屎的管教不是拳打就是脚踢，除了暴力还是暴力，根本不会语重心长说服教育那一套。这边跟张区长才谈完，回去就挥舞着棍棒追狗屎，撵得鸡飞狗跳，撵得狗屎也不知了去向，什么忙也没帮上。

没想到白白等了几天，盼来的却是牛季书记被抓的消息。山下知道张俊在山上，所以做了充分准备，工作组的同志都带了枪。十几个人把大字报往龙池山庄大门边围墙上一贴，当着大家伙的面把盖有公章的通知一念，就算走完了所有法律程序，张俊就被削了权靠边站了。至此，革命的洪流以摧枯拉朽之势席卷了整个金河口。

科考队员人都跑了，还搞什么科学考察？宁要社会主义的草，不要资本主义的宝，他们那些仪器设备都是资本主义国家生产的，砸，砸它个稀巴烂，砸碎一个旧世界，建立一个新世界！人们一夜之间，全变得不认识了。

阿卓也没有人去找了，当务之急是统一思想，组织人民认真学习上级领导的一系列指示精神，要把瓦山人民从精神上武装起来！每个人都要参加学习，牛巴史丽也不例外。

金边县城里，为了得到好朋友牛巴史丽的消息，谢丹阳自动放弃对艾祖国的领导权，两个人摸到了金边中学，学校大门敞开，空无一人，于是大大方方地来到校长办公室。谢丹阳轻轻撕下封条，艾祖国撬下门扣，两个人侧着身子悄悄溜了进去。

校长办公室乱得像被抄过家。艾祖国像捡到个宝贝似的从地上抱起电话机，顾不得擦去话机上的灰尘，拿起话筒呜呜地摇了几圈，居然通了。

您好，我是总机，请问你是哪里？

我是，我是……艾祖国不知道说是谁。

司令部，司令部！谢丹阳急啊。

我是司令部！给我转北京！艾祖国觉得司令部的人打电话就该很牛×的样子，于是把声音提高了个八度。

北京？谢丹阳心里一惊。北京可是我们心中向往的圣地，难道他是从北京来的？这个人……他来金边县干什么？他见过毛主席吗？……谢丹阳又有了一连串问题要问，刚要开口，艾祖国就捂住了她的嘴巴。

谢丹阳突然觉得眼前这个人很神秘。这个人突然从天而降，难道他就是传说中的白马王子？她突然幻想着艾祖国带着她来到了天安门，毛主席亲切地走过来握着她的手说，走了，走了，一会被别人发现了。她这才恍然大悟，拉着她手的不是毛主席是艾祖国。

两个人悄无声息地退出房间，按上门扣，用口水将封条重新粘上，一路小跑逃离了作案现场。

甩开了谢丹阳，艾祖国晚上又悄无声息地溜回了金边中学校长办公室。办公室除了办公桌椅，还有张单人床，有个柜子，艾祖国居然从柜子里找到了被子和换洗衣服。艾祖国就彻底打算以此为据点展开自己的工作了，他把床铺简单准备好，立即往北京打电话，结果摇了一晚上电话，一个也没接通。

第二天白天又跟着谢丹阳去干活，张贴大字报、小字报，发传单，把饭混来吃了，晚上回到金边中学校长办公室，再以司令部的名义往北京打电话，结果还是一个熟人的电话都没打通。

第三天又跟着谢丹阳出去游行时，与另一支队伍为了争夺战利品发生了小规模的冲突。谢丹阳为自己是搞后勤的没能冲到一线去参加战斗而耿耿于怀，在艾祖国耳朵边抱怨了一个下午。晚上终于打通了一个电话，是一个同学家的，东问西问问到了王教授的下落，说王教授已经作为反动学术权威被抓了。王教授是被他老婆骗回去的。王师娘为了自保，就骗王教授说女儿生了病，生命垂危。就这样王教授一到北京刚下火车就被抓了。艾祖国不知道该怎么办，没有王教授指导，如何才能完成大瓦山的科考课题？他多想回到校园，回到王教授身边，回到父母身边。可是父母亲朋好友怎么都联系不上呢，金边没有火车，但乐水市有火车。

第四天白天再跟着谢丹阳出去干活混饭吃，晚上回校长办公室来接着打电话，今天很幸运，电话一打就通了，是他父亲的一个老同事。不幸的是那头话还没说完，听到那边有人喊：

抄家啦！

电话就断了，后来就再联系不上了。

更不幸的是通话的内容，那个叔叔的电话内容经过梳理，综合起来有这么几个惊人的信息：

一是艾祖国其实不姓艾，也不是汉族，而是满族，姓爱新觉罗氏，是清朝皇族后裔。他父亲要他忘记一切，只做艾祖国，永远都不要泄露自己身份，永远都不要回北京。

二是艾祖国的父亲母亲因隐瞒身份，均已经作为企图复辟的反革命被镇压了。

三是京城正在全城缉拿现行反革命分子艾祖国。

字字血泪，句句锥心！

艾祖国一夜无眠。从小到大，父母亲与自己生活的点点滴滴都不断涌现出来。记得自己满十二岁那年过生日，父亲说：儿子，我们中国人是十二岁定根，从今天起你就算个真正的人了，希望你记住，做人要做到坚强勇敢、正直善良。

自己十八岁那年过生日，父亲说：儿子，今天你十八岁了，看着你一点点长成大个子，爸爸和妈妈心里真是说不尽的欣慰。十八岁就是成人了，中国古代还要举行成人加冠仪式的，从现在开始，你要学会用心生活学习，朋友、社会和家庭，这些都需要你用心去呵护，还记得满十二岁那年我叫你怎么做人吗？艾祖国毫不犹豫地大声回答，坚强勇敢、正直善良。

可是现在，坚强勇敢、正直善良这八个字艾祖国打算放弃，不光放弃这八个字，他决定连自己的生命也一起放弃。

一整晚都没睡好，天亮时，他一睁眼，居然发现头顶的电灯泡正不怀好意地盯着自己。看到头上的电灯，他翻身下床，走到门口，咔哒一声把开关拉绳拉得都快断了。多少天来这盏灯终于被点亮了，但这点光和热没办法点亮艾祖国。

艾祖国歪着头冥思苦想了一会儿，他脸上忽然绽放出一个如释重负的诡异微笑。他挪了挪桌子的位置，然后爬了上去，踮起脚，伸手拧下那颗白炽灯灯泡，"嘭"的一声，恶狠狠地把它掷在地上摔得粉碎，伸出右手食指和中指，毫不犹豫地塞进灯头……

奇怪，他一连塞进去几次，灯头里两个触点都摸到了，怎么没反应？

艾祖国，艾祖国，你在哪？艾祖国，艾祖国，出来！出来！连珠炮找来了。

我就猜到你躲在这儿，你以为我找不到你？你不想干了吗？谢丹阳一边走一边吵吵。

咦，你站到桌子上干什么？

我，我换灯泡。

换好了哇？灯泡呢？

摔烂了。

下来、下来，拿去，把这个馒头吃了，专门给你留的。

我不吃。

不吃算了，走、走、赶紧，这里不管了，今天有重要任务！谢丹阳今天十分兴奋。

哎，你还没有告诉我怎么认识牛巴史丽的呢？你跟她？难道？你真的是北京来的？是北京人吗？听说现在坐火车都不要钱的，能带我去北京见毛主席吗？能见着毛主席吗……艾祖国的脑袋都要被她吵炸了。

能不能让我安静安静！

我不跟你说话我跟哪个说嘛？家也没有了，朋友也没有了……谢丹阳这才发现艾祖国今天的情绪很糟糕。

你今天怎么了？生病了？饿了就把馒头先吃了嘛。你是咋回事？问你话又不说？你在想啥子呢……

真烦人，艾祖国简直不想理她。你先走吧，我马上就来追你！

不行，你必须跟我一起去！

我要上厕所拉大便，你也要跟我一起上？

你真坏！我在校门外等你哈！小谢丹阳脸一红甩下一句话先走了，那声音又脆又甜。可这声音在艾祖国耳朵里，那就是苍蝇般嗡嗡的噪音，一天从早到晚真的吵死人了。

艾祖国在校长办公室里，尽想着自己怎么个死法。他突然想起来，刚才好像小谢身上比前几天多了条枪，那枪好像是自己军训时用的56式半自动步枪。耳朵里没有了谢丹阳的连珠炮，反而不知道该做什么了，磨蹭来磨蹭去，不知不觉时间已经过了两三个小时，突然想起谢丹阳还在大门口等自己。奇怪了，今天她怎么没有回来催我呢？

艾祖国来到大门口左看看右找找，哪里有谢丹阳的影子？心想今天耳根子终于清静了，正打算独自离开时，突然听到门卫室传来断断续续的抽泣声。整个学校都没人，门卫室里哪来的人呢？艾祖国循着声音跑过去，推开虚掩的门一看，眼前的场景让他惊呆了。门卫室里居然是谢丹阳，只见她赤身裸体，目光呆滞，坐在墙角瑟瑟发抖。艾祖国一推门进去，她一边大叫，你们这群流氓！不要过来！不要过来！一边胡乱抓起地上一只鞋使劲朝他砸过来。

别怕，我是小艾！艾祖国几步冲过去，此时也顾不了许多，他赶紧脱下自己的衣服将谢丹阳的身体包了起来，再把地上谢丹阳的衣服捡起来，抖掉上面的灰尘和脏东西，给她穿在身上。

怎么会这样？怎么会发生这样的事情？枪呢？枪也被人抢了？都怪我啊！是我的错！艾祖国不停地自责，他抱起谢丹阳往校长办公室走去。连珠炮谢丹阳不再说话了，她拼命地撕打抓咬艾祖国，企图要挣脱他的怀抱。

艾祖国将她放倒在校长办公室自己的床上，不停地跟她说话安慰她：噩梦已经过去了，一切都会好起来的。又弄来些水帮她擦洗大腿上的血迹和身上的污渍，看这只受惊的小鹿慢慢平静了下来，艾祖国悬着的心终于放了下来，但内心深深的自责却并没有丝毫减弱，对不起，对不起，都怪自己，都怪自己！

她还是不说话，这让艾祖国很不适应。他不知道到底在门卫室发生了什么，谁是凶手？自己该如何处理？目前自己只有先照顾好她，报仇惩罚犯罪分子的事以后再说吧。

看着谢丹阳缩在自己的被窝里渐渐睡去，艾祖国想，我还是出去给她买点吃的吧。

艾祖国跑了几条街，终于找到了一家人在卖吃的，央求了半天，在他再三承诺一定会把碗送回来后，人家终于答应煮了碗面让他端走。

艾祖国护着这碗面像护着个宝贝似的，一路小跑，快几步又慢几步，又怕面凉了，又怕汤洒了。身边突然跑过去几个人，其中一个喊道，跑快点，看有人投河自杀喽……

赶紧救人啊！艾祖国恨不得自己飞去河边救人，但怀里这碗面却让他更加快了回学校的步子。艾祖国突然想起自己的遭遇，其实，投河也可以自杀的，他告诉自己。不过现在还不行，现在得好好照顾谢丹阳。

艾祖国将面条端回校长办公室，却发现床上不见了谢丹阳，也许她上厕所了吧？等了一会，想起路人说的有人投河自杀，心中一惊，一种不祥的预感油然而生，莫不是她跑去投河自杀了？他赶紧告诉自己，不会的，不会的。

这时，艾祖国突然发现床上枕头下好像有张纸，掀开枕头，他抓起那张纸一看，差点昏厥，转身就往河边跑去。

那张纸上写着：祖国哥，对不起！其实我一见到你，就喜欢上你了，但是现在我没有脸再活在这个世界了。如果再见到牛巴史丽时就说我那本书送给她了，不要告诉她我的事情。你要好好活着……

谢丹阳，你这个傻瓜！艾祖国疯狂地奔跑在空荡荡的河道上，天空飘下朵朵雪花……杀猪匠周老大的声音在天空回荡：

好好活到，活到比啥子都强！

十

雪，下了两天两夜了，就一直没歇过。

牛巴史丽正在给她阿妈喂饭，给阿妈喂了饭，她还要赶到 101 医院去看护植物人阿爸。这个胜利大队昔日的第一夫人、第一美人阿卓，双目无神，神神叨叨，一听响动，就放开腿乱跑一气。跟她说牛巴马日没有死，她也不理你。找回来四五天了，总共说了不到十句连贯话，反复念叨的词语主要是：杀曲柏、砍脑壳、老爷饶命、牛巴、冲锋枪、鸡舌、干酒、天……

牛巴史丽现在才真正体会到了什么叫天有不测风云。数天前自己还是父母手中捧着的心肝宝贝，人见人爱的小公主，现在却要独自撑起一个家了。狗屎表哥也不知道跑哪去了。其实从小到大表哥还是很关心很爱护自己的，小时候只要牛巴史丽被哪家小孩子欺负了，狗屎表哥一定会帮忙打回去的，绝不会拖到第二天才去报仇。为此狗屎表哥没少挨老狗屎的打骂，但他依然嘴上说改，手上照犯。有时更为过分的是，他还要经常帮牛巴史丽背黑锅；明明是牛巴史丽惹的事犯的错，可牛巴史丽经常往他头上推，他就自己死扛到底，以至于深爱他的牛巴马日舅舅也觉得这个娃儿朽木一块没得救药了。但自从牛巴史丽去金边读书以后，这表兄妹之间的关系就有些微妙的变化了。尤其是北京科考队员艾祖国出现以后，牛马史丽自己都不知道为什么与狗屎表哥的关系越来越生疏了。

怎么又想到这个人了，这冤家要是不出现，也许自己家就不会落到今天这步田地，可是越想忘记却又偏偏想起。

那天，王教授、艾祖国一行到家来以后，平时就很害羞的牛巴史丽出于好奇，就一直偷偷仔细观察这两个北京人，当然主要是观察艾祖国。长这么大她从来没见到过长得那么白嫩的男人，比自己都白啊，那脸上的五官长得是那么清秀……彝族年轻女性在家一般没什么地位，平时家里来了客人牛巴史丽都是躲得远远的，偏偏那天牛巴马日还把自己叫去，很正式地介绍给两位最珍贵的客人，而且最主要是王教授给父亲牛巴马日送了两瓶酒后，艾祖国也学着王教授的样子，送了牛巴史丽一个笔记本和一支英雄钢笔，那笔记本封面上印着北京天安门，那钢笔更是牛巴史丽日思夜想的宝贝。在金边读书时，全班只有同桌谢丹阳才有一支吸墨水的钢笔。前两天有人来家里搜查北京科考队的东西时，牛巴史丽就硬是没把这两样交出来，本来也是，既然送给我了就不再属于艾祖国了。幸好没交出去，因为科考队的其他仪器设备等东西已经被那些人当作资本主义疯狂地砸烂了。他们的东西被损坏后，他们以后怎么考察？又怎么回北京交差呢？他现在又被抓到哪去了呢？唉，史丽呀史丽，他把你害得这么惨，你还替他瞎操心。

那天晚上，酒足饭饱后，坝子里早已经点燃了一大堆篝火，牛巴马日领着王教授和艾祖国，与乡邻社员、男女老少围着篝火跳起了锅庄舞。史丽不知道艾祖国是不是真喝醉了，因为他在跳锅庄时曾踩过她的脚。牛巴史丽听大人们说过，跳锅庄时如果哪个男人踩了哪个女人的脚，就表示他喜欢她；如果她再踩他的脚的话，就表示她也喜欢他。一想到这个事，羞得牛巴史丽第二天都不敢正眼看艾祖国一眼，好在没发现艾祖国有什么异样，牛巴史丽一颗悬着的心才放下来。

牛巴史丽的心刚刚平静下来，结果又出了一件说不出口的事。那天太阳很大，天气比较暖和，牛巴史丽帮妈妈到山上打野猪草，结果活还没干完，听到几个小伙伴边跑边喊：看狗连裆喽！看狗连裆喽！什么是狗连裆？牛巴史丽一听也顾不得那么多，扔下野猪草就紧跟着那几个小娃儿追，跑到跟前才看到一圈人正在欣赏两条狗的拔河比赛。只见两条狗不知怎么屁股就粘到了一起，分也分不开，有人嘻哈打笑，有人指指点点，有人还向狗儿扔石头，可恶的狗屎表哥还拿着根长棍去戳人家狗狗屁股……牛巴史丽还没有搞清楚那两条狗的屁股是怎么粘在一起的，她阿妈就气冲冲地撵来了，夺下狗屎手上的棍子又是打狗又是打人，边打边骂把好端端的一个比赛现场给破坏了，甚至还挥舞着棍子来追打牛巴史丽，还骂她：丢人现眼、羞死先人。牛巴史丽莫名其妙地挨骂被追着打，她也不知道她阿妈为何一下发那么大的火，慌不择路往回跑，一头撞在了艾祖国怀里，把牛巴史丽的乳房撞得痛了一两天。牛巴史丽就奇了怪了，一见艾祖国，阿卓好像什么事也没发生过，也不骂她也不打她了。

在牛巴史丽的记忆里，长这么大阿妈还是第一次对她发这么大的火，除此之外，就是三年前挨过一次骂。以前的孩子除了玩泥巴好像就没什么玩具可玩的了，有一天牛巴史丽确实找不到玩的了，就打起了胸前不知道什么时候莫名其妙长出来的这两坨肉的主意，于是一手托起一坨肉，左掂掂右掂掂，左摇摇右晃晃，先左后右，先右后左，左右齐掂，快掂掂，慢掂掂，快抖抖，慢摇摇，再用手指拨弄拨弄那两个肉包子正中绿豆般大小的小奶头，居然发现这小绿豆还会变大变硬，不玩它吧它又慢慢恢复缩小变软……正玩得高兴，突然被阿妈发现了，好一顿臭骂。牛巴史丽就不明白了，我耍一下自己的东西也不行啊。她很想顶嘴的，但她是乖乖女，乖乖女是不会顶撞大人的。阿卓当时就骂的是"丢人现眼、羞死先人"等内容。

但这次被艾祖国撞到乳房的感觉，跟自己掂着玩的感觉是完全不一样的，想到这里牛巴史丽心里就一阵一阵麻酥酥。于是她隐隐约约明白了一个一直没有明白的词语的意思：云雨一番！就是公的与母的交配，就是一个男人跟一个女人做那个事……

她好想跟她妈一样也骂自己几句：丢人现眼、羞死先人！却偷偷地笑了。

嘎吱、嘎吱。艾祖国翻山越岭踩着厚厚的积雪又回到了射箭坪。谢谢您，周叔叔，活着比什么都强，莫问为什么回来，因为诸葛亮的箭是往南射的！

艾祖国突然发现前面一个小雪堆动了两下，继而是猛烈地甩动，雪渣被甩出老远，雪堆就变成了一堆黄毛，并呜呜地叫着向他移动过来。

大黄？大黄！艾祖国奋力地跑过去抱住了大黄。

这是大黄吗？整个身体比大黄小了一圈，艾祖国感觉自己搂着的只是一具会动的狗骨架。

怎么了大黄？艾祖国四周扫了一眼，我周叔叔呢？大黄明显已经没有了先前的灵动，它努力挣脱了艾祖国，跑到刚才卧着的地方，刨了几下衔出一把刀。艾祖国认得，这正是周老大那把万能的杀猪刀，刀上似乎还有丝丝血迹。

大黄，我周叔叔呢？艾祖国接过杀猪刀抱住大黄问，他左右扫了一圈也没看见周老大的影子，只见大黄两眼含泪，口中呜呜地乱叫。要知道一般正常情况下，杀猪匠周老大作为一个刀客、一个刽子手是人不离刀、刀不离人的。

大黄，你先吃点东西吧！艾祖国从怀中掏出一个烤洋芋，放到大黄嘴边，可大黄闻也不闻一下，就使劲拽艾祖国的裤脚。

好吧，大黄，我跟你走。艾祖国知道这狗一定是要带他去找周老大，只是不知周老大到底出什么事了。

大黄腿已经瘸了一条，走起路来跟跟跄跄。艾祖国就将大黄抱着走一段路再放下来走一段路，艾祖国好想给瘦骨嶙峋的大黄弄点吃的，可它连水也不愿沾。他们好不容易来到了金河口镇外，大黄将艾祖国带到了沙坝子一个土坎上。

沙坝子又叫金坝子，其实它是一个荒坝，它是野牛河与金河汇聚后穿过金河口镇，注入大渡河时形成的一小块三面环水的陆地，总共不到亩把地。峡谷缺土地，偶尔有人到上面去种点庄稼，大多是有种无收，一发洪水什么都没有了，更没人敢到上面去居住，也不会有人在那建坟把老祖先尸骨放到上面去。传说国民党在金河口驻军，修建营房到沙坝子取沙时曾挖出过狗头金，有一斤多重，挖出来就被国民党军官抢走了，后来那个挖沙的老百姓无缘无故就死了，也没有人看到过那块狗头金，就没有人再敢议论这个事。但不议论不代表不想，沙坝子就悄悄地被改名为金坝子了。沙坝子上有事没事地就被人挖出些坑啊洞啊的，也没听说过有谁再挖着狗头金的。坑洞越来越多，那可怜的沙坝子就越来越不安全了。

大黄将艾祖国带到一个雪堆旁，然后四脚并用拼命地刨雪，并发出阵阵哀嚎，渐渐一堆新土露了出来。

周叔叔！艾祖国一声长号，也加入到刨土的行列。

周老大的尸体是挖出来了，除脖颈上一处明显刀口外，并无其他伤痕，想必是死后被人随便找了个坑匆匆掩埋于此。

周叔叔啊！你不是跟我讲要好好活着，活着比什么都强啊！抱着周老大的尸体痛哭了半天，才发现大黄已经没有了气息。

原来，那天周老大和艾祖国劫狱不成，反而留下了艾祖国的头套这个线索。周老大送艾祖国去金边县城后，关押牛书记的那些人也没闲着，他们连夜拿着艾祖国留下的那个头套，挨家挨户试着往人家头上套，到周老大家敲门时，周老大还没有及时赶回来。见无人开门，他们就破门而入，一阵翻箱倒柜的折腾后，还真就找到了周老大的那个头套和只剩下一条腿的烂裤子，刚好能拼接在一起。

待他们正要返回时，周老大送完艾祖国回来了，在门口与这些人迎头一碰，立即就扭打成了一团，看情形不妙大黄也扑了上去。一团混乱过后，不知怎么搞的，那周老大突然就倒在了地上，鲜血从他脖颈上喷射而出，飞溅一墙。大黄也受了重伤，可怜周老大哦，杀了一辈子猪，最后莫名其妙地杀了一个人，没想到杀的却是他自己。

艾祖国奋力将周老大的尸体背到一个高台子上，让周老大头望紫云峰，背靠大瓦山，脚蹬大渡河，重新埋了座坟，把大黄也埋在了他边上。他想有大黄陪伴，周老大也不会孤单寂寞了。看来周老大没有去找哑巴婆娘是对的，有时候养人还真的不如养他妈一条狗。艾祖国再用周老大那万能的杀猪刀，砍了块木板，刻上：慈父周老大之墓。

艾祖国现在已经没有眼泪了，他必须按照周老大的要求好好活下去。不知牛叔叔彭叔叔怎么样了？也不知道牛巴叔叔的后事处理得如何了？也不知牛巴史丽现在怎么样了？

## 十一

远处突然飞来一辆偏三轮摩托车，艾祖国纵身一跃，跳进了路边树丛里。军绿色摩托车飞驰而过，呛了艾祖国一鼻子汽油烟子，他仿佛看到那摩托车斗斗里面反绑着的人好像是牛季书记。

我躲什么躲？艾祖国突然觉得刚才自己应该手持杀猪刀，立于路中，劫下那辆摩托车，管他车上是不是牛书记。

快要进金河口镇了，艾祖国远远看到进镇的路口子上已经设了卡。两个身着军绿色上衣，手臂戴个红袖箍，长着中学生圆圆脸庞的人正在盘问过往行人。顶着一头雪花，艾祖国加紧了脚步，大大方方地向金河口镇走来。

做啥子的哩？一个人问。

背一句毛主席语录才能过去！另一个卡人说。

艾祖国用杀猪刀指了一下左手臂上谢丹阳的红袖章，突然周老大附体，恶狠狠地冒出一句四川话：

老子杀人的！

艾祖国真的有点想杀人，但他不知道去杀谁。

对不起，对不起，是前辈嗦！走嘛，走嘛！两个卡人唯唯诺诺地放了行。

艾祖国来到周老大家，周老大家已经不是家，而是大雪压着的一堆灰烬。

艾祖国刚走到昔日的区公所大门口，就被个胡子拉碴的看门大叔叫住。

小艾，你怎么在这呢？你没回北京吗？原来是张区长，差点没认出来。

张叔叔，你怎么在这里呢？艾祖国很是惊讶。

我在这反省，跟以前一样，还是为人民服务嘛！你没看牛书记，他鸭子死了嘴壳子硬，现在被押到金边去了，想为人民服务还不得行呢！张俊倒想得开。其实变化更大的是艾祖国自己，只是他没照过镜子。在张区长眼里，艾祖国脸上已经少了几分稚气，多了几分成熟和沧桑。

唉！张俊想起上次在山上见到艾祖国时，他又惊又怕的样子就像一只被猎狗逮住的兔子。

艾祖国不知道该怎样安慰张区长了，但是还有很多问题要问，不知道从哪问起。

你这个娃儿，你为啥子不跑回你北京去呢？张俊问道。

算了，你先过去到那边房子里头等我。张区长指了一下大门边的一间耳房。说是间房子，其实有些不准确，准确地说应该叫棚子。这原本是没有的，最近才用木板搭起来的，四周漏风，家具就只有一张单人床，连桌椅也没有，艾祖国都不知往哪里坐。

我这房子最大特点就是空气流通好！张区长已经回来了。

两爷子坐在床边手拉手摆了会龙门阵。眼见艾祖国执意要回瓦山坪，张俊长叹一声说道：我就晓得你这娃儿是个犟拐拐，不过男人就是要像你这样子才对，记住以后凡事多想想，莫要冲动鲁莽行事，生命比一切都重要。

北风那个吹，雪花那个飘，艾祖国收好杀猪刀，毅然踏上了去瓦山坪的机耕道。

一路上，艾祖国设计了一万种与牛巴马日家人见面的场景，但大部分结局都是以自己被打得鼻青脸肿收场，这一路走来就觉得特别漫长。天冷人尿多，心情又忐忑，一路上都尿了三次才过猴子拐，怎么又想大便了？这段是茶马古道，一边是崖壁一边是陡坎，也找不到个藏身之地。原本想进到狮子洞里解决，可一进去就恨不得立马钻出去，洞中一片漆黑，头上滴答滴答不时流下刺骨的浸水。艾祖国身上也没根火柴，于是深一脚浅一脚地冲出洞子，攥杀猪刀的手心早已出了汗。收好刀，再往前，终于见路边有一羊肠小道上山，艾祖国手脚并用，顺小道爬行了一截，找了个能蹲下去的地方试了试，估计下面路上有人也看不见，解开裤子，刚蹲下去，突然看到山崖上有一只麻麻的兔子正好奇地看着自己。艾祖国情急之下，抓起碗大块石头砸过去，嘿嘿，有时候人倒霉时手更顺，兔子和石头一起滚下悬崖跌落在下面路上。

艾祖国脸上的阴霾瞬间一扫而光，老天爷帮忙送点见面礼，不让自己空着手见牛巴马日家人。

一想到牛巴马日，艾祖国脸上的阴霾就像胖子身上减掉的肉和走丢了的狗，瞬间又回来了。

那天一早起来，吃了碗苞谷面糊糊，啃了两个烤洋芋，还别说，在北京吃了十多年的大米面粉，吃惯了细粮的肠胃对这些粗粮还很是欢迎。

牛巴马日将开水灌了满满一军用水壶。那壶是他在部队当兵时发的，已经陪伴了他二十几年了，壶身上的军绿油漆已经快磨光了，露出大片大片亮晃晃的铝。细心的阿卓不知是为了水壶还是为了牛巴马日，还专门做了一个棉套子。大多数时间牛巴马日把水壶变成了酒壶，但今天或许是个例外，因为要带北京来的大学生艾祖国上山。

说到上山，艾祖国心里有点虚，来大瓦山搞这个课题研究是跟王教授来的，自己只是个助手而已；王教授走了几天也没个消息，下一步怎么办自己也不知道。也许牛巴马日正是看到自己不知从何干起，才决定先带自己上山逛逛，先看看风景。但大瓦山上已经白雪皑皑，若要登顶大瓦山，那得准备若干天，而且上大瓦山根本就没有路，这种天气也不可能上得了山顶。所以，牛马巴日才说带艾祖国上山逛逛，看看风景，人家也没说要登上山顶，因为对于从小在大瓦山下长大的牛巴马日来说，也许真如他自己所说的，他熟悉大瓦山的每一棵树每一块石头，每一棵树每一块石头也熟悉他。但为了安全起见，牛巴马日还是决定带上他那杆自制的火药枪。那枪从上到下全是灰尘且锈迹斑驳，艾祖国不知道那枪还打不打得响。

那枪原本就一直挂在堂屋墙壁上，旁边还倒挂着一张花豹皮。那只花豹不知是不是被这支枪打死的。牛巴马日取猎枪时，艾祖国悄悄瞄了一眼那张皮，发现那花豹正不怀好意地瞪着自己，它仿佛想从墙上跳下来一口咬住艾祖国的脖子，吓得他一哆嗦，赶紧将目光移向了别处。

两爷子沿龙池岸边向大瓦山进发。龙池在五个池子中面积最大、海拔最低。牛巴马日一直就没有搞明白，按理水应是蓝色或者绿色的，可不管从什么角度观看水面，池中的水都是黑色的。艾祖国也发现了这道奇观，虽然靠阴的一面已结了一层薄冰，但在靠阳的一面，艾祖国捧起一捧池水却发现它清澈无比。牛巴马日告诉艾祖国，龙池底部全是黑色淤泥，这些黑色淤泥一旦粘在手上，很难清洗干净。但只要用池水清洗，稍稍搓几下就能让污渍无影无踪；而且龙池的池水常年不满不溢，奇怪的是水中几乎没有漂浮物，即使有残枝败叶落入，也会被飞鸟衔走。

那边远处就是凤池。牛巴马日叔叔告诉艾祖国说，还有更神奇的事呢。很多年前，一棵小树苗被大瓦山上的獐子连根带土踩进凤池，这只獐子被淹死，小树苗却活了下来。令人难以置信的是，这棵树苗落在凤池的水面不会下沉，反而在水面上开始疯狂地生长。数年时间，这棵小树苗竟然长成了参天大树，还会被风吹着在凤池的水面上到处漂移。牛巴马日说，这棵树在被村民砍伐以前，其树冠能覆盖一亩地。大炼钢铁时期，他们组织了一百多个青壮年，一起利用绳索才将大树拉倒后砍伐了。

牛巴马日又指了指远处的干池。干池不知道是哪一年干涸的，形状是池，可一滴水都没有。干池一边地皮泛白，另一边却有几百亩的黑土地，仅有低矮的荒草零星地点缀其上，没有树木生长。牛巴马日说，干池的黑土居然是上好的燃料，当地社员将黑土采集回家，打成薄块，晒干后即可用于生火做饭取暖。用这些黑土做出的土煤块燃料不但火旺，燃烧持久度丝毫不比煤炭差，当地人把它叫做土煤炭。

不知道是怎么的，艾祖国觉得今天牛巴马日叔叔的话比平时讲得多很多，一路上不停地介绍这介绍那。

艾祖国把这些一一记在心里，希望有朝一日通过科学考察，揭开大瓦山之谜。

顺着山脚开始爬山，不知不觉已经沿着山腿爬了好几百米高度，虽然时值隆冬，但偶尔还能找到一两朵映山红。一路风景如同一位风韵少妇，自然、朴实、亲切、成熟、灿烂、激情无限、美丽动人，让艾祖国感到心旷神怡，流连忘返……

大概已经到了山膝的位置，积雪也越来越多了。牛巴马日用脚刨开地上的积雪，把猎枪从背上取下来靠在身边树干上，一屁股坐到一块石头上，拧开水壶，喝了一大口，递给艾祖国。

唉呀，这哪是水，全是酒味……

酒嘛、水嘛、喝嘛！我们彝族人，会吃饭就会喝酒，会走路就会跳舞，会说话就会唱歌……来，来来，坐下休息一会，你看右前方，云雾中的山峰，那是紫云峰，山峰常年紫云环绕，所以叫紫云峰。牛巴马日说。

传说古代曾有高人在紫云峰上隐居修炼，后来成了仙。还传说石达开被洪秀全逼走出天京，自己对太平天国一片忠贞，反遭到天王重重猜疑，早已经看破红尘，不愿再入"是非之门"，为了避免再次火并，使起义事业遭受损失，只好相让出走，率兵至大渡河边，自己便领一两个亲信上了紫云峰隐居，而将部队交给一个对自己忠心耿耿的替身；替身哪里会带兵打仗，因此才兵败大渡河。石达开替身也是铁汉子，受凌迟处死，行刑时，被割一千多刀，从始至终默然无声。

牛巴叔叔的这个传说，艾祖国还是第一次听到。传说充分反映了大瓦山人民对英雄的敬仰，不论真实与否，至少是一种解决人民内部矛盾的美丽愿景！

牛巴马日又指着正前方说，你看那一片山，由凤池看过去一山连一山，高数百米、长数千米绵延起伏的便是凤凰山，地形奇特。如果站在后山观望，山形就是一只展翅欲飞的凤凰，正回首仰视大瓦山，尤其凤冠的形象逼真，因而叫"凤凰咀"。你娃娃今天运气好，从我们现在这个角度望过去，凤凰山就不是山了，就成了一个睡美人。艾祖国顺着牛巴马日的指点仔细端详，凤凰山竟变成了一座睡美人。

睡美人面北朝南，呈仰卧状，双腿微曲，双手置于小腹，体态丰腴，面容安详。其首、颌、颈、胸、腹、腿各生理部位比例恰当、匀称，生动形象，栩栩如生，天然而成。特别是高高的鹰钩鼻子、轮廓分明的下颌以及圆润丰满的胸脯，简直就是一位来自西方的睡美人。凤凰山睡美人犹如一位慈祥的母亲守护着瓦山坪，又如一个不离不弃的爱人终身陪伴着诺亚方舟大瓦山。

再看左前方，左前方那是蓑衣岭。为什么叫蓑衣岭呢？就是一年四季岭上常常下雨，从此岭经过者都要穿蓑衣带雨具。

艾祖国正想发几句感叹，牛巴马日又说开了。

两个人这一屁股就坐了半个多小时，水也喝了，烤洋芋也吃了，牛也吹了，估计也休息得差不多了，艾祖国站了起来。

牛巴叔叔，我们继续上山还是下山？艾祖国问，也许走热了坐得有点久，起来时一股冷风迎面而来，他突然打了个冷战，然后眼皮就一直跳。

继续上山，还早得很呢，这点路离瓦山顶不到十分之一。牛巴马日说完屁股一拍，径直向前走去。

# 十二

山势越来越险，自然风景也越来越好。沿途，道路两边，是无边无际的箭竹和杜鹃。若是花开的时节，配上箭竹的青翠，一定是另外一番景象，而现在，满目苍翠。

又走了一个多小时，眼看到接近山腰了，往前走几乎全是悬崖绝壁。一路上全是荆棘密布，时而穿越原始森林，时而攀登悬崖峭壁。有几处，人简直没法攀爬，牛巴马日便将随身携带的绳子一端拴块石头，或者砍下一根树杈，加工制成钩子绑到绳索头上，像古代攻城武士一样，熟练地向上抛去，挂在悬崖上面生长的树根上，然后借助绳索攀岩而上。对于年轻的艾祖国来说，那真是险象环生，倒也十分刺激。

一路上，艾祖国见到了很多珍稀植物，珙桐、桫椤、连香、水青、银杏等，有的他在书本上见过，有的见也没见过。森林里还不时窜出一两只松鼠等小动物。艾祖国对沿途的自然景观，溪流、瀑布、岩壁、溶洞以及野生动植物、当地特产和传说等都有了初步了解。

又爬了一会，突见前面有一块平地，几块巨石赫然矗立，巨石上刻画有张牙舞爪的老虎脸、鬼脸及其他动物等图案，还有好些大大小小的彝族文字。这些文字图案都有明显的火烧破坏痕迹，艾祖国本来也不认识彝文，所以也无从可考。牛巴马日告诉艾祖国，彝族的宗教具有浓厚的原始宗教色彩，崇奉多神，主要有自然崇拜、图腾崇拜和祖先崇拜。牛巴马日是共产党员，是无神论者，共产党员是只信马列主义、毛泽东思想的。

高处是群山，低处是云海，近处因昨夜的雪而成为一片雪原，云杉点缀，疏落有致，云海飘忽，荡气回肠，远山缥缈，若隐若现。他们所到之处，可能是古代大瓦山彝族百姓的一个祭祀场所，后来不知是何年何月被损毁。艾祖国发现巨石主要为玄武岩，有的石头上还留有一些坑洞，像是用来安装木柱等构建的。牛巴马日说，听老辈人说此处真的有房子，建筑物类似庙宇，后不知道是什么原因被人一把火给烧了。

牛巴马日还说，很多事情，自己是做不了主的，譬如杀曲柏老爷，杀了对不起组织，不杀又对不起列祖列宗和整个家族。不知道他是怎么了，突然说起了这些东西。

艾祖国归纳为：人在江湖，身不由己。

再往上完全没有路了，每走一步都得用砍刀开路方能前进。牛巴马日说要上大瓦山顶，只有从这一面上去。顺他手指方向，大概是山肩位置，那里仿佛是笔直的大瓦山塌陷下去了一个角。这里叫龙倒角，牛巴马日说，传说龙从龙池腾飞上天时，由于尾巴的摆动，将大瓦山山顶一角打烂了。另一说是，从龙池出来的龙从大瓦山这一角爬上大瓦山，再从大瓦山的平顶腾飞上天。不管怎么说，要上大瓦山顶，只有从这个方向上去，其他几个方向无论如何是上不了山顶的。

当他们正准备试着往前再走一段时，突然，一道风景正在成型，让艾祖国再也挪不动脚步，移不开眼睛。那就是云瀑。从紫云峰的背后拂起的云雾，给高耸的山顶戴上了一顶白色帽子，汹涌澎湃却并不继续往上空扬起，仿佛山顶是一个巨人的头颅，沿着帽子的边沿顺头颅往下。云雾如发丝一般从帽子的边沿上溢出，而后再慢慢沿着山峰向下倾泻流淌，慢慢盖住了整个紫云峰。那巨人的缕缕银丝一直垂了下去，即将到达丰腴的山腰，却戛然而止不再向下蔓延；一些细小的云团慢慢向上扬升，漫过对面的山坳，向大瓦山飘来，飘到艾祖国他们的脚下就散了。此时的大瓦山，俨然一派仙境。

很久没有看到这么美妙的景致了，牛巴马日说，顺山爬的雾霭很常见，但随着山体而溢流成轻纱一般，犹如曼妙轻舞的气韵，而且又那么有气势的云瀑，这还是第一次得见。他俩站在一个可以鸟瞰、平视和仰视的高台巨石上，流云之上是无垠的湛蓝，流云之下是瓦山坪依稀的村落。没有花开花落，漫看云卷云舒，那一瞬，艾祖国感到自己的语言如此匮乏。自己远道而来，还没有真正开始工作，上苍就赐给自己这道美景，他不由对大瓦山更加心生敬意，得此瓦山美景，此生死而无憾也。艾祖国还想在这丛林间的草坪上享受和消化一下这突如其来的风景，再进一步细细品味，发发感叹。于是，他掏出笔记本来记道：大瓦山像一叶孤舟游弋在茫茫云海之上，耸立于圣洁的雪原之巅，远处是巍峨的群山环绕。此情此景，我无法用文字的排列来描绘它，只能唏嘘慨叹，得此美景，此生足矣！

艾祖国在他的日记本上继续写道：我没去过天堂，但我知道它很美。自从见到大瓦山，她大气磅礴，浩浩荡荡，让我知道之前所见过的雄浑不叫雄浑；她美轮美奂，韵景非凡，让我见识了以前见过的精美不算精美；她气韵流动，变化莫测，让我明白了之前所见过的幻境不是幻境。于我而言，也许这就是一种颠覆。可惜，面对颠覆，我似乎还没有做好准备，只能睁大双眼，却总也看不够……笔墨和思想都已不够用了，在此等壮观面前，我只能说，这是造化的力量。山如海兮风如潮，云端极目叹天高；眼前有景题不得，胸中点墨似火烧。我从没见过这样的景色，所以我认为这就是天堂。

合上笔记本的时候，艾祖国不经意地看了一眼笔记本扉页上那几句话：

> 一切都是命运
> 一切都是烟云
> 一切都是没有结局的开始
> 一切都是稍纵即逝的追寻

这个时候，山下突然起了云雾，蓑衣岭和凤凰山已经不知去向，紫云峰也只能在云雾中忽隐忽现，脚下是翻涌的白色云团，大瓦山成了云海包围中的一座孤岛。

起风了，天气陡然变化，令两人有些猝不及防，再回过头向上看，瓦山顶也消失在云雾中了。

变天了，快，往回走，下山。牛巴马日有点紧张的样子。

还没走出去几步，风变得越大越大了，风中夹着朵朵雪花。

紧接着雪花朵朵变成了米粒大小的颗粒。这，已经不是雪花了。

颗粒越来越大，小如黄豆，大如乒乓球。

怎么会下冰雹？的确，牛巴马日虽是从小在山上长大，但这种状况他还没有遇到过。

要不找地方躲躲？艾祖国的眼皮越发跳得厉害了。

这冰雹也打不死人，赶紧走快点。牛巴马日一边小跑一边催促。

一路小跑，虽是下山，艾祖国也跑得气喘吁吁。山上人常说上坡脚杆软、下坡脚杆打闪闪，所以下坡路并不一定比上坡路好走。

尽量走树下，冰雹就打不到你，抓到树干点，小心滑倒，用脚趾头往下扣，使劲抓住地面走。牛巴马日还在不停地提醒。

连过了两道悬崖陡坎，两人配合利用绳索下得都很顺利。艾祖国觉得牛巴马日还真是老山民，有经验，但背时的眼皮还在一个劲乱跳。

尽量踩我的脚印，别踩冰雹。

说来就邪门了，眼看就到了第三处悬崖，牛巴马日刚一说完，正跟着他往下小跑的艾祖国就真踩到冰雹上了，脚下一滚，人就失去了重心，倒在雪地上往下滑，他连抓了几把都只抓住枯草和积雪，枯草被连根拔起，人瞬间就跌落下山崖。

抓到！抓到绳子！

一根绳子从天而降，艾祖国双手一把抓住绳子，两个手掌一下被磨得稀烂，血染红了绳子，整个人也停止了降落。他赶紧努力将绳子在手腕上缠了一圈，随后感到自己正在一点一点地随着绳子往上升。

那是牛巴马日在上面正使劲往上拽他，他企图将系着艾祖国性命的绳子拉过去拴在最近的大树上。眼见离树干就差几厘米了，可是老天爷不答应了，这时突然又把一大把鸡蛋大小的冰雹砸向了牛巴马日。在重力加速度的作用下，一个个冰雹变成精确制导的导弹，像是以数倍音速向他扑来。牛巴马日被冰雹打得晕头转向，瞬间就失去了意识，反而连绳带人被艾祖国扯下了这截三十多米高的山崖……

不知道过了多久，风停了，冰雹也不下了，零星的雪花还在飘。

一个响雷将艾祖国打醒，这也太奇怪了，大冬天打雷下冰雹。他发现自己胳膊和腿还在，不远处的牛巴马日叔叔已经奄奄一息，他的脑袋后面石头上是一大摊血，可他手里还紧紧地攥着那根绳子。

牛巴叔叔，怎么办？怎么办？这可把艾祖国吓傻了，他爬过去抱着牛巴马日不知所措。

意外，不是给有准备的人准备的，牛巴马日也不知道怎么办。他努力地睁了睁眼睛，此时能想到的可能只有女儿史丽嬶和自己的女人阿卓。活人谁也没有经历死亡的体会和感受，所以此处姑且不表牛巴马日的内心活动。

艾祖国在万分惊恐之中只记得牛巴马日努力地睁开眼说了句话，然后整个人就软了下去，沉了下去……

牛巴马日就说了句：帮我照顾好她们……

那自然是照顾阿卓和牛巴史丽。

这才是飞来横祸啊，艾祖国在山上叫天天不应，叫地地不灵，哭一阵，傻一阵，呆一阵。

天很快垮下来了，最后，他还是摸黑，一步一步磕磕绊绊地把牛巴马日背了回来。

阿卓已经做好了晚饭，以为这么晚了还没有回来，这两爷子今天是不是会带些猎物回来打牙祭，哪料到撑起这个家的顶梁柱竟突然倒塌了。

阿卓一声惨叫便不省人事。正在挑灯研究《红楼梦》的牛巴史丽闻声而来，也被这突如其来的变故吓傻了。

闻讯而来的乡邻和生产队队员们谁会相信冬天会打雷下冰雹呢？若不是亲眼所见，艾祖国自己也不会相信今天在大瓦山上的经历。艾祖国也恨自己，为什么死的不是自己。

牛巴家支的族人们更不相信艾祖国所说的一切。他们从小在山上长大，再怎么也不会相信牛巴马日会摔死。但是，他们的偶像、他们的英雄、他们的领袖牛巴马日大队长就躺在那里，他不能再开口告诉他们真相了。于是，他们只能相信自己的拳头。

他们的拳头艾祖国是领教够了的。他们的拳头跟他们人一样，很实在，但即便再次领教，艾祖国还是要继续上山，完成跟王教授的大瓦山科学考察课题，完成牛巴马日的托付，照顾好牛巴史丽和她母亲。周老大说得没错，要好好活着，要让大家都好好活着。

艾祖国脚下的步子更加坚定了。

此时此刻，艾祖国不知道，另外一个人踩着更加坚定自信的步子行走在从瓦山坪返回龙池胜利大队的路上。这个人便是狗屎克其，但没人再敢叫他狗屎这个小名了，今天他已经被任命为胜利大队革命委员会主任。当了主任的狗屎克其人们只能尊称其大名拉龙，而且还要加上主任两个字。

那日，狗屎克其经不住老狗屎的责打，负气偷了家里的钱和粮票离家出走，在顺河场混了一天，又到金河口镇混了一天，身上的钱和粮票就完了，无奈只得沿街乞讨，当然也受尽了白眼。

第三天，他在乞讨时，突然发现跟着那些穿绿军装的人混，能管饭，而且特别牛，想干啥干啥，想骂谁骂谁，想打哪个打哪个，想砸啥子砸啥子，比讨饭更安逸，天底下居然还有这样的好事？于是，狗屎毅然丢掉乞讨这份工作，义无反顾地跳槽转行了。

人，不管你干什么工作，兴趣爱好都很关键，能干上自己喜欢的工作那是最好不过了。转行后的狗屎克其很是尽心竭力，积极发挥自己凶狠残暴的本性，努力提高打人水平，想方设法坚决超额完成上级交给的打砸任务，在刑讯逼供武装部长彭火山等案件中迅速成长，进步非常明显，表现十分突出，很快就成长为骨干人物，被派回瓦山坪公社组织开展活动。回瓦山坪后，狗屎同志积极发挥地缘人缘优势，更加努力忘我工作，表现尤为突出，充分展示了自己的天赋和能力素质，就这样很快成了瓦山坪响当当的人物，被派回到胜利大队主持工作。

艾祖国还没有走到牛巴史丽家。当他正要喊：狗拴好了没有？彝族人不吃狗肉却几乎家家养狗，但牛巴史丽家其实没有养狗，之所以这样喊，其实是向主人家打招呼。这还是艾祖国刚到牛巴马日家第二天，牛巴史丽教他的。牛巴史丽告诉艾祖国，彝族人互相串门忌敲门，一般在离家较近的地方，向主人家问：你家有狗没有？或你家狗拴好没有？

主人家听到有客人在门外招呼，便答应：狗已经拴好了，请你到家里来。

随即出门拦狗，或到门外来迎接客人。切忌什么招呼都不打，就直接闯进屋。否则主人家会马上变脸，将你赶出家门，认为这人没教养，也不会尊重你。今天艾祖国知道自己的到来肯定不会受到牛巴史丽家欢迎，但还是硬着头皮，准备按彝族人规矩，也问声狗拴好了没有。可还没张口，就听到大队部那个方向传来了噼里啪啦的鞭炮声，随后，有人边敲锣边用彝汉双语高喊：

新官上任啦，拉龙同志当胜利大队革委会主任了！

谁是拉龙？众人涌出家门，面面相觑。

谁是拉龙？谁是拉龙？

狗屎，克其！克其就是拉龙啊！有人终于想起了他，无异于哥伦布发现新大陆。

他不是北京来的那个大学生吗？他怎么又回来了？有人发现了艾祖国。

狗屎当主任了！狗屎当主任了！大家相互传开了，传到后面都说成拉龙当主任了。拉龙当主任了，拉龙从小就不一般，早就该当主任了，老克其真有福气啊！他们在为拉龙高兴，为老克其教子有方感到骄傲时，不免对自己家孩子感到几分失落，不成人啊，更对自己不能像老克其那样正确教育孩子而感到内疚和自责。

人们在感叹中，仿佛拉龙是自己最亲最近的人，他们不知不觉中就又忘记了狗屎克其是谁了，也忘记了艾祖国的存在。

但是，牛巴史丽没有忘记，而且牛巴史丽已经发现了站在家门口的艾祖国。

# 十三

四目相对，此时无声胜有声。

牛巴史丽的双眼湿润了，仿佛在责问：你回来干什么？谁叫你回来的?! 你去乐水，去成都，回你的北京嘛！干吗还要回来?!

透过牛巴史丽深邃而忧郁的双眸，艾祖国已经找不到先前那个羞怯、天真烂漫的小姑娘了。她脸上先前那对迷人的小酒窝到哪去了？先前设想的各种见面方式，一种也没有派上用场。

艾祖国张了张嘴一个字也说不出来，他感到什么语言都那么苍白无力，什么语言都无法表达自己内心的感受。第一轮眼神对决，就这样败下阵来。艾祖国将目光从牛巴史丽脸上转移到墙上新写的彝汉标语上：

坚决破除旧思想、旧文化、旧风俗、旧习惯。

牛巴史丽一扭头转身回了屋，"嘭"的一声摔上了门。

艾祖国像个犯了错误的小学生，磨蹭了半天终于将两条腿挪到了门口，却又不敢敲门迈进去。

这时阿卓回来了。阿卓现在比前段时间好多了，能自己吃饭，也能自己找到路回家来。而且她还很忙，忙着做什么呢？阿卓现在从早到晚都在忙一件事，她不停地到生产队的庄稼地里去检查，看哪些庄稼倒了或者断了，她就去想方设法把这些庄稼扶起来，谁也劝不住拉不住，一边扶庄稼还一边骂：

曲柏这个砍脑壳的畜生，又糟蹋了那么多庄稼！

只是有个问题有点麻烦，人们无法进入阿卓的精神世界，觉得她现在不太分得清哪些庄稼是有用或者无用的了，因为她有时努力了半天扶起来的并不是庄稼。她甚至有一次在苞谷地里折腾了一整天，把秋天已经收过苞谷剩下的枯秆秆侍弄来侍弄去，倒的扶起来，断的费九牛二虎之力也要接上去。在正常人看来明明是一片干枯的秆秆，也许她认为那一片苞谷绿油油还没扬花呢。

阿卓今天不知道在哪块地里护理庄稼了，又是一身泥一身汗。刚一回来，看她心情还怪好的，也许下了雪，被雪一掩盖，没找到多少被曲柏糟蹋的庄稼吧。

可当她一发现正在家门口站着的艾祖国，二话不说，像饿虎扑食般一下冲上去就抓住艾祖国，一口咬在手膀子上不松口。艾祖国"啊"地大叫一声，本能地将手中兔子丢在了地上，只见阿卓鼻孔里还喷着热气，喉咙里发出呼噜呼噜的声音。

听到叫声的牛巴史丽冲了出来，艾祖国本想挣脱阿卓，但他却闭上了眼睛，咬紧牙关任由阿卓撕咬。

阿莫，放开他！牛巴史丽果断地喝道。你也真是的，就让她咬你？

我、我、我没事的。艾祖国回答。说来也怪，阿卓听到女儿的命令后，极不情愿地慢慢松开了口，非常紧张地躲藏到了牛巴史丽的身后，两眼露出惊恐的眼神，偷偷地观察艾祖国。这个女人打小就得听主人的莫阿嘎的命令，后来又一直将牛巴马日当作自己的主人，现在她只有听从牛巴史丽的命令了，也许她不确定牛巴史丽是阿嘎小姐呢还是自己的阿莫，反正在她的记忆里也没有见过母亲。同时她也不确定艾祖国是谁，这人细皮嫩肉的，跟的莫老爷那家的人一样，反正没有一个是好人，史丽嬷为什么不让咬他呢？疯了，史丽嬷疯了！他到这里来要干什么？抓牛巴吗？牛巴呢？想到这里，阿卓赶紧冲到家里，到处去找牛巴马日。

你没事吧？别害怕，我阿妈现在就这样了。牛巴史丽说。

我没事的。

你回来干什么？这是你待的地方吗？你为什么不回你的北京去？

阿卓阿姨怎么了？艾祖国绕开话题，边说边捡起兔子跟着牛巴史丽进了房子，他已经感觉到阿卓阿姨不太对劲了。

她、脑子……牛巴史丽欲言又止，眼泪一不小心又滑了出来。

对不起，对不起！都是我把你们家害的。艾祖国也不知道说什么好。

也许是我阿达命中该有此一劫吧！

啊？艾祖国疑惑了。

我阿达其实没有死，只是他成植物人了。

他在哪里？我想去看看他。

在矿上医院。

我现在就去看看他。

不行，明天再说，我给你倒杯水吧。

不用，不用。我这里有些钱、粮票和布票，不多，补贴点家用吧。艾祖国把杀猪匠周老大给他的那包东西全拿出来，他还没怎么动过。

不要，你留着吧，到时回北京好坐车用。

你拿着，我不回北京了。

两人正在彼此推辞，阿卓突然冲过来，一把夺下那包东西，几下扯开手绢，一看是钱物，突然笑了。

牛巴啊，我们有钱了。家里有坏人，我赶紧烧给你哈！别挣了一辈子钱舍不得花啊！等你死了钱就不是你的了哦！说着就到处找火柴。

艾祖国不知如何是好。

阿莫，听话，阿达说了，叫我把钱拿去给他，你听不听他的？牛巴史丽沉着应对。艾祖国知道了，阿达是阿爸的意思，阿莫就是阿妈。

一定给你阿达，不能给别人啊！阿卓果然中计，老老实实地将钱物交给了牛巴史丽。但她一直轮睛鼓眼地看着牛巴史丽，生怕她将钱给了艾祖国。

阿莫，你快去烤洋芋吧。牛巴史丽只有再次给阿卓下道命令，从而转移她的注意力，回过头捡起刚才的话题问艾祖国。

你不回去？那你打算去哪？

我哪儿都不去，就留在大瓦山。艾祖国很想告诉牛巴史丽，牛巴马日叔叔曾托付自己照顾她们娘母俩，但他觉得除了自己没有人会相信的。

北京那么好，留在大瓦山做什么？

留下来完成科学考察任务。艾祖国觉得这样说要好些，目的明确，好理解，也不会引起歧义。

哦……糟了、糟了。牛巴史丽突然想到了什么。

什么？

他们把你们的设备全砸毁破坏了……可能修不好了。牛巴史丽觉得有些对不住艾祖国，好像那些设备仪器都是自己破坏的一样，山里人就是这样诚实和淳朴。

啊?！艾祖国不敢相信自己的耳朵。

我带你去看嘛。牛巴史丽将艾祖国带到他和王教授先前住的那间房子里。艾祖国他们从北京带来的仪器变成了一堆垃圾，艾祖国简直不敢相信自己的眼睛，怎么办？怎么办呢？能修好吗？他一遍又一遍翻检这些垃圾——还真是垃圾，看来牛巴史丽说准了，根本没法修好了，怪谁呢？谁也怪不着。其实他不知道，牛巴史丽花了一整天才将这些垃圾回收回来的，她希望能尽量减少些损失。

看来老天爷是真不让我回去了，这些设备仪器损毁了，自己一辈子也赔不起。艾祖国长叹一声，真是欲哭无泪，天要下雨，娘要嫁人，由他去吧。

能修好吗？牛巴史丽很忐忑。

应该说能修好的，但一时半会修不好了，所以我只有先继续住你们家里。艾祖国灵机一动，撒了个谎。

那就好，那就好！牛巴史丽心里多少好受些了。

阿卓烤好了洋芋，自己先吃了起来，忙着吃东西的阿卓对艾祖国的警惕性也有所放松。

牛巴史丽在火塘上方吊着的锅里煮了些玉米糊糊，以前从不动手的小公主现在做这些已经非常熟练了。

今天家里也没什么招待你，将就吃点哈。牛巴史丽俨然一位女主人，多少有些歉意。

很好，很好，能收留我，已经感激不尽了！接过牛巴史丽手里的碗，艾祖国发现这双手怎么变得又粗又黑了，手上还裂开了好多口子，先前那双嫩姜般的手去哪儿了？艾祖国一阵心痛。艾祖国自认是一个灾星和罪人，他说的是真心话，能收留他已经是天大的恩典了，真的不敢有什么奢望。

牛巴史丽像是发现了什么，赶紧抽回手来，先前那份羞怯又回到她脸上，但很快那份羞怯就消失了。

那时瓦山坪治安基本靠狗，通信基本靠吼，交通基本靠走，工程基本靠手。山上没有电，平时也没有什么娱乐活动，吃了晚饭，艾祖国早早就睡下了。从牛巴马日出事以来，这些天他就没有好好睡过觉；一回到牛巴马日家，一钻进被子里，一下就找到了家的温暖，回家的感觉真好！

艾祖国依稀看到妈妈正坐在沙发上织毛衣，爸爸正在浇花，收音机里正唱着"东方红太阳升，中国出了个毛泽东，他为人民谋幸福……"我是在做梦吗？艾祖国不知道自己是不是在做梦，他想咬一下自己的手，却怎么也找不到自己的手在哪里。

要我帮你吗？牛巴史丽走了过来，脸上挂着泪珠。

你怎么来北京了？艾祖国问。

我来见伟大领袖毛主席呀！牛巴史丽的脸上长出一些雀斑来，这不是谢丹阳吗？

咚、咚、咚。响起了砸门声。

快开门！快开门！一群人冲了进来，不由分说地将艾祖国的父母摁在地上，对着脑袋就是两枪。

砰！砰！脑浆溅了艾祖国一脸。

爸爸、妈妈！艾祖国一屁股坐了起来，才发现自己刚才做了个噩梦。

咚、咚、咚。咦，真的有人在敲门。

谁啊？牛巴史丽用彝语问。

我是拉龙表哥啊。狗屎克其表哥用彝语回答。

有什么事吗？

没有事，我就是想看看舅妈和你。

没事，你回去吧，天这么晚了。

好的，我走了。狗屎克其很想告诉表妹说我拉龙当胜利大队革委会主任了。

克其，坏人来了。阿卓突然喊道。

舅妈，哪个坏人来了？拉龙主任正要转身，听说坏人来了吓了一跳。

曲柏老爷派来的，艾……牛巴史丽一把捂住了阿卓的嘴，赶紧说道：

别听我阿莫胡说，她现在脑子坏了，天上一句地下一句的，你走吧。

哦？拉龙半信半疑，疯子说的都听得嗦。

舅妈，我拉龙今天当上胜利大队革命委员会主任了，跟牛巴马日舅舅一样大的官。终于找到了理由，告诉疯子舅妈自己高升的事，其实是为了说给表妹听。拉龙大主任突然觉得自己当上主任后水平一下就提高了，这简直是神来之笔啊，看来还要深入学习，进一步武装自己的头脑。

哦，知道了，祝贺祝贺，回去吧，天太冷了。牛巴史丽不得不做出回应，同时也再次下了逐客令。

哦，好，我走了。拉龙大主任多少有些失落和无奈。要是几年前的话，遇上什么喜事开心事，表妹还要冲上来和自己亲热半天，现在居然门都不让进。女大十八变，表妹长大了？！

拉龙主任高兴而来，扫兴而归，早知如此，还不如继续喝酒。

估计狗屎走远了，牛巴史丽才放开了她妈妈，并警告她妈妈，艾祖国不是坏人，他是毛主席从北京派来的，你要再说他是坏人，你就是坏人，不给你饭吃。牛巴史丽这招是从张区长那里学来的，她现在经常用这招来忽悠她妈妈，显然效果很好。

艾祖国听得真切，他不知道自己该怎么做，多一事不如少一事，能不吱声就先不吱声，以不变应万变。没想到牛巴史丽不动声色地就将狗屎克其对付过去了。但接下来怎么办呢？

# 十四

胜利大队召开千人大会。

全大队五个生产队，共计一千一百二十四人在册，结果到龙池山庄开会的才三百多人，一半都没有达到。拉龙大主任很不高兴，这是他的登基仪式，也是他第一次走上胜利大队最高权力神坛，第一次对全大队人民发号施令。

会上拉龙主任还布置了过彝族新年的事情，要求过得热热闹闹。总之，会议开得十分成功。拉龙主任还创造性地提出，结合本地实际在胜利大队普及汉语。他的这个提议得到了上级与会领导的高度赞扬，说他会想事，肯动脑子，水平提高很快。

阿卓被牛巴史丽带去参加大会了。牛巴史丽怕她乱跑，或者在家里又去撕打艾祖国，只好采取隔离措施。

没想到阿卓今天去开会表现得很好，也不惹事也不乱说，只是在回家路上小心翼翼地悄悄跟女儿说：

史丽嫫，你要小心些，今天这些人全都疯了，都是些疯子。

嗜，都是些疯子，你也别惹他们。弄得牛巴史丽哭笑不得，只有顺着忽悠她。

艾祖国没有参加这个会，牛巴史丽不让他参加，也不让他外出晃荡。

行为受到限制的艾祖国准备超度那些他从北京带来的仪器。他看着那些仪器的尸体，一动也不动，就像一个守灵的孝子，嘴巴不停地跟这些仪器叽叽咕咕地聊了半天，在一堆尸体里翻来翻去找来找去。后来他找出来两块完整的墨绿色镜片，长长地叹了口气，挖了一个坑，将那些仪器尸体全部埋了，免得天天看着伤心恼火。

牛巴史丽今天心情还可以，天黑时，她带着艾祖国，悄悄跑到矿区医院跟一动不动的阿达牛巴马日说了半天话。好多天没这么好的心情了，因为拉龙表哥要在胜利大队办汉语学校，教全大队的大人孩子学习汉语，老师呢，就是自己。当老师是很光荣又轻松的工作，终于不用搬石头干粗活了。

本来冬天山上没什么庄稼可种也没什么农活干，可是，前几天生产队长就一直带着大家整治土地，把地里石头翻出来，捡到地边，再用这些石头码在地边保护土地。

牛巴史丽她们家在胜利大队第一生产队，生产队长就是先前负责看守艾祖国的那个"甫志高"民兵甲。他以前也是的莫家的奴隶，本姓阿木，解放时他才十几岁，牛巴马日就给他起了个汉族名字叫翻身。大英雄牛巴马日给他赐的名字，那是他的荣耀，从此他就一直叫翻身了。他跟牛巴马日一个家支且同一辈分，牛巴史丽得管他叫叔叔。以前牛巴马日在世时，他对牛巴史丽非常客气，从不以长辈自居，很听牛巴马日的话，也许正是如此，牛巴马日大队长才让他翻身当上了生产队长和民兵。

牛巴马日出事后，翻身队长好像突然变了个人，对牛巴史丽娘俩人前人后两个样，也不顾人家刚失去亲人的悲痛，派工照样派牛巴史丽。阿卓从那以后，生活都不能自理，根本不能出工，可不出工就挣不到工分，没工分就不会给你分粮食。革命不是请客吃饭，天下哪有不劳而获的道理。

翻身队长很有原则性，他跟牛巴史丽说，我们都是一家人，但是生产队不只是我们一家人的生产队。我让你选，因为你不满十八岁，通常主要劳动力就是男人们，一天是十分工分，女人一天八分工分，所以如果你干主要劳力的活路，你一天可以挣八分工分，如果你干妇女的活路，一天只能挣六分四厘工分。

翻身叔叔，谢谢关心，我就做主要劳力的活路！牛巴史丽眼一红一咬牙，狠狠地说。

就这样，牛巴史丽在翻身队长火眼金睛的监督下，一夜之间成了家里的主要劳动力，也成了生产队上的主要劳动力，跟那些男人们一起搬石头、码土边、搬石头、垒土坎。妇女们则只负责用锄头找石头、刨石头。女人们都心痛牛巴史丽，叫她别去干男人的活，可她哪里听得进去别人劝告。于是众人只有当面表扬这个傻女子如何如何像她老汉牛巴马日一样能干，虎父无犬女，背地里再感叹感叹人生的变化无常，谴责谴责翻身队长翻脸不认人，人走茶就凉。当然也有看笑话的，人上一百形形色色嘛。

当老师，好安逸哦。牛巴史丽想起金边中学的老师，想起她的同学好朋友谢丹阳，不知道他们怎么样了，她很想将这一喜讯告诉他们。不行，为人师表，不能像拉龙表哥那样，当个主任不知道自己姓什么。不过拉龙表哥还是不错，这下自己可以不干繁重的体力活了。牛巴史丽觉得不该再叫拉龙表哥狗屎了，自己是有素质的文化人，文化人就要像艾祖国和他们王教授那个样子。还没听到艾祖国说王教授的情况，他还来不来考察大瓦山呢？

艾祖国又何尝不想王教授呢？幸好王教授来不了了，要不凭空整出这么多事，仪器都被毁完了，他来了拿什么东西去考察？怎么去完成考察课题？

艾祖国才把那些仪器安葬完毕，就看到那娘俩回来了，而且牛巴史丽脸上有几分藏也藏不住的喜色，到底是个孩子嘛。

全是些疯子，疯子开会，别跟别人说，我才是毛主席的好儿女。疯子阿卓很神秘地跟艾祖国说。

阿卓阿姨好！阿卓阿姨好！艾祖国不知道该怎样应付阿卓。

阿莫，别乱说，小心让别人听到！牛巴史丽这句一说果然奏效，阿卓看了看四周不再说话了。

别听她，大队开会，就是传达上级精神，安排布置生产和过彝族年的事情。另外，大队要办汉语学校，组织社员和学生学习汉语……

这是好事情啊，这些学生现在没书读，在家又没事干，我都可以去教他们。艾祖国一听这事就很兴奋，结果打断了牛巴史丽最想说的内容。自己刚一说出口，看到牛巴史丽落寞的表情就后悔了，赶紧补充道：

对不起，刚才你说办学校，话还没说完呢。

没啥子！牛巴史丽更不想说了，扭头就走。

话都不会说，你也是个疯子！全部都是疯子！阿卓也硬邦邦地砸过来两句，转身走了，丢下艾祖国就像个受气的小媳妇，挨了骂还不知错在哪里。

原先牛巴史丽好像不是这样的，那时自己在她眼里那是有光环的，现在自己是寄人篱下，此一时彼一时嘛，当然自己刚才确实不应该打断她的话，她想说什么呢？既然生气了，说明想说的东西很重要。山不转过来，水就转过去。只有自己向山靠过去，自己把她的话打断了，得想办法去接起来。

史丽嫫，你刚说过彝族年，我想问一下是什么时间啊？艾祖国顾左右而言他，企图接上开始的话题。当然，他也确实不知道过彝族年的事情。

牛巴史丽觉得他语气态度十分诚恳，于是告诉他——

　　传说很早以前，有一户彝族人家，家里住着三弟兄，他们年年辛勤种植，却年年被天王派来的神兵天将拱翻土地，破坏庄稼。有一年他们逮住一个天将，大哥主张杀，二哥主张打，老三则主张问清楚了再打再杀。老三问天将，天将说他是奉天王的旨意，被迫干的坏事，并且知道了天王妄图垄断大地，将要开决天河的事。弟兄三人问天将怎么办，天将建议老大在山脚下修一座锡房，老二在山坡上修一座铁房，老三在山顶上修一座木房，就可以避难了。

弟兄三人按天将说的各人造好房子住了进去。结果十三天后，浩浩荡荡的洪水铺天盖地而来，住在锡房子的老大和住在铁房子里的老二，都沉没在水底淹死了，只有老三住的木房子浮在水面，水退后停留在一个山头上。

老三的木房子引来很多逃难的飞禽走兽。老三热情地接待了这些死里逃生的客人。后来老三想娶天王的女儿为妻，那些寄居在家的飞禽走兽，就商量着成全他的婚事。

有一天，天王拨开云头，巡视人间，发现山头还剩下一座房子，房顶上还有一只乌鸦正呱呱高叫。乌鸦高叫，是不祥的预兆，天王忙叫妻子翻看天书。他的妻子开柜翻书时，发现耗子已把天书咬得破烂不堪。天王气愤地追击耗子，途中被一条蟒蛇咬伤了脚趾，痛得他死去活来。这时，一只云雀飞来告诉天王，青蛙能治好他的伤。天王的妻子立即请来了青蛙，青蛙要他答应把女儿嫁给老三，才给他治病，逼得天王没法，只好应允。青蛙眼见这个成全老三婚事的计划圆满实现，便扑通一跃，跳进了池塘。天王抓不住青蛙，伤口越来越厉害，就此一命呜呼了。

老三娶了天王的女儿为妻，花狗献上了它尾巴上粘的三粒谷子。老三夫妻把这三粒种子种下去，秋天收获了三吊谷穗。次年春天，他们又将这三吊谷穗播种，获得了九百吊。第三年，老三收得了千斤稻谷。

夫妇俩为了庆祝丰收，在农历十月初一至十五的某一天，煮上白花花的米饭宴请曾救过老三的天将和成全他们婚事的飞禽走兽们。这一天，就逐渐成为了现在彝族的年节。每年秋天丰收以后，都要隆重地庆祝彝族年，以祭奠祖先，庆贺当年丰收，同时预祝来年取得更好的收成。现在我们大部分彝族地区的彝族年定在十一月二十日左右，一般为三天时间。

牛巴史丽讲得很认真，艾祖国听得更认真，这次他再不敢打断牛巴史丽了，听她讲完以后，看时机差不多了，赶紧绕回正题。

还有，你说办学校，大队要办学校组织社员和学生学习汉语的事，这件事狗屎，不，拉龙主任做得对。办学校的话，有老师吗？

有啊！牛巴史丽卖起了关子，看来已经恢复到了正常状态。

谁啊？艾祖国已经有所预感，也不说破。

不在天边，就在眼前……说完，牛巴史丽就害羞地笑了，这才是一个少女应有的笑容嘛。

祝贺！祝贺！牛巴老师好！艾祖国索性演起了学生。

艾同学好！牛巴史丽顺着竿子就往上爬。

我去把那只兔子剥出来，晚上庆祝！艾祖国想，自己当老师是不可能了，我一定要将自己学到的知识通过牛巴史丽，传授给山里这些乡亲们。

不用，现在天气冷，兔子坏不了，留着过年吃。牛巴史丽得有计划地过日子。

春节还早呢。

不是春节，是彝族年，后天就到了。你那只兔子真是你随便扔块石头就砸到的？

对呀，说明我打得很准，我军训时打枪是全班第一名，怎么啦？

没什么，我随便问的。牛巴史丽心里掠过一道阴影，山里人有个迷信的说法：哪有那么傻的猎物，你随便捡块石头就能打死只兔子，要么你会行大运，要么你就会倒大霉！

# 十五

伟大领袖毛主席穿着一身崭新的绿军装，神采奕奕地出现在天安门城楼上。这张画像现在就贴在胜利大队龙池山庄大队部原来被阿卓和彭火山部长用枪打烂的那张毛主席像的位置。

拉龙大主任正怀着无比敬仰的心情，凝视着这幅画像。他想象着雄伟宽广的天安门广场上，来自全国各地的上百青年男女身着草绿色军装，组成了蔚为壮观的绿色海洋。他们在红旗招展下，接受伟大领袖毛主席的接见。拉龙自己仿佛就是他们中的一员。拉龙与天安门城楼下的人群一齐高呼：毛主席万岁！

满面红光的毛主席露出喜悦之情，说：拉龙同志辛苦了！

拉龙主任定了定神以为听错了。

拉龙主任？拉龙主任……是门口有人在叫。

拉龙回过神来，一看是阿木翻身，以前都叫翻身叔叔的，现在自己真正翻了身便不愿意叫翻身叔叔了，何况这又是在办公室，大队部也是办公室嘛。

翻身同志？快进来，进来。公事公办，又不失热情的领导派头。

翻身队长愣了一下，这臭狗屎，装神弄鬼还他妈学得真快，随即满脸堆笑。

拉龙主任，冒昧打扰，我有个情况想向您汇报，咳，不知道当讲不当讲。

都是革命同志嘛，有什么当讲不当讲的呢？拉龙还是很能装。

翻身干咳了一声，做了个铺垫，然后又环顾了一圈四周，其实房间里总共就只有他们两个人，于是压低声音说出了三个字：艾、祖、国。

这三个字一出，立马达到了他想要的效果，拉龙主任马上像变了个人。

翻身叔叔，不着急，我给您倒杯水。拉龙说着起身给翻身倒了杯水。说是不着急，翻身发现他狗日的恨不得马上知道这个消息。

艾祖国又回来了。翻身觉得火候差不多了。

在哪里？拉龙真急了。

在你舅妈家里呀！

怎么不早说？

这不，我一发现就赶紧在第一时间来向你报告嘛。

啥时来的？

应该有两三天了吧！

怎么不早报告？

才发现，咳，才发现。

哦，真的才发现？看来疯舅妈没有疯……拉龙主任陷入了沉思。

怎么办？怎么处置他呢？翻身队长小心翼翼地问。

把他赶走，这还用问，我不想看到这个灾星。拉龙说的是实话，他真不想看到这个人。

那好，包在我身上了。翻身开始向领导打包票，准备为拉龙打先锋。

好，我两叔侄什么关系？以后有什么好事，我肯定先想到的是翻身叔不是。拉龙也开起了空头支票。

拉龙主任，你先忙，我走了哦。

我送送你，翻身同志慢走哦。

两人又回到了正常的上下级关系，大声武气地在门口告别，生怕别人听不见。

阿木翻身队长走后，拉龙轻轻关上房门，在屋子里像头拉磨的驴来回转圈圈，冥思苦想始终没有找到什么更好的办法对付艾祖国。幸好自己以办汉语班的名义，将表妹弄到了大队部自己眼皮底下。自己汉语也真的太差了，都怪自己小时候不知道好好上学。

拉龙像拉着磨的驴，转着转着就想起了艾祖国先前刚到大瓦山时，大家把他和他老师奉若神明。好像是艾祖国老师走后的第二天下午，拉龙正要去找表妹，就碰到牛巴史丽带着艾祖国去参观花池，于是拉龙就远远地尾随他们两人的行踪。他看到他们两人一路上有说有笑的样子，心里就很不舒服，以前表妹只有对自己才这样子亲密的，也只应该对自己亲密。拉龙看到两人围着花池转悠，现在是冬天，花池又没有花，有什么好看的？你看两人那个样子哦，还玩得高兴得不得了，唉呀，两个人还戏水，牛巴史丽不停地浇艾祖国的水，笑得花枝乱颤。两人那个淫荡样子简直不堪入目，拉龙想着回去就向牛巴马日告发。但告他们什么呢？好像也没干什么事情，好的，继续侦察，捉贼捉赃捉奸捉双，等他们两个做出出格的事再抓个现形。

天上突然下雨了，两人就光着头在雨里奔跑，一副很享受的样子。后来两个人跑到了一棵大树下躲雨。雨越来越大，浓密的树叶无法遮雨了；好在大树有一个树洞，能勉强容得下两个人，只见两人钻进树洞。拉龙抹了一把脸上的雨水，趴在湿漉漉的草地上任由雨水浇灌，紧张得眼都不敢眨一下。快动手啊，你不动手我就动不成手啊。拉龙又紧张又兴奋。

拉龙知道，好多彝族地方有爬花房的风俗。就是家里姑娘年满十六岁，父母就为她另盖一间小草楼，让其单独在其中过夜，而年满二十岁的男青年，可以在夜晚爬上心爱姑娘的草楼谈情说爱。他们在一起吹响篾，对调子，互诉爱恋之情。即使同时有几对青年男女也是如此，大家并无拘束。一旦爱情成熟，男女双方只要征得父母同意就可以结婚，双方父母一般不会干涉儿女们的选择。有些地方的彝族人还更开放，家里来了贵客后，他们会让自己最漂亮的女儿去陪客人睡觉。如果客人比较满意的话，可以把女儿娶走，那么这家人就觉得很光荣；如果自己女儿没有把客人伺候好，客人不满意的话，主人就觉得很丢人。拉龙不知道，如果没有女儿的人家，是不是要让自己女人去陪客人睡觉？莫非，自己的牛巴舅舅也讲究这种风俗？让史丽嬷陪客人睡……拉龙越想越头痛，越想越不敢想。

可是等了半天，也没见着他们两人在树洞里有什么出格的动作，最后树洞里的两人突然发现自己身后都背着个草帽，禁不住相对而笑，然后钻出树洞戴上草帽回家了。可怜的拉龙又急又气，早已被雨水淋成了落汤鸡，回家就病倒了。

牛巴史丽到大队当老师教书已经两天了，这两天感觉还真好。今天拉龙大主任也亲自来听课学习汉语，有了拉龙的带头捧场，牛巴史丽的课就更好上了。大家都以能说两句汉话为荣。吃完晚饭，牛巴史丽洗碗时还哼起了歌曲。

咳、咳，几声干咳，狗拴好了没有啊？牛巴史丽知道是阿木翻身叔叔来了，翻身队长长期以来总是像喉咙里有东西。

人都吃不饱，哪里养狗哦，翻身叔叔快请进来坐！我们家没狗，你是知道的。牛巴史丽很是客气，这让阿木翻身比较受用。

哦，都在啊。小艾也在，好久来的呢？翻身问。

自摸给你！自摸给你！艾祖国笑了笑不知道翻身说的什么，估计是在跟自己打招呼，于是用彝语说道。目前他也只会说这一句问候语。

他问你，什么时候来的？牛巴史丽说。她同时告诉翻身队长，艾祖国来了有几天了。

怎么不报告呢？阿木翻身开始打官腔。

他又不是第一次来，何须报告？牛巴史丽反问。

那他打算什么时候走呢？翻身又问。

他是来搞科学考察的，还没有考察，你就想撵人家走吗？牛巴史丽反问。

这一问大大超出了翻身队长的预料，看来自己是小看了这个小女娃子。

他的仪器设备都没有了还考察啥子呢？翻身抛出另一个现实问题。

仪器是你们给人家损坏了的，你们要先赔偿给他，他才好进行他的考察任务嘛。牛巴史丽不慌不忙，沉着应对。

仪器不关我的事哈。翻身有些慌了，他也知道那些仪器设备价格不菲，就是杀十个翻身去卖肉，也买不回来那些仪器。

翻身叔叔，你就直接说，你是什么意思？牛巴史丽单刀直入，她不想跟他绕弯弯。

他害死了你阿达……

我阿达没有死！

跟死人有什么区别？我们不欢迎他，你让他走。翻身也觉得没什么隐晦的了。

阿达出事跟他是有关系，但并不是他直接伤害的，再说人家从远方来，远来是客，你要赶他走，这也不是我们彝族人的待客之道啊？牛巴史丽针锋相对。

你这个女子，怎么就分不清是非黑白呢？什么是对什么是错你都搞不清楚？翻身抬出了他长辈身份来。

我觉得分不清是非黑白的应当是翻身叔叔吧！牛巴史丽也有些生气了。

可他毕竟是外人，住在你家里也不像个样子。翻身队长也急了。

他原来就住我家，现在还住我家，我觉得没有什么不妥的。牛巴史丽毫不客气。

你们家连个男人都没有！住个外人不像话。翻身队长真急了。

翻身叔叔啊，有个事我还没跟你说。牛巴史丽不紧不慢。

什么事，你说。

今天我看到你们家那条花狗在咬耗子。牛巴史丽说完就想笑，但还是忍住了，她想看看翻身的反应。

你、你你是什么意思？你敢骂我？翻身队长有点气急败坏的样子。

没有，没有，哪个敢骂你哦，你是长辈，又是队长，是你让我说的嘛。牛巴史丽心里大笑。

不管怎么说，反正你得让他走！翻身使用了最后一招，以一个队长的身份命令牛巴史丽。说完拂袖而去，翻身突然发现眼前这个小姑娘早已不是以前看到的乖乖女，而是一只全身长刺的刺猬，简直拿她没办法。

翻身叔叔，慢走，你们先赔了他仪器设备，他搞完考察我就让他走。牛巴史丽毫不示弱，还真有点牛巴马日的风格。

艾祖国虽然听不懂他们之间争论的内容，但这一次争论一定跟自己有关，从牛巴史丽的表情来看，一定是打了一个大胜仗。艾祖国想给她一个大拇指，但他没有，他想知道他们之间争论的具体内容后再表扬她也不迟，自己不能太冒失了。其实他不知道，问题比他想的要严重得多。

他跟你都说些什么？艾祖国问。

牛巴史丽不想跟艾祖国说那么多，她怕他知道具体谈话内容后害怕，她怕他会紧张，她怕他真的会被赶走。不知道为什么，她总是先想到他的感受，她好像觉得艾祖国就是自己家里的一分子。她料想阿木翻身队长不会就此罢休，但他以前也只不过是自己父亲跟前的一条狗而已，怕他干吗！

没有说什么，说工分的事，他说我去当老师不算体力活，只按妇女劳动力算工分。牛巴史丽灵机一动撒了一谎。

哦？最后怎么说的？艾祖国半信半疑。

他说要回去研究后再给我答复，争取按主要劳动力算工分，到时我就跟其他男人挣得一样多了。牛巴史丽说得跟真的一样。

不管他，明天就过年了，我买回来了红纸，要不你像过汉历春节那样写副对联贴上吧。

好的，我还是想，我也去地里干活挣工分，我不能白吃白喝。艾祖国说。

他们没有安排，你去做了活路也是白做，没有工分的，不要再提这件事。牛巴史丽有点生气了。

好的，好的，我先去弄兔子，再来写春联。不管是真生气还是假生气，艾祖国现在都得让着她。为了使自己教给大家的普通话尽可能标准一些，回到家里与艾祖国对话时，牛巴史丽也尽量用普通话。艾祖国注意到了这些变化，便主动找机会给她传授一些汉语知识和汉族文化。

其实，艾祖国不知道，明天既是过年，又是牛巴史丽生日，明天她十七岁了。

# 十六

彝族称过年为"库史"："库"是年或岁之意，"史"即是"新"，"库史"就是过新年。彝族一年一度的年节是在农历十月底，有的地方是把农历十月三十日固定为除夕之日，冬月初一为新一年的开始。牛巴史丽就生得好，冬月初一生。往年牛巴马日在，过年过得热热闹闹，今年就过得很是冷清。

往年过年的日子临近时，牛巴史丽都掰着指头数天日，盼望新年早日到来，既过生日又除旧迎新，庆祝一年的丰收、康乐，并憧憬未来，预祝新的一年里风调雨顺、五谷丰登、六畜兴旺、清净平安，祝愿一年更比一年幸福如意。

今年过年却希望时运转换，祝贺新禧临门。以过年时间为界定，一切从新开始，时运昌达；以过年时间为准，隔绝不幸命运于逝去之年。

牛巴史丽按照彝族老习俗，学着阿达阿莫以前的样子，让艾祖国在地板上铺了一层草。那草是到岩子上去割的，干干净净的草，羊嘴没有沾过，兽蹄没有踏过，更是丰美的草、茂盛的草。芳草欣荣，铺青叠翠，绿草茸茸如绿毡铺地，预示子孙的荣华富贵。

这几天，阿卓跟艾祖国的关系也越来越好了。艾祖国让她咬过两次打过三次后，她见艾祖国也不打她也不骂她，就不再打骂艾祖国了，还让艾祖国给她洗脸帮她梳头。可能她已经改变了对艾祖国的看法，觉得这个坏人并不坏。

牛巴史丽亲手在爷爷的灵牌子下面铺上松针。松树青幽幽，象征永远常青。青松坚韧不拔，象征子孙个个勇敢坚强。青松表粗皮厚，树心里有芳香的松脂，象征着人要有善良心。

彝族过年前除催喂肥猪、酿好酒外，还有一项重要的准备——"堆柴垛"。 牛巴史丽家的猪和鸡在给牛巴马日办"丧事"时都被整来吃完了，自己也不会酿酒，也没有粮食可酿，就只有在房前屋后堆一垛又高又整齐的柴垛。家家户户，互相间暗中攀比；柴垛堆得越高，越表示勤劳、康乐。

还有首柴垛歌这样唱道：

> 伊！阿斯啰也！哦牛牛啰哩！林海茫茫，挺拔高树，生机勃勃，叶稠荫翠，一岁一年节。派了九个年轻人，到林中去砍柴。九个年轻人，手持九把斧头，来到森林里，选呀选！瓦子戈列的树最纯洁，那里的树生长在高高的岩子上，是没有沾过铁器的树，是野兽没有攀折过的树，是没有被玷污过的树。砍倒九棵树，积了九背柴。过年堆柴垛，柴垛堆得像悬崖。

过年的三天里，火塘里的火不能熄灭，火塘不能冷灰冷灶。过年的几天里，往往是全家围坐在火塘边，通宵不寐，既是对逝去岁月的眷念，也是对新一年来临的殷切期待，也就是"守岁"。全家老少睡在火塘旁，守岁、守祖灵、守火神。因此，要大量积柴烧火。火势熊熊，越烧越旺，意味着子孙兴旺发达、年年向上。牛巴史丽告诉艾祖国：彝族人与柴、火生死相关。生离不开柴火，死了也是用柴火进行火葬。

初一一大早，牛巴史丽组织她阿莫和艾祖国，掸尘扫屋，要把病魔、祸害、霉气一齐扫出门外，干干净净、清清洁洁迎新年，祈盼来年清净平安、人体安康、风调雨顺。还边扫边唱道：

> 金竹山上绿竹丛丛，美竹显露/派了三个青年/手拿三把弯刀/砍来三背竹扫/爸爸手拿一把竹扫/向着街市里扫/扫出一条金银路/在今天的夜晚/招进金银魂/明天以后哟/称金称银手上起了茧疤/金银装满箱
>
> 妈妈手拿一扫帚/打扫锅庄边/扫出一条茶粮路/今天夜晚/召唤茶粮魂/明天以后啊/茶粮堆成山/茶待客，客喜欢/家有粮，心不慌
>
> 哥哥手拿一扫把/打扫堂屋里/向着龙头山上扫/扫出一条牛羊路/今天夜晚/召唤牛羊魂/明天以后啊/数羊数得眼睛花

不但打扫室内室外环境卫生，屋内门窗、屋檐、房梁立柱、阴沟阳沟、污泥浊水全部都清洗干净了，锅庄上下烟尘也打扫干净了，然后将屋内外清扫的垃圾，堆放到屋子侧面，点一堆火焚烧。烟雾徐徐升起来，以此作为信号通知天庭，放行祖先下来与子孙相聚过年。

打扫好环境卫生，艾祖国把写好的春联贴上，牛巴史丽已经穿上了新衣服，也给阿卓更换了新衣服。一切要求换新后，牛巴史丽将一个干净的石头，捡来在火堆里烧红，放于盛有清水的瓢中，冒出蒸汽，叫艾祖国端着沿屋子里里外外转了一圈，以示清洁消毒。

那只兔子终于成了这特殊的一家人过年的最好食物。家里收拾完后，牛巴史丽与艾祖国带着阿卓又来到医院守了大半天，说了许多话，可阿卓好像已经把牛巴马日忘记得干干净净了。

新年的第一天就这样简单而愉快地度过了，牛巴史丽的生日也这样悄无声息地度过了。大瓦山的彝族人重死不重生，他们一般不过生日，以前很多人甚至都不知道自己的生日和年龄。问他什么时候生的，他的回答有可能是

羊角花开的时候，或者收苞谷的时候这样一些大概的时间。所以彝族人常说：人生难得三回寿。彝族人是从娘肚子里怀上开始算年龄，不满六十一岁是不能做寿的，满了六十一以后也不是年年都得过生日，而是过十二年才能过一次生日，所以一辈子能过上三次生日得等到八十五岁，过三次生日这一生也就圆满了。但牛巴马日是出去见过世面的，因为爱独女史丽嬷，他不讲究这些老规矩。打牛巴史丽记事起，她就记得每年自己过生日时，父亲总会想方设法地给她庆祝生日，或者煮一个鸡蛋，或者弄一碗长寿面，或者送个什么小礼物。可今年什么都没有，父亲成了活死人，更没有礼物，也没有人记得，疯子母亲阿卓连人都认不得了，更记不得谁的什么生日。牛巴史丽毫无怨言，过什么生日嘛，没人上门来找麻烦就不错了。

新年第二天，各家各户便可以串门喝年酒。男人们相互邀约，成群结队，弹着月琴、唱着年歌，在这家喝，在那家闹，制造节日的欢乐气氛，一直玩闹到酒足饭饱，甚至酩酊大醉。整个瓦山坪都沉浸在新年节日的喜庆中。

阿木翻身像个间谍，他也跟几个人一起串到了拉龙家。拉龙现在在家也翻了身，现在这个家他终于成了真正的家长，老狗屎也不敢打他骂他了。老狗屎今天又喝醉了，过年嘛，正躺在房子外面一块草地上睡觉晒太阳。拉龙大主任赏给来串门的人一瓦罐酒，插上几根长长的秆秆，那秆秆是中空的，就是一根根细长的吸管。拉龙陪客人们假装喝了几口秆秆酒，就将喝酒的秆秆交给了旁边小伙子。那人非常荣幸地赶紧将拉龙喝过的秆秆衔在嘴巴上，连拉龙留在那秆秆嘴嘴上的口水都没有抹一把。翻身也将秆秆交给了别人，两个人找了个僻静处。

翻身叔叔，那件事怎么样了？拉龙主任问。

现在还在进行，有一定的进展，有一定的难度。翻身说得模模糊糊，想搪塞一下再看拉龙反应。

少说空话，到底怎么样了？人赶走了没有？拉龙拣最关键的问。

人暂时还没有赶走。翻身只有说实话，尽量给自己留些余地。

没赶走就是没赶走，什么叫暂时？为什么没弄走？拉龙很不爽。

这个事，咳，我是尽力了，为什么赶不走，你只有找你表妹牛巴史丽。翻身觉得这样说既肯定了自己的成绩，又找到了客观原因，且巧妙地把矛盾转移开，球又踢给了拉龙。

那好，我明天就去找史丽嬷，完了再找你。拉龙果然上当，翻身暗自窃喜。两个心怀鬼胎之人假装上完厕所又回来跟大家一起喝秆秆酒。

新年第三天凌晨，五更公鸡尚未开叫前，各家都早早起床举行送祖灵仪式，彝语叫阿普波支。这种仪式，必须在黎明的万籁俱静之时，表示对祖先神灵的尊重和祈求子孙后代的安康和睦。送祖灵，要做三块苦荞麦饼。牛巴史丽很麻利地在铁锅中烙烧而成，然后在灵台上取下部分供品用水煮沸，按照习惯应给祖先供猪舌、猪喉管和部分带骨肉，但今年这个家只有一只兔子，一只兔子也可以分成几次来用嘛。待供品煮熟后，由男主人一手端肉一手端荞饼，插上一至三支马勺子，面对灵台念经为祖先神灵送行。往年这项工作都是由牛巴马日完成的，今年则由牛巴史丽来做。她念完辞行祝辞后，艾祖国和她们娘俩一起食用这次彝族年最后一次年饭。

艾祖国这天执意烧了三堆纸，彝族人一般不烧纸的。牛巴史丽问他烧给谁的，艾祖说，这是汉人的规矩，你就别问了。他没有回答，他也不想说是烧给谁的。但他心里清楚是烧给父母、周老大和谢丹阳，他想让他们也过一下彝族年，先烧点钱给他们花。

过年三天以后，便开始了拜年活动。彝族人最讲究拜年，拜年是晚辈孝敬长辈的集中体现。拜年，是彝族人饮食文化的组成部分，是交流感情的需要，是尊老爱幼的传统礼俗。喝了拜年酒，吃了拜年肉，被视为一种福气、一种礼遇、一种享受。来拜年的人越多，主人越高兴、越体面，预示着人丁兴旺，幸福绵长。

往年牛巴马日大队长健康时，来牛巴史丽家拜年的人是络绎不绝，门槛都快踩断了。可今年过年没有人来。这个巨大的反差，让这个刚满十七岁的小姑娘脆弱的心灵再一次感受到了世态炎凉。

不过也并不是一个拜年的人都没有，拉龙就是个例外。日理万机的拉龙大主任时刻不忘这孤儿寡母，他一路上大声武气地跟其他人打招呼，生怕别人不知道他到牛巴史丽家了。

史丽嫫！表妹！我来给舅妈拜年了。拉龙大声叫喊。

拉龙表哥，稀客！牛巴史丽高高兴兴地把拉龙表哥请进了屋，毕竟拉龙表哥当了主任后，仍然每天安排人去101矿照顾阿达，还给自己安排了个好工作，而且是第一个来拜年的。

表妹越来越水灵了啊！拉龙笑嘻嘻地跟往常一样，伸手就去揪表妹的小脸蛋，但被她躲开了。

自摸给你！自摸给你！艾祖国一见到拉龙主任便主动打招呼！他知道这个人现在更惹不起。

史丽嫫！史丽嫫！他是谁？他怎么在我们家？拉龙假装突然发现艾祖国的样子，演戏过头，夸张得差点跳了起来，用彝语向牛巴史丽大叫，还故意将牛巴史丽家说成是自己家，好像自己就是男主人。

他是谁？我想表哥你是知道的，他是我们家的客人呀！牛巴史丽听出了他话中有话，这哪是来拜年，分明是来踢馆找茬，但牛巴史丽不想主动生事。

他曾经是客人，但现在不是了，你小孩子不懂。拉龙不想提舅舅的事，他跟牛巴舅舅是真的有感情。

拉龙表哥啊，谢谢你安排人照顾阿达，又让我去当老师啊！牛巴史丽想转移话题，但她说的也是真心话。

不用谢，照顾舅舅关心你是应该的，我们是一家人嘛，但是那个人就不应该收留他，毕竟他是外人嘛。拉龙又把话题扯回来，并借此强调自己跟牛巴史丽的关系。

艾祖国听不懂他们的彝语对话，他干脆去哄阿卓耍。阿卓发现了拉龙，凑过来盯住拉龙看了又看，突然问：你是谁？

我是拉龙啊，舅妈，我给您拜年来了！明知阿卓是疯子，在牛巴史丽面前拉龙对她还是很客气。

拜年？礼物呢？拿肉没？酒有没有？阿卓问。

有，有，看舅妈，一定有的。拉龙说。拉龙还真带礼物，现在当主任，拉龙拿得出礼物了。

给我磕个头！阿卓说。

啊？拉龙老想着跟牛巴史丽谈正事，这疯舅妈却跑来捣乱，不过拉龙想起小时候牛巴马日和阿卓两口子对自己视同己出，关爱有加，过年过节也老让他磕头，磕完头牛巴舅舅就会赏他一粒糖什么吃的。

艾祖国和牛巴史丽都觉得阿卓今天说话怎么这么正常。

你跟舅妈拜年，舅妈叫你磕头呢。牛巴史丽催促拉龙。牛巴史丽以前也没少提弄拉龙。

哦，好嘛！祝舅妈新年身体健康……拉龙有些不情愿，当着牛巴史丽的面，还是给阿卓磕了个头。这个头应当算是给牛巴史丽磕的，只要能哄表妹高兴，没啥子不能干的。

人都认不到乱给我磕头，你真是个疯子，哈哈哈！只听阿卓大笑一声，跑得无影无踪了。牛巴史丽笑得流出了眼泪。

大过年的，被个疯子耍了一盘，拉龙气得不知道往哪里发泄，转过头发现艾社国还在那发呆，没太搞懂状况，气就不打一处出来了，上去二话不说，挥起手臂就扇了艾祖国两个耳光，一甩袖子气呼呼地走了。

艾祖国莫名其妙地挨了打，立即就被杀猪匠周老大附了体，两眼瞪圆青筋暴起，正要发作，却被牛巴史丽的眼神给制止了。那眼神告诉他，算了，狗咬你一口，难道你也去咬狗一口？牛巴史丽是真长大了。

# 十七

这个年总的来说，过得还是很祥和很愉快，但拉龙过得却很闹心。

敌人，往往是你自己培养出来的。过完年，拉龙就把翻身找来，两爷子继续研究，怎样剪除艾祖国。

两人各自吃了一回败仗，相互也没有什么可取笑的，共同的目的就是怎样拔除眼中钉肉中刺。

翻身叔叔，我是真人面前不说假话，我就是想娶表妹史丽嬷，但是只要那个艾祖国在这里，我就很担心史丽嬷不愿嫁给我。拉龙终于向翻身敞开了心扉。

我们彝族几千年来都是姑舅表兄弟姐妹间享有优先婚配权利，她一个小女娃子敢违背？她不知道后果？这你有什么担心的？翻身明知故问，他这才知道这小子那么恨艾祖国的真正原因，并不是为了给牛巴马日报什么仇。

你说的那是旧社会，违背的轻则遭人终身唾骂，无脸见人，重则要被处死，但现在是新社会，婚姻自由。拉龙说。

新社会也要遵守传统习俗嘛！翻身说。

我们不是讨论习俗的，我问你怎么才能顺利娶我表妹。拉龙说。

咳，她们家现在又没男人，你就是他们一家之主呀！你怎么还问我呢？翻身提醒拉龙利用自己身份，同时将球踢了回去。

我知道她家没男人，但这个主我没法直接去跟她做啊。拉龙也觉得现在这个表妹是不好糊弄的了。

你觉得要让她喜欢你，你自己表现得如何呢？

我觉得我表现得很好啊！我现在都开始刷牙了。

啊，你这也跟那个艾祖国学？那个毛刷子放嘴巴里刷来刷去嘴巴不痛吗？翻身这才发现，拉龙现在身上衣服比以前干净整洁多了。

痛啥子痛，刷了牙嘴巴里也没有味道了，我就不信我比不过他。你要不也买个牙膏牙刷回去试一下，耍日阿姨会更加喜欢你的！

我才不得去买哦，我们老夫老妻的。下盘你也弄两根钢笔来挂在胸口上嘛。翻身想：等我哪天有空就去公社买，也给耍日买一个毛刷刷。

那你帮我看一下他用的是啥子牌子的钢笔。

要得，我就不明白，为什么她不喜欢你呢？

好像也不是不喜欢我，我觉得她有时候还是喜欢我的。拉龙鸭子死了嘴巴硬。

咳，算了，别装了，我没看出来她是怎么喜欢你的。翻身干咳一声说。

她其实以前一直很喜欢我的，但是，那个灾星来后，我就觉得她不太喜欢我了，所以要想办法把他撵走，他才是罪魁祸首。拉龙说着又来了气。

不是撵过了吗？没撵走啊。他又听不懂彝语，跟你表妹讲吧，你还讲不赢这女娃子。你不是也试过了？翻身对自己没有完成任务进行解释，同时没有忘记抵了拉龙一门杠。

那也得再想办法，一定要把他撵走！拉龙没法批评翻身，只有另外再下命令。

要不从明天开始，我给他派工？他不是大学生吗，他不是科学家吗？让他干最重的活，看他那细皮嫩肉的，最多干两天他就受不了，不用我们撵，他自己就会走。翻身又咳了一声，自己也觉得这个主意不错，以为拉龙要表扬自己。

好，不要手软哈！拉龙并没有表扬他，处方开得如何不重要，能否治病关键要看疗效。

晚上，艾祖国和牛巴史丽照顾阿卓吃完洗完，正准备各自回屋睡觉，就听到门外有人在咳嗽，知道是翻身队长来了。

史丽，明天叫艾祖国到队上参加劳动吧。没有感情色彩，像是很随便的一句话，甩在地上就走了。

艾祖国听说自己可以参加劳动了，非常兴奋，自己终于可以当一个主要劳动力，自己可以养活自己了，能参加劳动就可以多挣工分，为小史丽分担负担。这一夜，他睡得异常安稳。

第二天，东方才露鱼肚白，牛巴史丽就起来做好饭一家人吃了，她现在已经被锻炼得非常贤惠了，给艾祖国准备了锄头等工具，自己也收拾好，准备去大队部给孩子们上课。

天还没亮彻底，出工的号声就响了，出工的号是鼓声，收工的号是锣声。瓦山坪人民沿用了古代作战的号令，击鼓进攻，鸣金收兵。现在翻身就是胜利大队第一生产队的司令员，他一擂鼓，全队社员就集中到他家门前。他开始安排，张三、李四你们干什么干什么，王五、赵六你们干什么干什么，然后是艾祖国和某某等五大三粗的主劳力一起，工作是抬石头。

艾祖国从小到大，活了二十岁还从没干过这么重的活。瓦山坪最不缺的就是石头，到处都是石头。他们将数吨重的大石头，或者山岩上的连山石，先分割成三四十厘米宽和高、一米左右长短的条石，然后从分割石头的石厂里，抬到某个地方，用于筑路或者造房、修筑蓄水池等。整个过程全部靠人工完成。当然最重的就是抬石头这个环节。数百斤的石头，小点的一根绳子一根木杠两个人肩并肩一夹，就抬走了。长的重的石头要前后两根杠子四个人或者三根杠子六个人才抬得动。不管几个人抬，每个人肩上的重量得有一百多斤。艾祖国仗着自己年轻，硬着头皮抬了几块石头，肩上的皮就被磨烂了，火烧火燎的痛得要死人。那些花岗石越抬越重，艾祖国感觉抬的全是钢铁。唉，农民真苦，当农民真累。有几圈，艾祖国差点就想放弃了，但是没办法，想到牛巴马日的托付，想到抬一天就有十分工分……再苦再累也只有咬紧牙关，坚持坚持再坚持。

好不容易熬到翻身队长敲锣时，艾祖国一屁股就瘫在了地上。他的这个状况翻身队长是看在眼里乐在心里。

又饿又累的艾祖国拖着沉重的双腿回到家里，牛巴史丽早已经准备好了热水和热气腾腾的饭菜。说来也怪，回到家里艾祖国一下就来了精神，不能让牛巴史丽看出自己劳累的样子，他反复告诫自己。

今天给你安排的什么活路？累不累？牛巴史丽一边盛饭一边问。

搬石头，还行。艾祖国把搬运石头说成了搬石头，少一个字活路就轻得多。

你没骗我吧？翻身叔叔没为难你？牛巴史丽又问，她真的不相信更不奢望翻身能照顾艾祖国。

不会，他怎么会为难我呢？人家翻身队长还真是公事公办没有为难自己。

好吧，先吃饭，吃了饭好好休息一下，要是干不了就不干了，或者每天只去干半天。牛巴史丽是真的担心艾祖国干不了农村的体力活。

不可能，只干半天，难道我还不如个妇女？艾祖国像是受到了侮辱。

别生气，多吃饭，吃饱了下午才好干活。牛巴史丽觉得自己可能刚才说得是有点不恰当。

你那边上课没什么事？没学生欺负你吧？艾祖国问。

没有，有拉龙表哥给我维持秩序呢，哪个学生敢搞乱？

不知怎么搞的，一听这话，艾祖国心里有点酸酸的感觉。

一下午，翻身都在等着艾祖国说"干不了"这三个字，艾祖国却又坚持到了翻身队长鸣金收工时间。

他妈的，就不信这瘦猴子明天还能坚持住。翻身队长在心里骂道，手里还是按时敲响了锣。

艾祖国晚上回去时几乎快散架了，硬撑着吃完晚饭，坐在椅子上头一歪，便睡得跟死猪一样了。牛巴史丽赶紧把火塘烧旺，担心艾祖国睡感冒了，第一天干体力活肯定很累，自己刚开始搬石头时也累得不行。

牛巴史丽洗刷完毕，赶紧弄来一盆热水，学着以前她妈阿卓伺候牛巴马日的样子给艾祖国洗脸擦手。一不小心，碰到了艾祖国的肩膀。

唉哟！艾祖国痛醒了。

怎么了？我看看你的肩膀。牛巴史丽已经觉察到了什么不对劲。

没事，没事，我、我在做梦呢。艾祖国掩饰自己受了伤。

把衣服脱下来，我要看你肩上的伤！牛巴史丽命令，她还以为是前几天艾祖国刚回来时自己母亲阿卓咬的，怪自己这么多天也没过问他的伤。不对啊，上次明明咬的是另一边膀子，伤也不在肩上的。

没事，真的没事。

必须脱，不脱你就走人，在我家就得听我的，只把肩膀露出来就行了啊！牛巴史丽下了死命令，但又怕艾祖国傻傻地把衣服全脱了，除了父亲，她还没见过其他成年男人的身体呢。

好吧，你转过去，看嘛，真的没事。艾祖国很不情愿地解开两个纽扣，露出一部分左肩。

不对，我要检查右肩，别想哄我。牛巴史丽看到这艾同学那肩还真白啊！

她情不自禁地咽了下口水，感到心里突然有一头小鹿在乱撞。随即脉搏越来越快，她甚至听到了自己的心跳，呼吸也越来越困难了。

唉、唉哟！艾祖国慢慢拉开右肩上的衣服，那衣服跟肉都粘在了一块。这一撕，连皮带肉，扯得一团糟。牛巴史丽有些手足无措，艾祖国的伤口让她很快就停止了想入非非。

你不是说是搬石头吗？搬石头是用肩搬吗？你是怎么搞的吗？跟你说干不了就不干，没人会笑话你的，你一个脑力劳动者跟人家体力劳动者比什么呀……一连串的责怪，艾祖国听到耳中，却只觉得是仙乐一般，今天这一天再累也值啊。说话间，牛巴史丽已经找来了棉花，拉龙过年拜年时送来的酒派上了用场。阿卓一看到艾祖国肩上的血就吓得躲了起来。

明天再不要去了！我就知道是那个死阿木翻身在整你。牛巴史丽一边给艾祖国擦伤口一边说。牛巴史丽心中那头小鹿早已经跑得没了踪影，现在她的心里只有一把刀在慢慢地切割。随着艾祖国伤口鲜红的血液渗出，牛巴史丽的眼中噙满了泪花。她一不小心擦重了点，艾祖国轻轻一颤。她触电般立即放柔了手指，尽量轻巧地为他擦伤口。她内心又气又痛，拼命地忍住，不敢哭出来，最后还是有两朵不争气的泪花洒在了艾祖国白皙的肩头。

怎么了？他肩膀上一凉，心里面一惊。

没什么，我有点怕、怕血，紧张出的汗。她用手背佯装擦了下额头上的汗水。

没有的事，我自己要去抬石头的，你都能搬石头，我就不能去抬石头？再说了抬石头工分更多些嘛！艾祖国说得很轻松，他又想起了父亲的教导，做人要坚强勇敢、正直善良。

这一夜，史丽辗转反侧，难以入眠。她恨翻身队长小人一个，她一会儿担心艾祖国那单薄的身体干不了那么重的活，她一会儿又生怕艾祖国真的坚持不下来，岂不被人家笑话？

第二天一早，阿木翻身队长的鼓点响起时，艾祖国又奇迹般地站到了他面前，肩上还多了个垫肩——那是昨晚史丽在油灯下花了两个小时用牛巴马日的旧衣服给艾祖国专门缝制的——巴掌宽一圈戴在肩上，抬石头时就自动垫在了木杠子下，增加受力面积，减小了单位压强。

翻身一看吓了一跳，这瘦猴子看来是准备打持久战啊，我就看你今天还能坚持不？

当然，分配给艾祖国的活路还是参加抬石头。

上午半天很快过去，艾祖国跟跟跄跄地收工了。

下午鼓声一响，他又精神抖擞地来了。

下午到了鸣锣收工的时间，翻身故意不敲锣想拖时间，却看到艾祖国抽空从衣服兜里掏出个烤洋芋吃了起来。没办法，翻身只好敲锣，但还是被其他人发现他拖延时间，有辈分高的就不免张嘴骂了翻身几句。

这样一连过了三四天，头天眼看艾祖国快不行了，可他第二天还是准时出现了，而且他还越来越得到其他社员的肯定和爱护。人心都是肉长的，一个北京来的大学生，未来的科学家，那样瘦弱的身体，坚持跟大家一起抬石头，是人都会为他痛惜。有的人甚至开始谴责翻身队长跟艾祖国无冤无仇，为什么要给人家安排这么重的活。就算跟牛巴大队长家有个什么那都是过去了，他现在住在牛巴马日家，牛巴马日家人都没有把他怎么样，你翻身又想做什么？

舆论逐渐出现了一边倒。阿木翻身队长偷鸡不成倒蚀了一把米，这一仗又打败了。

# 十八

几天下来，人也混熟了。艾祖国发现他们抬石头走过的路，一两段是下坡，只需要将路面简单处理一下，做成两边高中间低的滑槽，那两段路就可以直接把条石滑下来；最多每段路上只用一个人，将卡住的条石撬一下，或者给它加点助力，石料自己就下去了。中间那段相对平缓，完全可以用几根抬石料木杠铺在地上，作为滑轮组；将条石撬上木杠，下面不停往前塞入木杠，一两个人就把石料推走了。这也是最古老的搬运重物的方法，这样又可以节约几个人力，整个路段就有一半距离不需要用人力硬抬。艾祖国将自己的想法讲给了小组长听，小组长也觉得这个方法可行，于是向翻身队长做了汇报。不知翻身队长出于什么目的，却把这个方案给否了，反而说要查是谁怕苦怕累才想的这个办法。

艾祖国只有苦笑了，幸好翻身队长并没有真查，艾祖国觉得这几天身体很累，但精神却很享受。

抬完石头一回家，热水热饭总是准备好了的。空下手来，牛巴史丽就用热水给艾祖国烫脚，用热毛巾给他敷肩上的伤口。那伤口虽然一天天好了，又一天天裂了，除了受一点点皮肉之苦外，艾祖国内心的伤口正逐渐愈合。史丽也是如此，她现在已经习惯了照顾艾祖国；她甚至有点希望他每天受那么一点点小伤，这样她就可以看到他日渐变粗变圆的肩膀，她就可以满腔柔情地离他很近很近。记得艾祖国刚来不久，他们曾经背着草帽在树洞里躲雨。那次他们就离得最近，彼此之间都能听到心跳，但两个人都很害怕，怕碰着对方的身体。

现在史丽也把给艾祖国侍弄伤口的事当成了最快乐的事。她在给艾祖国照料肩上的伤口时，有几次不小心，自己的酥胸就碰到了他的背，虽然都隔着两层棉衣，但两人都是有感觉的，那感觉比被他撞到的那次安逸多了。她知道他也是有感觉的，只是他不说，他坏！

学校那边孩子们学得也很快，牛巴史丽接受了艾祖国的建议，要求孩子们白天学了回去晚上再教给父母。这个办法很管用，既提高了孩子们的学习积极性，又提高了教学质量和效率，深受拉龙大主任的肯定和赞赏。其实牛巴史丽就算一天什么都不干，拉龙都会给她高度的肯定和赞赏的。

拉龙是牛巴史丽最优秀的学生之一。他原本在牛巴史丽家进进出出多少年，跟着牛巴马日舅舅阿卓舅妈也多少捡了几句汉语。只是这家伙那时不上心，现在为了迎合表妹，拼了老命地学汉语，他以前那些老底子就跟地里的干种子一样，浇点水就开始发芽疯长，所以做什么事情不是干不了，是看你愿不愿干想不想干，看你有没有动力。

牛巴史丽对拉龙的表现也是充分肯定的，这个狗屎表哥只要把精力用在正道上还是能把事情做好的。

拉龙虽然觉得自己在表妹心中得分越来越高，但他还是不放心艾祖国。有几次，拉龙跟牛巴史丽说，表妹，中午就跟我一起在大队上吃饭，不回去了吧？结果牛巴史丽都以微笑和摇头作答。问急了，牛巴史丽说，我要给他回去弄饭。拉龙追问，给他弄什么饭？牛巴史丽就说，她是你舅妈呀，不管饿死她吗？拉龙知道表妹在糊弄自己，就不好再说什么，只是暗地里更恨艾祖国。

他怎么还在？还活得好好的？拉龙找来阿木翻身，开始责问他办事不力。

咳，主任别生气，我再想办法，但也没有什么比抬石头更重的活了呀。翻身觉得自己很无奈，他还想说其他社员因此还日决自己的事，但没说出来，他怕说出来更显得自己无能。

再给你三天时间！必须把他赶走。

五天行不，五天？阿木翻身想讨价还价。

三天，三天搞不定，我连你一起收拾！拉龙下了死命令。

是是，一定，一定，咳！翻身以干咳掩饰了自己的不满，他知道这臭狗屎说得出做得出。

从大队部出来，阿木翻身一路想辙，除了从肉体上折磨艾祖国外，还真没找到什么更好的办法。

第二天，艾祖国不抬石头了。翻身队长让他在石厂里参加分割数吨重大石块的工作，具体工作是抢大锤。其他石匠先在大石块上用錾子錾出拳头般大小一排整齐的小坑，再将一个个三五斤重的钢楔放进石坑里；一个个虎背熊腰的大力士们便抢着三五十斤重的大铁锤，在有节奏的号子声中，将大铁锤高高举过头顶，再猛地砸向石坑中的钢楔子；如此反复，大力士们便将一排钢楔慢慢楔进大石块里去了，大石块便顺着那排钢楔慢慢擂出一丝缝隙，再裂出一条小口子；裂隙随着大铁锤的猛烈撞击会越来越大，当最后一锤子砸上去时，"哗"的一声，那大石块便脆生生地裂成两块；再照此法动作，一次次将几十上百吨重的大石分割成想要的大小，跟切凉粉一样。尤其是那号子的吆喝声音，跟唱歌一样，响彻山谷。谁家男人的号子声最响亮，说明这家男人最雄壮，说明这家男人床上功夫也了得；女人们常以此为荣，男人们也暗自较量。山上人，那个年代又没电视，没什么娱乐活动，天一黑就上床，哪有那么多瞌睡啊，搂着女人不做那事做什么？所以才一个一个像下饺子似的生孩子。

当然切石头不是切凉粉，这艾祖国还是很清楚的。他知道那大锤的分量，但不知道那大锤的分量是这样足，足到他请不动它。

老石匠们也不清楚，他们不清楚翻身队长为啥叫长得这么干瘦的艾祖国来抢大锤。是个人都知道，抢大锤是三四十岁的壮劳力才干得下来的。

最清楚的莫过于翻身，他就等着艾祖国干不下来，他正等着艾祖国自己说不干了，他甚至希望艾祖国的大锤砸中自己的脚砸中自己的头，最好一下砸伤砸死算尿，一了百了。翻身折磨艾祖国的同时其实也是在折磨他自己。

艾祖国学着人家的样子，上手试了几次都不成功。那大铁锤又不认识自己，哪里肯听他的话。这时一个忠厚的老石匠过来，比比画画地教艾祖国如何使胳膊抡锤子。艾祖国虽然没太听清他说的彝语，但知道了他说的大概意思，艾祖国总结起来就是：抡大锤也要讲究技巧，运用惯性，身体各部位统一协调发力……

艾祖国又重新试了试那大锤。那大铁家伙锤头有三十来厘米长，直径有近十厘米；中间粗，两头细；中间开洞，一根一米多长的细木棒连接在铁锤洞上；木棒一般是新鲜柏木简单去皮而成，一头粗一头细，到手这里就细成棍了。那么大的铁锤头用那么小根锤柄，看上去十分滑稽。艾祖国很是怀疑那细木棍是否真的能支撑大铁锤的重量，试了才知道，人家要的就是这个效果。新鲜柏木又结实又有弹性，抡起大铁锤时它是硬支撑；砸下去猛烈撞击的瞬间，它变成了一根绳子，吸收了大量撞击时产生的能量。艾祖国不得不佩服先人们的智慧，毛主席说得对，劳动人民才是历史的真正创造者。

一旦找到了窍门，事情就没那么难了。艾祖国将锤子拖到位，人站定，一蹲身重心下沉，把大铁锤往后一拖再往前一甩，那锤子就起来了，大学生嘛，这还学不会？

那锤子在头顶还没来得及晃悠，艾祖国就叫它下去砸楔子了。当然撞击效果没有别人明显，艾祖国只能算是勉强完成了动作。他能把大铁锤抡起来而不是举起来就已经不错了，他再也没力气加到铁锤上去砸楔子，就这样他还是得到了其他老石匠的喝彩。翻身气得想吐血，只得把那个教艾祖国的老石匠莫名其妙地乱骂了一通。

抡大锤使用的是腰胯和膀子上的力，半天下来，可怜艾祖国那个小腰，又酸又痛简直像断了，膀膀也不知道是谁家的膀膀。

中午一回到家，艾祖国的小腰和肩膀就成了牛巴史丽的小腰和肩膀。

牛巴史丽一看见艾祖国累成那个样子，再听说翻身让他从抬石头改成抡大锤，脸一红，二话不说就让艾祖国躺下趴好，给他按摩腰和肩膀，嘴里不停地骂道：

翻身这个混账东西简直就不是人，我要告诉拉龙表哥，让拉龙表哥来收拾他！

没事，没关系，都是革命工作嘛，革命同志一块砖，哪里需要哪里搬嘛！有人抬石头，也得有人去抡大锤嘛！艾祖国安慰牛巴史丽。

他整人，就要去告他，简直欺人太甚。史丽是真为艾祖国抱不平。

真的没事，过两天就适应了，千万别去告他。艾祖国不想让牛巴史丽为了自己去求拉龙，他一想到拉龙的样子就后怕，而且他也隐隐约约觉得翻身的背后说不定就有拉龙的影子。

果然，下午除了抢大锤，其他人休息时，翻身又给艾祖国派了一些活，还站在旁边不停地催促，不让艾祖国休息。这让艾祖国想到了父辈们讲故事时描述的旧社会的监工恶霸，让他感到十分恶心。这时杀猪匠周老大仿佛来到他跟前，依然手持那把杀猪刀：小艾，干他狗日的！看他还敢欺负你不？艾祖国真想去接过那杀猪刀，弄他狗日的。可旁边有人拉住他手，他一看，是张区长。张区长说，不要着急，稳住，三思而后行，不要做傻事，一切都会过去的。

就在这种晕晕乎乎的状态下，翻身队长收工锣终于敲响了。

真他妈快累趴下了。艾祖国把木杠子当成拐杖，努力将两条腿往回拖，快要到家里，找了个水沟，捧了捧凉水浇在脸上，刺激刺激神经，擦了擦，慭出个笑容强打精神回了家。

第二天，牛巴史丽一来到大队部就找到拉龙理论，说翻身队长如何欺负艾祖国的事，要拉龙作为上级客观公正地批评一下翻身队长。其实平时，他们两人之间一般还是比较避讳谈及艾祖国的，但现在牛巴史丽忍无可忍，好不容易拉下面子找表哥帮忙，看来她还是太年轻。她哪里知道，拉龙正急切地盼望着她带来的这个好消息。

哦，知道了，我会调查处理，我一定会帮助你的，你是我表妹，自家人嘛！拉龙隐藏着内心的欢喜，打足了官腔，同时不忘强调和提醒自己跟表妹的关系。

你还要调查？难道你还不相信我吗？拉龙表哥！牛巴史丽撒起了娇。

不过，话又说回来，那人一看就是怕苦怕累好吃懒做的人，干不了我们山里农活他可以走人啊！赖在这算什么？吃软饭……拉龙还想说更多攻击艾祖国的话，可发现牛巴史丽的脸色变了，就不敢再说下去了。

少说两句不行吗？你现在是领导啊，什么水平啊？牛巴史丽说的是实话，从小一起长大的，她真不知道这狗屎有什么能力变成拉龙主任。

哦，我才想起，这是你的工资。拉龙说罢便从衣服包包里很痛苦地掏出一块钱。那哪里是牛巴史丽的工资嘛，那明明是他自己的钱，他想换个方式讨好表妹。

不是队上算工分嘛？哪来的工资？还是钱好办事。刚才还气呼呼的表妹脸色立即阴转晴，高高兴兴地接过了钱，扬眉吐气地想，长这么大终于第一次自己挣钱了。

队上算队上的，大队算大队的，不是还有其他生产队的学生吗？拉龙说完就后悔了，下个月又到哪去给她找工资呢？

一下课，牛巴史丽就跑去找到从瓦山坪公社来胜利大队送信的邮递员阿牛，将还没揣热的一元钱，交给了阿牛，让他从公社供销社帮自己代买一件男式察尔瓦。

在彝区，男女老幼都外着察尔瓦。察尔瓦形似披风，用捻制的粗羊毛线织布缝制而成，一般十三幅，每幅宽七八厘米，多白色或原色，有的也染为深蓝色。有的地区制作极为华丽，边缘镶有红、黄牙边和青色衬布，下边吊有三十厘米长的绳穗。察尔瓦和披毡是彝族男女老幼必备之服，白天为衣，夜里为被，挡雨挡雪，寒暑不易。

# 十九

牛巴史丽没有告诉艾祖国，她已经向拉龙主任告了翻身队长的状。她以为艾祖国今天的工作会有所调整，结果艾祖国下工回来，虽然他极力装得很轻松，但看上去还是那么疲惫不堪。她也不好问，只有使出浑身解数给艾祖国按摩，从头到脚，再从脚到头。她小时候看她阿莫就是给做了重活回来的阿达牛巴马日这样按摩的。

这些天全靠牛巴史丽的按摩，及时帮艾祖国克服乳酸沉淀消除了疲劳，他才得以较快地恢复体力。艾祖国正按得舒服，疯子阿卓跑过来问：

你们两个在搞啥子？

我给他按摩，来帮忙揉腿嘛。牛巴史丽说。

我才不，我跟他又不是两口子，你们是两口子嘛？阿卓说。

啊！牛巴史丽和艾祖国同时羞红了脸不知该说什么。

今天，按胜利大队拉龙大主任要求，牛巴史丽上课时直接教毛主席语录。牛巴史丽一次一次教：

毛主席说，革命不是请客吃饭。

孩子们跟着说：革命不是请客就是吃饭。

牛巴史丽又纠正：革命不是请客吃饭。

孩子们又跟着说：革命请客不吃饭。

牛巴史丽哭笑不得，有时候不先翻译他们真的搞不懂汉语这句话的意思。

当然学得最快、学得最好的当属拉龙大主任，他真是活学活用毛主席语录的好榜样。

按先前说好的，三天期限已到。晚上，翻身队长磨磨蹭蹭地等了半天才来见拉龙大主任。一看他那个样子，拉龙就知道事情搞砸了。拉龙什么都不让翻身解释，直接叫他背毛主席语录。

毛主席说，革命不是请客吃饭，不是做文章，不能那样雅致，文质彬彬，那样温良恭俭让，革命是暴动，是一个阶级推翻另一个阶级的暴力的行动。

阿木翻身花了半个多小时，把这段毛主席语录背下来后，拉龙才让他坐下来，问他：

毛主席说的什么意思你明白吗？

翻身点点头又摇摇头。翻身不知道自己是应该明白还是不应该明白。其实他真没太明白，主要是没明白拉龙让他背这段毛主席语录是何用意。

果然没盲目发表自己意见是对的，拉龙说：你都明白了还要我当主任？

那是、那是，拉龙主任的革命觉悟我们是没法比的。翻身知道这个时候自己该发言了，发言内容一定要拍在拉龙主任的马屁上。

你是真不明白？还是跟我装？拉龙突然问道，他还真不知道这翻身是不是在装。

你面前，哪个敢装呢？翻身回答得很艺术。

你还记得我说的啥子？今天是第几天了？拉龙像换了个人，一副凶神恶煞的样子。

革命尚未成功，同志仍在努力！翻身自己也不知道这句是在哪捡到的，好像是跟牛巴马日学来的。

狗屁！革命要有暴力的行动。批斗你？还是批斗他？我说过的要把你跟他一起批斗！

批他，批他，肯定批他！我革他的命！我这就回去安排。翻身吓出了一身冷汗，急于想脱身，心里骂道，真是你妈坨臭狗屎，一旦沾上甩都甩不脱。

你在哪搞批斗会？

生产队？

我明天有事来不了，你请大队副主任参加，知道吗？这事与我无关。

好的，嘻。

组织要严密，刺刀要见红，最好要见点血！

要动刀子？

我是比喻嘛！要批就要认真批，不能走过场，不能那样雅致，文质彬彬，不能那样温良恭俭让。革命是暴动，是一个阶级推翻另一个阶级的暴力的行动。

翻身也把毛主席这段最高指示一字不拉地背了一遍，并信誓旦旦地说，不达目的，誓不收兵！

对了，拉龙主任，批斗他什么呢？翻身想起，这才是关键。有了批斗对象，缺少批判内容。

我才说过，那是你们自己的事！拉龙很不耐烦，其实他自己也不知道批艾祖国什么，只好以官级来压翻身，官大一级压死人嘛。

哦，我回去想吧！

翻身走到家也没想到给艾祖国安什么罪名，气得把一通火气全发泄到了婆娘肚皮上，害得那婆娘嗷嗷叫了半天，骂道，死鬼，你到哪去吃了春药啊！

吃什么春药哦，我又不是大领导，都是那狗屎的事情，都是让狗屎气的！

什么狗屎？翻身的女人耍日阿依问道，她一天到晚耍得也忘记了拉龙主任就是曾经的狗屎克其。

拉龙不是狗屎么？他要我们明天批斗艾祖国，我还没找到批他的理由，这小子这几天干活很卖力。

批斗还要理由吗？耍日阿依说。

理由？罪名是什么？

反党反社会啊！他害得牛巴马日成了植物人就是证据，革命英雄牛巴马日是共产党员啊！共产党员被他害成那样还不算反党？还不该批斗？耍日阿依说。

亏你想得出，人家牛巴大队长家人都不再提这事了你还提，你这死婆娘心肠太毒了！翻身嘴上骂着心里更坚定了。

队长大人！我还想再来一盘哦！觉得自己立了功，耍日还想要。

滚一边去！咳咳！翻身一边咳嗽一边想如何准备明天的事，才没心思理她。

哦，什么态度嘛，你想要就要，不想要就不要。耍日嘟哝着果真就滚到一边去了，心里还是很委屈的样子。这很正常，大多彝族女人在家里是没有什么地位的。

翻身队长进攻的鼓声准时擂响，艾祖国不知道这是进攻自己的鼓声。

牛巴史丽也不知道，她变戏法似的突然变出件察尔瓦来，踮起脚披在艾祖国身上，并系好了带子。

去吧，穿上暖和些，天太冷了。

谢、谢！艾祖国感到一股暖流涌上心头，他不知道应该怎样表达。长这么大，除了母亲，这是第一个女人为自己穿衣。就在史丽小手系带子时，艾祖国近距离看到她变得有几分粗糙的手。这双手再也不是以前那双嫩姜般红润的手了，这双手比以前粗大了许多，这双手的毛孔都比以前大了几倍，指甲缝里还有些残留的污垢，左手食指和中指上又多了一处刀痕。

牛巴史丽发现他在注意她的手，她有些不安地赶紧将手收了回来，心里有些紧张，早知道他会看见，就该用剪刀尖尖把指甲缝再掏一掏。

他赶紧移开视线，假装没有看见她的手，挺了挺胸，跺了跺脚。

披上崭新的察尔瓦，艾祖国像披上战袍的将军，踩着向自己进攻的鼓点，精神抖擞地向生产队集合而去。牛巴史丽看着他的身影在晨曦中消失，她才赶紧往大队部赶去。

艾祖国没想到的是今天不用抬石头，也不用抢大锤。今天的任务是搭戏台，翻身要求上午十点前把戏台搭好，也没说搭戏台做啥子。所有人都觉得今天的活又轻松还有戏看，唉，狗日安逸。艾祖国更没想到，戏台是为自己搭的，他浑然不知翻身队长已经内定了自己是男一号。

牛巴史丽按时赶到大队部，拉龙主任等已经到得差不多了。牛巴史丽开始上课，革委会副主任支格日牛领着几个人来跟拉龙大队长请示，说胜利一队今天开社员批斗大会，请他带几个民兵去参加。拉龙说知道了，我今天还有更重要的事情脱不开身，你去要指导他们认真开好批斗大会，接着又把革命不是请客吃饭那段毛主席语录用汉语背给大家听了一遍，说你们去吧！

支格日牛像领了圣旨一样，带着那几个人风风火火走了。一听说有批斗会，有批斗会就有热闹可看，看批斗会就等于看戏，看戏就是山里人最好的精神鸦片；呼呼啦啦，来听课的有五成跑了三成，跟上去看西洋镜了，硬是喊都喊不住。往天这种情况出现的话，拉龙主任就要出面制止，今天他却装着看不见。

拉龙主任，你也不管管他们。牛巴史丽有些生气。

广大人民群众高涨的革命激情，我们是不能制止的，你上你的课嘛！拉龙不温不火，他心里高兴得很呢。

这年头，只要跟革命一挂上钩，谁都不敢冒半句杂音，你敢不让人家革命？小心先革了你的命。牛巴史丽只有继续上课，心里总像有什么牵挂着放心不下，一队不就是自己那个队吗？批斗会？没听说要开批斗会呀？批谁呢？还能有谁呢？她越想越有点害怕，以至于几次教错了。幸好其他人也不懂，她怎么读汉语人家就怎么读，否则后果很严重的。听说有的地方就有人因为背错了、读错了毛主席的最高指示而被判了刑。

这边在学习革命理论，那边已经开始实践了。

戏台搭好后，大队副主任支格日牛带着一大队人马也来了。听说有戏看，其他相邻生产队没事干的人也来了。翻身又擂了一通鼓，把那些趁搭戏台子磨洋工借机回家屙屎屙尿的、打情骂俏的全部召集了回来，宣布批斗会正式开始。

艾祖国还懵懵懂懂没搞明白，今天为什么两次都是擂的进军号，而收兵号一次都没擂呢？翻身就指挥支格日牛带来的那几个民兵，将艾祖国用自己抬石头的绳子绑了个结结实实。他这才知道原来那两通鼓都是为自己擂的。

山上条件艰苦，基础设施薄弱，没有专门的戏台。今天这戏台是翻身临时组织人卸了好几家人的门板拼凑而成的，下面用随手可得的石头垒上一两尺高，就是临时的戏台了。毛主席的画像往中间一挂，红旗往两边一插，气氛一下就出来了。

支格日牛也被翻身队长请上了主席台中间就座。翻身拿张报纸卷成喇叭，对在嘴巴上，宣布艾祖国批斗会现在开始。

首先要介绍的是大队革命委员会的支格日牛副主任，大家鼓掌欢迎！翻身知道对于尊者要用全名，同时他将副字说得很小声，这样跟前听得清的是副主任，大多数人就听成了支格主任。听到这样介绍日牛副主任心里就很受用。

第一项议程是齐唱《东方红》。东方嗡红，太阳昂升，中国出了个毛泽东，他为人民谋幸福呜，他是人民大救星……大家一起嗨！现在大多数人已经会唱这首歌了，不会唱的也会跟着哼个调调。虽然还有些人并不明白此歌内容和歌词意思，但唱歌也是革命工作的一部分，不张口那是要倒霉的。

第二项是背诵毛主席语录。谁能出来领诵语录那是很光荣的事。今天翻身不得把这个表演机会让给别人，他要用汉语背诵拉龙罚他背的那段。革命不是请客吃饭，他一句，下面人跟着一句，很神圣的样子。尽管有些人并不知道什么意思，但他们一会就知道了。

支格日牛很满意，既然是领导，一高兴就要有所表示；平时有拉龙正主任压在他头上，今天他有点忍不住想讲话了。但是越大的领导都是最后才讲的，为了抢个镜头，他将自己胸前心爱的闪闪发光的毛主席像章取下来，亲手给翻身佩戴在胸前，以示嘉奖。翻身没有想到还有意外的收获，胸脯挺得更高了。

# 二十

带艾祖国……翻身高喊。翻身不知道该喊成带某人上场还是带某人上堂，戏上怎么演的？

反正艾祖国已经被五花大绑地推到了台子中间。

跪下！咳咳！翻身命令完又咳嗽一声，接下来该揭露艾祖国的罪行了，这是翻身最头痛的。

艾祖国站着岿然不动、大义凛然，今天穿了察尔瓦，即使绑着也像个将军，而且看起来也不像以前那样单薄了。他在金边县时见过的阵势比这个大多了，他不知道将要发生什么事情，最主要是他没听清翻身的彝语命令。

跪下！支格日牛用汉语补充，他又找到了表演机会。翻身队长才想起这语言不通还真麻烦。

结果，艾祖国还是一动不动，所有人都知道他是听清楚了的。

跪下！日牛又命令。

男儿膝下有黄金，我又没罪，为什么要跪？艾祖国反问。

哪有？哪里有黄金？一听有黄金，民兵们都听得懂汉语的黄金两个字，丢开艾祖国满地找黄金。

哪有什么黄金！把他抓住！翻身吓得大喊，他生怕艾祖国跑了，要是直接跑了不回来还好，要是跑了躲两天又钻出来就麻烦了。

我在这里，我又不会跑，你们凭什么开我的批斗会？艾祖国站着还是一动不动。民兵们赶紧重新把艾祖国抓在手里。

你是反革命！打倒反革命！打倒艾祖国！翻身没办法揭露艾祖国的罪行，想直接跳过，进入批斗的环节。

台下也跟着高喊：

打倒艾祖国……可那声音越来越小了。

艾祖国立即抓住机会高喊：

我有什么罪？为什么说我是反革命？

翻身无言以对。

革命万岁！阿木翻身诬陷革命同志！艾祖国高喊。

革命万岁台下所有人都不知道什么意思，估计也是那个意思。于是众人都跟着艾祖国高喊：

革命万岁！阿木翻身诬陷革命同志！批斗艾祖国成了批斗翻身，批斗会开成了这个样子，支格日牛很是生气。

堵住他的嘴巴！支格日牛命令。

拿什么堵呢？翻身到处找东西，台下的耍日阿依赶紧来给自己男人翻身帮忙助阵，一把扯出裤子包包里的手绢甩给翻身。为了支持翻身牺牲条手绢算什么，就算牺牲肉体也愿意，你看那艾祖国细皮嫩肉的多可惜……

翻身拿着那全是他女人耍日鼻涕的手绢，使劲塞到艾祖国嘴巴里。吐又吐不出来，艾祖国恶心得要死。

毛主席教导我们说：狠斗私字一闪念。一闪念都要批斗，大家放开批斗他。比如说，他又不是彝族人，穿什么察尔瓦？他有什么不可告人的目的？任何事情都可以批，要深挖思想根源。支格日牛启发大家。

得到领导的鼓励和女人的支持后，翻身重新武装上阵。他说：这个人，以科学考察为名，不仅欺骗群众，还欺骗牛巴大队长，把一个革命英雄骗到大瓦山上想谋害他，他就是反革命。我们要打倒他，打倒反革命！

打倒反革命！众人跟着高呼。

他现在不思悔改，欺瞒牛巴大队长的家人，继续潜伏在我们胜利大队！我们要把他赶出去！翻身继续揭露艾祖国罪行。

把他赶出去！把他赶出去！众人跟着高呼。我的妈妈，费好大劲翻身才把群众引导到正题上来。

还不跪下接受贫下中农批判？让他跪下！日牛再次命令。

有个民兵从后面一脚踹在艾祖国腿弯弯里，他腿机械地一软，其他人趁机把他按了下去。可这些天抬石头也没白抬，没挣扎几下，他又站了起来。

翻身又叫人把艾祖国抬石头的杠子拿来，几个人抓住他，将木杠从艾祖国左袖口塞进去，从右袖筒子里钻出来，把艾祖国双手跟杠子串在了一起。那察尔瓦也张开了，艾祖国被串成了一只展翅的蝴蝶。艾祖国也不怎么反抗，看他们能干什么。串好后，几个人一起往杠子上用力向下压。五六百斤上去，艾祖国这下扛不住了，腿一软人就跪了下去。民兵们便死死压住杠子不放。艾祖国才知道原来这抬石头的杠子还有这么多功能。

突然一个女高音大喊了一声：

放开他！牛巴史丽突然跳到了台子上。

民兵们一惊，手一松，艾祖国趁机又站了起来。

牛巴史丽一把扯出艾祖国嘴巴里的臭手绢，丢得远远的，面向大家学起了张区长：

你们知道他叫什么名字？他叫爱祖国，名字都叫爱祖国他能是坏人吗？他从哪里来？他从北京来，毛主席在哪里？毛主席在北京。他是毛主席派来帮助我们的。不能批斗他！不能斗争艾祖国！

她一番自问自答，大家觉得她说得对，何况她又是牛巴马日大队长的宝贝女儿，现在又是有文化有知识的老师。

不能批斗艾祖国！不能批斗艾祖国！大家又跟着牛巴史丽喊。

他就是反革命！日牛急了。

凭什么说他是反革命？牛巴史丽才不怕他什么副主任。

他反对我们革他的命，他就是反革命！日牛急中生智。翻身赶紧给了他一个支持的眼神。

我们要革你的命，你让不让革？你反对那你也是反革命！牛巴史丽以其人之道反治其人之身。

我、我……日牛不知道怎么回答，赶紧用眼睛找翻身。

我们广大革命群众都站着，你作为领导，却要坐个椅子，你这是资产阶级享乐思想！你想当山大王！我们要批你！牛巴史丽步步紧逼，吓得日牛不知如何是好，赶紧招手叫那些呆若木鸡的民兵。

把她拉开！把她拉开！两个民兵赶紧上去抓牛巴史丽，但他们又不敢过于用劲，毕竟人家是前任大队长家千金嘛，于是台上就乱成了一团。这可把台下看热闹的高兴坏了，这比看戏还好玩。他们不知道高潮还没开始呢。

高潮是疯子阿卓带来的。阿卓今天照常去检查了一圈地里的庄稼，可能没发现被曲柏老爷压倒的庄稼，于是提前回来，也跑来看热闹。一看戏台子上绑着个人，以为是牛巴马日来砍曲柏的脑壳了，于是高兴得像只猴子，蹦蹦跳跳地跑到台子上一看，结果把被绑的看成是她的男人牛巴马日，气得上去对着那几个民兵又打又咬，边撕打边骂：

你们这些疯子！你们全都疯了！

好不容易被拉开，疯子阿卓又指着支格日牛鼻子骂，疯子，你这个疯子，你这个砍脑壳的，牛巴马日你也敢杀！翻身赶紧带人去拉她，她又围着台子又蹦又跳绕圈圈，边躲边指着台上和台下的人骂：

你们这些疯子！你们全部都疯了！

台上的气得脸青面黑，台下的乐得笑弯了腰，好久没这么放松快乐了！

台上的人都被吸引来围追堵截疯子阿卓了。眼看就要抓到了，阿卓"咚"的一声跳下台，台下群众立即给这个前任大队长夫人让出一条道路来。牛巴史丽趁机跑去把艾祖国的绳子解开，拖着艾祖国跑掉了。

好端端一场精心策划的艾祖国个人专场演出就这样被这一痴一癫的娘俩给搅黄了。虽然失败了，但娱乐性远远大于革命性，瓦山人民美美地享受了一盘精神牙祭。

办完事的拉龙也从龙池山庄赶了过来。他所谓的今天有事，就是看住牛巴史丽，结果课还没上完，牛巴史丽装肚子痛，叫拉龙带着大家伙背诵毛主席语录，说去上个厕所，厕所离教室也就几十米远。哪知道牛巴史丽一去就不复返了。拉龙才知道上了表妹的当，牛巴史丽跟他玩了个金蝉脱壳。

等拉龙赶到批斗会现场时，翻身队长还在组织民兵给人家还门板安装门板。其中有一家人的门板被踩断了，人家正在找翻身索赔。拉龙正好借机又骂了翻身一盘，并责罚翻身队长从个人家里称十斤洋芋赔给人家。

丢了手绢不说还赔出去十斤洋芋，要日气得几天都没有心情和翻身要了。害得自己这么惨的人是谁？当然是艾祖国了，尽管艾祖国什么都没干。很快新的四人帮集团联盟组成了。

拉龙、日牛、翻身、要日，四人齐聚翻身家。要日给几位大爷把开水准备好后，自己也跑来火塘边待着不走。翻身使劲瞪了她几眼，她都佯装没看见。最后还是拉龙发了话，就让阿依同志坐那吧。要日顺势一屁股坐在了地上。有日牛副主任在场，拉龙主任还是要先绷着。

今天这个批斗会没开好，主要责任在翻身同志，骂也骂了罚也罚了，就不追究了，当然，日牛同志也是有责任的。拉龙不忘批评一下副手。

嗜，我也有责任？日牛是被临时喊来凑数的，他不知道自己有什么责任，但领导说你有责任，你敢说你没责任？

翻身队长，你们下一步打算怎样处置艾祖国呢？拉龙说得好像真跟他没什么关系一样。

我听领导的，咳咳。翻身也不表态，只咳嗽。

唉，这是你们队上的事，矛盾不要上交嘛。拉龙又将皮球踢回去。

日牛副主任有没有什么指示呢？翻身又将球传给日牛。

我也听领导的，我也觉得这是你们队上的事。日牛没明白这两人为什么踢来踢去地踢皮球玩，干脆将球踢给两个人，谁都不得罪。

结果那两人沉默不语了，反正球又不是传给我一个人的，都不接了。

耍日同志有什么想法呢？日牛发现还坐了一个人，就把球重新传给了耍日阿依。这婆娘哪会踢球呢，好不容易有机会在领导面前表演一次，于是张口就说：

你们几个裤裆头吊着个茶壶嘴嘴，做起事来肉肉鸡鸡。你们要整姓艾的，先扳掉他的靠山嘛。

拉龙一听，惊了一跳，这个婆娘真是不鸣则已一鸣惊人。

咳，哪个是他靠山，他靠山在北京，你去扳呀？翻身怕女人说错话，赶紧训了耍日几句。

让她说，说得好。拉龙赶紧护住。

牛巴马日家女蹄花牛巴史丽就是他靠山啊，是她处处护着他的，她才是姓艾的靠山。只有把她先扳倒了，再收拾姓艾的不跟收拾只鸡样简单？耍日得了表扬后越说越来劲。

先扳倒史丽嫫呀？另两个人都面露难色，眼巴巴望着拉龙，拉龙也觉得这个没法操作。

那怎么收拾史丽嫫呢？拉龙真想听下耍日的高招。

拉龙大主任，我们翻身都跟我说过了，我知道你的心思，嗯！收拾你表妹当然得你这个表哥亲自赤膊上阵呀！耍日像发春般阴阳怪气地说。

先不说这个了，今天就到此结束！日牛主任你先回去。拉龙赶紧制止。

# 二十一

艾祖国以为今天在批斗会上皮肉之苦是少不了的，没想牛巴史丽提前杀回来把自己救下了，结果今天比抬石头还轻松，不过还是很惊险，也很刺激，也得感谢阿卓阿姨的及时有效捣乱。不知她跑到哪去了，有没有受伤，艾祖国像关心自己亲妈一样担心起阿卓来。

想着牛巴史丽今天的样子，艾祖国又想起一个人，一个花朵般的少女，她要向牛巴史丽转达的话，艾祖国还没转达。谢丹阳不让他告诉牛巴史丽她的遭遇。他不想让牛巴史丽知道自己朋友的噩耗，他觉得牛巴史丽小小的心灵不能再承受什么打击了。想了想，关于谢丹阳的消息他决定只说一半，报喜不报忧。

史丽嬷，我在金边逃难时，曾经遇到一个好人。

哦。牛巴史丽随便答了句。

她是一个女孩。

漂亮不漂亮？牛巴史丽的好奇心被勾起来了。

反正她很美！

她有我美吗？牛巴史丽有点吃醋了。

你们都美！艾祖国说，他说的是真心话，她们都是天下最美丽的女孩。

不行，你必须要说清楚她有我美吗？牛巴史丽不依不饶，定要分出个高下。

你比她多一对小酒窝，其实，你们两个人是认识的。艾祖国接着卖关子。

谁？金边县城，难道是她？把手给我。牛巴史丽醋意全无。她在艾祖国手心上刚画了一个谢字，艾祖国就拼命点头，谢丹阳这个名字已经刻到了他心里。

你们是怎么认识的？快说说她的情况。你怎么不早告诉我嘛，这也太巧了。

她叫我向你问好，她说你是她最好的朋友，那本《红楼梦》就送给你了，叫你好好保重……艾祖国怀着十分沉痛的心情将谢丹阳的情况尽量往好里说给牛巴史丽听，其他的事只字未提。牛巴史丽听得十分高兴，是啊，终于有了好朋友的消息，怎么不开心呢。

可是不想让牛巴史丽开心的人还在密谋如何收拾她。

拉龙把副主任支格日牛打发走后，自己并没走，他想知道耍日阿依这个婆娘到底出的是什么馊主意。男女之间，不就是那么回事吗？你们表兄妹，你睡她也是应该的嘛，生米煮熟饭，你把她睡了就成了真正一家人了，那姓艾的还能待得下去？耍日说。

这、这恐怕不行。拉龙觉得还是人太熟了下不去手。拉龙突然觉得耍日不像个长辈，怎么倒像个老鸨。

怕啥？你不睡她，那姓艾的跟她天天住一个屋檐下，要是被他先睡了还有你什么戏唱？耍日这下说到了点子上，这是拉龙最担心的事。

那怎么办呢？拉龙终于下定决心了。

耍日就如此如此地跟拉龙咬起耳朵来，翻身想听一句也没听见。

好，好，谢谢耍日阿依阿莫，下回国家来救济粮时，我给你分二十斤细粮。拉龙感激得嘴上都把耍日叫妈了，心里却骂这个婆娘真他妈狠心，起身甩开腿哼着小曲走了，理都没理翻身。翻身的地位一下又翻过了头，从主人变回了奴隶。耍日开始对他吆五喝六了。

翻身，过来。

唉，来了，什么事？

去，找毕摩买蛊去。

买什么蛊啊？

销魂——蛊——啊！耍日有些淫荡地拖长了声音。

什么销魂——蛊——嗯？翻身想，今天她这是怎么了？

春药！耍日换了副嘴脸。

啊？咳咳。翻身干咳两声，掩饰自己的紧张。

啊什么啊，赶紧！

我俩不需要那东西啊。

问那么多干什么？谁给你吃啊。

到哪买去？

你是猪啊？不会想办法？

翻身不敢抗旨只好咳嗽，咳嗽没人管的。

不准出去乱说啊。耍日警告。

知道，放心吧！翻身心里已经基本知道是谁要那玩意了。

经过那次批斗会一闹，第二天拉龙找到牛巴史丽说，他根本不知道这件事。他说他还狠狠地批评了日牛副主任和翻身队长，是他们两个做的；他还罚了翻身家十斤洋芋，他为自己没保护好舅妈和表妹深感内疚；同时他还要翻身给姓艾的调整轻松工作；他说他一个坏分子本应干最重的活，是看在表妹的面子上才照顾一下他。说得牛巴史丽十分感动，倒觉得是自己对不起表哥了，只好脆声声地不停叫表哥了，并主动抱住表哥的膀子在自己胸前摇晃了好几下，嗲声嗲气地跟拉龙撒娇。表兄妹的关系仿佛又回到了从前。

艾祖国现在工作是放牛。生产队里共有八大一小九头牛，翻身让他每天把牛全部赶到大瓦山去，这一去一来就是一整天，中午还得带饭，午饭就是两个烤洋芋或者一个玉米粑。牛巴史丽将阿达牛巴马日那水壶找出来给他灌上一壶开水。艾祖国不免又睹物思人流下两行热泪，自己悄悄擦了。他想，好几天没去医院了，自己一定要照顾好史丽和阿卓阿姨，才对得起牛巴叔叔。

现在也好，走一个来一个，家还是家。医院睡大觉的，放牛的，教书的和检查庄稼损毁的一家人都尽心尽职，相安无事。

这天中午，下课后，拉龙说下午有事正好要去胜利一队，好久也没去看舅妈了，干脆跟表妹同路，当好护花使者。牛巴史丽当然高兴，还没好好感谢表哥呢，于是中午专门到自留地里弄了点菜，想尽量把菜弄丰盛点把拉龙表哥招待好。从小到大，表哥对自己的确很好，到底喜欢哪一个？其实，牛巴史丽有时也很矛盾。

吃完饭，阿卓一会就跑得没影了，拉龙却并没有走的意思。这时外面太阳也出来了。牛巴史丽觉得今天怎么这么热啊！而且怎么这么困啊！她想两下打发拉龙走了自己好去睡一会，可拉龙就是不走，管他的，反正表哥又不是外人，牛巴史丽迷迷糊糊地自顾自去躺下了。

牛巴史丽浑身发热，热得把自己衣服剥了个精光。这时，她想起了艾祖国的肩膀，艾祖国的腿，艾祖国的腰，艾祖国腰下面藏着的东西。她口干舌燥，她想啃他咬他，她情不自禁地抚摸着自己的身体，她的下肢像两条蛇一样开始蠕动。

艾祖国正在大瓦山上啃烤洋芋。原来是带早上提前烤好的洋芋上山。冰天雪地的，洋芋都冻成了冰坨坨，于是他便每天带两个生洋芋上山。两个裤子包包一边装一个洋芋，走起路来两个洋芋蛋就滚到了身体的前方，看上去特别特别雄壮，雄壮得有些吓人，看得牛巴史丽浮想联翩，但又不好意思跟他讲，他自己呢又浑然不知。

艾祖国在山上就地取柴，既烤了火又把洋芋蛋烧熟了。烤洋芋的香味把小牛吸引了过来，绕着艾祖国转圈子，不时在他身上蹭痒痒。艾祖国就把烤糊了的洋芋皮子撕下来甩给小牛吃，一种做父亲的感觉油然而生。

吃了饭，喝几口开水，扯来一大抱干草，铺在火堆旁，躺上去，跷着个二郎腿，眯着眼仰望着蓝天白云，云卷云舒；再换个角度，望一望大瓦山山额，数一数大瓦山额头上的皱纹，算一算大瓦山的年龄。让暖洋洋的阳光洒在自己身上，艾祖国感到自己像一个小婴儿，幸福地躺在大瓦山爷爷的怀里，比起当石匠抬石头抡大锤，这简直就是神仙日子啊。

不一会，艾祖国就睡着了。他看到了牛巴史丽居然一丝不挂，她叫他。他想脱衣服，她却一把抱住了他，她拼命吻他，她舔他，舔得他喘不了气。他快憋死了，他大喊，史丽嬷别这样！猛地睁开了眼睛，原来是那头小牛犊子在舔他的脸，小牛要吃他身下压着的干草。

此时的艾祖国不知道，拉龙是铁了心，一定要把生米煮成熟饭的。

拉龙吞着口水强压住自己的欲望，等牛巴史丽火烧火燎地呻吟了半天，他才出现在她面前。牛巴史丽迷迷糊糊地找了半天，终于见到了艾祖国，就一把抱住艾祖国不放，我要，我要。这厢拉龙早已经将自己剥得精光，一手抱着表妹的头，另一只手游蛇般袭上她的峰峦，使劲地抚摸、揉捏。史丽少女雪白的肌肤裸露在还带着几分寒意的空气中，双乳布满了鸡皮疙瘩。拉龙见状，怜惜不已，他像小兽一般莽莽撞撞地将脑袋顶过去，用自己滚烫的嘴唇给表妹"送温暖"，吸吮史丽樱桃般的乳尖，喉咙里滚过含含糊糊的呻吟低吼。史丽哪里受过这等刺激，很快，她乳头硬硬地立起，半闭双眼，两腿焦躁地交叉着扭来扭去，内心深处的饥渴似烈火无情，快要将她烘烤成一块滚烫山芋。拉龙看到史丽这般渴望的样子，这才将表妹放倒仰卧在地，扑下身体，挺起大炮就想杀将进去。拉龙想哪怕就这一次，这辈子也值了。可两人都是新手，牛巴史丽扭来扭去，总是配合不到一起……

左一点、左左，上一点、上一点。拉龙听到有人在指挥，他以为是表妹在引导自己。

使劲、使劲，一使劲就进去了。那个声音又说。

不对呀，拉龙睁开眼睛一看。

鬼呀！披头散发的疯子舅妈阿卓就像饿狼看到兔子，眼冒绿光正弯着腰欣赏他的作案工具。拉龙抓起衣服就跑，那刚才还十分威武的大炮瞬间就变成了一根开水锅里捞出的面条。牛巴史丽还在痛苦地呻吟，阿卓上去啪啪啪几耳光一扇，牛巴史丽才清醒过来，看到自己一丝不挂，身边还有条拉龙的裤子，一下就明白发生了什么。娘母俩抱头痛哭，直哭得昏天黑地，把艾祖国也哭忘了。

当了神仙的艾祖国一回到家，听到响动的牛巴史丽赶紧收拾，抹干泪水强装笑容，可那双平时水灵灵的大眼睛已哭得肿成了猪尿泡，哪里隐藏得了。艾祖国立马从天堂掉进了地狱，他知道一定是出了大事。他问牛巴史丽，她又不说，只是不停地抹眼泪。这时，疯子阿卓突然拖了条男人的裤子出来，艾祖国一下就明白发生什么事了，他认得那条裤子，是拉龙的。

操他奶奶，我要宰了这个畜生！艾祖国大骂一声，那骂声分明是杀猪匠周老大的声音。牛巴史丽先是愣了一下，随即冲上去死死抱住艾祖国不松手，她还是第一次看到艾祖国发这么大脾气。

放开我，我要去杀了这个王八蛋。艾祖国使劲地扳开牛巴史丽的手，企图挣脱她。

你别去，求求你，他没把我怎么样！牛巴史丽苦苦哀求。

艾祖国甩开了牛巴史丽，冲进自己房间，出来手里已经多了个军用黄挎包。包是谢丹阳的遗物，包里装的是周老大的杀猪刀。牛巴史丽"咚"的一声跪在面前挡住了去路。他想迈过去，双腿却被牛巴史丽死死抱住。

求求你了，你不能去，杀人偿命，你杀了他你也得死，你死了我们怎么活啊？牛巴史丽哭道。

我不会放过他的。艾祖国心里骂道，杀人偿命，我父母、周老大、谢丹阳谁替他们偿命！但牛巴史丽最后一句，如果我死了她们两娘母怎么活啊？我怎么完成牛巴马日的托付啊？

啊……艾祖国哀号一声，将那只伸进黄挎包里去摸杀猪刀的手慢慢抽了出来，重重地一拳打在了墙上，血顺着墙壁流了下来。艾祖国腿一软，跪在了地上，两个人紧紧地抱在一起痛哭了一场。艾祖国想去告拉龙犯强奸罪，可回头一想上哪去告啊？

等他们哭够了，不哭了，疯子阿卓却举着煤油灯，来叫他们两个吃饭。他们简直没想到，晚饭是阿卓做的。牛巴史丽很久没有尝到妈妈的味道了，艾祖国也是。

# 二十二

拉龙主任那天受惊了，这一惊惊得不轻。

拉龙那天煮了个夹生饭，光着屁股从舅妈家逃出来，慌不择路，跳到一家人的猪圈里蹭了一身一脸猪屎，蹲到天黑才敢跳出去往回跑，半路上光屁股又被狗咬了一口，又惊又吓，又冷又饿，摸回去就病倒了，从此便落下了病根。

转眼间，已是数九天气。山上又开始下雪了。

拉龙主任与表妹已成好事的消息不胫而走，除了牛巴史丽和艾祖国——没人跟他们说——其他人都知道这件事了。

艾祖国还是天天养牛，牛巴史丽还是每天去大队部给学生上课。两人都尽心尽力，一有时间，他们就去医院看望牛巴马日，替他擦洗擦洗身子，帮他翻翻身，按摩按摩有些萎缩了的肌肉，活动活动他的肢体关节，拉着他的手说说话。

拉龙主任现在没脸去听课了，虽然屁股上被狗咬的伤还没有好完，但他还是有些坐不住了，因为天天都有人来关心他，问他好久跟表妹完婚，别人好准备送贺礼。

其实到底生米煮成熟饭没有只有他自己知道，他又不能去跟别人一个一个地专门解释，就连耍日都不相信他没整成功。那药可是翻身用耍日的一只老母鸡换回来的，因为耍日知道那药效之厉害，就没有解决不了人的，是头老母猪吃了它都能爬树。毕摩就是这样跟翻身说的。拿回来那天，翻身就给她用筷子尖尖蘸了点吃了，都弄得她要死要活的。

拉龙知道表妹不会原谅自己的，更不可能往下说了。现在看来突破口并不在表妹身上，都是耍日那个臭婆娘成事不足败事有余。

拉龙决定解散自己这个四人帮。

这盘拉龙只找了翻身一个人来商量。

拉龙说，翻身叔，我觉得问题不在我表妹身上。

对嘛，我就说根子在，咳咳，还是在那个人身上。翻身说如果有烟抽我就不得咳嗽。

想要烟就明说，我两爷子什么关系？拉龙就从桌子抽屉里找出一包经济烟甩给翻身，拉龙也记不得是哪个孝敬自己的。

翻身想把烟直接揣自己口袋里，想了一下，算了。他知道整个瓦山坪能抽得起纸烟的没两个人，其他人都是抽叶子烟，就拆开先抽出一支敬给拉龙主任；拉龙不要，他这才将那支烟栽到自己的嘴巴上，不慌不忙地擦根火柴深吸一口点着了烟，把火柴甩了好几下才甩灭。他想，既然玩盘洋格就要把架势装够，他现在在拉龙面前胆子越来越大了。翻身说，拉龙主任，你真不抽哇？真不抽我就揣走了哦。话还没说完那包烟已经进了口袋，他又用手在口袋外面压了压，生怕那烟自己长腿翻出来跑了。

好了，说正事，下一步怎么整？拉龙让他撕摆够了，直接进入了正题。拉龙知道，翻身还不是想拿包纸烟回去孝敬要日，显摆显摆。

直接找个理由，把他……咳咳。翻身一边咳一边用手在空中抓了一把，他忘了刚说的抽了烟就不咳嗽了。

然后呢？看来拉龙是搞懂了他的意思的。

然后作为交换条件，让牛巴史丽跟你成亲。翻身这次想起来了，抽了烟不能咳嗽，现在谈到关键时刻了。

好的，就这么办，抓他的理由你去找。拉龙说，事成以后，二十斤细粮继续有效。

怎么又让我去找理由？翻身抱怨。

纸烟好抽不？拉龙也不回答，问他。

谢谢主任。翻身知道推是推不脱的了，还得谢主隆恩，于是抬屁股回去想办法去了。

现在天气越冷天黑得越早，积雪越来越多，牛儿们找草吃越来越费劲。这天，艾祖国放牛就比往常在山上多待了一会，想让牛儿们多吃两口草，返回时就走得有点急。走到一个峡谷口，牛们你追我赶也想早点回家，在狭窄的山路上就很是拥挤。路过一道悬崖边沿时，那头没有经验的小牛被挤到了悬崖峭壁边上，突然头顶悬崖窜过一只棕黄色长尾巴的动物，那身影一晃就不见了。艾祖国紧紧地握住杀猪刀，他也没看清楚是小熊猫还是狐狸还是狼。牛群一惊像炸了锅，后面的牛一下撞过来，小牛被旁边一头牛的大肚子一撞就被挤下了悬崖。走在最后赶牛的艾祖国只有眼睁睁地看着小牛滚下去摔死了。那真是欲哭无泪啊，老天怎么就不开眼呢？这大瓦山难道真是我的死穴吗？这大瓦山难道就专门跟我过不去吗？

毫无疑问，艾祖国故意破坏公家财物，阴谋破坏社会主义生产资料，害死牛苗子一头；这头牛长大后还会不停地生小牛，小牛再生小牛，艾祖国这回害死牛比害死牛巴马日的损失还要大。翻身和耍日两口子脸都笑烂了，才等一个月，整他的办法还没有想好，艾祖国这个倒霉鬼自己就闯祸了，这二十斤细粮得来全不费工夫。为了庆祝胜利，当晚翻身主动和耍日加耍了一盘。

当晚艾祖国就被押送到龙池山庄，又关到上次关他的那间石屋里。

拉龙主任亲自审问艾祖国，内容很简单。

知道为什么收拾你吗？拉龙说。

不知道，就像被狗咬的人一样，通常不知道狗为什么咬他。艾祖国说。

这个比喻好，那我就告诉你，要么你离开胜利，离开瓦山坪，走得远远的，保你什么事情都没有；要么你就老老实实待着，离我表妹远远的，你也不会有事……

你说的这两件事，我都做不到，尤其是第二件；史丽嫫喜欢我，我也喜欢她，没人可以把我们分开的。艾祖国想起父亲的话，做人要坚强勇敢，于是勇敢地把心里话说了出来。

史丽嫫也是你叫的吗？只有亲人，只有我才能叫她史丽嫫！啪、啪，拉龙气得赏了艾祖国两耳光，扭头便走，走到门口才回头甩下一句话，你给老子走着瞧，看老子整不死你狗日的！

走着瞧就走着瞧，有本事你把我放了，咱们来公平竞争！让史丽嫫来选择，看她是爱我还是爱你。拉龙已经走远了，艾祖国还在叫阵，有本事放马过来，整不死我你才是狗日的。艾祖国完全豁出去了。

虽然关押了艾祖国，但全生产队近两百号人都很感谢他，发自肺腑地感谢这个倒霉蛋。全靠这个倒霉蛋，才使全队人均分到了一斤牛肉，终于可以吃一次牛肉了，这是大家梦寐以求的事，但摔死牛的功臣艾祖国却一根牛毛都没分到。拉龙大主任不是胜利一队的人，他却得到了一个十来斤的牛头。翻身队长分牛肉时间大家说，一个大队有几个革委会主任？只有一个对不对？一头牛有几个牛头？只有一个对不对？所以我们生产队任何人包括我都没得资格吃这个牛脑壳，这个牛脑壳只有送给大队拉龙主任。其他人才懒尿得管，只要自己分到肉了，再说了，谁稀罕那个牛头啊？全是骨头，肉都没有。

所以在全队人没有任何异议的情况下，翻身用他们家背儿子用的那个背篼连夜把那个毛乎乎、血糊糊的牛头背到拉龙家。拉龙主任自然高兴，喜上加喜啊，今天两爷子怎么也应该整一顿酒庆祝一下。

拉龙跟翻身两爷子整酒的时候，牛巴史丽还在家里抓狂，阿木翻身队长通知她去领她们两娘母的那份牛肉她也没去领。邻居俄着娜玛就帮忙用芭蕉叶子把牛巴史丽家那份包了带回来，可高兴坏了阿卓，疯子居然也认得牛肉。没想到牛巴史丽跟俄着阿姨说了声谢谢，接过牛肉叫了声小花，抡圆了胳膊，一下将那包牛肉甩出去十几米远。小花正好一下扑过去，叼上就跑。小花是俄着娜玛家的小花狗，这可急坏了俄着娜玛，甩开腿就跟着狗撵，一边撵一边叫小花站住，把肉还给牛巴史丽。她太心痛那块肉了，死女子脾气就是大，你不要送给我嘛，你看就这么给糟蹋了。她不知道，小花比她更心痛那块牛肉，长这么大，从来没人赏赐小花那么大块精牛肉；一年到头，光骨头都啃不上两次；不光没有肉，骨头都是在锅里煮过好几水的，一点肉味、一点油星星都没有，钙质都严重流失到汤里去了，啃起来一点味道都没有，如同嚼木。小花今天冒着挨顿打、哪怕是被逐出家门的风险，它也要把到嘴的牛肉吃到肚子里去。一人一狗的马拉松长跑比赛就这样展开了。到底两条腿的跑不赢四条腿的，都快追出胜利一队的地界了。俄着也许因为是饿着肚皮的关系，追着追着就眼冒金星，累得最后坐在地上足足有二十多分钟，才垂头丧气地空手而归了。小花此后两天都没敢回家。

其实小花跟俄着平时关系是很好的，都怪日子过得太苦了。放在现在城里的宠物狗，瘦肉里筋没整干净还不会吃你的呢。俄着家一门两寡妇，拉扯几个娃儿，家里没有个主劳力，日子怎么不苦嘛。

上世纪四十年代，日本鬼子侵华期间，蒋介石站在战略的高度，准备将西冒市作为重庆的陪都，于是着手修了一条从乐水市到西冒市的战略公路，简称乐西公路。俄着的公公和瓦山坪其他二十九个奴隶被的莫老爷以一人一头羊的价格，卖给了抓不够壮丁没完成任务的国民党的一个营长，送去当民夫修路，结果死在了蓑衣岭。婆婆拉姆只得按照彝族人婚姻习俗转房嫁给了弟弟，没两年弟弟也得痨病死了。婆婆拉姆好不容易把儿子阿格拉扯大，没钱给他娶女人，只有让阿格自己去抢亲。

也许是他阿达保佑，阿格在蓑衣岭等了一天一夜，还真抢回来一个大奶子女人，就是俄着娜玛。俄着娜玛也是奴隶出身，阿格先上车后买票，霸王硬上弓。阿格长得英俊，那时人年轻身体好，当晚阿格就把俄着娜玛睡了，而且一晚上连睡几盘，直接就把俄着娜玛睡得服服帖帖。抢亲后第二天就赶紧找个媒人说合。幸好俄着没有表哥，不存在姑舅优先婚配，于是男女两家达成谅解，就直接成婚了。这种抢亲，如果先抢回来，再找媒人去说合不成的话，也可能因此结下怨恨；有的男女两家甚至进行械斗，长期打冤家。现在很多彝族地区结婚还要抢一下，不过已经不用真抢了，更多的情况下是走走形式，仪式性地抢婚。

俄着嫁到瓦山坪后，因其胸大，再也找不到比她大比她高耸的女人了，于是被冠以"大瓦山"绰号。俄着娜玛是个性情开朗豪爽之人，她不但不生气反而很高兴，觉得能成为"大瓦山"是自己的荣幸。她曾放言，哪个婆娘不服气，咱们现比。这话传到了耍日的耳朵里，耍日那时虽然刚过门不久，但也是个放得开的人，裤腰上下的东西都可以随便说，随便拿来开玩笑。那个年代，物质比精神更匮乏，男男女女在生产队里一起做农活，打打嘴仗开点荤玩笑就是劳累之余最开心的事情了。耍日和俄着两个被称为瓦山双杰，不爱红装爱武装的女中豪杰。

耍日不服气，不服气就比。两个婆娘本来在地里扯黄豆秆秆的，说着说着就认了真，以回去尿尿为名，叫上了阿卓和另一个婆娘两个当裁判，跑到阿卓家里，门一关把衣服一垮，先从肉眼观察比较。八只眼睛有六只眼睛都觉得耍日的奶子比俄着的小点，但耍日自己不认可。

于是进行第二轮比赛，用量具量，什么量具呢？阿卓找来牛巴马日吃饭专用的黄色搪瓷碗，用碗来往胸上扣。不扣不知道，一扣吓一跳，不论左右，耍日把自己的东西装进牛巴马日的搪瓷碗后插两根指头进去还觉得松，而俄着的东西却把牛巴马日的搪瓷碗塞满了还装不完，还要露一部分肉在外面，这下耍日终于心服口服了。

从此，几个婆娘便以"大瓦山"俄着娜玛马首是瞻，为害一方，收拾收拾这个呀，欺负欺负那个呀，真是乐在其中。

# 二十三

一九六四年成昆铁路全面动工，三十多万铁道兵全线展开大会战，"大瓦山"的男人阿格被大队抽去山下支援解放军打洞架桥。铁路工地管吃管住，生产队里照样算主劳力工分，所以这事还是干得。不过一月两月才能回来一次，"大瓦山"就更疯了。

有一次，一个叫阿海的小叔子不知为什么把她们惹着了，俄着娜玛带着几个婆娘把人家抓住按在地上强行喂奶。几个人里就有两个在带娃娃，有的是奶水，按人的按人，挤奶水射击的射击。奶水飙了人一脸一身，直到把阿海整哭求饶才放手。

她们还合着伙整过一盘翻身。翻身那时刚当上队长不久，看到阿格长期不在家，便打起了"大瓦山"的主意，想替阿格帮忙，照顾"大瓦山"，"大瓦山"于是悄悄跟耍日商量，要好好医治一下翻身这个毛病。

这天生产队做活时，翻身趁机往"大瓦山"跟前凑。"大瓦山"看四周没人，便用两手把胸前奶子一托，问翻身：大不大？

翻身顿时喉咙就干得说不出话来。"大瓦山"又说，反正我男人也不在家，有胆量今晚上你就来我家。

翻身那晚如坐针毡，站不是坐也不是，还真是难受。耍日佯装看不见。吃完饭天一黑，翻身就跟耍日扯谎说去牛巴大队长家有事。翻身一出门，耍日也出了门。翻身听到身后似乎有脚步声，便果断地向牛巴大队长家走去。耍日在后面抄近道，飞也似的跑到了"大瓦山"俄着娜玛家里，往她床上一躺，等着鱼儿上钩。

翻身跑到牛巴大队长家抽了几口烟，说自己把要想说的事情又忘了，等啥时想起后再来找牛巴大队长汇报，说完从牛巴马日家出来，赶紧往"大瓦山"家里跑去。翻身轻手轻脚地来到俄着家，那时俄着家还没养狗。翻身轻轻一推门，门就开了。翻身大喜过望，径直往俄着床上摸去。耍日也不开腔，让他一阵乱摸。摸来摸去，翻身心里不仅犯了嘀咕：这个"大瓦山"也不过如此，看上去奶子那么大，摸起来比自己女人耍日的东西也大不到哪去嘛。待翻身正要美滋滋地进入下一环节时，站在旁边欣赏演出的俄着突然划燃了火柴，将煤油灯点亮了。翻身还闭着眼睛深情地呼唤："大瓦山"呀"大瓦山"，想死老子了！

狗日的翻身，连你老娘的东西都认不得，你还想上"大瓦山"？耍日再也忍不住了，一声暴喝，啪啪给了翻身两耳光。

翻身睁开眼一看，便傻了，摸了半天摸的是自己的女人。"大瓦山"俄着却在旁边当观众。翻身想扯谎说自己在牛巴马日家喝酒喝多了才走到"大瓦山"俄着家来的，但一看女人那架势，知道上了这两个婆娘的当了，到了这个分上解释什么也没有用的，只有求饶认错，发誓痛改前非。自此，他再不敢打"大瓦山"的主意了。

俄着娜玛就是这样的一个人，说可以随便说，疯可以随便疯，但裤腰带以下的事情，她也是有原则的，所以，你最好想都不要去想。时间久了，大家都知道了她的性格和为人；婆婆拉姆也很了解自己的媳妇，但她还是怕"大瓦山"守不住自己的底线。

拉姆更了解自己的儿子，拉姆虽然转过房，但就只生了这一个儿子。男人在蓑衣岭修路给修死了，儿子又到山下峡谷里去修铁路，修铁路可是比修公路更加危险。拉姆便凑了两个多月，凑了整整三十个鸡蛋，背着俄着，挂着棒棒背着鸡蛋，从白熊沟峡谷裂隙中钻出来，走了大半天，走到一线天工地，找到儿子阿格。娘俩说了许多心里话。临走时，拉姆要将从山上背下来的鸡蛋送给解放军，本想送给部队首长，让首长照顾照顾自己儿子阿格的。结果部队首长说了，鸡蛋太金贵了，解放军是人民的子弟兵，是人民的军队，部队有纪律，不能拿群众一针一线。

拉姆只好把鸡蛋又背回去。比起冤死的阿达来，拉姆觉得儿子阿格出生的时代太好了，拉姆觉得共产党好解放军亲，对儿子也就放心了。但是鸡蛋没有送出去——汉族人也是这样的，送礼没有送出去的话自己会觉得软手的——拉姆更是觉得自己没面子，得想方设法把鸡蛋送出去才行。

拉姆这才告诉儿媳俄着，自己去了山下之事。娘母俩想来想去，俄着说解放军不收鸡蛋，那我们给他们送点别的嘛，送不值钱的东西嘛，解放军怎么会不收呢。

于是第二天，拉姆又背了两个南瓜给解放军送下了山。南瓜不值钱，山上自己长的，这回解放军不好再推辞了。

拉姆走后，解放军炊事班煮南瓜粥。炊事员一刀切开南瓜时，发现南瓜里面全是鸡蛋，赶紧报告首长。首长无奈，只好按当时市价，找人把鸡蛋钱强行付给了阿格。于是南瓜生蛋的故事便成为成昆线铁路建设中军爱民、民拥军的典型事例一直流传至今。

但是，拉姆担心的事还是发生了，阿格最后还是因公殉职死在了铁路隧道里。

"大瓦山"从此便真正饿着了。有人发现"大瓦山"俄着娜玛其实可以喊成饿着了吗，于是婆娘们跟她见面打招呼都问她"饿着了吗"。

俄着娜玛不喜欢"饿着了吗"这个称呼，她更喜欢"大瓦山"这个名号。

她要像大瓦山一样坚强地高高耸立于云端。

从此，"大瓦山"好像换了一个人，没了男人，她便养了条狗，就是现在的小花。她也不再乱开玩笑了，天天早出晚归，一心服侍婆婆拉姆，照顾好三个未成年娃娃。队上的事，基本不过问。弄得要日她们几个婆娘也没以前好玩了。

直到最近，邻居牛巴马日家一连串地出事，"大瓦山"是实在有些看不惯翻身两口子的行径了，今天便主动帮牛巴史丽把牛肉给领了回来，正好借机劝劝她。没想这死女娃比她阿达牛巴马日的脾气更大，一把把牛肉甩了，害得自己追了半天小花。分给你的肉，正份该吃的凭什么不要嘛，事是事，肉是肉，一码归一码嘛。

等"大瓦山"追完小花回来找牛巴史丽，这个死女子早已不知去向。

牛巴史丽紧赶慢赶赶到表哥拉龙家时，翻身队长正在跟拉龙表哥一起喝酒。喝到高兴处，翻身说，拉龙主任，我这事给你办得漂亮嘛……

牛巴史丽突然推门而入，现在终于明白了，原先还以为拉龙表哥会帮自己，结果这两人早已经狼狈为奸、沆瀣一气，看来拉龙才是真正的幕后主使。

牛巴史丽上去一脚就将酒坛子踢翻了。翻身见机不妙，就脚底下抹油开溜。

表妹你没事吧？谁惹你了？我替你收拾他。拉龙还想装下去。

你再装！信不信？老子一脚把你们家火塘给你踢翻？牛巴史丽歇斯底里地号叫，打翻人家火塘就相当于挖人家祖坟。

你到底想干什么？拉龙见再也装不下去了，索性开门见山，也难得再遮遮掩掩。

你为什么不肯放过艾祖国？我问你到底想要干什么？

其实很简单，只要他放过你，我就放过他。

他跟我又没有做什么，这跟你又有什么关系？

他一个外人，来到我们大瓦山，给我们带来多大的灾难，难道你不知道？

艾祖国是无辜的，他也是受害者。

表妹，你不要装傻，按照我们彝族人的传统，你必须嫁给我。拉龙说得振振有辞。

拉龙主任，我也提醒你，现在是新社会。牛巴史丽毫不示弱。

那你就等着给他收尸！拉龙威胁道。

你敢？你就等着我跟你拼命！牛巴史丽对表哥彻底绝望了。拉龙这么一次又一次地整治艾祖国，其实就是为了霸占自己。

"大瓦山"是看着牛巴史丽长大的，自己也是当妈的人，看着牛巴史丽一夜之间，父亲倒了妈也疯了，小小年纪就要撑起一个家，翻身又给她整那么多事，她着实很心疼牛巴史丽。"大瓦山"撵完小花，回来找不到牛巴史丽，就担心牛巴史丽去找翻身队长闹事。结果翻身也不在家，她又一路小跑往拉龙家赶，结果牛巴史丽果真在拉龙家，两个人正在顶牛。

两头牛打起架来，喊和劝是分不开的，唯一的办法就是先拉开其中一头牛。"大瓦山"于是连拖带拽，强行将牛巴史丽与拉龙分开了。

"大瓦山"把牛巴史丽拖回家的时候，得了翻身消息的要日就假惺惺地来关心牛巴史丽。两个婆娘以两个长辈过来人的身份，一个真心一个假意地开导牛巴史丽。没想到两个婆娘的意见居然出奇地一致，她们都要牛巴史丽嫁给拉龙。

一个说拉龙是主任，有权有势，他又喜欢你，亲上加亲；那个姓艾的，说是大学生，什么都没有，这年月有钱有粮才是硬道理。我们彝族女子十六就算成人了，就可以爬花房了；再说你都已经十七了，跟拉龙又是从小一起长大的，年龄合适，青梅竹马……说这话的当然是要日，这担媒事整成了，除了那二十斤细粮，她还会有更多的收获，翻身也将跟着拉龙沾光，说不定能整个大队副主任呢！

一个说北京来的大学生是好，但人家毕竟是龙游浅水虎落平阳，是龙就会游回大海，是虎就会走向高山，他在大瓦山肯定是暂时的，他迟早会飞走的。"大瓦山"还说，我们都喜欢天上的太阳，不过我们都是站得远远的去感受太阳，并没有人把太阳取回来放到家中。而且依目前形势发展，你要想保护艾祖国，就只能远离他，你离他越远他越安全，你离他越近他就越危险。当然，你要是按照我们民族习俗嫁给拉龙的话，就是打入了敌人的心脏，你会清楚掌握拉龙的动向，才能更好地保护艾祖国。说这话的肯定就是"大瓦山"。

牛巴史丽听了俄着阿姨的话，爱一个人并不一定要拥有这个人，如果你的爱不能给他带来幸福反而带来了灾难，那还不如不爱，或者把这份爱珍藏起来。但要割爱比割肉还难，这已经让牛巴史丽的心里接受不了，还要她再嫁给厌恶的人，她的心里更接受不了。

接下来两天，"大瓦山"和耍日轮番到牛巴史丽家里来当说客。听到点消息的翻身还亲自煮了点东西，叫耍日端给牛巴史丽。内心深处他还是觉得自己对不起牛巴史丽，更对不起栽培了自己的牛巴马日。

第三天，耍日传过话来，说拉龙主任明天准备将艾祖国上交给瓦山坪公社革委会处理。牛巴史丽想横下一条心，随便他们怎么处理艾祖国算了，看他们能不能把他枪毙了。但是，她没有做到，她怕他真的被枪毙了，她怕自己再也见不到他了，她最终还是选择了妥协。

不过牛巴史丽要求明媒正娶，拉龙要备马，携带酒、布、肉、面等礼物来迎亲。他既然是主任，就要大操大办一次。另外，结婚前要拉龙到医院去，跪着向牛巴舅舅承诺，要对自己好；同时，母亲阿卓得随自己嫁过去一起住，不能丢下阿莫一个人，家里房子则留下来给艾祖国。

耍日和"大瓦山"都觉得这些条件都是可以理解和接受的，特别是对她的疯子妈妈，可算是尽了孝道考虑周详。拉龙这边也欣然应允，只要表妹愿意嫁给他，要天上的星星他也得答应。

艾祖国没有送到公社去，但也没有放出来。拉龙觉得兔子还没见着，凭什么让我先撒鹰？

# 二十四

拉龙主任结婚是胜利大队的一件大事。新娘是前大队长牛巴马日的女儿牛巴史丽，这才叫门当户对。

整个大队都忙开了，除了老狗屎；他只要有酒喝就行了，喝醉了找个晒得着太阳的地方一躺，自己就是神仙，管他妈谁结不结婚哦。牛巴马日的姐姐、拉龙的母亲以前是奴隶，现在仍然是两坨狗屎的奴隶，只有干活的分，没有政治地位和发言权。儿子要结婚当然是好事，儿子怎么对待自己的亲侄女，她是有所耳闻的，但她不敢吱声。

在结婚前一天，拉龙家在亲友中挑选精壮男子数人，理应由新郎的兄弟带领；拉龙没有兄弟，就另找一个堂兄弟赶上一头猪，带人抬一桶酒，到牛巴史丽家去迎亲。按照彝族习俗，这支接亲队伍在女方家将要经受种种抢亲的考验。

第一个考验是泼水。即当女方家闻知男家前来迎亲时，新娘的姐妹和至

119

亲好友早就做好了储水准备，专等男方家接亲的人一到门口，一瓢瓢、一盆盆清水劈头盖脸泼来。顿时，迎亲者一个个成了落汤鸡。但迎亲者不能有任何怨言，相反，还要表现出百倍的勇敢。在一片欢闹声中，迎亲者将身上披的察尔瓦聚在头上，乘着混乱之机冲进屋里，或者抢过对方手中的水桶反泼过去。这种水战打得难解难分，往往要经过很长时间才能停止。有的地方彝族在姑娘出嫁的十多天之前，寨子里的青年男女早就做好了泼水准备。他们往往在娶亲者必经的路口上设卡，在那里钉下木桩，拴上绊索，几十桶水放在路边，迎亲者很难逃脱。一般来说，迎亲时泼的水都是清水，就是寒冬腊月也不能免去这一仪式。彝族认为，给迎亲者泼的水越多，将来的婚姻越幸福。也有的地方，泼水还用的是牛粪水。

这里的水战还未停息，那里的摸黑战又开始了。正当迎亲者被泼得无处藏身时，新娘的女友们又用和着辣椒面的锅烟，趁迎亲者毫无准备时，涂到他们脸上，使迎亲者当众出丑，这常常引得人们哄堂大笑。还有的彝族地区在娶亲时，对迎亲者施以棍棒之礼，或挥动双拳追打迎亲者。迎亲者面对这些突然袭击，只能忍受，不能还击，要表现得宽宏大度，忍辱受礼。因为每个迎亲者都明白，泼水、摸黑和棍棒之礼，只是对抢婚者的一种象征性的考验，并非真有敌意。一旦新娘抢到手，自然会化干戈为玉帛，握手言欢。

一阵骚乱之后，迎亲者抢到了新娘，并将新娘背到屋外一间临时搭建的草棚里，为她梳洗打扮，更换新衣。从这时起，新娘开始禁食。禁食是彝族婚礼中的一种禁忌。为什么会有这种禁忌，彝族传说是这样讲的：

很久很久以前，有个姑娘远嫁他方，走到半路，新娘要到一边去解手。接亲的人坐在路旁等她。不料新娘解手时遇到一只老虎，把新娘吃了。老虎摇身一变，变成新娘的样子，被娶回男家。男方家结婚的喜酒吃过之后，按照彝族的婚俗新娘要去背水。在背水前，新娘告诉小姑子自己会变成老虎。这件事被新郎知道了，便千方百计想制服老虎。不料新郎的妹妹也被老虎吃掉了。新郎放火烧，老虎跑了。从此大家一讲起虎妻的故事来，都十分警惕；特别是姑娘出嫁时，总是不吃不喝，免得路上解手误事。

这就是彝族姑娘出嫁禁食的由来。

牛巴史丽才不愿禁食，她偷偷藏了些吃的，她甚至期盼自己能变老虎，好把拉龙吃了。她不光藏了吃的，她还藏了把剪刀。

当新娘牛巴史丽梳洗打扮之后，便在草棚的一角备酒款待迎亲的客人。

酒宴上有彝族传统的摔跤表演。先是小孩摔，接着是男女双方两家来客中的年轻小伙子出场，观战的人们拍手欢呼。比赛之后，新娘牛巴史丽开始哭嫁，开始她不知道哭什么，后来一想起父母和艾祖国，就哭得收不了缰。新搭的草棚被拆去，牛巴史丽又一次被迎亲人背入屋内。这一夜，人们举杯畅饮，狂欢达旦。

第二天的婚礼仍在女方家进行。入夜时分，两家的力士又要进行角力比赛。当表演达到高潮时，男家的迎亲者乘混乱之机，背上牛巴史丽就跑。牛巴史丽在迎亲者的背上大哭大喊，女方家的人紧紧追上来，但都不是真追。新娘牛巴史丽被背到了拉龙家，照旧要先进入一个小草屋里。此时拉龙家杀猪宰羊，设宴招待亲朋好友。这一夜新娘牛巴史丽和新郎拉龙按习俗是不能同居的。

到了第三天，新婚夫妇同往女家，叫做回门。去时牵一只羊，带一桶酒。拉龙得用自己带来的酒肉款待女方牛巴史丽家的长辈亲人。午后，新郎独自回家，留下新娘牛巴史丽独自在娘家，等到女家献神时再正式婚娶。

正式婚娶时，还要演一出抢婚闹剧，但这次不是在女方牛巴史丽家，而是在娶亲途中。这天，新娘牛巴史丽得打扮一新，俄着娜玛和耍日等作为女家长辈派人将牛巴史丽送至半路；男方拉龙家来人在半路抢亲。抢婚实际上变成一种交接仪式。

送亲的人全要男子。新娘至男方门前，要到太阳落山方可进门。进门前，由一人托着装有羊肉和酒的木碗，在新娘牛巴史丽头上绕一圈，以示婚后生活富裕。当然，彝族人数不多，分散居住的地区较大，经过千百年来的不断演化和改变，很多习俗已经不尽相同了。

牛巴史丽想，虽然现在新社会提倡一切从简，但是，自己不能便宜了拉龙这坨狗屎。

按照事前约定，拉龙主任与牛巴史丽来到101矿上医院，跪在牛巴马日的病床前。牛巴史丽哭哭啼啼地向阿达讲了许多心里话。

拉龙也指手画脚地对天发誓，请舅舅放心，一定会善待表妹史丽嫫；这辈子只对她一个人好，一定好好照顾阿卓舅母。如果做不到，自己不得好死；如果做了对不起表妹的事，不是被摔死就是被烧死！拉龙想，反正牛巴舅舅也听不到，主要是向表妹发誓。拉龙知道，发誓要发得越毒，别人才觉得你最诚心。当然，话又说回来，山里人，到处悬崖陡坎，摔死人也不算什么意外；至于被火烧死，哪个彝人不是火葬的？

大家都以为牛巴马日听不到，但当拉龙和史丽离开时，牛巴马日的眼角却浸出了泪花。只是人们都把注意力集中到了一对新人身上，他们很好奇，因为从来没有人见过一对新人在医院病房里结婚，所以谁也没有注意到牛巴马日的眼泪。

阿卓也被接到了拉龙家，但拉龙家以前很穷，现在也不富。阿卓没房子住，拉龙只好将舅妈兼岳母疯子阿卓安顿在搭建的那个小草房里。一连吃了几天肉，阿卓开始也没有什么反应，还跟着迎亲送亲的一起参加泼水大战，完了大骂一通：一群疯子，肉吃多了没事干。她真不明白这些人为何如此高兴，到底是高兴还是发疯？

到了拉龙家，大姑子就是拉龙的母亲牛巴的姐姐，还是想好好照顾自己这个可怜的舅母子的，头几天还帮她洗衣服，到处去找她回来吃饭，尽量让她找到家的感觉，但阿卓始终没找到家的感觉。吃饭她找不到自己的碗，睡觉得一个人睡了，但自从牛巴马日倒下以后，每天都是牛巴史丽陪她睡的。她现在如同一个婴儿，她离不开女儿的呵护。到拉龙家第一天，她就从草房子里跑出去找牛巴史丽。等拉龙上完厕所回来时，他的岳母阿卓已经在他被窝里睡着了。

拉龙只得将这个疯子舅妈兼岳母往草房子里抱。先前她还是睡着的，等把她一抱回草房子她就醒了，哭着闹着要跟牛巴史丽一起睡；一放手，她就一溜烟又跑到新郎新娘屋里面去睡了。牛巴史丽也不管，拉龙找她管她妈，她问拉龙：

谁答应我阿莫一起嫁过来跟我们一起住的？是你自己答应的还是我强求你的？要不我跟阿莫一起到草房子去睡？

拉龙没办法，是自己答应的啊，但没答应舅妈兼岳母跟自己睡一起啊。只有再等她睡着了以后才能把她弄出去，谁让她是疯子呢？疯子能跟你所谓的正常人想的一样吗？

坐了大半天，舅妈兼岳母终于睡着了。这次拉龙轻轻地将她抱起来，大气都不敢出，轻手轻脚地抱到草房子。可她就跟装的一样，一到草房子就又醒了，又哭又闹，要找女儿。

如此这般，折腾了一晚上。天亮时，拉龙还没沾到自己的被窝，气得哇哇乱叫。结婚头一晚，本是洞房花烛夜，却抱了一晚上老岳母。

吃罢早饭，舅妈兼岳母阿卓突然想起了自己的工作，屁股一抬起身又下地了，她得去检查地里庄稼，看曲柏老爷又糟蹋庄稼禾苗没有。

阿卓前脚一走，拉龙以为终于来了机会，想找表妹补一补昨晚上的损失，没想到等待他的是一把铮亮铮亮的剪刀，一下就没了心情。

你敢乱来，小心我把你的祸根给你剪了！牛巴史丽恶狠狠地说。

你别吓我，我们现在是一家人了呕。拉龙说。

谁吓你，我问你，艾祖国为啥还没有放人？

哦，我这两天不是忙婚事了嘛！我马上亲自去放人行了吧？拉龙赶紧脱身，这娶回来的到底是娇妻呢还是只母老虎？

艾祖国放是放出来了，他在关押期间就听看守他的民兵说牛巴史丽跟拉龙结婚了。他企图逃出来阻止这一切，但他没有成功，他一个人的力量太渺小了，无法与窗外的世界抗衡。

回到牛巴史丽家里，四下找不到人，冷锅冷灶的，房子跟他人一样，是空的。是的，只剩下个空壳子，他的心跟着牛巴史丽一起嫁到拉龙家了。他不理解牛巴史丽为什么要这样做，但她这样做一定有她这样做的道理。

想来想去还是想不通，虽然自己跟牛巴史丽从来没有正式谈过恋爱，也没有正式确立过恋爱关系，但两人心中都是有数的。特别是上次拉龙迷奸牛巴史丽的事发生时，艾祖国分明觉得自己跟牛巴史丽的关系已经到了不可分开的地步了。那她为什么还要委曲求全嫁给那个臭狗屎呢？答案就只有一个，为了救自己啊！这代价也太大了，这样把自己救出来还不如不救呢！再说了，我艾祖国哪能值得你这样做？

难道我就这样算了？父亲要我坚强勇敢地做人，我这样窝窝囊囊的算坚强勇敢吗？我对得起父亲吗？我对得起牛巴史丽吗？艾祖国反复问自己。

你这样还算个男人吗？艾祖国听到了杀猪匠周老大的质问。

我不能再这样任人宰割了！我要勇敢地争取爱情，我要报仇！艾祖国坚定地告诉自己，我要杀了狗屎拉龙。

艾祖国开始找枪，找牛巴马日那支火药枪，可是怎么也找不到。于是他又找出谢丹阳留给他的那个黄色军用挎包。里面却没有了杀猪匠周老大的杀猪刀。杀猪刀也被牛巴史丽提前藏起来了。

遇事别鲁莽，忍一时风平浪静！艾祖国突然想起看大门的张区长张俊叔叔说过的话。

天哪！我到底要忍到什么时候啊？

艾祖国在牛巴史丽家不吃不喝躺了一天一夜，脑袋空空，像个傻子，像个疯子。他好羡慕阿卓阿姨，你看她一天无牵无挂无忧无虑多好啊！

天黑时分，俄着阿姨来了，她给艾祖国端来了热气腾腾的玉米糊糊。

孩子，坚强点，再苦再难日子都要过下去。俄着娜玛不是本地彝族，她汉语讲得还可以。

艾祖国想起了周老大，想起了谢丹阳，是的，再苦再难日子都要过下去，我要好好活下去，我要与大瓦山抗争到底！我决不能做大瓦山的奴隶，我绝不放弃，我要做大瓦山的主人！

是的，人们常常会在希望中绝望，在绝望中放弃，在放弃中失去自我，从而失去了自己的信心。面对不好的环境，也许我们每一个人都埋怨过，灰心过，也等待过，想等待环境的改变，甚至指责抱怨环境，与其这样，还不如自己去主动适应环境。人生如水，水本无形，却能适合千形万状的容器。如果不能改变环境，就先改变自己，只有这样，才能克服更多的困难，战胜更多的挫折。

艾祖国来到了医院，他默默地帮牛巴马日擦洗完身子，然后握着牛巴马日的手，把自己的许多心里话说给他听。他感到牛巴马日的手指有了一些力量，似乎想要握住他的手。于是，艾祖国又帮他做了一次全身按摩，希望有奇迹出现。

他在医院里陪了牛巴马日三天三夜，再没有发现牛巴马日有些什么变化，才耷拉着脑袋往回走了。

# 二十五

阿卓很称职。

这天，阿卓又去检查了地里的庄稼回来，走着走着就走回了原来的家，突然发现了从医院回来的艾祖国。她像见到了多年不见的亲人，拉着他死活不放手。艾祖国也觉得很久没见到她了，他一直觉得她就是自己的母亲，疯与不疯都是他的亲人。艾祖国把她带回家，赶紧打来热水把她洗得干干净净的，弄好饭给她吃了，伺候着她睡下了。说来也怪，见到艾祖国，阿卓就又把牛巴史丽搞忘记了。

牛巴史丽却没有忘记她，一看天都黑了，阿莫还没有回来，牛巴史丽赶紧出门寻找。拉龙也得跟着找，当然他主要是怕牛巴史丽出什么事，或者怕牛巴史丽找人找得自己也不回来了。找来找去，死活找不到人，最后，抱着试一试的心态，他们回到了胜利一队这个家。结果艾祖国已经服侍阿卓睡着了。三人相见，万分尴尬；六只眼睛躲躲闪闪，也不知道哪个眼睛跟哪个眼睛在说话；但艾祖国看出来了。

牛巴史丽的眼睛问他，你还好吗？

艾祖国用眼睛回答她，你怎么样？为什么要这样做？事已至此，只能祝福她了，但更多是为她担心。

牛巴史丽的眼睛告诉他，只要你没事就行了，我的事你不要管。

艾祖国还看着拉龙的眼睛告诉他，你怎么还不给老子滚远点呢？你小子给老子小心点！

艾祖国用眼睛告诉他，奉陪到底，你若对不起牛巴史丽，我会跟你拼命！还能说什么呢，只希望他能对她好了。

三个人眼睛里这样说，嘴巴上说出来的却是另外的内容。

艾祖国说，我本来想去告诉你们阿卓阿姨回来了，你们就来了。

拉龙说，谢天谢地，终于找到舅妈了，累死我了。

牛巴史丽说，找到就好了，她都睡着了，要不今天就让她睡这吧。

拉龙一听来了劲，好的好的，太晚了，我们先回去吧。他想今晚终于不会受这疯婆子打扰了。

牛巴史丽也觉得自己无权无钱，一个小女人，再怎么挣扎也无法与命运抗争；况且这么多年来，表哥对自己也一直很好，算了，认命吧，于是暂时收起了剪刀。

拉龙期待已久的好事终于降临了。通过一番精心准备，敌人也举起了白旗并主动打开了城门。可是眼看就要进入敌人城堡了，一个声音在拉龙耳边响起，左一点，右一点，上一点，下一点。阿卓披头散发的鬼影子立即浮现在他眼前，那门小钢炮再次变成了开水锅里的面条，怎么努力都无济于事。

一连几次努力地尝试，全是这个结果。

天亮，牛巴史丽要去艾祖国那里接她阿莫。拉龙说他也要去，这让牛巴史丽心里不太舒服。其实拉龙心里更不舒服，他内心深处再也不希望见到疯子，可又不得不去接回来，为了防止表妹跟艾祖国两个有个什么，自己还得跟着去接。

在拉龙的监督下，牛巴史丽跟艾祖国还能说什么？眼睛多说两句都怕被拉龙看见了。

就这样，这个死疯子隔三差五地跑回去找艾祖国。牛巴史丽只得三天两头地又来把她接回去。拉龙每次只得跟上去。拉龙想，你艾祖国不是喜欢照顾疯子嘛，干脆把这疯婆子送你算了，你照顾她也算是给牛巴马日舅舅赎罪，也免得我天天来找。他心里这样想，但嘴上不敢说；他现在暂时还能忍受，但不保证能长期忍得住。

拉龙更看不惯艾祖国小白脸那个样子，凭啥表妹会喜欢他？我要让他小白脸变成大花脸，于是拉龙主任找来翻身队长。

你们那个姓艾的现在在干什么？拉龙问。

放牛啊，不是你说的不整他了吗？翻身说。

你们怎么一点政治敏感性都没有？怎么还能让一个有前科的人去继续放牛？你们这是对集体财产的极端不负责任！

啊？那、那怎么办？咳。翻身咳嗽一声。

赶紧给他调换工作，尽量减少他的犯罪机率，这也是对他负责嘛！

哦，换什么工作？

你是队长我是队长？怎么还不明白？

咳，咳，翻身连咳嗽几声，表示自己真没明白。

减少他的犯罪机率嘛，有没有比牛小的比牛便宜的东西？

有啊，狗、鸡、猪都比牛小比牛便宜，有点明白了，让他养猪去？翻身心想，二十斤细粮还没有兑现，现在又要我去整人。他想让拉龙自己说出来，他好谈条件，哪怕白条子也是条嘛。

拉龙却说，那是你们生产队自己的事，别想什么事都往我头上推。

我们回去研究一下吧。其实翻身还不太愿意把养猪这个表面看起来脏、实际很实惠的工作给艾祖国干。

拉龙知道，养猪比养牛苦得多，累得多，脏得多。牛是自己找草吃，猪你得喂它。牛拉屎不太臭，拉在山上也没人管；猪就不一样了，不光拉的屎尿奇臭，你还得天天钻到猪圈里去打扫卫生；另外母猪生小猪的话，你还得从早到晚住到猪圈里去守着，像伺候月母子一样伺候它。把你弄去喂猪，看你还能继续当小白脸？这样还有一个最大的好处就是：牛巴史丽就没有什么机会跟他见面了。

拉龙现在是从早到晚防火防盗防祖国。

对于艾祖国来说，没有什么打击能超过自己喜欢的女人牛巴史丽被夺走了，要好好活着，再大的打击都要坚强勇敢地面对。不就是养猪嘛，石头能抬牛能养猪就能养！

艾祖国养猪的地方叫公猪场。公猪场却只有一头公猪，因为猪场属于队上集体经济，猪场的一切都属于公家的，所以叫公猪场。公猪场总共也就三四十头猪。猪场就地取材，用山上石头垒成猪圈。当初大跃进时，生产队搞浮夸，准备发展万头猪场，结果猪圈倒修了几十间。修猪圈把人都饿死了几个，哪有粮食来喂猪？是阿卓悄悄吹枕边风告诉了牛巴马日，牛巴大队长顶着上面的压力强行停止了胜利一队的万头猪场修建工程。除去当时没有修好的猪圈外，当年修好的猪圈现在也只用了不到一半。猪场的猪当初也是从群众家里收过来集中养殖的，也没有什么新品种，更没有什么优良品种了，反正就那样耗着。以前是要跟队长或大队上有什么关系才能来养猪的，因为养猪毕竟轻松些。而且有的人争取养猪，还能从猪口里夺点红苕玉米什么的偷偷拿回家去给家人吃。要是遇上母猪下仔，为了催奶，还会给母猪加点黄豆等精粮。这时饲养员又可以偷偷顺两把回去；哪怕只尖起手儿抠几颗回去丢在房前屋后做种，明年长出来也要收个一碗两碗了。

这就是所谓的靠山吃山了，用腐败一词好像有点过。但是这些实惠对于别人管用，对于艾祖国来说实际等于零。一是他不会腐，刚来也没摸着门道，二是他就算会腐他也不敢腐；三是他一人吃饱全家不饿，他也没有必要腐。在这一点上，我们现在的领导干部在识人用人上还真要向人家狗屎学习，把合适的人用到合适的岗位去，这多好。

任何事情都是说容易，做很难。

公猪场原本是有人在那里干得好好的，那人是翻身队长的表哥阿鲁二二。彝族有真老表，上一辈是亲姊妹，是有血缘关系的。还有一种辈分差不多，理来理去也不太理得清楚，也称为老表。翻身队长和阿鲁二二就是后一种，听着叫得很亲，实际没有什么血缘关系。阿鲁二二跟翻身队长认亲，无非是为了得到一定的照顾罢了。当然这照顾也是实实在在看得见的。翻身队长让他当队上的饲养员，一两年工夫下来，猪瘦了，阿鲁二二却胖了。大家都叫他阿鲁三三，他自己却不知道是什么意思。当然，二二也不是把从猪嘴巴里抢过来的东西全部装进了自己肚皮，还有部分比如黄豆、大豆什么好点的，他还是都拿去孝敬给翻身队长了；要不然若没吃黄豆催奶，耍日哪来的自信敢贸然去挑战俄着娜玛"大瓦山"的权威？

"大瓦山"自从男人阿格出事后，的确消停了，开荤玩笑这方面的权威暂时让位给翻身队长夫人耍日了，但除了胸部纪录还是自己保持外，还有一项权威没有人敢挑战，那就是她的吵架功夫。全队上下男女老幼，没有人能骂得过她的。她是山下长大的，会彝汉双语，吵起架来能同时使用两种语言，而山上人一般只能使用一种语言。农村高层次的吵架一般是你一句我一句，你一段我一段，看哪个声音洪亮，看哪个骂的内容丰富。从头到脚，从对方祖先十八代到现在一家老小直至身体的一些部位，看哪个骂得全面，这是比声音比内容。还要比气势、比情绪、比动作和比耐力。骂架其实就是一场不文明的辩论赛，有一对一，也有一家对一家，但一家对一家不便于其他观众听得清楚明白，也不太容易突出个人能力水平。一家对一家还容易演变成群殴，不安全，通常情况下是一对一的表演居多。全队社员群众既是观众听众更是评委，他们会公平公正地做出裁判，但不会给每一位选手打分给出正确的评价，像现在电视上的选秀节目一样地娱乐人民。吵架一般也不会为什么大事，大事的话就直接提刀动杀不做声不做气地开打了。吵架通常只为些鸡毛蒜皮的小事。如张三家的鸡啄了两嘴李四家的菜，李四家的婆娘就出来骂，先骂鸡后骂人，指桑可以骂槐，由此可以及彼，从今可以溯古，直骂得所有人都知道骂的是张三，直骂得张三家忍无可忍了便开始还击。

一出来，张三家的还是强忍怒火，十分文明，假装关心，还姨啊婶地叫，李婶，哪个的鸡把你的菜吃了嘛？

就是你家的鸡把我家的菜吃了，上次也是你家的鸡！李四正等到有人来应战，一个人唱独角戏不好演。

嘿，你才张着嘴巴说瞎话，你哪个眼睛看到我的鸡吃了你的菜？张三家的本来就是做好准备来应战的，哪肯承认。

你才瞎，你们一家人都瞎。李四家的就从就事说事变成了人身攻击，裤腰以下那些零部件和那些零部件的工作是一定要拿出来摆一摆的了，这是必须的。

于是一场大战正式开演，独角戏变成了两人对垒。全队人大部分都会放下手中的活计，专心开始享受一场精神的盛宴。除了观众精神享受，演员平时积累的种种压力也会得到发泄，有时骂着骂着双方就会因为对方的某一句两句台词而忍不住笑场，于是握手言和，一场演出到此结束。

只有一个人例外，那就是"大瓦山"俄着娜玛。"大瓦山"人就像大瓦山一样，高高在上盛气凌人，"大瓦山"从不笑场更不会与人言和。刚才说了，她会双语骂架，这就比对方有了很大的优势。她骂彝语眼见处于下风了，这时她就用汉语整上几句。骂架就像对歌一样，要有来有往。对方一愣神，不知道她骂的什么意思，趁这当口她再接着用彝语向对方进攻。要不了几个回合，对方就一直处于下风，被她压着一头骂，被她牵着鼻子骂。她骂起人来是几天几夜都不会重复，她也不着急；惹急了，她就提根板凳坐到你家门口骂，谁也不敢惹她。

只有一个人惹得起"大瓦山"，那就是她老公阿格。有一次本来是自己的错误，可是"大瓦山"仗着自己一张铁嘴，硬是骂人家不对，死活劝不住。阿格急了，阿格说，你回不回来，你再丢人现眼，小心，小心。这时阿格看到"大瓦山"从娘家背回的那头十来斤重的小黑猪。阿格说小心我两锄头把小猪给你挖死。

"大瓦山"心痛小猪，她谅阿格也不敢挖。本来是骂别人现在变成了骂自己男人，"大瓦山"用汉语骂阿格：你这个短嫩巅的哦，人家欺负我，你不帮我的忙，你也来欺负我，你把小猪给老子挖死看一下呢？你要不挖你就不是×生的！

阿格是懂一些汉语的，阿格说，对不起，我已经超过了短嫩巅的年龄了，就算今天死也不叫短嫩巅。阿格果然提起锄头，几锄头就把那可怜的小猪儿给挖死了。"大瓦山"一下就傻了眼。从此全队人都知道，强中更有强中手。阿格不愧是睡在"大瓦山"上面的人，山高人为峰嘛，阿格才是瓦山第一。

# 二十六

结果没想到没过多久，阿格就出事了，三十多岁就死了，比短嫩巅也好不到哪去。为此，"大瓦山"没少责怪自己嘴巴臭，"大瓦山"决定从此封嘴。但铁嘴名声在外，也正是靠这一张铁嘴，阿格死后这一两年她才镇住了队上那些有色心没色胆的男人们。大家都知道"大瓦山"守寡，就是没人敢去帮忙。

都说饱暖思淫欲，但是就连每天都能吃得饱饱的阿鲁三三，也不敢去招惹"大瓦山"。

阿鲁三三现在的小日子过得很是滋润。他正躺在猪圈棚子上晒太阳，下面是打着呼噜睡觉的猪。哈喇子顺着阿鲁的嘴角流成了一根粗线，那根流而不断的口水线，从他的下巴慢慢延伸到了他一起一伏的肚皮上。他的呼噜和猪的呼噜就像一个个小蝌蚪，在他那根口水线上艰难地跳舞，演奏出了一呼一吸间并不十分和谐的乐章。

阿鲁三三一开始并不同意翻身老表又安排一个人来养猪。他宁愿自己一个人苦点累点，克扣点猪粮搞点这些鬼名堂要好操作些，猪又不会说话。可是无缘无故增加一个大活人来，碍手碍脚地突然冒出两只眼睛，以后就不好办了。翻身说，要么你去放牛，要么你还是养猪，艾祖国归你管，并如此这般跟阿鲁三三交了个底。三三也多少晓得些关于艾祖国的事，当然还是愿意养猪，去放牛人又不能从牛口夺草来吃不是？

由于语言不通，艾祖国跟阿鲁三三只能做一些简单的交流。好在艾祖国也不是傻子，看一看就会了，打扫猪圈卫生啊，弄猪食啊这些活并不需要什么文化，也不需要动些什么脑筋。虽然是城里长大的，干起这些活来，艾祖国还是像模像样有板有眼的，他既不怕苦也不怕累，作为一个戴罪之身，唯有干好工作，别无他求。

自从来了艾祖国，阿鲁三三终于找到了当奴隶主的感觉，只要指挥到了，艾祖国一定会干好；就是没有指挥到位，艾祖国也会不等不靠，主动去完成的。只要有事情干到，心里就不会去想那些烦心的事，所以艾祖国从此一心扑在猪身上，拼命干活，猪圈打扫一遍又一遍，以此转移自己的注意力。于是三三的主要工作就剩下晒太阳了。

冬天太阳金贵，得抓紧时间，阿鲁三三躺在猪圈棚子上刚刚睡着，莫名其妙地梦到了"大瓦山"。"大瓦山"说，三三，你看我东西大不大嘛？反正我也没男人，现在猪儿也不用你亲自喂了，走，去我家帮我喂喂我下面这个猪儿。三三说，"大瓦山"，你还是算了，我怕你像整翻身队长那样日弄我。"大瓦山"说，不会的，你下来嘛，你下来。

三三，阿鲁三三，你下来。三三抹了把口水，原来刚才是在做白日梦，真的有人在喊。

什么事啊？抬头一看邪门了，"大瓦山"就站在下面，刚才是不是做梦哦。

　　"大瓦山"？自摸给你。三三赶紧给"大瓦山"打招呼，难道天上真会掉馅饼？

　　自摸给你，下来说话。"大瓦山"说。

　　你找我晚上帮你喂猪？三三"咚"的一声闷响，从猪圈顶上跳了下来，蹬烂了三匹瓦，他还是不能确定刚才是不是在做白日梦。

　　你说啥？你想帮我喂猪？你看你那猪头猪脑的样子，你就是你妈头猪，你信不信我叫人把你这头公猪给阉了，让你永远都打不了圈，你还想帮我喂猪。"大瓦山"一下扔过来一捆手榴弹，把阿鲁三三炸得七零八落。

　　你这个"大瓦山"哦，跟你开句玩笑都开不起了哦？三三终于完全醒了，知道自己刚才真是在做白日梦。

　　谁跟你开玩笑？我跟你说，你现在太不像话了哈，别人小艾还是个学生，他一来你什么都让人家干，你看你倒当上奴隶主了哦？你忘本了哦？你自己才是奴隶出身哈，你再这样，小心我们批斗你哈；奴隶主可是比资本家还坏哦，被牛巴大队长砍了头的就是奴隶主哦，你忘了？"大瓦山"一阵火炮一放，觉得自己要表达的内容表达清楚了，一扭身甩着一对大奶子扬长而去。

　　嗻，嗻，我改正，我改正，批评得好！批评得好！阿鲁三三吓得冷汗都出来了，奴隶主不敢随便当的哦；当了要被砍头。狗日今天这梦就没做好，再一想，关你锤子事，你"大瓦山"又不是生产队长。但心里骂归心里骂，人还是乖乖地跑去跟艾祖国一起打扫猪圈卫生了，他到底还是害怕"大瓦山"那张铁嘴。

　　既然不敢随便欺负人，那就随便欺负猪。阿鲁三三就指着猪骂：你以为你是领导哦？你一天从早到晚什么事都不干，吃了就睡，醒了就吃，光长一身肥膘，小心哪天一刀把你给杀了。刚骂完觉得没骂对，狗日好像骂的是自己。阿鲁三三就重新骂一盘，你这个挨千刀的，你以为你有靠山就没人敢动你哦，照样把你杀来吃肉。

　　艾祖国同学呢以猪圈为家，反正有的是空猪圈，他干脆把棉絮被子搬到了猪圈去，深入猪的生活，与猪儿们同吃同住。

　　养猪其实也没有多大的技术含量，对于一个清华高材生来说，没有什么学不会的。当然也有的是从书本上学不来的，只有通过实践学习，比如给猪配种就不好掌握火候。

艾祖国以前只吃过猪肉，还真没有看见过猪走，更不知道猪们是如何行房事的；其实他自己也没行过房事，这都是在公猪场这所社会大学才实践出来的。那公猪随时随地都可以做这事，但母猪不行，母猪怀孕需要四个月时间才产仔，产仔后哺育近两个月时间小猪断奶。猪母断奶后才能发情，发情时母猪不吃不喝乱叫乱咬俗称打圈，你看它急得往圈外翻。刚发情时不能交配，得等上两至三天时间，母猪才会排卵。具体就得从那母猪的外生殖器上来观察，由最开始发情的又红又肿到由红变紫，快要消退恢复原来正常状态时，才能让公猪与母猪见面交配，早了晚了都不行。公猪体形大身体太重，有的母猪体形小身体瘦弱；公猪一上去就把母猪压趴下了，严重的甚至都会把母猪脊梁给压断了。这种情况，艾祖国还得与阿鲁老师一起，一人一边，往上搂住公猪的两条前腿，帮母猪分担公猪的重量，同时还要帮公猪使劲完成任务。有时公猪母猪体形差异大了，公猪的那玩意半天找不到母猪的火门时，艾祖国还得腾出一只手来，用手去抓住那根一尺来长、像削了皮的长山药一样，臊乎乎黏糊糊的螺旋状猪鞭，帮忙引导它走上正途。

时间长了，大学生艾祖国就想，这样不是个事，便找来些木料，设计做成一个架子。那架子就像母猪的一个外骨架，形状就像在母猪身边放两条长凳。这样让体形小的母猪与公猪做爱时，站到架子里去；公猪爬上去时，两个前腿就踩在了架子上，再不用人抬了，而且它的前脚踩实后，也更好发力了。他这个发明，倒让阿鲁老师对他有些另眼相看了。

艾祖国还跟着阿鲁三三学习了一些给猪看病的方法。此外，阿鲁三三也教会了他抽叶子烟。用山上种的烟叶，太阳晒干就行了，未经任何处理，掐上半匹烟叶子，卷得紧紧的，栽在牛巴马日留下的那杆的莫老爷的烟袋窝窝里，再把露出来的参差不齐的部分用剪刀剪齐，或用手揪整齐，这样既美观又大方；然后"哧"的一声划根火柴，猛吸一口点着了；这一口有点关键，气短了还得来第二口才点得燃，气大了吸太猛了可能会把自己呛咳嗽。艾祖国也教会了三三用牙刷刷牙，同时给阿鲁三三讲了很多卫生常识和酗酒的危害。从此，再没看见阿鲁三三随便躺在地上睡觉了。

牛巴史丽又回到了大队部给孩子们教汉语，有时也组织大人晚上来上夜校学习汉语，并让孩子回家与家长们开展学习竞赛活动，看谁学得好，让孩子回家当小老师，孩子再教家长，形成了比学赶帮超的浓厚学习氛围。一时胜利大队掀起学汉语、用汉语的高潮。

拉龙主任则人前光亮背后糟糠。结婚几个月了，大家都以为他很幸福，其实他一回事情都没办成功。作为一个男人，其中苦恼只有他自己清楚，打断了牙只有往肚子里咽。当艾祖国忙着打扫猪圈时，他在干酒；当艾祖国抽烟时，他也在干酒；当艾祖国睡觉时，他还在干酒。有一回跟几个兄弟老表一起喝酒，喝高兴了冰天雪地的把衣服裤子全脱了，只穿条红内裤接着喝。后来也不知道为什么打了起来，打得头破血流的，结果到第二天什么事都忘完了。他摸摸脑壳上的伤，自己安慰自己说，不痛，不痛，晚上又接着喝酒去了。大家都说这小狗屎真不愧是老狗屎的种，父子俩一个死相。

　　日子就这样平平淡淡地过了好久，牛巴马日在医院仍然没有什么起色。转眼间冰雪消融，万物复苏，春暖花开，植物和动物都睡醒了，狗开始发情，猫开始叫春，有的人也不老实了。

　　老狗屎就是个不老实的人。这些年，除去干酒，他就没干过什么事，但这次他却干出了一件令人发指的事来。

　　老狗屎虽然自己什么本事都没有，尽管小狗屎的妈对他是一直唯唯诺诺，但他一直没怎么把小狗屎的妈当回事。他倒是眼光跟牛巴马日一样，一直觉得阿卓长得漂亮。原先是因为牛巴马日在，阿卓也看不起他，他最多也就是想想；等到牛巴马日出事后他想做她文章时，阿卓又疯了。但在六十来岁的小老头眼里，四十来岁的女人虽徐娘半老但风韵犹存；阿卓虽然疯了，但梳洗梳洗还是可以。男人都觉得自己的孩子乖，别人的老婆漂亮，老狗屎有时就免不了想。谁知这天老狗屎干酒又干醉了，从外面摇摇晃晃地往家走。那时彝族大部分人家没有专门的厕所，老狗屎一泡尿憋得不行了想赶紧解决，急急忙忙往屋后面猪圈冲，突然发现亲家母兼舅母子阿卓正撅着那白花花的大屁股在那尿尿。老狗屎突然下面一阵冲动，上面就只想到那件事，把整个天下都忘了。他悄悄退了几步先躲了起来。那天也该当出事，平时这个时候呢阿卓还在地里检查庄稼，今天她却提前回来了。老狗屎观察了一下，家里其他人也不在，于是等阿卓一尿完尿，还没提上裤子，老狗屎就扑了上去，将阿卓按翻在地，裤子都省得脱了。

　　阿卓又惊又怕，遇到这种事正常人若不是半推半就，那就要拼命抵抗，更何况一个疯子。阿卓惊叫，又抓又咬，老狗屎本来身体就不够强壮，加之又喝了酒，两个人势均力敌相持不下，扭打了半天，衣服裤子也扯烂了，脸也抓伤了，但事情还没办成。

阿卓的乱喊乱叫终于吸引了一些观众，因为大家都知道：阿卓疯是疯了，但很少这样大声乱喊乱叫的；出现这种情况，她一定是又受到了什么刺激。

结果，他俩的现场直播倒使这些跑来看热闹的人受到了高强度的感官刺激。

发生这种事，要在旧社会，很多地方按汉族人家规的话，老狗屎是要被装进猪笼里沉塘的，而按彝族人的老传统老习惯的话，族人会先将老狗屎的作案工具就是他的生殖器硬生生地用剪刀连根剪除，这就是典型的消除祸根。不要以为这就完了，接下来，将这一对男女绑了，把他们一起丢到那些很深很深的坑洞里活活饿死，看他们还想不想做那事。这看起来好像对被强奸的受害一方很不公平，但他们族人认为如果被强奸者没有勾引强奸者，强奸者就不会去强奸被强奸者，正所谓"母狗不翘尾公狗不爬背"，搞了半天倒成了女方的不是了。难怪"大瓦山"男人死后她整个人一下就变老实了，原来她还是有害怕的事。

但是现在怎么处理呢？现在是特殊时期，公检法又不健全，老狗屎性侵的是自己亲家母兼舅母子，并且强奸未遂，他儿子又是革委会主任，算屌了，等他们关起门自己解决。看热闹的也纷纷散去，回去慢慢议论，都急急忙忙想把这个特大新闻尽快传播给不知道的人。

传来传去，传到后来就传成了几个版本。

当阿鲁三三面带坏笑贼头贼脑地告诉艾祖国，狗屎拉龙强奸了阿卓时，艾祖国都傻了：年轻漂亮的牛巴史丽都嫁给他了，他一个堂堂革委会主任还会性侵疯舅母兼岳母？未免这口味也太重了吧？

艾祖国不信这个消息。前两天，在医院看牛巴马日时，他还碰上了拉龙。拉龙虽然在医院待的时间很短，也没有理自己，但神情是正常的，所以艾祖国认为这是假新闻；可能是拉龙又得罪了谁，别人恶意造谣中伤他。

艾祖国嘴上不信，但心里很担心，他决定去现场看一看，他已经有好长时间没有见牛巴史丽娘俩了。

走到半路，艾祖国想，我去合适吗？说实话自己还没去过拉龙的家。

走着走着艾祖国想起了一个人，一拐弯他径直来到了俄着娜玛家。

狗拴好了吗？艾祖国现在已经会说会听很多彝语了，他用彝语喊道。俄着家是真有狗的，就是那条小花。虽然冒死吃了分给牛巴史丽家的牛肉，自知犯了错误在外面躲了两天，但它回来时，俄着娜玛并没有严厉处罚它，只批评了它几句。这年月人和狗活着都不容易。

拴好了，是小艾呀！快请进来坐吧！俄着娜玛有些惊喜，十分热情地招呼艾祖国。

自摸给你，谢谢俄着阿姨，我就不进屋坐了。艾祖国的语气和样子都很坚定，现在他真的没心思在"大瓦山"家坐，他想尽快知道牛巴史丽的情况。

"大瓦山"只好走到艾祖国跟前，她十有八九已经知道了艾祖国的来意。

俄着阿姨，你听说了拉龙家出事没有？他本来想问她听没听说牛巴史丽的情况。

哦，知道，就是那酒鬼老狗屎，他干酒干多了，也没把你阿卓阿姨怎么样。"大瓦山"想尽量把事情说轻松点。

哦，原来是这样。艾祖国心里稍稍平静了些。

俄着阿姨，你看你有没有时间？陪我去趟拉龙家吧！艾祖国有些哀求。

# 二十七

拉龙主任知道，家里出了丑事，大多数人都在等着看笑话。

拉龙那天一回去，当着众人的面，狠狠地扇了老狗屎几个耳光。他不是因为老狗屎做下这丑事打他，他是因为老狗屎给他丢了人，往他这个主任脸上抹了黑；还因为以前只有老狗屎打他的分，风水轮流转，今天终于轮到他打老狗屎了。

不管怎么说，小狗屎打老狗屎，大家就得来劝来拉，这样就分解和消化了一些群众的愤怒，这是拉龙主任没有想到的。

小狗屎以大队主任的名义，命令将老狗屎关进了大队部。这样又分解和消化了一些群众的愤怒。剩下的就只有好奇和比谁的嘴快，看谁把这一特大新闻传得远传得快。新闻的第一要素就是要新，要及时。平时山上人少，很少会发生如此大的新闻。

艾祖国跟俄着娜玛来到拉龙家时，拉龙家正乱成一锅粥，阿卓的情绪还没平息下来，牛巴史丽也像疯了一般。

艾祖国一出现，阿卓像看到了亲人，冲过去拉着艾祖国委屈地告状，她说：是疯子，是老疯子欺负我了，他打我，把我按在地上打，还扯我衣服，扯我裤子……

你们坐，喝点水哈。牛巴史丽赶紧打断阿卓的话，怕她继续往下说就该说出让人听到脸红的东西了，其实家里哪里有水。

拉龙则没工夫搭理艾祖国，见到他就烦。

"大瓦山"才发现，原来翻身两口子还在拉龙家里。当然这两口子现在不只是为了看热闹，他们现在已然成了拉龙最亲最可依靠的人了。"大瓦山"估计这两口子也不会为拉龙拿得出什么有用的方案措施，当然她自己也没有什么主意。

"大瓦山"只有先安慰安慰牛巴史丽娘母俩，再安慰安慰拉龙的妈，然后数落数落老狗屎的种种不是。

在这个家里，所有人心里都不高兴，当然要除去暗自高兴的要日两口子。所以生气的人要气昏了脑袋的，脑袋是昏的，你怎么能想出解决问题的好办法嘛。只有头脑清醒的人才能想得出解决问题的好办法，翻身和要日两个烂脑壳就是清醒的。

两个烂脑壳在艾祖国一进门时就发现了解决问题的办法。两口子一碰头，阿卓和老狗屎是不能再在同一屋檐下生活了，肯定要分开才行，要不把疯子阿卓交给艾祖国？艾祖国不是与阿卓像亲人一样吗？两人居然想到了一起。

要日就鬼眉鬼眼地跟"大瓦山"使眼色，"大瓦山"想这两口子不定又想出什么坏主意呢，假装没看见。

娜玛，娜玛？过来一下嘛。没办法，要日只得再找"大瓦山"商量，要日记得上次还是"大瓦山"帮忙才做通了牛巴史丽的工作，让牛巴史丽答应嫁给拉龙的，二十斤细粮也没分二两给"大瓦山"。

你们两口子商量国家大事，我才十一头梯子，搭不上你们的檐口哦。"大瓦山"还是要绷着。在山上，一步或一级楼梯叫一头梯子，通常情况下要十三头就是十三级以上的梯子才能搭上房屋的屋檐，人才能够上到房顶上去，低于十三头以下的梯子就短了够不着屋檐。搭檐也有搭言搭话的意思，那意思是说，我自己没水平，没有资格跟你们高水平一起讨论。"大瓦山"这话讲得多有水平，难怪好多人都怕她。

唉呀，我们哪个有你水平高嘛，啥子时候嘛，你还说那么多。要日过来连拉带拽将"大瓦山"拖走了，"大瓦山"也就坡下驴，进入了要日他们的阵营。

"大瓦山"毕竟见过些世面，听要日一说，觉得这个办法虽然不是最优方案，但是可行。凭她对艾祖国的观察，这孩子忠厚仁义，他一定不会亏待阿卓的。

于是他们再找拉龙和牛巴史丽商量。拉龙一听要日出的这个主意，高兴惨了，这简直解决了他的大麻烦。没想发生这个事对自己来说还是好事，可以借机把包袱给甩了，从此再不会有人跟自己争表妹的被窝了。

拉龙当即表示，等救济粮来了再奖励要日和俄着两个老辈子一家二十斤细粮。俄着才知道，难怪要日两口子想方设法帮助拉龙解决麻烦，原来这里面是有猫腻的，早知道自己就不跟着掺和了。

牛巴史丽却死活不答应，你们不是一直说艾祖国是外人嘛？一无亲二无戚的，人家凭什么给你养老人？而且这还是个精神不正常的人？当然牛巴史丽最内疚的是自己没能嫁给艾祖国，现在却要让他来赡养自己的母亲。

牛巴史丽不同意，拉龙不敢强行通过，把自己疯岳母兼舅妈甩给一个不相干的人，简直就猪狗不如了。他只得嘴上跟着牛巴史丽说，我也觉得不合适，不过现在一时也想不出什么好的解决办法。

但是拉龙是主任，主任手里有权，有权就有粮，有粮就能办事，有粮就能办成看似办不成的事。

我还有些事要处理，你们再商量商量。拉龙主任转身对要日先伸出食指和中指两根指头，接着再加上无名指，并眨了一眨眼睛。要日看得明白，也伸出了三个指头。拉龙点了下头拉着翻身就走了。

艾祖国不太听得清楚他们在商量什么，但他已隐隐约约感觉估计是跟自己有关。他走过去，牛巴史丽她们就不说了。

艾祖国也管不了那么多，他是真的关心阿卓，他也不知道按彝族人的规矩，这件事情该怎么处理，但显然阿卓和老狗屎是不好再在同一屋檐下生活了。

看着他那急切的眼神，俄着阿姨只好用汉语告诉艾祖国。若要按以前族人的规矩，奴隶主除外，一般奴隶犯这样的事，像阿卓和老狗屎这种人，两人都只有死路一条。这倒是艾祖国没想到的，后果会这么严重，赶紧问，现在呢？现在怎么办？

现在我们也不知道该怎么办好，现在是新社会了，他们又是亲戚关系，阿卓又是精神病人，不算正常人，不应该受到处罚，但关键是他们以后怎么办呢？同在一个屋檐下怎么生活呢？"大瓦山"话到嘴边又咽了回来，让艾祖国养阿卓确实不公平。

除非让阿卓阿姨再搬回去住，这样就把两人分开了。艾祖国说。

她一个人搬回去住？她是个精神病人哦？她是没办法自己照顾自己的。"大瓦山"说。

要不这样，我从养猪场搬回来住，我来照顾阿卓阿姨。艾祖国说得很真诚。

你真是个好孩子，只是这样太难为你了！"大瓦山"感动得流下了眼泪。

不行，这样不行，我不答应！牛巴史丽一听，坚决反对。

没有什么不行的，我反正也没有父母了，你们放心，我会像对待亲生母亲一样对她的。

不行就是不行！牛巴史丽越发觉得自己对不起眼前这个人，她不想让他再为自己付出了。

史丽嬷，你听我说，阿卓阿姨现在只能由我来照顾，其他再找不到更好的办法。另外，你们不知道，牛巴马日叔叔昏迷前跟我说的什么。他要我照顾好阿卓阿姨！但是我没有照顾好她，现在我要把她接回去好好照顾！艾祖国是真心的，他只是省略了牛巴马日还要他照顾女儿史丽嬷那部分。

还有这事？"大瓦山"和耍日面面相觑，牛巴马日会把自己女人托付给一个外人？耍日弄死也不会相信，她觉得肯定是艾祖国编来骗牛巴史丽的，不过这正好给自己解扣呀，于是，耍日赶紧来做牛巴史丽的工作。

此时的牛巴史丽剩下的也只有哭了，她相信自己阿达会这样说的，那他为什么不把自己也一起托付给他呢？自己太亏欠眼前这个男人了。

"大瓦山"也相信艾祖国说的是真的，她也相信牛巴马日不会看走眼；她自己也不会看走眼，要是自己有这么个儿子就好了。"大瓦山"一连生了三个，全都是女，没生出半个儿，大的才十一岁，小的才六岁。可惜自己女儿又小了，要是自己有个十六七岁的女儿，直接就把艾祖国收到自己门下当女婿了。自己家的事先放一放，还是先办牛巴史丽家里的事。

那边耍日在劝牛巴史丽，这边"大瓦山"觉得还是要再稳一稳艾祖国。

你下定决心给阿卓养老？你得明白几个问题，一她不是正常人，二这不是一天两天的事，三是以后你还要成家，以后日子怎么过？要不你还是回去再考虑考虑？

没什么考虑的，我拿她当亲妈，我不会后悔的。艾祖国仿佛看到了父亲赞许的微笑，父亲伸出大拇指说：坚强勇敢、正直善良。

艾祖国的话掷地有声，一字一句都是钉，每钉都钉在牛巴史丽的心尖上，打得她颤颤地痛，颤颤地感激。

耍日更加强了游说的攻势，但效果不甚明显。"大瓦山"长叹了一声，真是苍天弄人啊！

"大瓦山"附在牛巴史丽耳朵边上说，他这么做为什么？还不是为了你！他以后照顾你阿莫，你就可以堂堂正正地回去看你阿莫，不就经常可以见到他了？"大瓦山"这样说，表面是说阿卓的事，其实侧重点在后面。牛巴史丽一下就听懂了。

他毕竟是外人，他肯定不会好好照顾我阿莫的，以后我得天天去看我阿莫。牛巴史丽是顺着"大瓦山"的话说的。

那是肯定的，那是肯定的，以后你天天都可以回去看你阿莫的，跟以前一样，你说是不是，"大瓦山"？耍日眼见自己惦记的三十斤细粮就要到手了，赶紧打圆场。

这事终于搞定了，耍日飞也似的跑回家去给拉龙报喜，索要兑现三十斤细粮。她知道拉龙主任口头说有事出去了，其实一定是跑自己家去等消息去了。

耍日跑回家里，拉龙主任果然在她家里，正在跟翻身队长喝秆秆酒，耍日还没进门就上气不接下气地说：成了，成了，拉龙、主任，说话、算数、三十斤哦。

什么成了？什么三十斤？拉龙强压心中的兴奋，装糊涂。

唉呀，拉龙主任，就、别装了，你的、事办成了。开始、牛巴史丽不同意，那个姓艾的、也不答应。后来我就一直跟牛巴史丽讲老传统，按规矩要把她阿莫处死；现在是拉龙主任的关系，不责罚她阿莫，但肯定没法住在一起。耍日就把自己如何如何做通了牛巴史丽、又如何如何做通了艾祖国的工作，吹了半天，连拉龙也表扬了，就是只字不提"大瓦山"的什么事。翻身和拉龙都知道，光凭她耍日一个人，这工作肯定是做不通的，但他们两个都不想去揭穿她。

那我回去看看，事办得好，谢谢你们。拉龙说。

等一等，那三十斤细粮拉龙主任什么时候能兑现？耍日见拉龙要撤退，这才想起关键的事情来。

哪里三十斤细粮？我开始明明说的是二十斤嘛。拉龙说。

不对，不对，你走时说的。耍日有点急了。

我走时什么话都没有说嘛。拉龙说。

你比画了两个指头，又比画着把两个手指变成了三个手指。耍日知道这臭狗屎要要不要脸了。

哦，我告诉你们，我跟你男人我翻身叔叔两个人先走了，这是两根手指的意思。你和"大瓦山"好好劝说牛巴史丽，你们两个加上牛巴史丽不是三个人？我后来眨了下眼呢，我是告诉你这事全交给你了，你当时不是明明白白的嘛，现在怎么又弄出个三十斤来？耍日你可是长辈哦，别教坏了小辈们哦？拉龙来了个猪八戒倒打一钉耙，话还没说完，人已经没影了。

我就知道，这臭狗屎就不是个好东西！耍日愤愤不平。

行了，你以为你是谁？能玩得过他，你就该当公社主任了。翻身最后作了个总结，他知道，他要不总结一下，耍日还要念上半天。

# 二十八

为了照顾阿卓阿姨，艾祖国已经搬回了牛巴马日修建的那个老木板房好些天了。

这段时间，牛巴史丽大队部、医院、艾祖国家，三点一线，很是繁忙。在大队部上完课就回到艾祖国那里，给阿卓梳洗梳洗。有时艾祖国回来晚，她就先把饭帮忙做好，也帮他缝缝补补洗洗刷刷。这边时间待久了，医院又没有时间了，也没那么多精力来照顾拉龙表哥。拉龙或多或少表现出一些不满。

阿卓现在倒是比以前乖得多了，每天还是要去地里检查庄稼，看看有没有被曲柏老爷糟蹋的，找到就去扶起来。在这个季节，从早到晚有时除了偶尔有狗连裆糟蹋一些庄稼外，也没发现多少倒的庄稼。确实没事干时，阿卓就坐在地边土坎上看着庄稼发呆，不知道她的脑袋在不在运转。待够了她就自动走回家去等着吃饭，她的行为一般不受外界干扰。

吃饭的时候，阿卓还会招呼艾祖国，有时她也会跟艾祖国说说话。她说的话艾祖国大部分是听不懂的，牛巴史丽也听不懂，但他们都会很认真地听，没听懂也装着听懂了的样子。这让阿卓很满足，阿卓心想，这才叫一家人嘛；

狗日外面那些个疯子，你跟他们说半天他们都听不懂你说啥子。关键是现在外面没有人愿意听阿卓说话，谁愿意跟一个疯子去交流说话？阿卓以前的朋友，如耍日，自从牛巴马日出事后就没正眼瞧过阿卓，更不会跟阿卓一起聊聊天摆摆龙门阵。阿卓不明白那些人以前都喜欢跟自己耍，现在见都不愿意见到自己，还好自己还有这么一对儿女——怎么突然多出个儿子来呢？这个儿子是哪来的呢？是哪个生的呢？是我跟牛巴马日还是的莫老爷生的？牛巴马日哪去了？牛巴马日是谁？的莫老爷长什么样？阿卓想不起来了，阿卓又开始头痛了。

头痛的不只阿卓，拉龙脑袋更痛。

拉龙至今也没有能力把表妹解决掉。拉龙空有一身体力，怎么努力也没办法将体力转变成自己的能力。有体力没能力的男人不是男人，拉龙每天晚上都在用这句话提醒自己。不断地心理暗示，拉龙就觉得自己可能真的不是男人了；不是男人就要做女人的事，如吃醋啊，小肚鸡肠啊，疑神疑鬼啊。

拉龙看牛巴史丽天天往艾祖国那里跑，心里越来越不是滋味。"大瓦山"和耍日都告诫过自己的，由艾祖国来赡养阿卓的话，牛巴史丽必须经常去看阿卓。

牛巴史丽到底是去看艾祖国呢，还是看疯子呢？再说，都跑艾祖国那里了，医院那边牛巴舅舅怎么办？拉龙天天想这些问题，他更担心他自己没能力办的事情，会不会被艾祖国替自己帮忙办了。

艾祖国倒从来没想过要帮拉龙的忙。他跟其他人一样，他也一直认为牛巴史丽生活得很幸福，因为拉龙看上去是一个很有体力的人；因为没人知道拉龙的能力与体力是脱钩的，这个钩就是他的疯子舅妈兼岳母给取掉的。牛巴史丽倒想按照"大瓦山"的提醒请艾祖国帮忙的，但她更开不了口，也许这就是命运。命运是什么？命运就是一种看不见摸不着但又实实在在存在的东西，命运存在的目的就是为了捉弄人，而且命运更喜欢捉弄君子。

拉龙开始跟踪牛巴史丽，他期待着牛巴史丽有出轨行为，为什么有这个想法他自己也不知道。白天他不跟踪，他知道白天艾祖国在公猪场养猪；白天也不好跟踪，容易被发现，只有晚上跟踪。

天快黑的时候，牛巴史丽还没有回来，拉龙就出发了。他贼头贼脑地摸到艾祖国家外，将身披的察尔瓦从背后撩起来搭到头上。

汉人脚，藏人腰，彝人头，彝族男人的头饰，最具标志性的是闻名遐迩的英雄结。中青年男人的英雄结细长，一尺左右，斜挑在头帕一侧；老年男人的英雄结则相对短粗，给人庄重感。很早以前，英雄结是用布条缠绕一个椎状的发髻而成的；现在只是头帕的一部分，与头发无关，就是帽子的一个组成部分。今天，仍然有部分彝族男人留那个发髻，叫天菩萨，很神圣，外人不可触碰，否则将打酒赔罪。据专家考察，天菩萨至少历时一千六百多年了。

拉龙的头上本身就包着头帕，这察尔瓦一搭上去，脑袋就比身体还要粗了。当拉龙跟踪牛巴史丽时，"大瓦山"家的小花也在跟踪拉龙。小花认不得眼前这是个什么不明生物，小花也不敢声张，它远远地观察着拉龙，等待进攻拉龙这个不明物种的最佳时机。拉龙一动不动，小花也不敢乱动。

牛巴史丽说，祖国哥，我今天读了一首我们家乡一位年轻彝族诗人阿炉·芦根的诗，名字叫《披毡下的火塘》，很唯美的，我翻译成汉语给你朗诵一段吧。

> 这粒雪，如期而至
> 冻结一座村子的同时，伸手
> 掏空孩子的热泪
> 一件披毡的留守，遮盖一个世界
> 朦胧背影，一个孩子熟睡在
> 另一个孩子的脊梁上。看家老狗
> 呻吟了一年零三月，瘦骨惊心
> 排列成老屋的瓦楞
> 冰原尽头，映山红又在歌唱？
> 披毡下的火塘，柴尽火熄
> 弟弟醒了，又哭了
> 爷爷吸着空烟斗，一粒雪花正巧落进去

就这样，艾祖国、牛巴史丽和阿卓围在火塘边，一直说话。艾祖国说猪场的事，牛巴史丽说学校的事，阿卓说大家都听不懂的事。拉龙就想不通，这已经是第二次来火力侦察了，艾祖国怎么会没一点反应、没一点动作？哪怕摸一摸牛巴史丽的脸，掐一掐牛巴史丽的屁股也行啊；你小子也太对不起观众了，看来今晚又是白折腾一晚上了。

小花，小花。这时"大瓦山"出来找狗，半天没见小花的影子了。

呜、呜。小花听到了主人"大瓦山"的声音，顿时来了劲，它发出了进攻的警告声音，要不怎么叫狗仗人势呢？

拉龙还没有反应过来，小花箭一样冲向了拉龙这个没脑袋的怪物。牛巴史丽在屋里听到了响动，推开门出来时，小花已经咬住了拉龙的腿，拉龙直痛得嗷嗷乱叫。

小花，放开他，快放开，他是自家人。牛巴史丽喝开了小花。小花这才发现咬到个熟人，小花知道自己这次犯的错误估计比吃牛肉那次还严重，一溜烟又跑没影了。

你干什么呀，来了也不进来，还被狗给咬了，为啥不喊一声呢？牛巴史丽呵斥完了小花再责骂拉龙，她不知道拉龙鬼鬼祟祟的在干嘛。

我、我是来接你的，这儿又没有养狗，我喊什么喊？拉龙急中生智，一边捂住腿一边解释。

进屋发现腿上被狗咬的伤口不深，只是破了皮。隔壁那边"大瓦山"知道自己的狗惹了祸，赶紧把以前男人喝剩下的酒倒了半碗过来，给伤者拉龙主任擦伤口。

没事，没事，下次把狗拴好哦。拉龙接过碗，一口气把酒喝了，把碗底剩下的酒滴在了伤口上。拉龙觉得在艾祖国面前，再怎么样都得鸡脚神戴眼镜——装一装正神。

走了，快回去吧。牛巴史丽看着他那样子，觉得很是恶心，她不想让艾祖国也恶心。

艾祖国倒没看出什么名堂来，"大瓦山"却看得仔细。

拉龙主任，对不住了啊！走吧，走吧，我也要回去了。"大瓦山"说。

听说拉龙主任被狗咬了，耍日心中十分开心，报应啊报应。

在耍日的强烈要求下，翻身队长带着无比的真诚和哀痛来看望拉龙主任，但拉龙的伤口让他有些失望。

"大瓦山"家的狗跟"大瓦山"人一样，也太不长眼睛了嘛，连你这么大的领导都敢咬！翻身队长说完干咳一声，两人都笑了。

这点伤算什么，要不是我心情好，我一脚踢死它了。拉龙开始吹牛了。

那是，那是，你拉龙主任多神武，你看你这腿，这膀大腰圆的，你一身都是使不完的力气。翻身一口气马屁拍下来，一声都没有咳嗽，原来拍马屁还能治咳嗽啊。

但是他的马屁还是拍到了马腿上，一说到体力拉龙就想起能力，一想起能力拉龙就全身无力，他不知道该怎么给别人讲。

你觉得牛巴史丽这样老往艾祖国哪里跑，行不行？拉龙突然问。

咳，你觉得行不行呢？翻身干咳一声，反问拉龙。因为拉龙是同意牛巴史丽天天去看阿卓的，翻身不能贸然发表自己的意见。做一个优秀的下级应该时刻保持清醒的头脑，要先弄清楚领导在想什么。

她这样天天跑，我担心迟早要出事的。拉龙像在自言自语。

我也担心这个事。翻身明白了拉龙的心思，便顺着拉龙往下说。

你说怎么办？拉龙问。

这个、这个，我再想想。翻身还真不知道该怎么办。翻身想，要不自己再回去找女人耍日商量商量，这个婆娘是有头脑的，还是一脑袋坏水。

哎，你怎么没让耍日老辈子一起来？拉龙问，他也想起了耍日，多个人多条主意。

她，别提她了，咳，这个婆娘是个小心眼，她还是生你的气。翻身说，说完又咳。他发现自己说假话时必须咳嗽，拍马屁时反倒不咳嗽。这一秘密千万别让拉龙知道，也不能让耍日知道。

哦？她生我什么气？

你明明许诺的三十斤细粮，结果办完事不认账了——咳，她说你过河拆桥！翻身借此机会大胆地进行表述，临场发挥得不错。

不就是十斤细粮嘛，你叫她来，帮我想出了好办法，给她补上就行了。拉龙想，反正也不是我自己的粮食，该大方时就大方点嘛。

耍日是个没台阶自己都要找台阶下的人，她岂敢不给拉龙主任面子。两口子甩脚甩手屁颠屁颠地赶到大队部，瞅了瞅四下无人，赶紧钻进拉龙办公室里把门关上了。

在来的路上，翻身两口子已经研究过了。耍日站在一个过来人的立场上，她觉得，要防止艾祖国跟牛巴史丽之间发生不该发生的事，一是要拉龙拿出点真本事，把牛巴史丽收拾得服服帖帖，像翻身一样——别看个死鬼天天咳嗽气喘的，但是一到晚上就不咳嗽了，作战能力远远超过其外表。二是锣配锣鼓配鼓，砍刀剁骨头钝刀切豆腐，棒槌配打杵……当然耍日表扬翻身还是比较隐讳的，毕竟是长辈嘛。

好了，别说那么多，你就直接说怎么办吧！拉龙打断了耍日的卖弄。他要的是怎么办，具体方案和措施，不要你那诳诳诳的长篇大论。

二是要赶紧给艾祖国成个家。耍日说，这盘简洁明了。

啊？给他成家？他又没有表妹什么的，给他成家得花多少钱？拉龙主任吓了一跳。

曾经汉族很多地方，讨老婆要给彩礼，很多人是讨不上老婆的。彝族也是一样，除了姑舅亲表兄妹结亲不花钱还有优先权外，其他的婚配都是要给彩礼的，而且谁家女儿长得越漂亮越聪明能干，要的礼金就越高。嫁女儿得的礼金越多家长就越荣耀，家族人面前也越有脸，因为礼金的一部分要拿出来分给族人的，族人也会因为这家人的女儿出嫁分得更多的礼金。现在好多彝族地区还是这个习俗。

拉龙当然不会出大价钱帮艾祖国娶老婆，他也拿不出那笔钱，就算他有钱也愿意出，人家艾祖国会接受？

翻身和耍日也想到了这些，不知如何是好。此事只好先行放下，不过拉龙却是没法放下。

# 二十九

转眼就是夏天，天气越来越热，艾祖国还是尽量抽空就往医院跑，他怕牛巴叔叔长褥疮。

同样，天气越热，拉龙的心就越悬越高，因为天热了女人衣服也越穿越少了。

拉龙又把处理艾祖国这个定时炸弹提上了议事日程，逼得翻身晚上睡觉不停地翻身，睡不踏实。

晚上睡不着觉，第二天精神就不好，其他人干活，翻身就想打瞌睡。这天活路是背粪。平原人喜欢挑，山上人家喜欢背：背进背出，背上背下；从小背到大，背到死，活一辈子背一辈子。全队男女老幼，一人一个粪桶。那粪桶下小上大，成圆扁形状，由木板镶成黏合，外用竹篾捆扎，有一米多高，上端不封口，上面开口不齐，一边高一边低，靠人背那边长出八到十厘米。人背着粪或水，不需从身上取下粪桶，直接果断地一弯腰，桶子里的粪便或者清水就越过头顶倒了出来。这看似简单，其实也算是技术活了。别看是清华的大学生，艾祖国刚开始背粪时，有几次在倒出和收回时弯腰不果断，动作拖泥带水，结果就把粪便倒在了自己的头上。

除去干其他活的和舀粪的人，从公猪场往外背猪粪的好几十个人，排成了一字长蛇阵。男男女女说说笑笑，场面很是壮观。翻身作为队长，理应带头劳动，但他当队长后，一般只是指挥监督，不亲自劳动，除非上级有领导来检查时，他才亲自动手，这就叫君子动口不动手。

翻身队长跟往常一样，安排完活，自己就找了个向阳的地方，靠在山崖边晒太阳补瞌睡。那天背粪走在最前面的是"大瓦山"，本来可以不走到翻身队长跟前的。背着背着"大瓦山"就硬是将队伍带到了睡觉的翻身队长前经过。"大瓦山"想，我们干活，你睡觉，你总该闻一闻臭味吧，于是每个人都将大粪背着从翻身队长身边经过。一直闻可能就不觉得了，久闻不觉其臭嘛；偏偏是一桶一桶地过，有的人走到他跟前还要专门扭一扭屁股，摇一摇粪桶，好让臭气溢出得多一点。于是翻身睡在那里就一股一股地吸着粪便臭气，熏得睡也没睡香，弄得很不舒服。

这时一个背粪人正好走到他跟前，正在边走边观察他。翻身刚一睁眼，那人吓了一跳，脚下踩着个圆石头一滚，一个趔趄，把背上背的大半桶粪便全倒在了翻身身上。所有人都乐得开了花，专门泼他还泼不了那么准的。

但是，这一突发情况却把这个背粪的人吓坏了。此人不是别人，正是的莫曲柏老爷的女儿曲柏阿嘎。三十年河东三十年河西，阿嘎这个曾经飞扬跋扈的千金小姐早已经被以牛巴马日为首的贫下中农改造成唯唯诺诺、担惊受怕的普通人了。

报告政府，我不是故意的，我有罪，我有罪。曲柏阿嘎一个劲地道歉。

你等着，这事没完。这一浇虽是一身臭，但却帮翻身接上了一根弦。翻身赶紧叫上计工分的耍日跑回家换洗去了，把阿嘎丢在那里不知如何是好。

是哪个不长眼的东西？应当好好惩罚一下他。耍日一边帮翻身脱衣服一边骂。

哎，没关系的，今天这粪啊，她浇得好。翻身一点都不生气。

你疯了吧？耍日说。

没疯，你知道是谁浇的我？

管他是谁，谁也不能用粪浇人的。

是曲柏阿嘎。

她呀，她敢？她还以为她是奴隶主？

不是这个事，你忘记了？她有个女儿，二十几岁了，一直嫁不出去。翻身咳嗽一声。

对呀，就她们那成分，那出身，谁敢娶呀？而且长得也不像个人，一点都不像阿嘎的样样。

这不就正好跟艾祖国般配嘛，简直是绝配啊，哈哈哈。翻身一连咳嗽了好几声。

对呀，以前怎么没有想到呢？你真能干。耍日伸手到翻身裤裆里撸了一把以示奖励，这一把又把翻身给点着了，正好衣服也脱了，抱着耍日就不放手，于是两人又云雨了一番。

完事以后，翻身这才想起曲柏阿嘎还在地里等自己，她不会那么老实真的一直站在那里等自己吧？

翻身这一走，曲柏阿嘎是叫苦不迭。计工分是按粪桶的大小和背粪的趟数计算的；队长叫等着，她不敢走啊，就只有在那等着。现在是人民当家做主的年代，自己作为被人民专政的对象，得事事小心，处处留神，要不然说不定哪天就跟自己父亲一样被彻底专了政。

翻身精神焕发地回到地里后，阿嘎果然还在那里站着等候发落。翻身不但没有朝她发脾气，反而很客气：你还真的在这等着？他们背粪走了几趟就给你算几趟的工分，不过今晚你得到我家里来一趟。

这更让阿嘎不知所措，不对呀，我都五十多岁的老木薯老婆子了呀？莫非翻身队长想……

阿嘎的心七上八下，她就那样一直忐忑到了晚上。天一擦黑，阿嘎就提着家里仅有的大约两斤黄豆出了门。

当她来到翻身队长家时，耍日让她坐，她也不敢坐。她突然从肚子下面掏出一包粮食说，翻身队长，就请您高抬贵手吧，我们家就只有这些黄豆了，送给你们磨点豆花吧，白天的事，我真的不是故意的。

翻身突然觉得这话怎么这么耳熟呢？这不是二三十年前自己父母常常向的莫老爷说的话吗？翻身不觉感慨万千。

阿嘎你说什么呀，你把你黄豆收好，自己拿回去吃，快坐下说话，咳、咳。翻身不免心生怜悯。

你坐下嘛，泼粪的事没事了，我不会计较的；你坐下，我还要送你一件大好事，大喜事。看阿嘎还是不敢坐，翻身队长说。

快坐下，快坐下，有天大的喜事！耍日也来帮腔。

真的？阿嘎似乎不敢相信自己耳朵，屁股却试探性地坐了下来。

你家女儿还没出嫁吧？翻身明知故问。

翻身队长你是知道的，我们这个出身，哪里嫁得出去嘛。阿嘎很自卑。

现在不谈你们出身问题，我就问你，我送你一个女婿你要不要？翻身直接问。

哪有这么好的事情？阿嘎越发觉得自己在做梦。

你知道公猪场养猪的那个艾祖国？怎么样？配你女儿合适吧？耍日说。

他？他是北京的，名牌大学生，我们哪配得上人家哦。阿嘎倒有自知之明。

他现在狗屁不是。翻身说。其实翻身想说他跟你们一样是被打倒了的。

配，怎么不配，年龄还一般大。耍日觉得说媒应把两边都往好里说，牵红线嘛，重点就在一个牵字，把两边的人牵到一起来。

好事肯定是好事，但是人家肯定看不上咱们的。阿嘎是真的不自信，阿嘎毕竟是大家闺秀出身，受的教育程度高些；这些年又经历了那么多事，阿嘎自己清楚，那个人非常不错，要能给自己当女婿那真是再好不过了；可他毕竟不是大瓦山的人，再说山上这些一般人家都不敢要自己的女儿，他艾祖国会愿意？

只要你们愿意，接下来的事，你就不要管了，你只要听我们的安排就行了，好不好？翻身队长又拿出了领导的派头，队长也是领导嘛。

那这样当然求之不得了，太谢谢翻身大队长了；这点黄豆是我的心意，你们一定收下，以后我会慢慢感谢你们的。阿嘎知道自己该走了，她故意把翻身叫成大队长，黄豆无论如何也是要送出去的。阿嘎是发自内心地感激翻身队长了，她不知道自己及自己的后人还要为的莫家族赎罪赎到何时。

经过几番推辞，翻身队长终于笑纳了阿嘎家的黄豆，但他坚决强调下不为例。

每年农历六月二十四，大瓦山下各个彝族大队都要举办火把节。

关于火把节的传说有很多，其中有一个故事流传很广。传说古时候，彝族在抵御外族的战争中，将火把绑在羊角上，驱赶羊群冲入敌阵，击溃了前来侵犯的敌人。从此人们过火把节是纪念和庆祝战争的胜利。彝族过火把节，要举行摔跤、斗牛和歌舞活动。入夜各村各寨都要燃起火把，人们擎着火把，朝火把上洒松香，相互祝福。在彝族人的眼里，火代表光明、正义、兴盛，代表着能够摧毁一切邪恶的强大力量。

火把节是彝族人民欢乐、爱情和幸福的节日。但是今年的火把节，翻身想强奸艾祖国的思想，翻身两口子计划利用这个火把节强加给艾祖国一段姻缘。当然，这得有拉龙主任的首肯和支持。为此，拉龙破例提供了五块钱的活动经费。这可不止二三十斤细粮的价格，拉龙可算是出血本了。

胜利一队的火把节办得异常成功。除了翻身两口子，队上大部分人都干酒干醉了，他们好久没这样疯狂过了。能不醉嘛？梁山好汉都怕酒里放蒙汗药的。

为了过好这次火把节，翻身专门通知三三杀了头猪。猪是艾祖国杀的。三三安排他杀猪，他就按领导指示杀了头猪。就这样简单，他用的是杀猪匠周老大的刀。

周老大的杀猪刀艾祖国现在用得很是得心应手，但用来杀猪还是第一次。艾祖国将那刀磨了又磨，他想刀越快，猪的痛苦就越小。那猪到底是自己养的，他觉得每一头都与自己有感情。尤其是当他听到那猪拼命地嚎叫，他的心就一紧一紧地抽。

祖国，搞快点！猪还是被放翻了，阿鲁三三又在催了。

唉，来了。艾祖国嘴上答应，人却跑向了茅房。他也不知道自己为什么今天尿这么多。从茅房出来，他又去弄了点水把手洗了洗。他想，总算又为这猪争取了几分钟生命。

你们城里人就是讲究！搞快点嘛，手都摁麻了。摁猪的抱怨道。

盆子呢？艾祖国问。

这不是吗？早有人手里端了个木盆子。

接水没有？放盐没有？艾祖国问。

接水了，盐也放了。你就赶紧杀猪吧。

盐放多了、放少了都不行哦！艾祖国再也找不到什么理由拖延时间了。

他试着将左手伸过去在猪脖子上抹了抹，把猪脖子上的脏东西抹掉，同时比画着找了找下刀的位置。当他的手刚碰到猪脖子时，那猪嚎叫得更悲惨了。

艾祖国用左膝盖顶住了猪头，左手一把搂住猪下巴，右手将刀刺向了猪脖子。就在这当口，那猪却拼命一挣——也许是摁猪的人摁的时间久了，大家都手麻了——猪四蹄一挣，人的手一松，那猪居然站起来跑了，将脖子上刺进去几厘米的杀猪刀带出去十几米远才掉在地上。

笨蛋，连个猪都杀不死！你还大学生，读那么多书有个鸡儿用。在众人哈哈大笑中，阿鲁三三气得将艾祖国臭骂了一顿。

艾祖国垂头丧气地向杀猪刀走去，就在他捡起杀猪刀的瞬间，从他喉咙里冒出一句话把他自己都吓了一跳。

重新来，老子不信连头猪都杀不死。这分明是周老大的声音，这让他想起了父母、想起了牛巴马日和谢丹阳，想起了史丽嫚被迷奸的场景。他瞪着双眼，心中充满了仇恨。

于是，那猪又被人抓住摁倒在一块三四十厘米高的石头上。这次还是那把刀，还是那头猪，艾祖国只一刀，就从猪脖子捅到了猪心脏。他将刀把一旋转，他感到那刀尖已将猪的心脏撕裂，他觉得自己的心也被撕裂了。当他把手和刀一起从猪脖子刀口里面抽出来时，那滚烫的红色液体便倾泻进了地上的木盆子里。那猪没哼哼几下就不动弹了。最后，一串血泡沫从刀口挤出来，像一串血红的葡萄挂在猪脖子上，慢慢地垂下去。艾祖国将接血的盆子拉开，那串红葡萄泡沫顺势跌落在了地上。其他人放开了猪，那猪又蹬了几下腿，再挤出一串串血泡沫，然后把四条腿蹬得笔直后就不再动弹了。它死得很痛快，死得很过瘾！艾祖国用手在盆子里划拉了几圈，将盐水和猪血搅拌均匀，在地上扯了把草，擦掉手上和刀上的血，到一边发呆去了。

正因为猪是艾祖国杀的，翻身就专门敬了他一碗酒，那酒是耍日为艾祖国量身定制的。其他人喝了酒想睡，艾祖国喝醉了酒就不知道自己是谁了。

艾祖国被人抬到了一间房子里，迷迷糊糊间有个女人在帮他脱衣服。那个女人怎么越看越长得像牛巴史丽。只见牛巴史丽把自己衣服也脱了，再后来的内容艾祖国记不起来了。

第二天早上，艾祖国一觉醒来，发现自己一丝不挂，身边还躺着一个一丝不挂的女人！

她是谁？艾祖国头痛欲裂，到底发生了什么？当然，不用想也知道发生了什么事情。

身边的女人也醒了，穿上衣服，艾祖国才认出她是曲柏阿嘎家的女儿，叫阿嘎阿妞。阿妞像个犯了错误的小学生，那模样令人看上去反而觉得十分可怜。阿妞长得确实对不起她妈，一脸雀斑，五官也是粗制滥造，没法形容，像个学徒随便捏出的小泥人，但她的身材却长得十分精准，该大的大，该有的有，该收的收。所以，这女人穿衣服和不穿衣服完全是两个样。但这个时候艾祖国想到的是如何脱身，才发现门被人从外面反锁了。

你怎么在这里？艾祖国用彝语问阿妞。

这是我家。阿妞说。

艾祖国一听，这下完了，这是她家，她睡她家正常，可自己怎么睡到她家来了，责任全部在男方啊。

# 三十

门终于被打开了，翻身、耍日、阿嘎、"大瓦山"，还有阿鲁三三等一干人马站在门外。艾祖国被"大瓦山"单独带到另一间木板房里。

你昨天是怎么了？"大瓦山"很是气愤，她本想臭骂艾祖国一通，但一张嘴又改口了。

我也不知道，我喝了翻身队长给我的酒以后，就什么都不知道了。艾祖国实话实说，他对"大瓦山"是信任的。

你知道不知道彝族人很忌讳这种事？这事后果很严重。"大瓦山"心痛地说。"大瓦山"心里有底了，艾祖国一定是中了狗日翻身的奸计。

我知道，虽然我不是故意犯错，但我会负责任的。艾祖国说。

你打算怎么负责任？"大瓦山"心里想翻身这两口子真是坏事做尽了。

我跟阿妞结婚。

你真要这样干？

我必须得负责，我娶她，请俄着阿姨帮忙。

好吧，事已至此，也只能这样了，就按彝族人规矩，算你是抢亲。我现在去跟阿嘎商量。"大瓦山"明白，耍日两口子一定是跟阿嘎早就商量好了再设的这个局，妈的，这到底是谁抢谁啊？

"大瓦山"出来时，看见阿嘎与耍日正谈得眉开眼笑，见她一出来立即就收起了脸上的阳光。"大瓦山"就更确信自己的猜测了，"大瓦山"决定试一试她们。

这个艾祖国，真是个死猪不怕滚开水。"大瓦山"把脸一沉。

什么？他想怎么样？耍日和阿嘎同时惊叫起来。

艾祖国说他喝醉了酒，他什么也没干，随便你们把他怎么样！"大瓦山"接着试。

不可能！他不可能什么也没干。耍日说。

你怎么知道？

我给他下了药啊！不对，不对，我是想他们毕竟在一起一晚上，那么长时间，不可能一直都醉着。耍日说完就知道自己说漏了嘴，像个泄了气的皮球一下就瘪了。

俄着阿姨，那孩子到底是什么意思？阿嘎小心翼翼问，她不光叫"大瓦山"大名，还依着孩子尊称"大瓦山"为阿姨。阿嘎是真怕赔了女儿又折兵。

唉，你们怎么能这样坑人家啊？"大瓦山"说。

一听这话，阿嘎又跟泄了气的耍日一样瘪了。

咳、咳，你说怎么办？总不能就这样算了？我们彝族人的规矩总是要的。翻身看两个婆娘纷纷败下阵来，只能自己赤膊上阵往前冲了。

彝族人的规矩，你还好意思讲我们彝族人的规矩，规矩都让你破坏完了！"大瓦山"对翻身也毫不客气，妈的这些尿人太欺负人了。

一看这阵势，阿鲁三三这些小角色就只能窃窃私语了。

大家听我说，艾祖国说，他会负责任的！"大瓦山"一看差不多了，就大声喊道。她的这一声，第一个就把阿嘎的气给充满了，紧接着是耍日和翻身相继充满了气。

艾祖国说他早就看上了阿妞，于是趁昨天晚上大家都喝了酒才实施了抢亲行动。"大瓦山"说着她自己都不相信的鬼话。

对，对、对，他是抢亲。翻身赶紧附和。

大家给他证明，是抢亲。耍日也大声喊。

感谢大家关心，感谢各位恩人，感谢大家撮合，我们出身不好成分不好，我们同意这门婚事，我们同意他们在一起，谢谢大家！谢谢大家！阿嘎像捡了个宝贝，赶紧向大伙作揖点头弓腰致谢。"大瓦山"不想再管这些事了，大局已定，后面的屁股就等耍日两口子去擦吧。

牛巴史丽闻讯赶来时，正听到阿嘎在谢幕。牛巴史丽腿一软差点晕倒，幸好被人一把抓住，扶住她的人不是别人，正是刚从前线下来的"大瓦山"。

牛巴史丽不知是忧是喜，两行热泪夺眶而出。

走，咱先回家再说。"大瓦山"挽着牛巴史丽，那背影就是一对母女。

艾祖国是光棍一条，阿嘎家里也是一贫如洗，这真是门当户对，这样人家结亲，哪敢大操大办。阿嘎回想自己当年出嫁时，那是八抬大轿，人山人海啊。可如今嫁女儿呢？客也不敢请，酒席都摆不起，也不敢摆啊。

就这样冷冷清清的，自己一家人静悄悄地吃了一桌饭，就让艾祖国把女儿背走了。

当人们发现阿妞头饰的变化才知道她已经结婚了。原来彝族青年未婚女子戴的是鸡冠帽，结婚后就要戴瓦盖头帕，用数尺黑布或深蓝布折叠放在头顶，前部和脸面齐，后部翘起并且突出，顶上用粗大发辫压住。要是这女子没留长发，就要用假发辫来压。瓦盖上下两面颜色不同，通常是一红一黑或一红一青。千层顶帕又叫千层瓦盖，弯曲的形状真像屋顶的瓦，呈现与脸庞配合的曲线美，淳朴、美丽。而生孩子的妇女则戴荷叶帽。

婚后，阿妞与艾祖国生活在牛巴马日的房子里，两个人共同生活并细心照顾着精神病人阿卓。一有时间，艾祖国就想去医院，但他又担心阿妞不让他去。他多多少少知道些牛巴马日和的莫家族之间的恩怨情仇。阿妞和他平时都小心翼翼地尽量回避了这个话题，但牛巴马日在医院里躺着，这是无论如何也回避不了的啊！

阿妞看出了艾祖国的尴尬，她主动提出，她要跟着一起去医院，这让艾祖国既意外又感动。

艾祖国带上阿妞来到医院，跟牛巴叔叔说说话，帮他翻翻身，擦洗擦洗。这方面，阿妞做得还真好，她不怕脏不怕臭，时间久了，医院里不知道内情的人还以为他们是牛巴马日的儿子和媳妇呢！

艾祖国和阿妞的小日子过得还算可以。虽然只有婚姻没有爱情，但只要你够负责任，一个家也是可以经营好的，穷点苦点不要紧，穷就要穷得像茶，苦中带香。

家里突然多出一个人，阿卓不太接受得了，渐渐地她觉得这个艾祖国叫做阿妞的人除了长得不一般，其他方面还可以，尤其是对自己还不错。谁说疯子没情感？只是我们不懂得跟她如何交流罢了，就像我们不懂外星人一样。

牛巴史丽看到自己母亲的点滴变化，慢慢地也减少了回来的次数。她与艾祖国以兄妹相称，她终于把自己真正地嫁出去了。拉龙主任从此悬着的心也放下来了。

这个家终于真正成了艾祖国的家，有老婆，有母亲——虽然精神有点不正常——还有嫁出去的妹妹，很正常的一个家，很温暖祥和的一个家，现在只缺少一个小宝宝。

不过说话间，小宝宝就来到了。这天艾祖国从公猪场回来，发现阿妞正在呕吐，以为她病了，赶紧上去关心。

傻瓜，我怀孕了，已经快两个月没来那个了。现在阿妞汉语也进步相当神速，这都多亏了牛巴史丽给她加班加点地恶补。

这边阿妞肚子一天天越来越大，那边牛巴史丽肚皮却没有一点点反应，当然具体原因只有她跟拉龙清楚。尽管如此，牛巴史丽不但没有丝毫嫉妒，反而为艾祖国高兴，好像阿妞那肚子是自己的一样，也许这就是爱屋及乌吧。算了，还是别想那么多，认命吧。

从阿妞那里回来，牛巴史丽做足了心理准备，毕竟自己也结婚那么久了，人家艾祖国一家也过得那么幸福，于是主动向拉龙释放信号，希望能跟他一起克服心理障碍。

晚上狗屎从外面喝了酒回来时，牛巴史丽远远就迎了上去，轻轻地扶着他进屋，帮他洗脸，替他宽衣解带。这还是牛巴史丽第一次主动，狗屎哪享受过这样的待遇，他还以为自己是在做梦，管他，做梦就做梦吧。狗屎的全身血脉迅速膨胀，两三下剥大蒜一样将牛巴史丽剥得精光，露出一床白嫩的粉藕和蒜瓣。狗屎嗓子火烧火燎，壮着胆子一口就咬住了表妹的小嘴。牛巴史丽今天没有反抗，反而十分配合。狗屎知道，表妹这是真的需要自己了，人嘛，哪有不想做这事的呢？于是下面就越发雄壮了，他想让表妹知道，自己才是男人中的男人。对不起，对不起！狗屎表哥像个罪人，不停地道歉。

不着急，休息一会再试试。她停止了哭泣，努力克制着自己的不满，安慰着表哥。

如此这般，一连几次努力，不管谁主动，也不管换成什么体位，每到关键时刻表哥就不行了。接下来几天，牛巴史丽再怎么帮他，无论事前准备多么充分，仍是无济于事。

要不，要不……又一次失败后，狗屎表哥小声问。

要不啥子？表妹问。

要不，要不我用手帮你……狗屎表哥痛苦地说。

算了，睡觉吧！史丽突然觉得自己对男女之事已经感到厌烦了。

牛巴史丽现在除了上课备课，就加班加点挑灯夜战，给阿妞肚子里的孩子准备小衣服。她知道艾祖国穷，于是一缝就是两套两套的，一套男式，一套女式。她想要是能生对双胞胎就好了，生双胞胎的话自己就帮艾祖国养一个。但她没有跟任何人说出这个想法。

拉龙虽然对艾祖国放松了警惕，但艾祖国的一举一动都在他的监视之下。不知道是拉龙主任确实没事干、嫉妒艾祖国的生育能力而假传圣旨，还是上级真的有指示精神，反正这天胜利大队在龙池开了一个被老百姓骂作是扯鸡儿蛋的会议。

拉龙主持会议说，我们要发展生产，要搞科学，上级要求我们要勇于探索大胆创新，考虑来考虑去，我们要利用各种有利条件和资源，决定在胜利一队搞个试点工程，具体搞什么科技工程呢，我们既不赶英也不超美，我们要实实在在搞个科学繁殖新物种计划，我们要在国家的第四个五年规划内完成这项工程。拉龙想等待同志们的掌声，可是同志们却不知他在说什么。

拉龙于是补充，叫大家放开思路想问题。拉龙说，艾祖国是汉人吧，阿妞是彝族吧，大家看他们结婚后不是已经怀孕了吗？这个比方可能不恰当，另外举一个例子，马跟驴配种，生下了什么？

生下了骡子。众人回答，这个大家都知道。

骡子是不是比马和驴子的力量大，耐力强，比驴子也长得大？拉龙主任进一步启发大家。众人点头。

狮子和老虎交配是不是生下了狮虎兽？狼和狗交配是不是生下了狼狗？拉龙越说越有劲，大家听得好像真有这么回事。

狼狗听说过，狮虎兽大多数人是头一次听说，但他们慢慢觉得拉龙说得有道理。

前几年我们国家研究制造出了原子弹，全世界最凶的武器，那东西我们造不出。但是听说其他地方有人让鸵鸟跟鸡交配，那生出来的蛋不就更大，孵化出来的鸡不就长得更大吗？不知道试验出来了没有？

不知道，众人都说不知道，大家哪知道这个。

所以我们才要大胆想象，毛主席曾经教导我们说过，人有多大胆，地有多高产嘛；毛主席还教导我们说，世上无难事，只要什么？拉龙问。

只要肯攀登！这些毛主席语录，大家都会背。

所以，我决定……拉龙说，这时大家都竖起了耳朵，想知道他到底想搞什么稀奇玩意。

我决定，在胜利一队进行牛与猪配种实验，我们要研究生产出一种五六百斤重甚至跟牛一样大的牛猪！拉龙激情澎湃，大家铆足了劲鼓掌。只有一人没鼓掌，那是翻身。翻身想，你们这些个坏人，这事没落在你们头上，落在你们头上我看你还能鼓掌？

民主集中制是什么？民主集中制就是少数服从多数，下级服从上级，就算你有不同意见也只能保留，但组织决定了的事还得无条件执行。翻身队长只能领受这项任务。

其他人走后，翻身队长被拉龙主任留下进一步交流，翻身是老大不愿意。

我为什么要把这么重要的事情交给你办呢？说明我信任你嘛，翻身叔。拉龙说。

我宁愿不要你信任，我们哪有条件搞什么科研项目嘛。翻身边咳嗽边说，翻身是被拉龙主任信任怕了。他知道，这拉龙交给自己的基本上没一件是好事。

话可不能这么说，整个大队，就你队里有大学生是不是？清华大学的高材生，他来大瓦山干什么的？他不就是来搞科研的嘛？拉龙说。

他是研究地质结构的嘛。翻身说。

地质研究也是科学研究，科学是相通的，一通百通。拉龙说。

他也只不过是个没毕业的学生。翻身说。

你今天是怎么啦？他没毕业也是大学生，你在我大队能再找出第二个大学生来吗？再说了，他现在养猪，以前养牛，岂不是最了解这两种动物？拉龙主任有些生气了。

好吧，我这就回去安排落实。领导一生气，事情就没法再往下谈。翻身知道这事干也得干，不干也得干。翻身想，也许拉龙这小子是故意想出这么一招来整治艾祖国吧，管尿那么多闲事干啥，反正又不是让我去干。

# 三十一

远古的时候，世上只有一团混沌不清的雾露，分不出白天黑夜，也分不出天地，时昏时暗多变幻，时清时浊年复年。众神之王涅依倮佐颇召集众神商议，要安排日月星辰，要铸就宇宙山川，要造天造地。龙王罗阿玛在太空种了一棵梭罗树，树上开白花，这就是月亮；神王的长子撒赛萨若埃在一千重天上种了一棵梭罗树，树上开红花，这就是太阳；神王的次子涅依撒萨歇在太空撒上星辰……有了日月星辰，雾露变气育万物，才出现了篾帽样的天、簸箕样的地。神王之幼子涅滨矮又造出大海、河川、湖泊、清泉……龙王罗阿玛又到月亮上找来谷子、苞谷、荞子、洋芋种子；他又洒下倾盆大雨把平原大地冲成沟壑、山川、峻岭、深箐、丘陵、河滩；水王罗塔纪则养起了鱼虾。有了山川河流，有了高山平地，有了草木种子。日复一日，年复一年，太阳不亮了，月亮不明了，群神又派罗塔纪姑娘挑水上天，擦洗太阳、月亮和星星，分清了昼夜，分清了四季。

阿妞和牛巴史丽一边绣着小孩衣物，一边跟艾祖国讲授关于彝族人的创世说。阿妞虽脸长得有点对不起观众，但不愧奴隶主大家庭大户出身，其知识面和女红都比牛巴史丽略胜一筹。牛巴史丽除了人长得好看，汉语比阿妞强外，牛巴史丽觉得阿妞比自己更会照顾艾祖国。牛巴史丽更佩服阿妞的肚量和胸襟，她不知道阿妞有多珍惜这份来之不易的婚姻。牛巴史丽开始还怕阿妞不理解自己与艾祖国的关系吃醋妒忌，结果阿妞却待她如同亲妹妹，对待阿卓比对待阿嘎还要好，牛巴史丽还有什么可挑剔的呢？一个人的心灵美远远比她的外表美更值得人敬佩，贵族就是贵族，他们的很多品质是真的值得学习的，牛巴史丽常常为自己以小人之心度君子之腹而自惭形秽。

有了日月星辰和昼夜四季，还没有人呢？艾祖国问。艾祖国很喜欢这种氛围。两个女人，爱我的人和我爱的人都能跟自己处在一起。

这是彝族史诗《查姆》的创世之说，要在以前，像我们这种身份低贱的奴隶阶层是接触不到的，只有像阿妞他们这种上层贵族才能接触得到。牛巴史丽说。

史丽嬢妹妹说笑了，我们现在都是普通人民群众。阿妞赶紧解释。

家里面没事，没关系，都是自己人嘛，人类起源说呢？艾祖国接着问。

关于创世和人类起源的彝族史诗有好几部，《查姆》里面把人类分为了独眼睛时代、直眼睛时代和横眼睛时代。我没说对的地方史丽嬢妹妹纠正补充啊。阿妞说——

开天辟地之后，龙王的女儿女赛依列派儿依得罗娃造出人类的第一代祖先，称为拉爹。这代人只长了一只眼睛在脑门上，故称为独眼睛时代。独眼睛这代人啊，猴子和人分不清。猴子生儿子，也是独眼睛。他们不会说话，不会种田，人吃野兽，野兽也吃人，有时还会人吃人，像野兽一样过光阴。他们以老林做房屋，岩洞做房子，石头做工具，树叶做被盖，树叶做衣裳，用草根、树皮、野菜来充饥，酸甜苦辣渐能分，并会拿草结疙瘩作记号以选择。不知过了多少代，独眼睛这代人，用石头敲硬果，溅起火星星；火星落在树叶上，野火引燃山林，从此他们懂得了用火御寒，用火烧东西吃。但这代人年头年尾认不得，道理也不讲，高低也不分，长幼也不分，播种收割他不管，庄稼杂草遍地生，月亮太阳他不要，星宿他不要，风雨他不要，一个头领也不要……于是众神便制造了一场干旱，神王涅侬倮佐颇把天上的水门关了，三年不洒一滴甘霖，把独眼睛这代人全晒死了，只留下一位学会劳动的做活人躲在葫芦里得以幸免。

后来，神王得到小蜜蜂的指点，找到了仅存的那个做活人，并派罗塔纪姑娘用水给他洗净全身，独眼睛变成了直眼睛，不久又与仙姑娘撒赛歇结为夫妻。后得到罗纪塔姑娘的水和种子，他们开始栽培庄稼，但后来却生下一个肉口袋。天神的长子涅侬萨若埃把这口袋剪成三节，口袋里跳出一窝小蚂蚱：上节四十个，中节四十个，下节四十个。蚂蚱跳三跳，变成了一百二十个胖娃娃，他们都有两只眼睛，就是独眼拉爹的后代直眼人拉拖。世上只有这些小拉拖，男女各六十个，兄妹只好成亲成一家，就是直眼睛时代。上节口袋生的配成二十家，去到高山种桑麻；中节口袋生的配成二十家，去到坝子种谷种瓜；下节口袋生的配成二十家，去到河边打鱼捞虾。从此人烟繁盛，直眼人越来越多。过了九千七百年，世上人多得住不下，经常吵嘴打架，不管亲友和爹妈。群神认为树多不砍嘛，看不见青天；草多不割嘛，看不见道路；不讲道理的人不换嘛，看不见善良和淳朴。于是天神又决定降一场洪水来换这代人，发现阿卜独姆即阿普笃慕心地善良，天神决定只留下他和妹妹传后代。果然雨点鸡蛋大，雨柱像竹竿，下了七天七夜，大地茫茫被水淹……天连水，水连天，葫芦漂到天上边，直眼人全都淹死了。

洪水滔天后，阿卜独姆兄妹躲在葫芦里得以幸免，群神想让他们成婚再育人烟。起初兄妹二人不肯，后在神王的次子涅侬撒萨歇的神启下，通过滚魔盘、滚筛子簸箕、河水里引线穿针等方法来验证，兄妹始结为夫妻。其后生了三十六个小娃娃：十八棵青冈树，十八朵马樱花，两眼横着生，都是小哑巴。这就是拉拖直眼人的后代拉文横眼人，即横眼睛时代。横眼人不会说话。神王又指点他们的父母砍来竹子烧炸，以竹筒爆裂时发出的声响治疗。火塘里竹子烧得叭叭响，火星飞溅着小哑巴，他们都被烫得叫了起来：叫啊子子的后来成了彝家，叫啊喳喳的后来成了哈尼，叫啊呀呀的后来成了汉家。从此各人成一族，三十六族分天下；三十六族常来往，和睦相处是一家。

经过了横眼人时代，彝族先民随着智力的增长、生产的发展、文化的渐进而进入农耕时代，逐步学会了栽桑种麻、绩麻织布，用麻布做衣裳穿；种棉、织布，又换上了布衣裳；养蚕、抽丝、织绸缎，又穿上绸缎衣裳。他们进而又炼出金银铜铁锡，并用来打造首饰、用具和锄头、镰刀。后来，他们又创造了文字，发明了纸和笔，并发明了医药，人们好不容易找到长生不老药，治病最见效。后来，可惜被太阳和月亮借走了，从此人类丢了长生不老药，所以人就会老，所以人就会死。


那照这样说来，彝汉都是一个祖先，彝汉一家亲嘛！艾祖国说。

是啊，彝汉一家亲嘛！牛巴史丽也说，三个人都幸福地笑了。阿卓不知道他们笑什么，但她还是跟着笑了。疯子都感觉到了这个家的幸福！

祖国哥，给我们讲讲北京、成都大城市的事情嘛！牛巴史丽说。

是的，是的，我们都想知道外面的世界有多精彩。阿妞接着说。

外面有人！疯子阿卓突然喊道。

哪有人？三个人都不相信疯子，但是大瓦山家的小花汪汪地叫开了。

狗拴好了没有？翻身队长喊道，身后还跟着阿鲁三三。

没有养狗哦，翻身队长请进屋说话。主妇阿妞应道。以前牛巴史丽才是这里的主人，现在主人变成了客人，接待新来客人的事就是阿妞的事了。

好一个彝汉一家亲，你们这家才是彝汉一家亲的典范哦。翻身队长说。

翻身叔，你都听到了哦？我们在给祖国哥普及彝族历史知识哦。牛巴史丽说。

咳、咳，普及得好。翻身队长说。

翻身队长、阿鲁叔，请坐。艾祖国递过一条板凳来。山上人喜欢把腿一盘，席地而坐。艾祖国总觉得坐地上不舒服，山上有木材，他自己砍罢砍罢简简单单做了几条板凳，家里来人一般都不让客人席地而坐。艾祖国还做了几条板凳送给俄着阿姨。艾祖国觉得不能小看了这一条板凳的作用：这一条汉族地区随处可见的板凳，带到彝族地区后，它就会改变彝族人民千百年来席地而坐的生活习惯。这一步的迈出，其高度远远不止把屁股从地上抬到板凳上那三四十厘米的高度。

翻身队长，请喝水，阿鲁叔，请喝水。阿妞倒来了开水。

几个月大啦？翻身队长很是关心阿妞肚子里的小宝宝。其实他想的是会不会怀的是个怪胎？因为他是带着问题来的，翻身一想到拉龙想要搞的狗屁科学繁殖就想骂娘。

五个月了，谢谢翻身叔叔关心。阿妞很客气，也很有礼貌。

翻身队长今天来一定有什么事吧？艾祖国看了看三三问，他知道翻身不会无缘无故上门的，还带着阿鲁三三，可能与公猪场有关吧。

咳，牛巴史丽，你跟阿妞？翻身看了看牛巴史丽跟阿妞，他有些说不出口。

牛巴史丽妹妹，我们去看看阿卓阿莫吧。牛巴史丽不想走，她想看看翻身又要耍什么花招，可还是被大肚子阿妞叫走了。艾祖国有点好奇，什么事啊？还要两个女人回避。

咳，三三，还是你说吧。翻身说。翻身队长先前已经按组织程序，先找阿鲁三三谈过了，哪知阿鲁三三一听跳起八丈高：让牛跟猪杂交，这真是用屁股想事的领导才想得出来！费了好大劲才将三三工作做通，翻身想让阿鲁三三自己给艾祖国安排这项工作，三三哪里肯干。

我不说！你说，你是领导。三三现在更不愿意说，能陪翻身队长一起来就不错了。

祖国同志，根据上级研究决定，我们想把一项科研项目交给你。看来拉龙主任的汉语普及工作成效显著，翻身现在汉语水平也可以了。

什么科研项目啊？我们这里还可以搞科研？艾祖国更加好奇，他用彝语问道，他现在的彝语水平也相当了得。

咳，就是，就是，你最熟悉的工作。翻身说，他确实有点说不出口。

到底什么工作？艾祖国忍不住了，要真有什么科研项目的话，他这个大学生还真能在这山窝窝里干出点事业来。

请你来组织、研究繁殖一种新的动物。翻身说。

他们让你把牛和猪弄来杂交。阿鲁三三实在忍不住了。

什么？牛和猪杂交？门、纲、目、科、属、种，这牛和猪都不是一个种类，荒唐，简直是荒唐！还科研项目呢，一点科学常识都不懂。艾祖国肺都快气炸了。

祖国同志，这是上级决定的事，上级决定了我们只能执行。翻身队长耐心解释道，他心想这年月荒唐的事情还少吗？

艾祖国又来到医院，看看前后左右没人，于是将满腹牢骚发给牛巴叔叔听。牛巴马日像尊卧佛菩萨，静静地倾听着他讲述的心里话，既不肯定也不否定，更不搭话，任由你将好听的不好听的、好的坏的，甚至反动的话都讲出来，都发泄出来。这可能才是佛的真正大智慧。想到这里，艾祖国突然觉得轻松了很多，他握住牛巴马日的手，又一次感到了牛巴马日手上的力量，他一惊，那股力量一瞬间又消失了。


# 三十二


听说大瓦山下胜利一队在做牛和猪杂交的科学试验，周围几个大队的人都要来学习取经，说是学习，其实是想来看热闹看笑话。

拉龙主任有点着急，别人来了看什么？有什么可看的？有什么能看的？拉龙自己先跑到胜利一队公猪场来检查，结果公猪场一点动静都没有。拉龙主任十分生气，立即叫来翻身队长；翻身队长又找来阿鲁三三；三三再找来艾祖国；艾祖国没法找其他人，他就是最最基层。

拉龙主任，关于这个科研项目，我们还在进一步论证之中。艾祖国知道拉龙要他的科研项目结果，他想糊弄一下拉龙。

怎么个论证法？拉龙问。

先要有理论研究，得出可靠的数据；以数据为支撑，用理论来指导实践——毛主席教导我们说要理论联系实际。艾祖国说。

我不管你的理论，我就要实践。拉龙不吃艾祖国那一套。

这是违背自然规律，科学实验必须尊重自然规律！艾祖国说。

毛主席教导我们人定胜天，实验就得试，不试怎么知道结果。拉龙更强硬。

那好，我们正准备做一次实验，请拉龙主任做现场指导。艾祖国也生气了。

艾祖国叫翻身队长去叫放牛的牵一头公牛来，他又跟阿鲁三三一起从猪场里拖出一头母猪来，然后把猪和牛绑在同一棵树上。

下面请拉龙主任现场指导牛和猪交配工作，大家欢迎！狗日翻身和三三还真跟着鼓起掌来，弄得拉龙主任下不了台，这怎么指导啊？那牛鸟都不鸟那猪，那猪看都不敢看牛一眼。

有了，给猪和牛下药。拉龙想起了自己给表妹和艾祖国吃春药的事。

领导就是办法多，不愧是主任啊。翻身队长对拉龙主任赞不绝口。

我怎么没想到呢？三三说。

三天以后，拉龙主任被翻身队长再次请来现场指导胜利一队猪牛杂交繁殖科研实验。

拉龙主任亲自看着艾祖国将一小包药粉倒进猪食里喂给那头母猪。艾祖国将另一小包药粉倒进一个斜口竹筒里，加些水摇匀，左手提起牛鼻子，右手顺势将竹筒斜口一下插进牛嘴巴里，药水就直接进了牛肚子。

一群人就在那里等啊等，等了半天也没反应。

还有药吗？拉龙问。

还有，咳咳。翻身说。

全喂。拉龙命令。

艾祖国就把翻身给的药全部弄来给那猪和牛吃了。谁知那猪吃了药反而躺倒呼呼大睡，那公牛却烦躁不安。过了一会那公牛两眼通红，口流涎水，四蹄刨地，东冲西撞，随时都想挣脱鼻子上的绳索找个对手干上一架的样子。

怎么这两种动物对药物的反应差别这么大？阿鲁三三问。

同一物种还有个体差异呢，何况这是不同的物种，完全是瞎搞。艾祖国抱怨起来。

那猪，睡得正香，冷不防那牛冲上来对着猪屁股就是一牛角。那猪的后半个身段被高高挑起重重摔在地上，痛得嗷嗷乱叫拼命躲闪。幸亏那牛也拴着绳子，那牛就疯了似的追着那猪围着树转圈圈要干架，看得拉龙主任手舞足蹈，这太好玩了，他以为那牛能办成他自己办不成的事。

那猪哪是牛的对手，可它好就好在脖子比脑袋粗，拼命一挣就挣脱了绳子捡条命跑了。阿鲁三三赶紧去追猪。

那疯牛就像上了决斗场的勇士突然没有了对手，急得来回乱转。

要日却早不来迟不来，她今天穿着件红衣服跑来看热闹。那牛一看到要日的红衣服，越发暴躁，它使劲一甩头，突然把牛鼻子拉豁了。没了绳子的束缚，那疯牛就如同冲出闸门的洪水猛兽，直奔要日而来。要日"哇"的一声转身想跑，可她哪里跑得过牛，两腿都早已吓软了。其他人都吓呆了，正要追母猪的艾祖国突然张开手上的围裙向那疯牛扑了上去。艾祖国准确地扑上了牛头，他的围裙包住了牛头。那牛眼睛被包住什么也看不见了，它跌跌撞撞往前冲，使劲想要甩开艾祖国的拥抱。可艾祖国哪肯放手，他强忍着胸腹部的剧痛，任由那疯牛顶着他跑，也不知跑了多远，他终于两眼一黑撒开了双手。那疯牛也许真的疯了，它一直冲一直跑，最后一头跌进峡谷摔死在野牛河，被水冲进了大渡河连尸首也没有找回来。也许这头牛是为了维护自己的尊严而以死的方式向人类抗争吧。

不知过了多久，人们才找到不省人事的艾祖国，可怜的阿妞和牛巴史丽哭成个泪人。这场闹剧最终以折断艾祖国三根肋骨为代价草草收场了。

受了惊吓的队长夫人要日，得到了三个误工的赔偿，而英勇救人的艾祖国却没有得到任何补偿。在他卧床养病期间，也没有算工分。原因就是他是整个科研项目的具体实施者、执行者，由于他工作上的失误导致一猪受伤、一牛死亡、一人受惊、自己受伤，不追究责任已经够宽大处理了。

艾祖国倒不计较这些，可牛巴史丽觉得太不公平了，跟拉龙理论了几次也没有结果，倒使得拉龙更加讨厌艾祖国了。

日子就这样一天天过去，猪牛杂交实验没有成功，但猪场的发展却是有目共睹的。在艾祖国的刻苦钻研和辛勤劳动下，仔猪存活率明显上升，生猪存栏率明显提高。那猪儿们长得油光水滑，但艾祖国却越来越瘦了。牛巴史丽是看在眼里痛在心里，劝他别那么死心眼，他就是不听。

阿妞的肚儿一天比一天大，她走起路来越来越像个将军，这在阿嘎看来是很危险的事情。本来哪个女人怀孕后都是这样走路的，但是阿嘎觉得别人是别人，自己是自己，自己出身不好就该夹着尾巴做人，就应该谨言慎行低调做人，低调怀孕。于是阿妞不敢大摇大摆地走了，见到人后一般就站着不动，一手托肚子一手跟人打招呼，尽量点头弯腰满脸堆笑，那模样不像将军，倒像个胖汉奸，让人觉得十分滑稽可笑。

好在这样的日子没过多久，阿妞就要临盆分娩了。可正在这时，猪场有两头老母猪也要生产了，怎么办？无奈之下，艾祖国又把以前自己在公猪场住的那间猪圈打扫出来，弄些石灰水刷了刷，多弄些柴草铺得暖暖和和的，再把阿妞接到猪圈去与母猪一起待产。反正一头母猪也是接生，两头母猪还是接生，就不怕再多照顾一个女人生产了。

人心都是肉长的，阿鲁三三这次也并没有完全当甩手掌柜，还有就是两头老母猪也十分争气，稀里哗啦的，两头老母猪一前一后顺利产下十八头小猪仔，个个活蹦乱跳。艾祖国赶紧给两头有功之臣的老母猪弄两大盆热腾腾的细粮猪食做奖赏，阿鲁三三也跟着忙前忙后。

把两头母猪安顿好后，阿妞这边已经破了羊水，剧烈的疼痛让她那张并不漂亮的脸变得十分扭曲，她怕影响到艾祖国给老母猪接生，肚子再痛都不敢叫出声音来。她咬着牙坚持忍着，她把下嘴唇都咬出了血，阿妞已经低调到了把自己地位降低到了老母猪之下。

艾祖国含着热泪，赶紧将就用煮猪食的锅灶，烧出一大锅热水，把那把生锈的剪刀放在煤油灯上烧了又烧。猪接生不是第一次了，可给人接生还是第一次，他多希望此时有人来帮自己一把。

艾祖国不知道，怎么会没有人帮他呢？阿嘎不敢来看女儿，嫁出门的女，泼出门的水，生孩子是男方家的事，女方不能插手啊！奴隶主婆子阿嘎在家里不停地为女儿祈祷，希望她平安无事。

牛巴史丽正在帮艾祖国照顾阿卓，本想照顾了阿卓，就赶来猪场帮忙，不想却被表哥堵在了家里，出不了门。

只有"大瓦山"，没有人管得了她，得知这一消息的"大瓦山"正在赶往猪场的路上。

若换了彼时，"大瓦山"一定会首先将艾祖国大骂一顿，但这次她顾不了那么多了。看到忙得团团乱转满头大汗的艾祖国，"大瓦山"只有心痛的分了，在残酷的现实面前你还能骂什么呢？什么语言都是苍白无力的。

也幸亏"大瓦山"及时赶到，现场组织指挥阿妞猪圈生产，叫艾祖国把猪圈里生上火，烧得暖暖和和的，指导阿妞正确吸气、呼气，何时休息，何时用劲，教她哪些器官、哪些部位如何用劲，鼓励不要害怕，生孩子就跟解大便一样，只是一个是躺着一个是蹲着，姿势不同罢了。忙了一个晚上，直到东方红太阳升起时，阿妞终于产下一个男婴，长得很像艾祖国，四肢健全，哭声响亮，约六斤来重，算中等。"大瓦山"终于松了口气，赶紧将自己带来的红糖化开水让阿妞喝了，才象征性地数落了艾祖国几句，说他不把阿妞当人，对生娃娃不重视等等。

艾祖国当然是哑巴吃黄连有苦说不出，有什么办法呢，但他牢记着杀猪匠周老大的话，生活再怎么艰难都要活下去，光抱怨是解决不了任何问题的。艾祖国想想，他在心里默默地告诉父母的在天之灵，还有周老大和谢丹阳，自己活得好好的，而且自己也是有儿子的人了。既然祖国让自己先爱了，干脆给儿子取名叫艾人民吧，猪圈生的小名就叫猪儿，但后来不知怎么大家把猪儿叫着叫着就叫成了十九，大概因为猪儿前面两头母猪还生有十八个猪儿。

一个人一个命，猪儿命贱，生下之后天天睡觉，醒了吃吃了睡，真的像头小猪儿，不哭不闹，也没什么毛病，这点倒跟艾祖国截然相反。艾祖国从小到大没少得病，感冒咳嗽总是不断，十多岁了还经常流鼻涕，到上大学时还那么瘦弱。

多个孩子就多了张嘴巴，多了份开支，但更多的是快乐和生机。

阿妞在猪圈住了一二十天，就把猪儿抱回家去了，这可乐坏了阿卓。没想到这个小生命的到来，令疯子阿卓都看到了希望。毕竟自己是女人，神经出了问题，但母爱难忘，阿卓像护宝一样，时刻守护着这个小生命。

阿卓暂时忘记了自己每天要去地里检查庄稼的主业，从早到晚围着猪儿转，一会看看睡着没有，一会看看尿了没有，一会看看拉了没有。牛巴史丽更是对猪儿视同己出百般呵护。

人生如戏，阿嘎回想那年在花池沐浴时，被奴隶牛巴马日破坏了好心情，本想让阿达体罚体罚抽一顿鞭子也就算了，结果却白搭进去几条人命，还让牛巴马日给跑了，从此埋下了祸根，才导致了自己阿达被砍头、整个家族被倾覆的恶果。这些事想起来还仿如昨日，但自己已经的的确确老得不成样子了。这也许是命运的安排，也许是世事的变化，没有牛巴马日也会有别的奴隶造反，但不管怎么讲，牛巴马日是自己的杀父仇人。阿嘎不管在外面装得怎样对政府服服帖帖，但内心始终是仇恨牛巴马日这个人的。这么多年来，她从来没有踏进过牛巴马日的家，她甚至于走路都是绕开这个方向走，但是现在不同了，牛巴马日躺在医院，曾经的侍女阿卓，虽然背叛自己嫁给了仇人牛巴马日，但她现在也疯了。阿嘎尽量说服自己，一切都在变，自己的思想也应该变一变。

阿嘎实在忍受不了对阿妞母子的牵肠挂肚，悄悄溜到了牛巴马日的房子来，帮忙照顾女儿和外孙。看到阿卓那个样子，一开始她并不放心，怕阿卓万一发疯怎么办，伤害到猪儿就不好了。可她观察了两天，发现阿卓说话做事比平时正常了许多，看不出她脑袋有什么毛病，更看不出她有伤害猪儿的举动，只好作罢，各人回去低调做人，赶紧做活路挣工分去了。

阿卓不是婆婆胜似婆婆，有了她帮忙，阿妞倒轻松了许多，艾祖国也可以放心去养他的猪了。

## 三十三

牛巴马日还是那个样子，连眼睛都不睁一下。牛巴史丽今天提了些粥来医院。医生说，流食里要适当加些营养，加什么呢，找了半天，最后加了个鸡蛋搅烂捣碎在粥里面，用筷子捞了又捞，夹了又夹，找了又找，生怕有一块蛋花没夹碎注射进去时噎着了阿达。

牛巴史丽把从护士那里要来的纱布，用开水烫了又烫，再用纱布仔仔细细地擦拭了几遍牛巴马日鼻子上那根筷子般粗细的软管。那根管子从牛巴马日的鼻孔直插入其胃部以注入食物，可怜的牛巴大队长已经三年多没有体会过咀嚼这个动作了。

为了避免进食过程中及进食后的呛咳、返流、呕吐等情况，牛马史丽吃力地将阿达上半身抱起来，向他的背后垫进去三个枕头，让他的上身半躺着，将牛巴马日的头抬高了三四十度，又用开水烫了烫一支大号的注射器。只是那个注射器没有针头，她用那支注射器抽起一管子开水，又将管子里的开水挤压射出去，如此两三次，估计把注射器清洗干净了才停下手；右手端起开水碗，把碗里的开水往左手背上倒了一两滴，感觉水温有点低，又往碗里加了点热开水，再往左手背上倒了几滴。她的左手背上，因为长期试水温，曾经好几次被烫出水泡来。试好了水温，她快速地用注射器抽起了一针管温开水，对准牛巴马日鼻子上的软管，慢慢地注了进去。这既是洗管子，也是饭前给他喝口水。

然后，她再用注射器去抽自己带来的稀粥，注入牛巴马日的肚子；注了五针管后，又抽了一针管子温开水，从鼻饲管里注进去；再用一个夹子，将软管折叠过来夹住。

牛巴史丽洗刷完碗和注射器回来，发现阿达的脸上出现了一些红晕，于是赶紧甩了甩手，在屁股上把手上的水擦干了，又快速地搓了一会手，把自己的手搓得热热和和的，才开始给牛巴马日从头到脚，把身上的每个部位都按摩到了。估计时间也差不多了，她这才取出牛巴马日背上垫着的枕头，让他平平地躺下来休息。

牛巴史丽在牛巴马日病床边坐下来，休息了一会，然后将病房里的一个沉沉的背篓端起来，放到自己膝盖上，抓住背带，一甩手一扭腰，将背篓驮在了背上，弯着腰，径直往医生办公室走去。

大夫，我给你们家送了些洋芋，山上也没什么可送人的，不过，我们大瓦山的洋芋很好吃。牛巴史丽觉得送医生的东西不值钱，拿不出手，很不好意思，只好以量取胜，多送一些。

姑娘，你太客气了，前段时间送给我们的贡椒、老鹰茶还没有吃完喝完呢！你们日子也不好过，以后不准再送东西啊！你再送东西，我们就叫你把你父亲接走，记住啊！我们有纪律的，收了病人家亲属的东西就不能再给这个病人看病了。医生知道，不收她的洋芋，她肯定不答应。上次送老鹰茶时，她硬是磨了半天工夫，不收她的东西她就不走，只好吓唬吓唬她。

知道了，对不起，对不起。牛巴史丽觉得自己给医生增添了麻烦，特别内疚，但确实找不到其他什么办法来感谢医生。

请问医生，我阿爸这种情况，有治好的吗？牛巴史丽鼓起勇气问道，这才是她最关心的。

治愈的可能性是有的，你们也不要太性急，慢慢来嘛！医生安慰她道。

那就太好了，谢谢你们！牛巴史丽高高兴兴地走了。医生这话，在她听来，阿达是完全能够治好的。

这孩子！望着她远去的身影，医生摇了摇头，不知道说什么是好。

转眼间，亿万中国人民满怀胜利豪情，在热火朝天的群众运动高潮中，在一片大好形势下，迎来了一九六九年。

胜利大队宣传队成员牛巴史丽在给社员同志们宣读元旦社论，读着读着牛巴史丽心里不免隐隐地为艾祖国担心起来。

牛巴史丽的担心不无道理，没过多久，艾祖国就被瓦山坪公社请去调查审问了，他们怀疑艾祖国是特务分子。好在牛巴史丽将印有《用毛泽东思想统帅一切》社论的《四川日报》给了艾祖国一份，他利用养猪空余时间，把社论内容背得滚瓜烂熟。不管人家对他刑讯逼供也好威胁利诱也好，他整死都不承认自己是特务；一让他交代，他就背社论内容。

结果，审来审去也审不出个名堂，关了几天，瓦山坪公社只好把他放了。这次艾祖国被抓后，拉龙对天发誓跟他无关，但牛巴史丽哪里相信。好在思想和肉体受了几天教育帮助后艾祖国又出来了，身体也没受什么伤害，还得千恩万谢感谢组织帮助自己提高思想觉悟。

只要人在，活着比什么都强，艾祖国觉得受点委屈算不了什么，回家一看到猪儿他就什么都忘记了。猪儿十九一天天长大，现在已经开始牙牙学语，能扶着墙壁或者牵着阿卓奶奶的手摇摇晃晃地走上一段路了。猪儿和阿卓咯咯的笑声让艾祖国感到自己是最幸福的人，他依然认为自己是个幸运儿，他甚至要感谢大瓦山给了他这个幸福而温暖的家。

这次艾祖国被抓去审问的事，的确不是拉龙从中作怪，但不能说跟拉龙没有关系，这件事反而使拉龙受到了牵连。告密的人不是别人，正是当年看守艾祖国的甫志高民兵乙，叫木黑甲家。木黑甲家现在公社做事，他早就看中了拉龙胜利大队革命委员会主任的位置，因他当年曾看守艾祖国，故此，他便诬告拉龙包藏祸心，说拉龙容留特务艾祖国在胜利一队长期生活三年多。本想一箭双雕，结果事与愿违，他并没有达到预期的效果。当然拉龙并没有意识到有人盯上了他的位置，他不过是怨恨艾祖国给他增添麻烦而已。

没过多久，区上催交公猪，上级点名叫拉龙亲自押运胜利大队的猪们到金边县去。

去年胜利一队是阿鲁三三去送的猪，大队上是副主任支格日牛去押运的。队上安排人手早早将十头八头屁股圆滚滚的猪赶到大队集中。有条件的生产队就用板车拉，还有的地方得用人背或者抬的办法才能把猪弄到大队部来。为了保证猪一路不受伤害，最好的办法就是让它们自己走，可猪哪听得懂人话。

艾祖国跟这些二师兄处得久了，猪不懂他但他懂猪。艾祖国便背上一背篼鲜嫩欲滴的青菜，弄根长棍，戳张菜叶子，在前面叫声二师兄快走到高家庄去，那猪们就跟着他的菜叶子向着梦中的高小姐出发了，基本不费什么大事。

到大队之前每个生产队的猪都得打上不同的记号，以免混淆。那时山上养的都是黑猪，有的在黑猪身上用红色或者白油漆画上圆圈、三角形等不同符号或者写上字、编上号。有的直接用剪刀在猪身上剪去黑毛，露出土白土白的猪皮来，构成不同的形状符号或字号，犹如现在大城市里最时髦的非主流发型一样。送到大队统一集中登记数目后，再从大队出发送到顺河场瓦山坪公社，从顺河场把猪装进从区上开来的手扶式拖拉机运往县上。送猪的这一路才叫壮观和热闹，或许有的二师兄知道此行并不是去高家庄而是要上刑场，于是一传十十传百，这个生产队的转告那个生产队的，所有的猪就不干了，跑的跑，逃的逃，叫的叫，闹的闹，很难伺候。

弄到顺河场瓦山坪公社后，三四个彪形大汉抓耳朵、抓尾巴，提起四脚离地哭爹喊娘的二师兄往拖拉机车斗斗里一扔。上面网子一罩，二师兄一下就老实了。一辆拖拉机上只能装六七头猪，区上通常也一次只能组织几辆拖拉机一趟一趟反复跑。为了让自己的猪先上车，大家得把拖拉机驾驶员当祖宗供起来，那两天他们能挣上好几包经济牌香烟。最后猪平安到达金边县畜牧站屠宰场，经检验合格称完重量才能脱手。

去年阿鲁三三去金边县送猪回来后，跟乡邻可是没少吹牛。他说他在县城里把汽车给看安逸了，在金边县城看到了大汽车、小汽车，拉人的和拉猪的完全不一样，说得艾祖国想笑。

今年也是一样，艾祖国、三三等将十二头猪早早赶到顺河场瓦山坪公社时。前锋大队的猪们已经早早赶到了，后来上游大队的也来了，只是其他大队并没有接到通知叫大队主任亲自押猪。拉龙有些不快，管他呢，既来之则安之，正好牛巴史丽叫他押猪到金边县城去时好帮她打听一下中学同学谢丹阳的消息。

拖拉机还没有到位，等了半天，山下传来消息，说是在半路第一辆拖拉机抛锚，由于山路狭窄堵住了后面的拖拉机，山上人和猪都只有干等着。艾祖国便请示三三，自己背着背篼到附近再扯些猪草来把猪们安顿好，以免它们造反。

当艾祖国呼哧呼哧背着一背篼猪草回来时，拖拉机已经来了。为了争上车顺序，拉龙主任正跟前锋大队的人打得不可开交。艾祖国冲进人群，用瘦弱的肩背帮拉龙硬扛了多少雨点般的皮砣子。救出拉龙后，他才将两队人分开。那边上游大队的已经装车装得差不多了。打了半天，结果还是只有等第二轮前锋大队的猪装完了胜利大队才能装。

　　拉龙说不出对艾祖国是感激还是埋怨。按说打群架是多一个人多一分力量，他却跑去扯猪草了；说他是故意的吧，他走时谁也不知道后来两个大队的人会打架；再说艾祖国后来也为自己实实在在地挨了几皮砣子。是他把自己救出来后阻止了打架的，妈的，他为啥不直接帮忙打呢；他要是直接帮忙打，说不定胜利大队不会被打败的。猪装好了两拖拉机，三三站在第二辆车帮上，拉龙站在第一辆车帮子上，用手抓住驾驶员靠背，他就这样一路想，怎么也没想明白。

　　一路上驾驶员都在赶时间，拖拉机比平时开得快了许多。拖拉机本身就没有什么减震系统，加之路又不平，弯拐又大，八戒们被颠簸得头昏脑涨烦躁不安。个别二师兄就有跳车越狱的打算，拉龙主任站车上是干什么的，他还怕猪造反？他就用脚去踢想闹事的猪，头几脚没事，后来一头猪奋起反抗，一嘴咬住他的脚掌不放，痛得他"哇"的一声大叫。驾驶员以为拉龙叫他喊他，毕竟拉龙是大队主任嘛。驾驶员一回头看他，注意力一分散，前轮碾上一块从山上落下的碗大飞石。拖拉机扶手一下被震脱手，拖拉机就失去了方向，先撞上山崖，后翻滚下山沟。拉龙主任因站在车斗上，拖拉机撞山时他就提前被甩了出去，才捡回一条命，但那只被二师兄咬过的脚从大腿处被翻滚的拖拉机压成粉碎性骨折，终身报废了。人们在数百米深的野牛河里找到了部分拖拉机残骸和驾驶员尸体，却没有找到那六头猪。后来有人说其实那猪被艾祖国养成了猪精来找拉龙报仇，那拖拉机驾驶员不过成了替死鬼而已，当然这是后话。

# 三十四

　　据说大瓦山顶上曾有一块天外飞来的神石，古人不知是陨石。陨石上有自然生长的图腾，类似两个人形，不过一个人形是两条腿另外一个人形是三条腿，不知何意。后来有人解释说，那是最初的男人与女人。

　　三条腿的才是男人，可是拉龙现在只剩下一条腿了，连男人都不是了。拉龙觉得活着没什么意思了，更大的打击是，胜利大队革委会主任一职在拉龙昏迷期间已经易主了，现在的胜利大队革委会主任终于成了木黑甲家。

　　木黑甲家还算对前主任拉龙同志不错，上任后亲自带领支格日牛副主任看望拉龙。不是主任的拉龙又成为狗屎克其了，没人再叫他拉龙了，仿佛一夜之间，拉龙这个人根本就没有存在过，翻身队长也再见不到人了。

翻身虽然心里对木黑甲家当主任很不服气，但他只能在家里跟耍日发发牢骚：木黑甲家凭什么来当主任？他算个尿啊？几年前他还天天跟着老子屁股后面转呢！

狗屎都能当主任，人家为什么不能当？你个猪头自己没本事，光发牢骚有个蛋的用？耍日有些不服气，但她更恨自己家这个窝囊废没本事。

咳，他当主任了，他有本事，他有本事，晚上你跟他睡觉去？翻身本想从女人那找点安慰，没想却挨了骂，更生气了。

这是你说的啊，老娘哪天真找他睡觉了，到时你别后悔！耍日耍横了。吵架本是话赶话，就看谁的话最有杀伤力，把对手气得凶。

你说的是真的哇？老子今天就先去把他老婆睡了，你信不信？翻身更横了。

老子谅你也没那个本事！耍日想，真要这样，岂不是成换妻了？谁都不吃亏嘛。于是刚才的气一下就消了。她忍不住想，真要那样，两家会是什么关系呢？

当然，她还没愚蠢到把这个想法直接说出来。于是，话锋一转，话又说回来：木黑当主任，你应该高兴啊，他当主任总比别人当强。以前，他跟你是什么关系？现在我们正好利用这层关系跟他木黑甲家搞好关系嘛！

翻身想想，也是，要不然怎么办呢？

狗屎灰溜溜地滚出了龙池山庄这个胜利大队的政治权力中心。与狗屎一起被扫地出门的还有他那颗勇敢的心。哀莫大于心死，狗屎克其决定一死了之，但他已经不是当年的拉龙了。当他把自己的脑袋撞向石墙时，由于他必死的决心不够，撞击力不够大，只撞破了头皮，并不能撞死，倒是给牛巴史丽徒增了很多麻烦，还得给他包扎伤口，清洗血迹。

牛巴史丽并没有打算放弃狗屎，毕竟一日夫妻百日恩，她想这也许就是命，命中注定自己欠他的。她还是从早到晚悉心照料狗屎的一日三餐与起居。家里凭空又多出一个重病号，牛巴史丽的日子简直快过不下去了，幸好艾祖国和阿妞，还有"大瓦山"及时出手，母亲阿卓没让史丽分心，父亲牛巴马日也全靠他们帮忙。

看着牛巴史丽日夜操劳的样子，狗屎也开始反省自己这些年的所作所为。

狗屎觉得自己拖累了表妹，他不确定表妹是爱他呢还是可怜他。他不需要谁的同情，他想表妹现在要是离开他的话，他不会强留她，他觉得表妹应该去过自己的生活，但内心深处他又怕表妹真的离开自己。

狗屎的脾气越来越坏，一天也不出门，见谁都不顺眼，动不动就发火，一会不喝药，一会不吃饭。今天他自己把碗给摔了，牛巴史丽骂了他两句，他将手里拄着的木棍一棍子给牛巴史丽抢过来。牛巴史丽猝不及防，脑袋被打了一个大青包，含着眼泪还得继续给他收拾卫生。狗屎又赶紧向她赔礼道歉，如此反复。

艾祖国倒是真心想帮助狗屎，可是只要艾祖国一出现，狗屎就会更加烦躁不安；艾祖国一走，狗屎会立即加大对牛巴史丽的管控，时常出言不逊，甚至大打出手，打完牛巴史丽再赔礼道歉加自残。长此以往，艾祖国都不敢来看牛巴史丽了。

艾祖国不敢来，只好叫阿妞带着猪儿十九来。艾祖国想，聪明可爱的猪儿一定能让狗屎开心的。猪儿十九的到来的确让狗屎很开心，猪儿爱笑爱闹爱玩游戏，教他什么学得也快，很快猪儿就跟狗屎成了好朋友。

牛巴史丽想，要不就让狗屎带猪儿吧，阿妞也好放心出门做农活挣工分，这样既帮助艾祖国解决了后顾之忧，狗屎有事干了也不会那么无聊，这是双赢的好事。阿妞虽然心里有些不大放心，她觉得猪儿调皮好动，怕一条腿的狗屎跑不赢招呼不住猪儿，但牛巴史丽也是好心，嘴上只得同意。细心的阿妞用蓑草搓了根绳子，绑在猪儿的腰上，另一头交到瘸子狗屎的手上牵着，这样两爷子出门，猪儿倒真像是头宠物猪儿了。一条腿的狗屎，走路很吃力，要么就用那条剩下的腿往前跳着走，要么就拄着木棒棒，将那根木棒棒当作失去的那条腿用。木棒棒哪有以前的肉腿好用，艾祖国就将那根木棒棒长短锯得从地面到狗屎的腋窝处那么长，在木棒棒上端加了根二十厘米长的横木，在木棒棒中段适当高度加了个手柄，这样就做成了个简单的拐杖。牛巴史丽又在上端横木上给狗屎绑上些棉花再用布包好，狗屎腋窝下拄着这根爱心拐杖走起路来就要舒服得多。猪儿不听话时，狗屎就停下来，端着这个爱心拐杖模仿端着一支子弹上了膛的步枪吓唬猪儿：再不听话我一枪毙了你。这画面真是其乐融融。

狗屎牵着猪儿出门玩，谁是主人谁是宠物，角色是不一定的，有时大牵小，有时小牵大。他们两个一出门，倒成了胜利的一道风景。

两爷子又出门了哦？人们会时不时地跟瘸了的狗屎打声招呼。狗屎一听到别人称他们一大一小为两爷子时，他心中就有一种莫名的兴奋，要是自己有个儿子就好了。狗屎便喊猪儿叫自己爸爸。猪儿刚一岁多点，也搞不清什么人怎么称呼，更搞不清自己有几个爸爸，不喊叔叔喊爸爸就喊爸爸。

爸爸。

唉！又喊。

爸爸。

乖，接着喊。

此时此刻，狗屎心里比干成了一辈子没干成的事还兴奋。

狗屎想，要不自己直接把猪儿收养了吧，那不就成了真正的儿子。

狗屎的这个想法还没有来得及跟牛巴史丽汇报，他叫猪儿不喊自己叔叔而改喊爸爸的事就被阿妞发现了。

那天阿妞带猪儿去公猪场接艾祖国，猪儿到了公猪场，见到阿鲁三三时，还没等阿妞招呼，他自己就先开口喊阿鲁三三爸爸了，乐得占了便宜的三三开心得不得了，一边笑着一边连连夸猪儿真懂事，喊得好喊得好，把阿妞弄了个大红脸赶紧给他纠正，说喊错了，喊叔叔。

后来回家的路上，又遇到一个人，猪儿又叫别人爸爸时，阿妞才觉得可能哪里不对，于是问猪儿，为什么叫别人叫爸爸？

拉龙爸爸说的，叔叔就是爸爸。猪儿说。

他叫你叫他什么？阿妞问，阿妞知道细娃无假话。

叫他爸爸。猪儿很认真地回答。

爸爸只有一个，其他都是叔叔。拉龙也是叔叔，不能叫爸爸的。记住哦，乱叫别人爸爸是不对的。阿妞只好给他纠正过来。

从此猪儿就再也不喊狗屎爸爸了，怎么哄骗他也不叫；逼急了，猪儿就骂狗屎是坏人坏蛋。狗屎将猪儿占为自己儿子的梦想从此破灭。狗屎不相信猪儿自己搞得明白这些，一定是大人、是艾祖国阿妞这两口子把猪儿教坏了，由此及彼，狗屎觉得自己的今天全是受艾祖国所赐。新仇旧恨加在一起，他恨死了艾祖国，对猪儿的好感也一点点被仇恨所代替，弄不了艾祖国弄死个小猪儿还是很简单的事情。

对于猪儿叫狗屎爸爸这个事，艾祖国倒没怎么当回事。他觉得狗屎那么喜欢猪儿，猪儿叫一两声爸爸也没什么大不了的事。艾祖国看牛巴史丽结婚这么久了也没有什么动静，他还想要不要让猪儿拜狗屎和牛巴史丽为干爹干妈，如果他们不能生育的话就干脆将猪儿过继给他们，将来为他们养老送终。只是，别人有没有生育能力这事是隐私，怎么好去问呢？

猪儿被送去让狗屎带后，最不高兴的人就是阿卓了。以前阿卓天天跟猪儿在一起玩耍，从早到晚背呀抱呀的照顾得会走路了，却拿去给狗屎带去了，阿卓极力反对。可谁会把一个疯子的意见当回事呢？可能全世界也找不到一个人愿意把一个幼儿的监护权交给一个疯子吧。

这件事让阿卓很是想不通，但是想不通也没办法阻止这一切，说了不算，算了不说，一气之下，阿卓又天天跑出去干自己的事情，检查地里庄稼有没有又被曲柏老爷给糟蹋了。

干完自己的工作后，阿卓时常很想念猪儿，她就到处去找猪儿，有时碰到狗屎牵着猪儿出来遛弯时，她就躲得远远地看着猪儿。因为她很害怕狗屎，她眼里的狗屎早就不是她看着长大的侄儿了，她现在眼里的狗屎就是一个怪物，她真的担心狗屎会把猪儿咬来吃了。你看他那两条腿，一条那么粗，一条那么细，细得像根木头棒棒，哪有个人样？活脱脱一个怪物。

是的，在阿卓眼里，侄儿兼女婿狗屎就是一个张牙舞爪的怪物，这个怪物随时随地都有可能把猪儿吃了，只是其他人都没看出来而已。阿卓很害怕，她怕狗屎把自己给吃了，更怕狗屎把猪儿给吃了，可是今天她最担心的事终于发生了。

牛巴史丽怕狗屎一个人孤独，前些天抱回来一只小狗。于是除了猪儿，狗屎还有个玩具就是狗儿。猪儿不在时，狗屎就跟狗儿玩，玩得开心时抱着狗儿又亲又吻，有时他觉得狗儿比牛巴史丽对自己还好，这么多年，牛巴史丽从来没有像狗儿这样天天热情主动地和自己亲热。

这天，狗屎自己要去拉狗屎，最近他老上火便秘，便像往日一样让猪儿和狗儿玩。等狗屎上完茅房回来时，看到猪儿正用一个勺子一勺一勺地喂狗儿他自己拉的粑粑。狗屎想起自己跟狗儿亲吻的镜头，不由觉得一阵恶心，呕吐不止。狗屎吐完越发记恨艾祖国生的这个小杂种了。这个小杂种跟他爹一样坏，这么小就知道欺负我了。一气之下，狗屎拖着猪儿就往外走。狗屎带猪儿来到一个大粪池边，用拐杖探了探深浅。

阿卓看到怪物狗屎将猪儿抓到一口大锅边上，其实就是个大粪池子，只见那怪物狗屎将那只木脚伸得很长很长的，最后伸进大锅里一划拉，那口大锅里就冒出许多白泡沫沸腾了，莫非怪物要将猪儿煮来吃了？想到这里，阿卓吓得要死，她想喊救命，可是喉咙像被什么东西卡住了怎么也喊不出来，她只能呆呆地看着狗屎的一举一动。

狗屎看看四下无人，果真一把将猪儿推进了粪坑里。

猪儿在粪坑里一边哇哇大哭一边挣扎，阿卓看到那大锅内泛起更多白沫，眼看猪儿就要被煮熟了，狗屎却在锅边哈哈大笑。

不知是哪来的勇气，阿卓像头疯牛一样从背后冲将出来，一头将狗屎撞进了那个大粪池，自己也差点掉进大锅，捡起怪物狗屎那条木腿，顺势将猪儿扒拉到大锅边上，一把拎出来。怪了，不是看着不停冒泡吗，怎么没温度？这样最好，谢天谢地了，我们家的小猪儿没被煮熟。

阿卓抱着猪儿赶紧往家跑，留下狗屎在粪坑里一边乱扑腾一边喊救命。

狗屎瘸着一条腿在粪坑里乱扑腾，没少呛大粪，但他命不当绝。在生产队里做活路的老狗屎休息的时候，突然酒瘾发了想回家干两口酒，路过大粪坑时听到有人喊救命，心想管你妈的，淹死一个少一个，走了几步转念一想还是去看一下吧，看是哪个短命鬼被鬼找到了。结果一看吓一跳，没想到是自己家那个短嫩巅的，于是老狗屎赶紧把小狗屎从大粪坑里捞上来。

# 三十五

阿卓一口气将猪儿抱着跑到公猪场，把周身是粪便乱哭乱叫的猪儿往艾祖国怀里一塞，自己就瘫软在地上了，一句话也说不出来。后来从猪儿嘴里艾祖国才断断续续知道事情的缘由。

被救后的狗屎逢人便说，自己正抱着猪儿玩，是疯子阿卓将自己和猪儿一起推进大粪坑的。开始大家都信了，是人都知道把人往粪坑里推的事也只有疯子才干得出来，于是家家户户都防火防盗防阿卓，特别是那些家中有小孩子又无人看管的人家。

可是后来慢慢人们不再相信狗屎的鬼话了，因为阿卓虽然是疯子不会解释，可猪儿不是疯子，猪儿会说实话的。尽管艾祖国和阿妞一再跟猪儿说叫他不要说出去，可猪儿再不敢见狗屎了，猪儿更依赖阿卓了，猪儿见人就说是狗屎把自己推下粪坑的，是阿卓婆婆救的自己。

艾祖国和阿妞不好说些什么，他们始终觉得狗屎还不至于对猪儿下如此毒手的，可牛巴史丽是气安逸了，她没脸见艾祖国和阿妞了。她相信自己的母亲，尽管她是个疯子，她更相信猪儿的话，小娃儿是不会撒谎的。

牛巴史丽已经很久没有理狗屎了，也再不让他接近猪儿，但狗屎死活不承认是自己把猪儿推下粪坑的，他一直坚持猪儿和自己都是被疯子阿卓推下粪坑的。

牛巴史丽实在不想跟狗屎过下去了，她想跟狗屎离婚。

"离婚"这个词语从牛巴史丽脑子里闪过时，把她自己都吓了一跳。

山里人很多都没听说过"离婚"这个词语，更不知道离婚这件事。当然，如果牛巴史丽和狗屎真的不想过了，也不用像现在这样跑民政局去登记离婚，因为他们结婚时也没去办过结婚登记。其实，离婚对于崇尚婚姻自由的彝族人来说是比较容易的事，彝族夫妻不和睦，无法在一起继续生活是可以离婚的。但一般人还是不愿意离婚，一则离婚毕竟不是好事，说明自己过得不幸福；二则离婚就意味着家庭解体，容易引发关于财产分割、子女抚养、婚姻补偿或者彩礼退赔等种种矛盾。若女方提出离婚，则不能拿走任何财产，还要成倍退赔彩礼及补偿举办婚礼等费用。若男方提出，则女方不但不退赔彩礼，还可带走家庭部分财产。双方协商好后，请来村里一德高望重的老人作证，砍一根两三寸长的树木棍，从中间划个叉砍一刀，剖成两半，男女各执一块，作为离婚凭证，从此以后，男婚女嫁，互不干涉。

要是这样就能离婚的话，牛巴史丽就谢天谢地了。要是这样就离婚了，那狗屎就不是狗屎了。

冷战了一段时间后，一天牛巴史丽终于找狗屎说话。狗屎以为表妹已经原谅自己了，结果表妹牛巴史丽却跟他谈离婚的事，狗屎怎么都不相信自己的耳朵。

你说什么？狗屎问。

我们没办法继续生活下去了，我们离婚吧。牛巴史丽很平静地说。

你再说一遍试试！"啪"的一声，狗屎一耳光给牛巴史丽扇过去，牛巴史丽脸上顿时冒出五道红杠。

我们的结合就是个错误，我要纠正错误，我们没办法继续生活下去了，还是离婚吧。牛巴史丽说完闭上眼扬起了脸，准备迎接第二巴掌的到来。

又是"啪"的一声，这次狗屎一耳光扇到了自己的脸上，接着又是啪、啪、啪，一连数声。

我错了，你原谅我吧，猪儿是我推下粪坑的。狗屎扑通一声跪在了表妹面前。

我们不说猪儿的事，这事不关别人，是我们自己的事，我们离婚吧。牛巴史丽又说。

我哪里不对，你告诉我，我改正还不行？狗屎快哭了。

现在改正太迟了。牛巴史丽不想旧事重提。

难道我对你还不够好吗？这些年我可是把心都掏给你了啊！狗屎很气愤，他不明白眼前这个女人是怎么了，他不知道眼前这个女人已经不是当年那个被他下了迷药为所欲为的小表妹了。

你对我如何，你心里清楚，我心里也有一本账，我只希望你能面对现实。牛巴史丽说。

是不是姓艾的跟你说了什么？你们两个是不是又好上了？狗屎发横。

这是我自己的事，不关别人的事，离还是不离？牛巴史丽也横了。

我不离我不离，我坚决不离。你生是我的人死是我的鬼！狗屎说。

你不离，这样生活下去大家都痛苦！

你不能离开我呀！我求你了……狗屎随即号啕大哭，他一边哭一边观察，看表妹没有什么转变。结果哭了半天，也不见牛巴史丽有回心转意，他突然想起一哭二闹三上吊，干脆一不做二不休，索性去找把菜刀来。

表妹，你今天要是再跟我说离婚，我就死给你看。狗屎把菜刀往脖子上一架。

你把刀先放下，放下再说。牛巴史丽显然是被吓到了，也就不敢继续说离婚之事了。

后来，每每牛巴史丽一提出来要离婚，狗屎便以死相要挟，让她一时半会不知如何是好。

牛巴史丽无计可施时，狗屎也没有闲着。狗屎多次跟踪想抓住点牛巴史丽跟艾祖国的什么把柄，但都是无功而返。突然有一天，他听别人说起保险柜如何如何管用时，狗屎终于心生一计。

有一天夜里，牛巴史丽觉得自己不知道怎么搞的睡得特别死，等她醒来时，发现下身一阵阵剧烈疼痛，伸手一摸，才发现自己的阴部被人上了锁。上锁的人不是别人，正是狗屎，他再次用药将表妹麻翻，并在其要紧部位加装了保险设施。

牛巴史丽问狗屎要钥匙，他哪里肯给？这次轮到表妹以死相逼了，逼急了，狗屎才说钥匙已经被他扔到龙池里了。他还愤懑地说，自己得不到的，别人也别想得到。

牛巴史丽一气之下，收拾东西回到了父亲牛巴马日的房子，跟母亲还有艾祖国他们一起居住。牛巴史丽只说不想跟狗屎生活了，但并不好意思说原因。细心的阿妞发现，牛巴史丽走路的姿势都变了，弓着个腰，踮着个脚，几乎不敢迈大步。阿妞猜测一定是她私部出了问题，莫不是狗屎给牛巴史丽整出了性病？她哪能想到狗日的狗屎会给她在那里挂个二两重的铁疙瘩呢？

看着牛巴史丽那个痛苦难受样，阿妞还是决定问一问牛巴史丽，好姐妹之间是不应有隐私的。结果，脱了裤子一看，把两个人都吓坏了，阴部被钻来挂锁的地方已经化脓，血水浸泡下那铁将军已经开始生锈了。

情况紧急，阿妞立即将这一情况悄悄汇报给了艾祖国。当晚艾祖国就跳进了龙池去潜水捞钥匙，一连捞了三天也没有找到钥匙。一气之下，艾祖国回家找出了谢丹阳留给自己的军用黄挎包，取出周老大的杀猪刀。正要出门时，阿妞堵住了大门，她什么也不说，只抓过艾祖国的手放在自己的肚子上摸了摸，小家伙在里面动了两下，像是在提醒艾祖国，爸爸，千万不要乱来哦！

你放心吧，我知道该怎么做的，我只是吓唬吓唬他而已。艾祖国操起了周老大那万能的杀猪刀，直奔狗屎家去。

周老大附身的艾祖国冲进狗屎家时，狗屎家那吃人屎的半大狗儿企图扑上去护主撕咬艾祖国，被艾祖国手起刀落一刀就给解决了。一看这阵势，狗屎被彻底震住了，他知道传说中周老大的杀猪刀每次出鞘都是要见血的，他以为自己今天必死无疑。结果艾祖国只瞪着血红的眼珠子说了两个字：钥匙。狗屎就乖乖地交出了钥匙。

交出钥匙的那一瞬间，狗屎知道自己交出的不是钥匙，交出的是自己一生的幸福。

狗屎实在无趣也无事可干无事能干，挂着木拐去帮人焚烧尸体做了焚尸人。

在生产力水平极低的刀耕火种时代，在恶劣的自然环境中和残酷的奴隶主统治下，深居大山的彝族人民从生到死的每一天，他们的衣食住行都离不开火——火把生食变成了熟食，火驱走了寒冷和黑夜，火给了他们希望和力量，所以彝族人民自古崇拜火，火葬是这种民间信仰的重要表现形式之一。彝族火葬源远流长，火葬形式也不尽相同，主要因死者的年龄、性别、死因等的不同而有所区别。

从年龄的结构来看，若是老人过世，则丧事喜办，奠祭时间长，可从三日到五日或七日；参加人数多，可从几百人到上千人不等。如果是中年人死去，往往从简，时间一般不超过3天。如果是小孩夭折，则不宜声张，只是与死者关系密切的人匆忙办理丧事，过程简单。

火葬因死者死的性质不同而有所区别。正常老故，认为是吉，大操大办，往山上葬送；若是凶死，则为不吉，火葬时往往向山下河边火化。凶死者，如吃毒药而死、自缢而死、翻车而死、久病或带伤而死的，在火化前有毕摩专门比热甲开为凶死者指其应该走的正道。

烧了几个尸体后，狗屎才渐渐明白：对于彝族人来说，火葬其实体现的是一种积极向上的人生观，彝族人对待死亡是乐观的。死亡好比笋壳离开了笋、枯叶离开了树一样自然。彝人面对死亡没有恐惧，他们认为死亡并不是终结，死亡的恐惧就这样化解了。

这天，早早地，狗屎便拄着拐杖，来到医院，跪在牛巴马日床前，絮絮叨叨嘀咕了半天，走的时候还流着眼泪，让人看着怪怪的。

这天，也是个出丧吉日，焚尸人狗屎又砍好了根长木叉。一大早，毕摩和死者家人首先到山上选好了火葬场，砍好了烧尸柴、挖好了土坑，做好了事前工作。准备工作就绪，先由家属围绕停放在堂屋左侧的尸体哭泣告别，然后把死者抬上担架。尸体侧卧其上，男卧左，女卧右，以毛巾掩面，以白布单盖尸，以白布条捆扎担架，由二人用竹把从火塘内点燃后手持火把在前面引路。众人把尸体抬往火葬场，停放在事先堆架好的木柴堆上。狗屎将主人家提来的一桶白酒大部分浇洒在尸体上，举火从四面点燃柴堆开始焚尸。送葬亲友远坐百米之外僻静处，饮酒、吃肉，狗屎留在火堆边看火，不时将撒落的柴火和尸体的零部件用长木叉子叉回火堆，回头再接着用筷子叉起坨坨肉啃，边啃坨坨肉边喝往尸体上浇剩下的白酒，干一会酒再去检查一下火堆。往往一个正常尸体得用五六个小时才能焚烧完，越是年老个头小的尸体就烧得越快，狗屎收工也快些。尸体焚化完后，覆土其上，垒上三个或五个石头为坟，做个记号而已。

魂归祖界是所有彝族人的精神归宿，死亡只是进入另外一个世界的物质准备。今天帮人家烧完尸体后，狗屎却久久不愿离去。想到自己这些年来走过的路和做过的事，狗屎很嫉妒今天被火化的这个死者：一把火后他就能同逝去的祖先们生活在一起，从而开始另一个新的生命，自己却还要在这里备受煎熬，活着还有什么意思？狗屎突然来了很多感慨，人生不过是一场梦，死亡就是长睡不醒，从生到死不过呼吸之间，从迷到悟不过一念之间，从爱到恨不过无常之间，从古到今不过谈笑之间，从你到我不过善解之间，从心到心不过天地之间，从神到我不过觉醒之间……

待其他人全部走完以后，狗屎捡来一堆干柴，自己爬上柴堆，嘴巴里喃喃地念叨着：史丽嫫，我对不起你！我对你所做的一切都是因为我太爱你！我不指望你能原谅我，只有我死了，你才能与你爱的人在一起！那个该死的艾祖国，我活着争不赢他，我死了先到那边去等你，我不信我死了还争不赢他！

他一边自言自语，一边将酒桶里剩下的酒从头到脚浇到自己身上，他想象着自己即将踏上回家的路，他仿佛已经看到了自己的祖界莫木古尔，那里没有战争、疾病和饥饿，只有一浪大过一浪的荞麦和无限的自由。他将身下的柴火点燃了并学着毕摩的样子，为自己朗诵起了《指路经》：

> 莫木古尔呢
> 是个好地方
> 屋前的草秆
> 也能结稻谷
> 稻谷金灿灿
> 屋后的蒿草
> 也能结荞子
> 荞粒金灿灿
> 此地又有水
> 水中鱼儿跃
> 此地又有山
> 山中兽成群
> 山上又有崖

崖上挂蜂蜜

莫木古尔呢

坝上好种稻

坡上好撒荞

坪上好放牧

山上好打猎

崖上好采蜜。


有好长一段时间，狗屎都没有再来骚扰牛巴史丽了，牛巴史丽以为自己已经真正摆脱了，自由了。她再也不想见到这个人，再也不想想起他，但是，她却看到一个矮小瘦弱的身影急急地向她跑来。此人不是别人，正是她不想见却又不得不见的人——狗屎的母亲即牛巴史丽的姑姑兼老人婆。

老人枯枝般的手就像抓住猎物的鹰爪子，一把抓住牛巴史丽的胳膊就不再放手，她生怕这一放，牛巴史丽就会飞得她再也找不到。

去看看他吧！老人怯怯地说，那声音好像蚊子叫一样小，说完又抹了一把眼泪。牛巴史丽看到老人布满血丝的眼睛早已经哭肿了。

去看看他吧，全当为了我，去看看那个该天杀的！我给你跪下了！老人很急，说完真的就要下跪，牛巴史丽赶紧一把挽住她。

到底出了什么事？牛巴史丽吓了一跳，佯装镇静地帮姑姑理了理额头上花白的散发。平日里自己和狗屎的事姑姑基本上是不会掺和的，今天一定出大事了。

跟我走吧，他快要死了，一直叫你的名字。狗屎妈撒了个谎，她知道狗屎已经不可能再张嘴说话叫人的名字。老人拉着牛巴史丽转身便走，一边走一边说。牛巴史丽不知道老人哪里来的那么大的力气，老人那只手有力地抓住牛巴史丽，既是引路，又是挟持，牛巴史丽跌跌跌撞撞地又被拖到了狗屎家里。


# 三十六


狗屎自焚时是下了决心死的，他哪知道把自己烧得差不多时，那死者的家人等半天没见狗屎回去要打赏，就派人到火葬场来找他，结果看到他正在熊熊大火中挣扎，于是赶紧把他从火堆里救了出来，扑灭了大火。狗屎早已被烧得不成人样，身上有些零部件都已经烧成炭了，只有两个眼珠子还勉强能转。眼看也是没救了，几个人弄块布轻手轻脚地将他兜着抬回家，他们确信狗屎定是什么鬼魂附体中了邪，谁也怕沾惹上事便作鸟兽散了。

老狗屎不知死哪去了，狗屎妈早已经吓得魂飞魄散。知子莫如母，她看到这个挨千刀的儿子痛苦转动的眼珠和微微翕动的嘴唇，狗屎妈突然有了主意，撂下了一句：儿嘞，你等着，我去把她给你找回来！转身就跑去找牛巴史丽了。

狗屎早已经失去了知觉，迷迷糊糊中，他看到几个人来火堆里拖他，他不知道他们是不是黑白无常，后来他发现自己怎么死了半天还躺在自己的家里，才明白自己并没有死成功。他恨这些人把他从火堆里拖出来，恨着恨着就什么也不知道了。迷迷糊糊中，他又听到有人在叫他的名字。

这个声音是这样熟悉，这个声音是这样甜美！狗屎努力地睁开眼，昏暗里他分明看到了一朵花，是的，就是一朵花，自己心中永远的花，一朵像金子般灿烂的花——表妹史丽。他努力地想坐起来，可他只要一动，全身便传来撕心裂肺的疼痛，根本就动不了。他的眼里充满了泪水，他想说话，他想告诉史丽嬷，他想请她原谅自己，可是，他的嘴里，他的喉咙里只能发出呼噜呼噜的声音，他越想说越说不出来，他的心跳加剧，胸部不停地起伏。牛巴史丽也不知如何是好，这时一双有力的大手扶住了牛巴史丽的肩膀，是艾祖国，不知何时，他也来到了牛巴史丽身边。

你就原谅他吧，好好安慰安慰他，毕竟从小一起长大。

听到艾祖国说的话，牛巴史丽心里踏实了许多，可狗屎却痛苦地闭上了眼睛，艾祖国知道，他还是不欢迎自己，便悄悄退了出来，把这个世界留给了他们两个人。

牛巴史丽就这样守着狗屎，一会跟他说说话，用布沾点水擦一擦表哥干裂的嘴唇，一起回忆他们的幼年和童年，讲讲小时候狗屎表哥替自己打架的事，讲讲狗屎表哥偷东西给自己吃的事……

第三天，当牛巴史丽一觉醒来，发现表哥已经停止了呼吸，他的四肢已经僵硬，仰面平平地躺在床上，两手自然地平放在身体两侧，那姿势比他当革委会主任时看上去还要庄重得多。他微闭着双眼，他的嘴角还挂着微笑，就像是个睡梦中的婴儿，看来他走得并不痛苦。

虽然表哥的死是在意料之内，但将手指探到表哥鼻前，确认那里再也喷不出一缕热气时，史丽还是惊了一跳，仿佛半盆冷水从头浇下。她甚至有些不敢相信，自己和表哥的半生恩怨纠缠，竟然会随着死亡这般轻易地烟消云散。史丽将手指蜷成一个拳头，塞在嘴里，悲凉真正从心底涌出，慢慢呜呜哭出了声。

　　她并不知道，在她弯着腰恸哭时，表哥的魂灵脱离千疮百孔的肉身，双脚轻飘飘地离地半尺，眼神温暖地望着史丽。他想要再一次轻轻抚摸史丽瘦削的肩膀，抚摸她幽香的头发，但却悲哀地发现自己手指如同穿过虚空，无法落在史丽身上。他只能这么近又那么远地望着她，像是望着六岁时咬着手指跟在他屁股后面的小表妹，九岁时被恶狗追咬他持树棍英勇救下的小丫头，十七岁时美丽的小新娘。到了这时，狗屎才后悔，为什么生命如此短暂？为什么表妹心中就是容不下自己？为什么能陪伴表妹走到白发苍苍的那个男人，不是自己？魂灵也有感情，狗屎一次次从半空往下俯冲，想要再拥抱一次表妹，但他越是挣扎，一股看不到的引力越是将他往上拉拽。很快，他就消失成一团大瓦山的晨雾，不甘心却又不得不消逝远方。

　　阿妞的心中装着祖国和人民，现在她马上就要临产了，阿妞就像个打了胜仗的将军，好不欢喜。

　　阿妞不信命，如果论命的话，自己应是千金小姐之命，但自己从出生到现在并没有享受到千金的待遇，倒是一直享受着千斤的重担。阿妞还知道，有些事是天注定的，出来混迟早是要还的，就像狗屎的人生。同样自己采取不正当竞争方式得来的幸福也是要还回去的，但她没想到这一天来得这样快。

　　阿妞二胎又生了个毛乎乎的胖小子，艾祖国给他起名叫艾瓦山。不幸的是，产后第二天，阿妞大出血。弥留之际，阿妞把牛巴史丽和艾祖国叫到跟前——当然还有她的母亲曲柏阿嘎，阿妞把牛巴史丽的手和艾祖国的手握到了一起。

　　史丽嬷，好妹妹，姐姐对不起你和祖国。阿妞与牛巴史丽一直以姐妹相称。

　　你会好起来的，不要说这些。牛巴史丽安慰说。

　　白发人送黑发人，老阿嘎流着眼泪不停地念经祈祷：万能的泽格兹（天神）、黑夺方（地神）、灵都塞（火神）、默谷罗（土地神）、本塞（山神）、俫塔兹（水神）……你们显显灵，求求你们就把我这个老不死的收了，让我替阿妞去死吧！

只有阿卓像个没事的人一样，一会看着这群莫名其妙的人呵呵傻笑，一会又想起去摸摸捏捏小瓦山。

祖国、史丽媸，以后、以后你们在一起、好好生活，相信、你们不会亏待、亏待瓦山和人民……话还没说完，阿妞的手一松人就咽了气。阿妞用尽最后力气，挤出半个笑容，一颗豆大的泪，从眼角缓缓滑向耳朵。艾祖国像是石化一般，一直紧紧握着阿妞粗糙的手，一点点冷却下去。那一瞬，牛巴史丽觉得自己像一个小偷，她不敢正视阿妞的眼睛。她知道，这位容貌不美但心地善良的好姐妹，跟自己一样深深地爱着身边的这个男人，深深地爱着自己的孩子和这个家；她走得表面上是那样轻松释然，但她的内心一定带着无比的遗憾和牵挂。

姐姐，你就放心地走吧！我一定会照顾好他，也一定会替你抚养好两个孩子的！牛巴史丽在心中向阿妞默默地承诺。

山风怒号天地哀，鲜花坠地不再开。艾祖国和牛巴史丽就手拉手扑通一声跪在了地上，从此他们两人的手就再也不能分开了，一家人哭成了一团。可怜小瓦山，奶都没吃上一口就没了妈妈。

按照风俗习惯，像阿妞这样的年轻死者，死后是不能上山的，但艾祖国也不忍心让她下河坝，于是悄悄将其骨灰送到大瓦山脚下，挖个小坑，找了几块石头，草草掩埋了，然后在坟前陪着阿妞坐到天黑。艾祖国很感谢阿妞，虽然是莫名其妙地走到一起，已经共同生活了四年，但到现在，艾祖国也不知道当初自己是怎么就跟阿妞睡在一起的，阿妞也从来不跟他说细节。虽然没有爱情，但他们的婚姻是客观存在的事实。总的来说艾祖国对自己跟阿妞的婚姻是满意的，远远超出了他最初的想象，他没想到阿妞是那么善良、豁达且善解人意。艾祖国感谢阿妞帮助自己照顾阿卓阿姨，感谢阿妞对牛巴史丽的宽容理解，感谢阿妞对自己生活起居的关心照料，感谢阿妞为自己生了两个儿子……

蓝天白云，红墙金瓦。

在北京一个幽静的胡同，艾祖国领着阿妞推开了一座四合院的门。妈妈迎了出来，一看阿妞脸上的雀斑，有些不悦，但瞅见阿妞怀里的小瓦山，那笑容瞬间又荡漾开来弥漫了整个小院。

儿子回来了？听到笑声，父亲夺门而出。

还带回了媳妇和孙子呢！母亲说。

大孙子，快过来，叫爷爷！父亲朝人民喊道，父亲显然老了，头发也白得差不多了。

可是艾人民站着一动不动，艾祖国有些恼怒，阿妞却一弯腰抱起人民朝爷爷紧走几步过去。

爷爷好！阿妞替人民叫道。

一家人其乐融融，围着火锅涮羊肉。

来，我们照张相吧，照张合影，我们还要回大瓦山呢。艾祖国说。

照相喽，照相喽！人民高兴地跑来跑去。

父亲从厕所里取出一面镜子，放在桌子对面。

来、来来，一家人靠在一起，看镜子，祖国你喊一二三吧，以前，你从小到大都是我喊的。父亲说。艾祖国想起自己从记事起，每年自己过生日，父亲都要弄个镜子来给一家人照个相。虽然这只是照镜子而已，并不是真正照相，但每年父亲都很认真地组织，仿佛是进行某种神圣的仪式。

我喊一二三，你们就说七——

一、二、三，七——艾祖国认真地组织照全家福，可他看到镜子里头怎么不是阿妞而是牛巴史丽？

不回去不行吗？妈妈说。

好男儿志在四方，祖国知道该怎么做的，不管你做什么，我们都永远支持你。父亲说。

艾祖国感动得落下泪来。

火锅不知什么时候灭了，艾祖国感到一丝丝寒意。

祖国、祖国。艾祖国听到有人在叫自己。

你们去哪儿？看着父亲母亲牵着阿妞要走了，艾祖国赶紧问道。

从来处来，从去处去！父亲说。艾祖国感到父亲越发高深莫测。

回家去找你的牛巴史丽吧！阿妞一回头，雀斑从她脸上剥落掉在了地上，艾祖国这才看清楚阿妞原来是这样美丽⋯⋯这张脸怎么变成了史丽嬷的脸了？

祖国、祖国！咱们回家吧！

艾祖国猛然惊醒，谁在叫自己？自己刚才做梦了？脚前的火堆早已熄灭，牛巴史丽举着个火把正蹲在自己身边。

你来了？艾祖国问。

天黑了，我们回家吧！牛巴史丽不知道该怎样安慰憔悴的艾祖国。

我没事，你不用来的，走吧，回家。艾祖国想，再怎么艰难都要好好活下去。

回家的路上，牛巴史丽几次想伸手去扶艾祖国，但最终没有，她不知道此时此刻自己该怎么做。

艾祖国觉得自己好像个扫把星，怎么凡是跟自己亲近的人都要倒霉？一路上，他又想起周老大，想起了谢丹阳。

其实有件事，我没有跟你说实话。艾祖国想，还是把谢丹阳的事告诉牛巴史丽吧。

你瞒着我的事还少吗？虽不知艾祖国要说什么，但牛巴史丽想，干脆刺激刺激他，让他把注意力从阿妞的死亡中转移开。

我没什么事瞒着你的，没有告诉你是怕你当时年轻受刺激。艾祖国说。

怕我受刺激？你说，你说。牛巴史丽想，到底谁刺激谁啊？

其实、其实你金边县的女同学，谢丹阳，她、她早……

你说，快说，她早就怎么了？艾祖国觉得牛巴史丽此时仿佛被谢丹阳灵魂附体，说话语速明显加快。

她、她死了。艾祖国一下觉得轻松多了。他轻松了，牛巴史丽却僵了。

啊！死了？为什么不早说？话没说完，两行热泪已经夺眶而出一泻千里，史丽两腿一软坐在了地上，自己怎么这么命苦啊？

都是我不好，我不该告诉你的。艾祖国十分自责，赶紧将牛巴史丽扶起来。牛巴史丽顺势扑进了艾祖国的怀里，痛快淋漓地大哭了一场。艾祖国也就顺势将他的史丽嫫搂在了怀里，再也不想松开。牛巴史丽曾无数次设想过扑进艾祖国的怀抱，等了这么多年，没有想到是以这种方式来实现的。两颗心从来没像现在这样贴得这么近，听着艾祖国的心跳，牛巴史丽想，要是这样能拥抱一辈子就好了。

为什么不早说？她是怎么死的？哭够了，牛巴史丽问。

那是我在金边县的时候，她是、她是为了救我而牺牲的。艾祖国不想说她是被人侮辱后投河自杀的。除了给你的《红楼梦》，我那个黄色军用挎包就是她唯一的遗物了。说到动情处，艾祖国也有些哽咽了，他不想再提起这些伤心之事。

两个伤心之人就这样彼此搀扶着在崎岖的山路上向家的方向艰难地走去。

走啊走，那个远方的家在哪里呢？在这个深邃的黑夜里，家好像看得见，但很遥远。

在他们的家里，除了两个嗷嗷待哺的孩子，还有两个老人。一个正常的老人阿嘎，阿妞的死，对阿嘎的打击太大了，以前以为自己默默地承受，为父辈们的过错赎罪也就算了，如今又白发人送黑发人，如若不是看在两个孙子尚小，需要人照料，她真想往龙池凤池一跳一死了之，转念想想，自己活着总可以帮助艾祖国照料照料孩子吧。另一个不正常老人就是疯子阿卓了，阿妞的死对她倒没多大的触动和影响，但也别指望她帮你，她有时清醒有时糊涂的，不给你添麻烦就已经阿弥陀佛了。

但是，今天不一样，今天艾祖国家里又多了两位老人，他们是老狗屎和被老狗屎强行拉来的狗屎妈。他们来做什么呢？

# 三十七

我们是来接我儿媳妇牛巴史丽回家的。老狗屎一改往日模样，说起话来有板有眼，有礼有节。是啊，我儿子死了，家还在，儿媳妇还在呀，儿媳妇是不是应该回自己的家呢？

牛巴史丽虽是阿嘎仇人的女儿，但一代人的恩怨归一代人的恩怨。阿嘎通过这几年的相处，她了解牛巴史丽，她也真心希望牛巴史丽能跟艾祖国走到一起，代替阿妞帮助艾祖国照顾孩子照顾这个家。但是对于这一家人，尤其是对于老狗屎一家来说，她自己就是个外人。别人屋檐多高，她自己梯子多高，她心里一清二楚，没有她说话的分。她只能拿眼神来支持和鼓励牛巴史丽。

对于艾祖国来说，目前牛巴史丽还是狗屎家的人，自己与她名不正言不顺，也不敢过多表现出对老狗屎的不满来。艾祖国这几年在山上也没白待，他听说有的地方，因为婚姻问题两个人的矛盾处理不好，演变成两家人的矛盾，从而发展到两个家支家族间的大规模械斗，死人伤人事件时有发生。彝族同胞就是这样的，一家有事，所有的亲戚认得到认不到的都跑来帮忙，很多事情就发展到主人家无法控制的地步，你也不能说这种民俗是好是坏。所以，艾祖国也只能用眼神来支援牛巴史丽，自己不能支持参战，先当好看客，准备找机会当调解员。

姑父、姑妈。

牛巴史丽果然不负众望，她首先将对老狗屎和狗屎妈的称呼改回从前，改到自己没嫁给狗屎时的称呼，给这两个老人打了一大剂量预防针，预防他们有其他想法。

你叫我们啥子？老狗屎心里一紧。

姑父、姑妈，你们听我说，你们永远都是我的姑父、姑妈，对不对？

对、对、对，史丽嬷从小就听话……狗屎妈还是很心痛侄女，冷不防"啪"的一声挨了老狗屎一耳光，赶紧闭了嘴。心想，妈哦，我们永远都是她姑父、姑妈嘛，她又没错，我也没说错，为啥子打老子嘛。

叔叔，好好说事，不要动手嘛！艾祖国想这话可以说的。

关你个卵子事！老狗屎爆发了。

姑父，你再这样老是欺负姑妈，我就连你这个姑父也不认了！牛巴史丽说。

莫得事，莫得事，又没打痛，没得啥子的！狗屎妈赶紧说，生怕牛巴史丽不认老狗屎了。

史丽嬷，你好久回来嘛？老狗屎只好顺坡下驴，但还是想让牛巴史丽回去。

姑父、姑妈，这个房子是我阿达的，你们那里是我的家，这里也是我的家，阿莫又这个样子，阿妞刚去世，阿嘎阿姨年龄那么大了，两个孩子没人照顾，我在这个家里帮几天忙，再回来看你们就是了。

牛巴史丽说得合情合理，老狗屎本身肚子里就没有什么干货，也说不出个子丑寅卯。见此情景，艾祖国赶紧问，叔叔、阿姨你们吃饭了吗？喝点酒吧？一听整酒，老狗屎把此行的目的就忘得一干二净了。

老母猪又要下仔了，艾祖国发现原本给老母猪产仔准备的几斤黄豆却找不到了。跟高龄孕妇一样，高龄母猪下仔也容易出事，一是体力要补充，二是产后营养要跟上。

艾祖国自然知道，又是阿鲁三三把黄豆偷回家去了。他以前曾明里暗里提醒过三三，但遭到的是白眼和奚落。艾祖国又向翻身队长反映情况，但翻身跟阿鲁三三是老表关系，并且三三偷回去的猪粮大多孝敬了自己，翻身队长当然护着三三。翻身干咳一声说，你是他的助手，干好助手分内的事，是他领导你不是你领导他，三三从来都没有到我这里来告过你的黑状，你也莫要管那么多闲事。翻身又咳嗽一声，接着说，捉奸要捉双，拿贼要拿赃，你有什么证据说三三偷了猪粮？

艾祖国的确没有抓到过阿鲁三三偷猪粮的现行，难道要自己像个特务一样，跟踪、埋伏、隐藏起来？就为了抓个阿鲁三三偷几斤猪粮？艾祖国做不出来，他是真做不出来。艾祖国不知道自己再该怎么跟翻身队长解释，说自己并不是嫉妒三三领导自己，也不是诬陷三三。

这里翻身咳嗽几声，早已经走远了。翻身边走边自言自语，这娃儿还是年轻，这娃儿还是年轻哦。

当然，现在艾祖国还是年轻，但他早就不去反映这些了。虽然牛巴史丽曾鼓励他向翻身的上级反映情况，但阿妞曾劝他，做好自己的事。她说贪污就像吃饭，等他吃饱了就不会再吃了。牛巴史丽说，哪有吃得饱的，有些人吃饱了还舍不得丢碗呢。

艾祖国一笑了之，他笑什么只有他自己知道。

但这回有点严重，这头老母猪年龄确实有点大，如果不给它补充点营养，弄不好这次生产会要了它的命。猪命关天，为了确保母子平安并顺利生产，艾祖国决定把家里的口粮拿去给这头老母猪补充营养。

老阿嘎有些舍不得那些粮食，但她支持艾祖国的行为。女儿阿妞死了，但艾祖国并没有变心，还是把她当亲娘看待。老阿嘎原来以为自己小时候享受够了祖上的荣耀，是享童子福老来背时，没想到少时千金中年苦，老了慢慢才享福，对于一个老人来说，山珍海味金银珠宝都抵不上晚辈的孝顺。

艾祖国将家里仅有的几斤细粮提到了公猪场，准备每天煮一些给老母猪增加营养。艾祖国的行为让阿鲁三三感到汗颜，要不是缺粮食，谁愿意做贼偷猪粮嘛！但是人家艾祖国做到了，饿死不做贼，这就是德，有德之人就是英雄，所以乱世出英雄，阿鲁三三不禁对艾祖国油然而生敬佩之情。当然，这几年阿鲁三三跟艾祖国相处下来，他由最开始的排斥变得越来越喜欢他了。

是人都知道是非对错，没有人天生就是好人或者坏人。古话说得好，跟好人学好人，跟着端公跳大神。阿鲁三三越发觉得需要跟艾祖国好好交流一次了。这晚，利用老母猪下仔的当口，阿鲁三三破天荒地没有开溜——以往这种事他早甩给艾祖国，自己跑回家睡大觉了——一边等老母猪产仔，一边跟艾祖国聊天，工作交心两不误。

你知道大家为什么叫你三三吗？扯了会儿闲篇，艾祖国开门见山地问。

我还真不知道。这是阿鲁三三一直想搞清楚的问题。

就是因为你老爱占公家那么一点点便宜，二字中间加一笔不就成三了？艾祖国说。

哦，原来是这样啊！阿鲁三三若有所思。

那一夜，两个男人守着一头老母猪说了很多话。第二天，阿鲁三三就把顺回家的黄豆拎回了公猪场。从此，艾祖国再也不叫他三三了，慢慢地，队上人后来都改口叫他阿鲁二二了。

狗屎死后不久，不知道什么原因，牛巴史丽的学校就停办了。失业后，她又回到队上参加体力劳动，空余时间也教教艾祖国两个儿子艾人民和艾瓦山认字画画，说是教其实是帮着艾祖国照顾两个儿子。

这天老大猪儿艾人民不知在哪里跟别的孩子打了架跑回来，全身是泥，脸上带伤。牛巴史丽一看很是心疼这个没娘的孩子，赶紧上前询问，结果猪儿毫不理会，径直走了，气得艾祖国只好抓住他准备捶他一顿，嘴里骂道，狗东西越大越不听话，越大越没礼貌了。但他挥起巴掌时突然想起了阿妞那张长满雀斑的脸，于是将手轻轻地放下，顺便用手为猪儿擦去脸上的血迹和尘土。

待晚上牛巴史丽离开后，猪儿才告诉艾祖国，白天他在外面跟几个小朋友玩耍，开始玩得挺好的，后来发生了争执。

玩什么呢？玩得那样认真？艾祖国耐着性子询问。

玩"砍脑壳"游戏。猪儿说。艾祖国知道，那是山里娃喜欢耍的一个游戏，灵感可能来自于牛巴马日砍的莫曲柏老爷的脑袋。几个小家伙先是玩手心手背，就是同时出手，看谁出的是手心还是手背。这在人多时好先淘汰人。每次喊声"哦嘿"同时出手，当两人出手心或者两个人出手背时，其他人被淘汰当观众。这两个人再次猜拳，一般采取剪刀石头布的方式，输者装囚犯，胜利者将砍下输者的脑袋，怎么砍呢？就是赢了的人伸出手掌，五指并拢，让被砍头的人低下头，或者其他人来帮忙假装抓住囚犯的双手，说声"砍脑壳"，手掌一比画，嘴里咔嚓一声，囚犯就得装死倒地。

本来开始是猪儿赢了的，可是输了的那个孩子不干。他说猪儿才应该被砍脑袋，猪儿的祖先就是被砍了脑袋的。猪儿就不干，说自己祖先没有被砍头，两人就吵起架来。后来人家又骂猪儿是七高八低，猪儿不知道别人骂他什么意思，别人就说他难怪叫猪儿，真是头笨猪，七和八都搞不清。他说自己天天跟牛巴史丽阿姨学习，怎么分不清七和八。孩子们就笑了，就问他，你几个爹？几个妈？猪儿说一个爹一个妈，妈妈死了。但那些孩子就说他乱说，明明你是一个爹两个妈，死了一个还有一个就是牛巴史丽！猪儿就觉得自己受到了侮辱，于是一边叫喊我只有一个妈妈是阿妞，一边开始用拳头来给那些取笑他的娃儿做工作。

本来，艾祖国想顺势告诉儿子，牛巴史丽就是你们的妈妈，以后你要像对亲妈妈一样对她，但是一想到白天猪儿对牛巴史丽的那个态度，唉，他决定还是过些日子再给孩子讲吧。他自己也不知道怎么办好，总觉得自己对不起牛巴史丽，对不起所有人。

最近，老狗屎一没酒喝了就跑来找牛巴史丽，要接她回去，于是艾祖国只能好言安抚，请他干酒，酒干饱了，他来干什么的也就搞忘记了。面对老狗屎的骚扰，艾祖国和牛巴史丽都不知道什么时候是个头。

艾祖国想到了"大瓦山"俄着娜玛，看她能不能帮自己解开这个结。

艾祖国把自己想娶牛巴史丽的意思告诉俄着阿姨，希望她帮助自己。

如果狗屎死之前跟牛巴史丽离了婚，这事就好办，牛巴史丽想嫁谁就嫁谁。但是，没离成，狗屎死了，牛巴史丽现在还是人家老狗屎的儿媳妇，老狗屎才是他的家长。"大瓦山"说。

就拿我来说吧，我那个死阿格死了，我要是再想嫁人，就必须让婆婆拉姆同意才行。我这个婆婆还好说话，只是我年龄大了，也不愿意再东嫁西嫁的了，可是你们还年轻，还有未来，但是，老狗屎可不是省油的灯哦，几十年了，他那一家人太难收拾。都怪我不好，当初为了救你，我劝牛巴史丽嫁给了狗屎表哥。"大瓦山"又说。

俄着阿姨，此一时彼一时，我从来都没怪过你，你还是想想办法帮帮我们吧！牛巴史丽不知何时也跟来了。

都是我造的孽呀！"大瓦山"不禁哭了起来，但"大瓦山"还是决定再去找老狗屎试一试。

那边"大瓦山"还没有来得及去试，哪想艾祖国这边很快就有了新情况。

因为最近阿卓很忙，她忙什么呢？她一个疯子还能忙什么？当然还是一天到晚到庄稼地里去检查，不是检查庄稼的长势旺不旺，而是检查庄稼是不是又被那个砍脑壳的曲柏老爷给糟蹋了。

可最近一段时间，她真找到了几处她认为是被曲柏老爷糟蹋了的庄稼，于是她就一棵苗一棵苗地去扶起来，当然口中免不了咒骂：曲柏这个砍脑壳的畜生，又糟蹋了那么多庄稼！骂一阵扶一阵，压倒的压断的要慢慢扶起来，是一件很费时费力的事，所以阿卓一连几天都把自己搞得很累也很晚才能回家。没想到疯子干活干多了也是有怨言的，于是阿卓就跟女儿牛巴史丽和艾祖国发牢骚，说曲柏这个砍脑壳的畜生天天到处糟蹋庄稼，难道他几十岁了还越活身体越好哦？

说一次两次，艾祖国没当回事，可是天天说，艾祖国和牛巴史丽就想，是不是山上的什么野物下山来了？山上人和野生动物一般不会发生冲突，但有时山上野生动物找不到吃的下山来糟蹋庄稼也时有发生。

阿卓怕艾祖国不信，偏偏非要拉着他去看现场，果然找到几处庄稼被糟蹋了，但现场都已经被阿卓处理过了，没发现什么动物的脚印，但肯定是有东西来过的。回家的路上，艾祖国想起牛巴马日不是有支猎枪吗？现在一家老的老，小的小，吃饭就是个大问题，一看小瓦山长的那个细胳膊细腿的样子，就是缺营养啊！

回家后，艾祖国跟牛巴史丽一合计，牛巴史丽也来了兴趣，赶紧把父亲的那杆火铳猎枪找出来掸掸灰尘，又擦了擦，才交给艾祖国。

艾祖国接过枪，试了试扳机，还没有锈死。牛巴史丽小心翼翼地端来煤油灯，艾祖国轻轻提出灯芯，将灯芯捻子上的油顺着滴了几滴到扳机上，再活动活动，那扳机就更加灵活了，扳机上挂着的那根弹簧还挺有劲，再端起来瞄了瞄，做了几个射击动作，看得牛巴史丽出了神，她觉得那神态、那动作分明就是父亲牛巴马日玩枪的样子。

# 三十八

子弹呢？有没有子弹？艾祖国连喊了几声，才把牛巴史丽从梦中叫醒。

有，有，拿去。牛巴史丽递给艾祖国一个小口袋，里面是一袋花椒粒大小的铁砂子。

不过没火药了。牛巴史丽说。

有也不能用了，这么多年了；不过没关系，我有办法。艾祖国说。

不愧是大学生，艾祖国还真有办法，他找来一盒火柴，用周老大那把万能的杀猪刀将火柴头上的火花轻轻刮在一张纸上，一根，两根，三根，一会就刮出一小堆火药来。牛巴史丽虽然有些怀疑这火药的爆炸力，但她是不会怀疑艾祖国的能力的。

这，牛巴史丽比算命的还看得准，看得真准，因为当天艾祖国扛着枪出门，没过一会就打到猎物了，不过这猎物不是什么东西，而是麻烦，打中了大麻烦，比中奖概率还低，他打中的不是动物而是人。

出事，是有预感的。牛巴史丽头天晚上就有预感。

也许是太久没有打牙祭了，头天晚上，牛巴史丽做了个梦，梦见生产队上分肉，那肉血淋淋的，怪吓人，可是艾祖国直接抱着肉就啃着吃，完了又让她啃。一边是躺在病床上的阿达，只见一动不动的牛巴马日吸了吸鼻子，突然坐了起来，跟他们一起抢肉吃，那肉又十分结实。他们像动物一样撕咬那块肉，才啃了一口，就把她的牙齿给扯掉了，抬头一看，艾祖国牙齿也掉完了，满口血糊叮当的，一脸一身的血。牛巴史丽一惊，一把把那块肉给推脱，"啪"的一声掉在了地上。一声脆响把她惊醒。她一屁股坐起来，才发现是在做梦。屋外一团漆黑，这间木屋突然变得十分阴森恐怖，她的背心一凉，起了一身鸡皮疙瘩，头发都快竖起来了。牛巴史丽摸了几把也没有摸到煤油灯，那灯已经被她做梦时乱抓乱舞弄到地上摔坏了。

早上，牛巴史丽不知道该不该把这个梦说破，她估计这不是什么好梦。说吧，又只是一个梦而已，说了可能还会影响艾祖国一天的心情；不说吧，又怕真的会发生什么事情来。就这样东想一下，西想一阵，结果，要照顾老的小的，几个圈子一转就把这事给搞忘记了。

艾祖国扛着枪，沿着阿卓带他看的路线，慢慢在那些庄稼地里搜寻目标。此时的山野正是百花齐放，春意盎然，金黄金黄的油菜花十分扯人眼球，可是一想到家里嗷嗷待哺的孩子和三个老人，五六张嘴等着要饭吃，艾祖国哪里有心思欣赏风景。对于他来说，春季就是个青黄不接最恼火的季节，他恨不得马上找到糟蹋地里庄稼的野物，赶紧开枪猎杀，好将战利品带回去改善伙食。

一块地，两块地，他把自己的双眼当成高分辨率雷达快速搜索，不放过丝毫响动。就在他搜索到第四块地时，突然发现一块油菜地里有一团白晃晃的东西在油菜花叶间晃动，看不清是什么东西。他赶紧猫下腰半蹲着将自己隐蔽起来，慢慢移动着接近目标。他也不敢一个人贸然靠近，于是先下手为强，赶紧悄悄装上火药，压紧，从子弹口袋里倒出一小撮铁砂子，从枪管口灌进枪膛，用通条反复捣几次，捣紧，上弦，举枪，瞄准，击发，像个老猎人，动作熟练而迅速，全过程不到一分钟，在猎物毫无察觉的情况下准确开枪了，距离猎物近三十米距离时，他在自己对这枪和火药也没有把握的情况下毅然开枪了。结果猎物应声倒下，发出撕心裂肺般惨叫。艾祖国赶紧准备火药子弹准备补第二枪。军训时射击课上的优等生射击水平，今天终于在这里实战体现了。

猎物却边嚎叫边骂人，他妈的××，狗日的哪个敢开枪打我？艾祖国吓得毛发倒竖，这野物成精了？正想仔细分辨到底是人是鬼时，一个女人的声音高叫着，哪个开的枪？嗯？胆大包天啊？木黑甲家主任也敢……"打"字还没喊出来，好像嘴就被人捂住了。

谁？艾祖国壮着胆子问。他听声音，觉得那女人声音有点像要日的声音。可是那边再没有了回复。艾祖国知道自己惹祸了，此时自己倒是可以一溜烟跑回家去，就当什么事情也没有发生过。但这就不是坚强勇敢、正直善良的艾祖国了，他一定要弄清对方伤得如何，人命关天，救人要紧。

艾祖国顾不了那么多，他三步两步跑过去，看到衣衫不整躺在地上的两个人：一个正是翻身队长的女人要日，一个是大队革委会主任木黑甲家。木黑甲家还顾着捂要日的嘴，却顾不得自己的光屁股了。他那屁股已经变得血肉模糊了。

艾祖国的突然出现，令这两个平时高高在上的人一下失去了所有的尊严。

你、你、你这个灾星！木黑甲家只说了这么一句就不省人事了，也不知道是气晕的还是痛晕的，或者是装晕的。艾祖国赶紧脱下自己的衣服，将木黑甲家屁股一包，将两个衣袖围到木黑甲家肚皮前面交叉一拴，咬咬牙，当他是袋粮食，几把将他扛到背上背起就走。要日愣了愣神，她倒是幸亏躺在下面的，木黑的大屁股替她把子弹挡完了，她没有中弹，只是被惊吓得不轻。事已至此，管不了那么多，她简单理了理头发，扯了扯衣服，该扣的扣上，该遮的遮住，用脚踢了几脚案发现场，一阵小跑赶紧追上艾祖国和受了伤的木黑主任，救命比其他什么都重要！

木黑主任痛醒了，屁股上火烧火燎钻心地疼，醒来看到他最不愿看到的人——艾祖国正在从他屁股上模糊的血肉里往外一颗一颗地寻找铁砂子，抠出来的子弹和着血水已装了小半碗。

此时的木黑甲家只有一个想法，把艾祖国杀了，埋了，挖出来，再杀一次！但是，他现在没能力杀艾祖国，他躺着一动不动，不能动也不敢动，一动就痛得受不了，之前还精神抖擞、活力十足的大屁股此时成了一堆烂肉死肉了。

要日又惊又怕，三魂还剩一魂，七魄不见六魄，一看木黑甲家死不了，终于一口气放了下来，担心完木黑甲家，才想起自己的处境来，便丢下木黑甲家一路小跑回家躲了起来。

好事不出门，坏事传千里。要日还没有跑到家，她与木黑甲家偷情被艾祖国用枪打了的消息就已经传开了。奇怪的是，传来传去，这种事往往当事人都是最后才知道的。

翻身才倒霉哦，这次要日给他戴个大绿帽子，他这辈子都要当乌龟永远也翻不了身。人们交头接耳，纷纷享受着不著名导演艾祖国给瓦山人民带来的这出大戏。

这出戏还没有结束，大家还等着看续集呢！

要日丢下木黑跑了，艾祖国不能跑。他知道后果，枪是自己开的，人是自己打的，不管受到什么样的处罚，自己都要勇敢地承担。

木黑甲家万分痛恨艾祖国，也不知道怎么收拾他才好。如果大张旗鼓地收拾他吧，那就会牵扯出自己与要日的丑事来，自己与要日通奸也是要受族人痛恨和惩处的。艾祖国呀艾祖国，你这个灾星，丧门星，扫把星！

消息传到"大瓦山"耳朵里后，"大瓦山"第一时间就找到了牛巴史丽。牛巴史丽正慌里慌张地准备赶往大队部去核实消息。

俄着阿姨，怎么办？怎么办？早知道就该把他们家小花带着去打猎了。一见到"大瓦山"，牛巴史丽感到终于有了依靠。

有钱难买早知道，你想做啥子？"大瓦山"问。

我想马上到大队部去看看是不是真的。牛巴史丽还抱有一份侥幸心理。

看啥子看？现在是什么时候了？赶紧收拾点吃的喝的和换洗衣服给他准备上。"大瓦山"说。

是不是又要被关起来？牛巴史丽说。

摔死头牛都被关过，这盘是枪打到人了，你说得不得被关？不过还好，这次打的人打得好。"大瓦山"说。

打人还打得好？牛巴史丽有点搞不明白了。

尤其是打的时机好，你想想，谅他们也不敢把事情整大。"大瓦山"说。

哦。牛巴史丽似懂非懂。

把常用的东西收拾好，换洗衣物，叫他先跑，跑得脱就跑，跑出去躲一阵子再说，跑不脱的话这些东西反正也是要用的，抓紧！"大瓦山"说。

好的，好的。

最好你一个人，悄悄去，动静小点，叫他赶紧跑。"大瓦山"又叮嘱道。

牛巴史丽赶到大队部，把"大瓦山"的意思简单给艾祖国说了一遍。

我不走，人是我打的，该负什么责任我负就行了。艾祖国一听直摇头，他不愿走。他一跑路，医院里躺着的牛巴马日怎么办？家里两个老人，还有两个孩子怎么办？

你不走，就只有把事情闹大，这样对他们对你都不是好事；再有，你替我们想想，万一他们把你关起来，把你怎么了，你让我们老的老小的小几娘母怎么活呀？牛巴史丽急得快哭了。

我就是想到你们几个，我才更不能逃避。艾祖国的倔犟劲又上来了，他是真的不愿意丢下这老的小的一窝子，只顾自己逃命。

你不跑？你不跑难道要等老子喊人把你抓来枪毙啊？木黑甲家实在看不下去艾祖国这个德行了，气得吼了起来，骂完又接着痛苦地呻吟起来。他倒是真想把他枪毙了，不过他倒觉得这是个好办法，让艾祖国跑得远远的，自己的事就大事化小了。

一听木黑甲家也叫自己跑，艾祖国吃了一惊，这时牛巴史丽才感觉出来"大瓦山"的高明了。

躲一阵就躲一阵吧，只是苦了史丽媪了。于是，艾祖国只得接过牛巴史丽给自己准备的包袱，背上枪，一步三回头地走了。

你还是去把我家里人找来吧，就说是艾祖国本来想用枪吓唬我，结果枪走火打到我的，其他的事一个字都不要提，明白？等艾祖国走远了，木黑主任吩咐牛巴史丽，这次只有先吃个哑巴亏了，以后再慢慢收拾这个艾祖国。

过了好几个小时，木黑甲家才派了几个民兵出去追逃，叫他们兵分三路，一路到艾祖国的家，一路到外面路上，一路在附近庄稼地里去拦截寻找畏罪潜逃的艾祖国。这些民兵也心知肚明，不过是做做样子罢了，并不是真正搜寻。

木黑甲家的女人自然要去找艾祖国算算账，跑了和尚跑不了庙，一开始她天天跑到牛巴史丽家里大吵大闹，找艾祖国出来抵命，索要赔偿。牛巴史丽和老阿嘎就只得不停地赔笑脸，承认错误。只要木黑女人一来，疯子阿卓就不会去地里检查庄稼，看着木黑女人她就很高兴，就像看戏一样。她就等着看她表演，再看牛巴史丽和老阿嘎表演，她觉得这些人都吃饱了没事干。但家里也拿不出什么东西来赔偿木黑甲家，后来时间长了，木黑女人慢慢知道自己男人的丑事后，觉得自己男人才是罪有应得，就不怎么来闹了，专心回家去伺候木黑甲家了。

木黑的女人一方面希望自己男人能尽快恢复，另一方面，她又希望自己男人能长记性。于是她想啊想，想了个好法子，就是给木黑勤换药，每次换药手上动作特别重，每次都痛得木黑甲家哭爹喊娘。木黑后来知道是自己婆娘故意整治自己，只好忍着，忍不住了就骂了女人几句。挨了骂女人下手更重了，女人一边换药一边数落道，你现在知道勾子痛了啊？在家里你不得行，出去你凶尿得很，你不是勾子劲大得很吗？爬在人家勾子上快活的时候想到过有今天没？报应啊！报应啊！报应啊！

# 三十九

阿莫，爸爸去哪儿了？爸爸去哪儿了？二儿子艾瓦山一遍又一遍问牛巴史丽。这个没见过亲生母亲没吃到母亲一口奶水靠吃糊糊成长的孩子，他把姑姑牛巴史丽当成了自己的亲生母亲。他能活下来，还不太会走路却先学会彝汉双语说话。这多亏了阿鲁二二。阿鲁二二以前偷偷从猪嘴里夺食，现在不从猪嘴里夺食了。公猪场的母猪伙食好了营养跟上了，奶水也多些了，隔三差五地，阿鲁二二用个小瓶瓶挤点母猪奶给小瓦山补充营养。现在小瓦山还是很依恋阿鲁二二，这让他真正体会到了艾祖国说的什么叫做送人玫瑰手留余香。

爸爸去挣钱给瓦山买糖了。牛巴史丽说。

给瓦山买糖糖？为什么，为什么不给我买？艾瓦山侧着脑袋问。

你就是瓦山呀！爸爸就是去挣钱回来给你买糖呀！牛巴史丽说。

哦，我就是瓦山啊？

对呀，爸爸希望你长大后要像大瓦山一样！

那我不吃糖了，叫他回来嘛。小瓦山分明是想爸爸了。

你不吃糖，哥哥还要吃呀，爸爸还要挣钱给哥哥和奶奶买糖呢！

哦，爸爸去哪儿挣钱了？

去很远的地方。

很远到底有多远？

很远……很远就是很远。牛巴史丽她也不知道很远是多远，她也不知道艾祖国躲到哪儿去了。

艾祖国那天背着牛巴史丽给他准备的包袱，从龙池山庄出来，一路落荒而逃，跑到顺河场，再沿乐西公路走了一段，想想，还是不走大路的好。于是又折向茶坪的小路，东拐西拐，本想跑到狮子洞去躲两天，再看情况是继续往金河口方向或者金边县城方向跑，没走多远，不觉天色渐渐暗了下来，天上又落起了雨点，于是赶紧加快了脚步。

结果走着走着遇着了鬼打墙，东走西走，就走迷了路，走了一晚上，全身上下被雨淋湿透了，也没有走到狮子洞。天亮的时候，才发现一直在上次交公猪翻车那一带转圈圈，莫非是那些个死猪和拖拉机司机想留他玩一晚上？

等艾祖国跑到狮子洞时，才发现不知是不是因为夜里雨水的原因，狮子洞塌方了。幸亏昨晚没钻到狮子洞里去躲雨，要不恐怕已经被埋在里面了，想想还真是后怕。

既然出不去，又去哪儿呢？想来想去，他想起了第一次逃亡，想起了牛巴马日的事，突然有了主意，自己不能跑，干脆回去，上大瓦山。

艾祖国打开包袱，找出干衣服来换上。包袱里除了衣物干粮，还有他的黄色军用挎包和那把杀猪刀。

艾祖国依然避开大路，翻山越岭，专挑没人烟的地方走，很快摸到了大瓦山脚下，用杀猪刀砍了些蓑草。这种蓑草通常长在悬崖陡坎上，它纤维很长，是造纸的最好原材料之一，搓成绳子非常结实。世世代代的杀猪匠卖猪肉时几乎都是用细细的蓑草绳子来拴肉，既经济又环保。这种专门用来拴肉的细绳有个名字叫做"挽子"，只是近些年大量使用塑料袋后，这种挽子才慢慢退出了历史的舞台，现在就算是在一些边远农村市场的肉铺子摊摊上也很难看到了。

艾祖国可不是砍这个蓑草来搓挽子拴肉的，他砍来干吗？晚上下了雨，山路有些地方晾干了，可有些地方还非常湿滑，艾祖国将一把蓑草分成两股，在手里搓搓，就成了绳子，再弯下腰往鞋子上绕上几圈一捆，便成了防滑鞋。

他沿山脚而上，一路走，一路砍些蓑草和新鲜结实的藤蔓往身上腰上一系，这样边走边制造一些登山工具。

一路走过，山势越来越险自是不用说，风景也越来越好，可是艾祖国也没心情欣赏。又走了个几小时，几乎全是悬崖绝壁了，杀猪刀就成了最好的开路工具。有的地方人简直没法攀爬，他便将一路上自制的这些攀岩工具有效地使用起来，然后借助绳索藤蔓攀岩而上。对于年轻的艾祖国来说，这山路已经不像以前那样吓人和刺激了，但仍然险象环生。这还要感谢翻身曾让他在大瓦山上放牛的经历。

到下午时分，约莫在大瓦山山腰，艾祖国终于找到了第一次牛巴马日带他爬山时见到的那块平地。几年过去了，平地上的杂草更深了，几块巨石仍然赫然矗立，巨石上那一张张鬼脸好像在嘲笑艾祖国，又好像在欢迎他的到来。时间紧迫，艾祖国得赶紧把今晚上的过夜场所收拾出来。

春天才到不久，山上的杂草虽然已经开始发芽，但大部分杂草还是干的，火一点就着。

艾祖国将湿衣服拿出来，铺在巨石上晾晒，赶紧沿平地周围用杀猪刀把杂草砍出一个圈来，准备用火把中间的杂草烧了，但又怕一旦点燃杂草火光会暴露自己藏身处，而且自己砍的那个圈万一锁不住火，火苗冲出去就没法控制了，很可能把整个大瓦山烧了，后果不堪设想。干脆用杀猪刀砍吧，尽量多砍些，今天砍不完明天再砍。

眼见天快黑了，艾祖国赶紧去找了些干树枝柴火。等到天黑完了，估计山下村庄的人都进房子了，他才在几块巨石间，找了个背光的位置，点燃了一堆火。在几块巨石的遮蔽下，他在山上就是再点两堆火山下也是看不到的。

折腾一两天了，艾祖国又累又饿，在火堆里烤了两个土豆疙瘩一吃，就再也睁不开眼睛了，他将白天砍下的那些干草聚成了一堆，又沿着白天最先砍出的那个圈，将一泡尿断断续续地洒了一圈做标记，再往火堆里加了些柴火，想了想，又把火药枪子弹上了膛，放在顺手边，往草堆里一躺，用手脚抛了些干草盖在身上，天当被子地当床。他原以为这是一个难以入睡的夜晚，谁知躺下不到三分钟他就睡着了，这一夜，连个梦都没来得及做。

艾祖国一觉醒来，天还没有大亮，他将目光锁定在东方天际。渐渐地，从墨蓝色云霞里矗起一道细细的抛物线，这线红得透亮，闪着金光。不到一分钟时间，太阳就冒出了额头并跳上了地平线。

太阳出来了，温度也起来了，金色的阳光洒在身上，艾祖国真想就这样躺着，肆无忌惮享受晨曦的曼妙。太阳升起，环顾四周连绵不断的群山，错落有致，层次分明。贡嘎雪山、泥巴山、峨眉山、二郎山，几乎天府之国的所有名山峻岭在此时都变成了玲珑的盆景。

我看了有生以来第一个日出啦！艾祖国大声喊叫，手舞足蹈。他享受了一个人的特殊待遇，他以为这就是全世界最美好的事情。阳光慈爱地覆盖万物，他又感受到了希望和温暖。

第二天继续砍草，艾祖国在离他的基地不远处，发现了一眼泉水。那水清澈见底，水质优良，艾祖国暗自高兴：古人能在这里生活，就一定有他们能生活下去的基本条件。白天他不敢生火，找点生土豆也可以吃，没那么多讲究。晚上生火堆，烤洋芋。为节约火柴，他采用老祖宗发明的钻木取火技术，先用杀猪刀刀尖在一根干树枝上钻一个洞，在木洞里放些干木屑；再将另一根削尖了的木棍放进木洞里反复旋转，钻不了多久木洞内的木屑就糊了冒烟了；再钻钻，放些木屑或者加点干树叶，用嘴吹吹；如此反复，很容易就把火星子吹成明火了。后来他又在山上找到了一种石头。这种石头非常坚硬，用鸡蛋大小的两块石头相互碰撞就会撞出火花。这就是打火石，有了取火工具，艾祖国什么都不怕了。他睡觉前再往自己领地撒一泡尿强化一圈标记，往草堆上一躺就睡着了。艾祖国觉得自己好像现在才找到了真正的归宿，也许自己原本就是这大瓦山的一分子。

第三天，整个平地都砍完了，宽敞敞地亮出来了，艾祖国便开始在四周砍树，砍藤蔓蓑草制作绳索，准备建筑材料。做什么呢？就地取材，当然是依托巨石及巨石上面的孔洞，先搭个简易草棚。

一周以后，他的家终于初具规模。他在棚子里用石头架起了一张床，不用再睡地上了；棚子也做了门，只是开关那门时动静有点大；棚子里还设计了一些挂枪、放衣服的地方。除了棚子，他还顺着自己尿尿的那一圈修了一圈栅栏，晚上也不用再尿尿做领地标记了。为了安全，火还是要生的，钻木取火或者燧石打火都不在话下。虽然已经是阳春三月，山里的夜晚还是比较冷的，艾祖国想彝族人家的火塘可能就是这样演化而来的。

晚上天黑定后，天上朦胧的月亮升上了天，西边一群俏皮的星星也探着脑袋眨着眼。躺在冷冰冰的床上，心事塞满了脑袋，艾祖国想着星空下的这个世界，一秒也无法入睡。小时候，艾祖国听说只要在流星划过那一瞬间许下自己的心愿，就一定会梦想成真。虽然这只是一个美丽的传说，但他相信这是真实的。那时，他常常期待着流星的出现，希望能看见一场美丽的流星雨，即使一颗也愿意，可是上帝没有给他这个机会，不然人们怎么会说百年难得一见呢！于是，他越发觉得流星雨的神秘了。如今长大了，渐渐忘却了小时候的那份期许。

突然头顶飞过一颗流星，看着它轻轻划过苍穹，划过属于自己的世界，接着又是一颗两颗无数颗流星划过头顶，像有人在艾祖国的头顶安装了无数闪烁的霓虹，艾祖国赶紧翻身坐立双手合十许下一串心愿，身边的大瓦山，正在华丽丽地转身，惊鸿一瞥，艾祖国仿佛看见了大瓦山飞旋的裙裾。远看那颗颗坠落的流星，再回首天空中美丽的弧线，艾祖国永远忘不了那一刻。

那一刻，仰望星空，一个人独处大瓦山，与浩瀚星空同呼吸，艾祖国感到大瓦山的灵魂已经融入了自己的凡胎肉体。他突然感到在大瓦山上的生活原来是如此绚丽多彩，他于是又许下一个心愿，希望世间和平，每个家庭都幸福美满！

艾祖国嘴里哼着小曲进入了梦乡——

　　流星划过的夜晚
　　光芒是美丽的诺言
　　一切变得更加坚强勇敢
　　流星飞
　　风也飞
　　为了爱我要勇敢地把你追
　　……

第四天清晨，艾祖国早早地起来，又一次站在大瓦山的高崖上，面朝东方眺望日出。那时残星未落，东方刚有一抹白云，微风惬意，却不见日影；一支烟的工夫，东方见白；一会，红丝缕缕，东方的云海泛红了，一点一点，露出红日，不耀眼、不灿烂，也不够火红；说话之间，亮日喷薄，海水被染红一片；再回头，黑暗、阴霾一扫而光，太阳出来了。

艾祖国一转身，跳下山岩石，脸上还挂着初升的太阳，新的一天开始了。

牛巴史丽正背着艾祖国的老二小瓦山打扫卫生，老大艾人民回来了，又是一身泥一身汗的脏透了，脸被抓烂了，头上又被别人打了几个青包，一看就让人很揪心。

猪儿，你又去打架了哦？不是不许你出去跟别人打架吗？你硬是越大越不让人省心啊。牛巴史丽很是生气。

关你屁事！你又不是我妈，要你管我！猪儿艾人民嘟着个小嘴，外面挨了打，回来还要挨骂，气得够呛。

你说啥子呢？你再说一遍，看我不打烂你屁股！牛巴史丽是真生气了，这后妈还真不是人干的，自己还没当成后妈就已经开始受气了。

再说一遍就再说一遍，反正老子是杀人犯的儿子，还怕你？你又不是我妈，不要你管我！猪儿也很生气，妈死了，老汉跑了，自己在外面挨了打，没人给自己报仇不说回来还要挨骂，这个家还是个家吗？

我不是你妈谁是你妈？我今天就要教育你，让你长长记性，看你以后还出不出去打架。牛巴史丽气得边吼边折了根树枝条子就去追猪儿。她背上背着老二艾瓦山，要追上猪儿就十分费力。两娘母在院子里推磨样地追来追去撵得转圈圈，那树条子有一下没一下地落在了猪儿的屁股和腿上。当然牛巴史丽手上还是有轻重的，不过是做做样子吓唬吓唬他罢了，哪能真打？可是树条子还没挨到他屁股，他就叫唤，边跑边哭边扯起嗓门喊，二娘妈打死人了！二娘妈打死人了！气得牛巴史丽真恨不得一把掐死他算了。

老阿嘎早听到响动，按照一般农村人习性，她这个亲外婆可能早就出来帮亲外孙的忙了，那么牛巴史丽这个准后妈肯定要面临严厉的指责了，但老阿嘎毕竟是大家闺秀，再落魄她也是贵族，人生又经历这么多坎坷，对与错、是与非她分得清。一开始她是假装没听见，就让牛巴史丽去管管猪儿。她也觉得这猪儿越大越不乖了，娃娃嘛，不对就该有人管教，至于哪个来管教，老阿嘎觉得自己老了，艾祖国又跑了，现在还只有牛巴史丽来管猪儿；再说从小到大，牛巴史丽也一直拿猪儿当自己亲生的在带，没有分个亲疏，她老阿嘎再老眼昏花也看得见摸得着。

老阿嘎后来怎么听着听着，牛巴史丽反而处在了下风，猪儿这个犟拐拐简直比他老汉还要犟。她再也忍不住了，再不能袖手旁观，她决定出来做点什么帮帮牛巴史丽。这娃儿呀，一天不打就上房揭瓦，一次犯错不把他收拾住，以后他就不知道什么是错了。

# 四十

艾祖国这两天总觉得有些心神不定。他在山上又套了两只野兔，舍不得吃，他想晚上悄悄送下山，顺便探听下大队的消息和木黑甲家的伤恢复得如何了。想到这，他又用杀猪刀撬了一大包野菜，现在山上到处都是野菜。

猪儿，给我站到！老阿嘎一冲出房间，就大声命令，她想，以她这个亲外婆的权威是可以镇得住猪儿的。当然在平时，老阿嘎叫他站住他就得站住，可是今天不行，今天猪儿急红了眼，谁的账都不买了，站到就要挨打，你这个亲外婆不是整我吗？猪儿继续跟准后妈牛巴史丽推磨转圈圈。

老阿嘎急了，颤颤巍巍地冲过来伸手想帮助牛巴史丽把猪儿抓住，可是这几十斤重的猪儿真像头猪。他横冲直撞，使劲一挣，他这一挣不打紧，对于老阿嘎就受不了，可怜的老外婆被他一下给拖倒在地，再也爬不起来了……

艾祖国在山上，等到太阳开始偏西，他才开始下山，下到瓦山脚。天正好黑，他又磨了一会，待外面的人都回家了后，他才开始慢慢往家里摸，快到家时路上遇到了"大瓦山"家里的小花。好长时间没见了，小花甚是欢喜，一声都没乱叫，冲上来扑到艾祖国身上好一阵撒欢，迎着艾祖国径直回到了家。

悄没声响地进了屋，结果发现不对劲。这情景似曾相识。冷锅冷灶，阿卓一个人坐在火塘边上，嘴里念念有词：洗澡，洗澡。后面说的是牛巴马日看洗澡还是牛巴马日又死了，艾祖国没听清，也没必要问。

阿卓阿姨，史丽媦他们人呢？猪儿呢？艾祖国打断她的自言自语。

要死了！阿卓很诡异地笑了笑。

哪个要死了？艾祖国一惊。

保密，呵呵。阿卓说，完了用手一指。

艾祖国从他手指的方向，知道可能是岳母老阿嘎出事了。他三步并作两步，赶紧跑过去。果然，猪儿和牛巴史丽都守着老阿嘎，猪儿跪在外婆跟前，两娘母都在哭。

祖国回来了？你过来，过来！看到艾祖国，老阿嘎也许是回光返照，突然来了精神。

阿嘎阿妈，您没事的！艾祖国来不及细问到底发生了什么事，先安慰人总不会错的。

你回来就好了，我没得啥子，你们两个出去，就知道哭，哭得人心焦！阿嘎想把这两娘母支出去，但她们没搞明白。牛巴史丽收住了哭声，一个劲说，都是我不好，都是我不好。猪儿跪在地上也一个劲地说，我错了，外婆，我错了。艾祖国也不知如何是好。

你们两个出去嘛，我想跟祖国说点事！老阿嘎只好明说了，就是不想让你两个听。

猪儿，外婆原谅你了，起来吧，我们到外面去看看阿卓婆婆在干什么。牛巴史丽这次搞懂了，她知趣地拉起猪儿准备出去一下。

我不走，我要陪爸爸，我要陪外婆！猪儿嘴上叫嚷着，人还是跟着出去了。

你再过来点，我有要紧事跟你说。等那两娘母走后，老阿嘎示意艾祖国再靠近点。

要不我还是先去找大夫吧，不行找毕摩也可以。艾祖国觉得再怎么要紧的事也没有人的身体重要，老人家不知是病了还是摔了，多半跟猪儿有关系。

我没关系，我本身就是行将就木的人了，不用请哪个来看来检查。我有件大事，要交代给你。老阿嘎说。

您可别这么说，先前身体还好好的，都怪我没能照顾好您！艾祖国十分内疚，觉得有负阿妞。

你先听我说，这么些年了，我觉得你这人可靠，我把你当成亲儿子看待，我要告诉你一个秘密，以前阿妞我都没有跟她说过。你知道，我们的莫家好歹也是奴隶主出身，虽然后来被抄家，家破人亡，牛巴史丽对我这么好，他父亲与我父亲的恩仇这笔账也没办法算了，那是时世造就的；牛巴马日现在在医院那个样子，如果有一天他醒过来，你告诉他，我们两家已经合成了一家，以前的恩怨一笔勾销，这些都不说了。我要说的重点是，当年我的父亲知道时代在发展，奴隶主阶级迟早要成为人民革命的对象，为防止发生意外，他提前做了点准备，把家里的部分财宝偷偷藏了起来，现在我要把这批东西交到你的手上。老阿嘎说。

不，不，不，这是你们家祖上留下来的，我不会要的。艾祖国看着老阿嘎很认真的样子，知道她不是说胡话。

你是我唯一的女婿，我拿你当亲儿子，你有资格得到我祖上留下的财富，以后你怎么处置这些东西，那是你的事，我管不着，我现就在告诉你，这批东西藏的具体地方，就在、就在、就在……老阿嘎欠起身子，四处张望了一圈，确保没有人偷听，接着一个字一个字说道，龙、池、山、庄，大、黄、桷、树、下，标记为，三、颗、石。听清没有？

听清楚了！艾祖国想起来了，牛巴马日出事的那天晚上，狗屎他们把自己按在龙池山庄前黄桷树下打时，自己脸就是被地上那几块石头戳破的；当时他觉得地上周围都是泥巴地，怎么自己那么倒霉，脸就偏偏倒在了一堆石头上。他心里还骂过呢，这个地方一辈子都忘不了，没想到这辈子缘起缘灭都离不开三颗石了。

重复一下！老阿嘎不确定他是不是真的记住了，万一他不相信有财宝敷衍自己呢？

龙、池、山、庄，大、黄、桷、树、下，标记为，三、颗、石。艾祖国认认真真一字一顿地重复了一遍，他想起小时候母亲教自己背唐诗时的情景，那画面特别温暖。

艾祖国想再到医院去看看牛巴叔叔，但时间来不及了，他得赶在天亮之前离开家，避开所有认识他的人和不认识他的狗，躲回大瓦山上去。艾祖国说他在大瓦山上只要天晴就看得见家里房子，牛巴史丽知道他想家想自己的时候，一定在大瓦山上默默看着山下，她不知道那个时候他有多孤单。最后他们商定，让史丽嫚每天晚上天黑后，在对着大瓦山的方向点上一盏灯高高挂起，点上一两小时。如果灯不动，表示家人平平安安，没有什么事情发生。如果家里有大事发生，就不点那个灯，而是让两个儿子打个火把在院子里跑圈圈。

艾祖国回到大瓦山上，继续开疆拓土，建立新家园。他决定砍些树木，做成云梯，用来固定在那些需要用绳索才能攀上攀下的悬崖绝壁上，方便自己上山下山。这云梯其实也很简单，就是一根圆木，每隔二三十厘米处，在木头的一面砍上些几厘米深的凹槽，再将此圆木固定在要攀登的悬崖上，人便可手扶此木、脚蹬凹槽爬上去了。

这日他累了一天，准备早点睡觉，但睡前功课还没有做，于是赶紧爬到一块巨石上，鸟瞰一下胜利大队。现在在他眼里，偌大一个瓦山坪尽收眼底，很快他就定位好了自己家的位置。不过他不看不打紧，一看吓了一跳，他看到的是一个亮点在转圈圈。不会是老大猪儿跟老二在玩游戏吧？应该不会。他又看了几分钟，那火还是在转圈，一定是家里出事了。虽然天已经黑透了，艾祖国还是决定连夜下山，不搞清家里出了什么事，留在山上一晚也是睡不着觉的，好在现在来来回回路也摸熟悉了，胆子也大了。

当艾祖国手持杀猪刀摸回家时，天已经麻麻亮了，家里果然出大事了，老阿嘎死了。

于情于理，艾祖国都应该留下来把老阿嘎安葬好，他想哪怕木黑甲家带人在阿嘎葬礼上把自己抓走都无所谓，反正自己也不想在山上待了。

结果木黑主任和他的民兵并没有出现，他们只是放出风来故意让大家都知道，说等阿嘎安葬好后就来抓艾祖国。于是艾祖国只好把阿嘎一安葬完，自己又跑出去躲起来了；至于躲到哪里去了，也没有人知道。

艾祖国在两个儿子心目中越发显得神秘了，简直是来无影去无踪。他们在医院里，看到了躺在病床上一动不动的牛巴爷爷，知道了这个牛巴爷爷原是个很厉害的人；现在看来，神出鬼没的爸爸可能比爷爷还要厉害！

后来老大猪儿隐隐约约觉得爸爸的出现似乎与自己举着火把在院子里跑圈圈有关。因为猪儿也不是三岁大两岁小了，他觉得家里出了大事，后妈不让他帮忙，反而莫名其妙地叫他打着火把罚他在院子里跑圈圈。一跑跑一晚上，然后，爸爸就出现了。这是什么逻辑？什么关联？

因为除了外婆阿嘎死时后妈罚自己打着火把跑圈圈，那次自己是犯了错嘛；这次又让自己点着火把跑圈圈就过分了，房子明明是阿卓婆婆烧的嘛！

火把跑圈圈就是紧急信号，就是紧急命令。这次跟上次一样，当艾祖国赶下山时，发现这栋牛巴马日花了一生心血修建起来的木板房、这个自己曾经的家已经化为灰烬了。牛巴史丽和阿卓一脸黑灰，此时的疯子才像个真正的疯子样儿。

原来是老狗屎又没酒喝了，上门来找儿媳妇要酒喝，同时接牛巴史丽回去住。他还对自己曾经性侵未遂的舅母疯子阿卓动手动脚。牛巴史丽叫他回去，他不甘心白跑一趟，他便要赖皮不走。他说，我儿媳妇住哪里我就住哪里，儿媳妇睡哪里我就睡哪里。

结果就把疯子阿卓惹急了。

你个老疯子今天到底滚还是不滚？疯子阿卓问。

你疯婆娘是不是××发痒了啊？让我给你抠一抠，反正我们是一家人。老狗屎肆无忌惮地说。

你个老疯子，还敢说我是疯婆娘哦？你看你说的那是人话吗？你信不信老子今天把你当成头猪一把火烤来吃了？疯子阿卓说。

你这个疯婆娘硬是骚得很哦，你想吃烤乳猪哦？想吃乳猪嘛就把裤子脱了嘛！老狗屎从来没像今天这样跟舅母子说过这么多废话。

你跟老子站到，看你经烧不经烧。阿卓说着说着，就伸手到火塘捡起一块燃烧着的木柴向老狗屎身上砸过去。

狗日疯婆娘，想做啥子？老狗屎一看，来真的了，转身便跑。

老狗屎倒是跑了，可是此时阿卓已经扔出去几块燃烧着的木柴了。那木柴扔到哪里就把哪里点燃了，这木板房上上下下、里里外外都是易燃的木料做成。这些木料等这把火等了几十年，早就等得干透了心，所以整个房子瞬间就哗哗啵啵快乐地燃烧了起来。牛巴史丽猝不及防，扑火已经来不及了，赶紧拼死护住两个小的，再把这个正沉醉在自己世界里的纵火犯阿卓拉出去。火已经封了门，可怜牛巴马日数年努力营造的一个家就这样被他这个疯婆娘一把火给烧了。看着自己的家在熊熊烈火中燃烧，疯子阿卓高兴得又蹦又跳。

艾祖国是觉得白天山下好像有些吵吵闹闹的，自己一心想早点修好山上的步梯，就没有太在意山下情况。没想到下得山来，山下房子早就烧干净了。

一家人哭也哭过了，艾祖国眼里已经没有了泪水，他告诉两个儿子说，无论生活有多么艰难，我们都要好好地活下去，要坚强勇敢地活着，要做一个正直善良的好人。两个儿子似懂非懂，但他们还是觉得这房子烧得值，这房子烧得让人高兴，因为他们终于又见到了自己的爸爸。

艾祖国领着大家从灰烬里掏出一些能用的东西，带着阿卓，把这一家子安顿到老阿嘎留下的几间又黑又小的石头房子里，那是以前阿嘎家的一个奴隶下人住的房子。阿卓住一间，牛巴史丽带着两个小东西住一间。艾祖国在山下不便久留，也无住的地方，只有继续上山为妙。

# 四十一

艾祖国一刻也不敢懈怠，清早一起床就要到森林里去转一圈，检查前一天晚上布下的陷阱和套子有没有抓住猎物，顺便采些松茸、青冈菌等野蘑菇。他在山上一般不用枪，因为枪的声音太大。尽管枪声不太可能传到山下，但他还是觉得拿不准的事最好别干。白天他继续开荒种地。他现在在山上找了一些平整点的地方，用从山下带回来的工具，铲去杂草，一遍又一遍翻检石子，到合适的季节就种下一些作物。没有肥料，他就把自己的粪便和烤火烧出来的灰弄到地里去，又收集一些新鲜树叶、青草堆在一起沤成肥，再下到地里改善土质，逐渐有了一些收成。

于是，过不了多久，他就趁着夜色，下山一次，送回一些猎物或粮食。每次艾祖国下山，都是全家人最幸福的时刻，尤其是老二和疯子阿卓最高兴，看到了艾祖国，就等于看到了粮食，看到了肉，就能打牙祭了！

当然真正感到幸福的是牛巴史丽。她从来都没想过，原来那个文弱的青年转眼间成了如此雄壮伟岸的男人，他居然能从大瓦山上一个人捕获一头野猪。牛巴史丽不知道艾祖国与野猪的搏斗场面有多惊险，但她相信他的能力与智慧。他现在长得虎背熊腰了，他胳膊比自己的大腿还要粗，想到这里，牛巴史丽心里的暗喜悄悄从脸上和眼睛里溜了出来，她多么想好好依偎在他宽阔的胸怀里睡一觉，哪怕只有一个晚上……

艾祖国也觉得牛巴史丽越来越丰满迷人了，他偷偷瞄了瞄她的胸，发现她上衣二三纽扣之间已经不能严丝合缝地遮住她的肉了，勉强拴住那两片衣服前襟的布纽扣好像随时都有可能被撑掉，艾祖国忍不住咽了几口口水。可是至今，自己与她都没有过肌肤接触，要是能够搂着她睡一个晚上，就算只搂着，什么都不干……

两人想着想着，鸡又叫了，两人什么都没干，又白坐了一个晚上。天亮前，艾祖国又得起身离开了。两个小东西在床上睡得正香，艾祖国摸了摸猪儿的脸，又亲了亲老二瓦山，背上黄挎包刚走到门口，手刚伸到门把上准备开门，突然两只手臂从后面猛伸过来将他后腰死死抱住，两坨软绵绵热乎乎的东西紧紧地贴在背上，接着身后传来了女人的抽泣声。艾祖国不敢回头，月光倾泻在艾祖国的脸上，他看上去更加坚毅，眉头紧锁，神情痛苦。艾祖国费劲地扳开了锁在自己腰上的那双手。那双手已经不再细嫩，那双手已经远远超出了自己的实际手龄。艾祖国咬着牙，吱——呀一声拉开门，消失在黎明前的黑暗里。

几声狗吠打破了瓦山坪的宁静，牛巴史丽忍不住哭出了声来，哭声惊醒了大儿子。猪儿一屁股坐了起来，我爸爸呢？我爸爸又走了？猪儿昨晚上曾经暗下决心，一晚上不睡觉，也要守住爸爸的，可是自己还是睡着了，爸爸又走了。

小声点，别把弟弟吵醒了。牛巴史丽赶紧急刹车收住了眼泪。

爸爸去哪儿了？小瓦山揉了揉眼睛，还真把他吵醒了。

爸给你买糖糖去了。老大哄老二说。

我不要糖，我要爸爸……老二"哇"的一声哭了起来。

不要哭，你还想不想要小兔子啦？老大再来一招，因为昨晚上爸爸说下次要送老二一只小兔子。

哦，要小兔子，我要小兔子。

瓦山不能哭，不能让别人知道爸爸回来过的，知道吗？牛巴史丽说。

人家就想要爸爸嘛！老二毕竟是小孩子，来得快收得也快。

艾祖国回到山上后，他脑中涌起了新的主意，开始大量砍树，重新平整地基。他要将窝棚扩大，更新换代，他想在山上盖房子。

晚上，史丽找了块旧布，包了最大的一条野猪腿，偷偷地来到"大瓦山"家，她要感谢"大瓦山"曾经的帮助。

一看到野猪腿，"大瓦山"先是一愣，立马就明白是怎么一回事了。

他回来过？

嗯，回来又走了。

他在、在上面？"大瓦山"指了指大瓦山。

嗯，在上面。她对她不保留秘密。

在上面还好吧？

嗯，还好。

太艰苦了，太艰难了！不知道"大瓦山"说的是哪一个，也许她说的是自己，也许她说的是一个时代。

要不，要不你也上去算了，我是说，如果上面有条件的话。大瓦山说。

哪？怎么可能哦！牛巴史丽觉得有些异想天开。

保密哦！

保密、保密，我两个还用说？

回家的路上，牛巴史丽不时想起"大瓦山"的话。从小到大她从没上过大瓦山，如果行的话，她还真想上去看看。在上面生活？恐怕真是天方夜谭。

今天又砍了一天树，加固了两处悬崖上的云梯。晚上很累，本想早点睡觉，但有件事是必须要做的。

艾祖国又来到那处高地，目标定位到牛巴史丽家的位置，再进一步聚焦，终于找到了那个熟悉的亮光。此时，牛巴史丽正端着煤油灯，坐在房顶上，静静地望着大瓦山出神。突然，她看到了山上的亮光，那亮光在晃，肯定是艾祖国，牛巴史丽内心感到一阵莫名的兴奋。

那亮光还真是艾祖国。当他看到牛巴史丽的灯光时，他大着胆子跑去点了个火把，这样让牛巴史丽也能看到自己。人当然是看不到的，能看到光就不错了，对于深爱着对方的彼此，见与不见对方都在自己心里。

艾祖国又想起了早期的航海，船与船在海上交流就是靠灯光闪烁来交流的。于是，他灵机一动，用自己身体做遮挡物，把火把藏到身后，再拿出来，身前身后如此反复交叉，于是从山下看来那亮光就忽明忽暗，不停闪烁。

看到了，看到了，牛巴史丽看到大瓦山上艾祖国忽闪忽闪的亮光好像他会说话的眼睛眨呀眨，于是自己也学着他的样子，用手掌做遮挡，也让自己的亮光随着艾祖国的节奏和频率闪了起来。他们就以这种方式交流，以这种方式互相倾吐着相思之情。

所以，爱到深处，无需语言。

星星把天空镶成了闪闪发光的钻石穹顶，一轮明月勾勒出连绵的群山。成千上万只萤火虫在草丛间飞舞，与天上的星星遥相辉映。牛巴史丽觉得自己是在星河中漫步，正幸福地走向天堂。阿达曾经说过，难过的时候请抬头仰望星空，它那么大，一定可以包容你的所有委屈。有那么一刻，牛巴史丽真的忘了自己是谁，来自哪里，所有烦恼抛之脑后。一切重新开始，若能与他执手白头，将爱情在大瓦山上尽情倾洒，这该是多么浪漫的人生旅行。

不知何时，老大人民和老二瓦山也悄无声息地来到了牛巴史丽身边。老大已经注意她的举动很久了。两兄弟今天先是装着睡着了，后来再悄悄跟踪牛巴史丽，终于发现她不睡觉在玩煤油灯。

阿姨你在做啥子？人民问，他一直不愿意叫她妈妈。

我、我，你两个不睡觉起来做啥子？别冷感冒了，赶紧回去睡觉！牛巴史丽从防守转为进攻。

唉，唉，你们看，天上的星星在眨眼睛！老二瓦山突然发现了新情况。

那是星星在说话，星星说，这么晚了两个小朋友怎么不睡觉呢？牛巴史丽说。

呵呵、呵呵，星星真的会说话呀？瓦山说。

她骗你的，那不是星星，那是爸爸，是不是？牛巴史丽阿姨？人民一针见血，切中要害。

啊？爸爸在天上啊？爸爸是神仙？老二瓦山糊涂了。

那就是爸爸！是不是？阿姨？老大人民步步紧逼。

是的，那是爸爸，孩子们，爸爸能看见我们。牛巴史丽没办法了，只好说实话。

哦，我能看见爸爸吗？瓦山问。

能，看见亮光没有？你还可以跟爸爸说话。牛巴史丽说。

我先来，我先跟爸爸说会儿话。老大人民说。

爸爸，你好。牛巴史丽把人民的手掌拿过来，挡在灯上，然后拿开，一次次，快慢不等，然后就看到山上的亮光也随之闪烁变化。

接着老二也学着哥哥的样子，跟爸爸说了许多话。

这一夜，三娘母跟山上的爸爸用灯光说了一个通宵的话，直到太阳升起，再也看不见山上的亮光。

疯子阿卓原来比较害怕狗屎和狗屎老汉老狗屎，但是自从她发飙烧了自己家的木板房后，她就不再害怕老狗屎了。她当然已经记不起自己为什么曾经怕他，也搞不清自己为什么又不怕他了，反正不怕就不怕，不但不怕，而且敢于先向老狗屎发起进攻了。

这天，老狗屎又来找他的儿媳妇牛巴史丽回去。牛巴史丽是正常人，正常人只能按正常人的游戏规则出牌，于是牛巴史丽只得客客气气地把老狗屎这个公公请进房子，倒上一杯水，请他先坐下。尽管心里一百个不情愿甚至万分厌恶，她脸上还得带着笑容，嘴上还得问，姑父你吃饭了没有？当然就是为了撇清公公与儿媳妇的这层关系，她才一直只叫姑父不叫公公。

没吃，到哪去吃呢？你又不回家来。尽管老狗屎吃过饭了，他也要说没吃，我就是要把老公公的架子端出来，就是要给你找点事干！

但很快，他就把自己是公公的这个身份搞忘了，更把姑父的身份也搞忘记了，因为他看到了牛巴史丽扭来扭去那丰满的屁股，于是老狗屎吃屎的本性又暴露出来了。都怪牛巴史丽要盛开在春天里，都怪牛巴史丽盛开得太璀璨了，都怪石头房子太小了。当给他找东西吃的牛巴史丽再次扭到他跟前时，老狗屎再也控制不住自己，一双枯枝般的大手突然袭击到了自己儿媳妇兼侄女的胸上。"啊"的一声尖叫，牛巴史丽立即反应过来，一把推开他的大手。

老狗屎开始还以为牛巴史丽像她疯妈阿卓一样好欺负，猛吸一口气，又是一个熊抱，嘴里喊道：史丽媳，你就转房转给我算了！

老不要脸，老疯子！牛巴史丽正当年，力气比她妈大多了，一甩就把老狗屎甩了个趔趄，"嘭"的一声撞到了门上，差点摔倒在地。

你嫁到我家，生是我家人死也是我家鬼。老狗屎嘴里骂道，心里乐着，这才有味道嘛，不像你那老姑妈，干屎你妈一晚上也干不出一个屁来！

哪个在搞啥子？老疯子跑来肇事哦？看老子不把你这个疯子疯筋给你抽了！老头老狗屎深吸了一口气，准备再次发起进攻时，疯子阿卓人没到声音先到了。老狗屎刚吸进去的那股子气一下就漏了，刚才还直挺挺的腰杆子一下就塌了，整个人从一米六又缩回到一米五。

刚从地里检查完庄稼回来的阿卓今天手里多了根木棒，老狗屎见势不妙，夺路而逃。阿卓披头散发，像刚喝完酒提着哨棒上景阳冈打虎的武松，跟着老狗屎屁股追。

救命啊！疯子打人了！疯子打死人了！老狗屎拼命喊救命。所以，疯子的心理障碍一旦被克服后，那结果十分吓人，还不如不克服呢！

这次闹了可能总要管一段时间了吧。看到两个疯子打架，俄着娜玛手搭凉棚，搁在额头，无奈地叹惜道。

# 四十二

拖着两个别人生的娃娃，还要照顾一个疯妈，牛巴史丽的日子过得简直无法形容。阿鲁二二看着牛巴史丽几娘母日子过得如此紧巴，他有时会把牛巴史丽叫去猪场帮帮忙，做点活路，完了借机以报酬的方式给她们点猪粮，这就是变相的救济了。

每次在猪场干活时，牛巴史丽就叫老大猪儿在家照看疯外婆，自己则把老二瓦山领到猪场去看猪。农村娃儿，天天看猪看烦了，没事干，瓦山比较听话，不敢乱跑，就捡根棍棍在地上乱写乱画，见到什么就画什么，见到鸡就画鸡，见到狗就画狗，见到猪就画猪。因为见到的猪最多，所以他画的猪就最像。直到有一天，他的这个天赋被阿鲁二二发现了。阿鲁二二简直不敢相信地上墙上这些东西是这个两三岁的小娃儿画的。于是，阿鲁二二逢人便说，艾老二艾瓦山是个神童，长大一定当画家。当然，画家长什么样子，他也不知道。

牛巴史丽当然清楚，阿鲁二二多少有些夸大其词，他吹牛的目的，无非是想引起队上、大队上和广大社员同志们对自己家的关注和同情罢了。但是，哪怕阿鲁二二吹牛吹得口吐白沫，人们也会以为他在发羊角风。一个喂猪的，懂个屁的艺术？还长大一定当画家，简直是不务正业。

牛巴史丽倒是很认真地考察了老二的画，也客观地观察了他画画时的状态。自己到底教过几天书，她发现老二艾瓦山还真有这方面的天赋。他一是静得下来，二是观察物体认真，三是能抓住事物主要特征，四是他平时做事也认真严谨，画出来的东西也越来越像那么回事。于是，牛巴史丽也不管人家如何说长道短，打算重点培养艾瓦山这方面的特长，没事就让他画，鼓励他多画，表扬他画得好，画得安逸。

老大猪儿艾人民也懂事多了，老二也有自己的耍玩意画画。现在，牛巴史丽最喜欢夜晚。夜晚两个小的和老的都睡了，夜深人静的时候，她才属于自己，她才会与他利用灯光来诉说衷肠。所以，她天天都希望今晚是个好天气！只有月朗星稀的夜晚他们才能互相看到对方的灯光，下雨刮风不行，月黑风高也不行。

月黑风高夜，那是杀人放火时。且说老狗屎被他的舅母子兼亲家和性侵对象疯子阿卓追着打了几次后，实在是想不通；尤其是最后这次被阿卓的木棒棒把腿打瘸了，那是万分想不开。儿子为了她女儿断了一条腿，而且最后还把自己给焚了，自己什么便宜都没占上又被这疯婆子打瘸了，这仇恨结得再也没法解开了。于是他纠结了本家支的几个老顽固，想趁着这月黑风高之夜，摸入牛巴史丽家，一不做二不休，抢回儿媳妇牛巴史丽。如果疯子阿卓胆敢阻碍，定将她打翻或者就地解决毫不留情。人一失去理智就疯狂，人一疯狂什么都不怕了，什么王法都不如彝族几千年的老家法。山野村夫往往会为了一口气或者一点点鸡毛蒜皮小事，大打出手甚至于干出杀人放火之事。这老狗屎就是这么想的，也是这么干的。

这晚，当老狗屎带着人马，手持砍刀木棒，雄赳赳气昂昂地来到牛巴史丽家，正准备大开杀戒时，幸好艾祖国从山上扛着枪送猎物下来。面对手持器械来势汹汹的老狗屎一伙，艾祖国被逼无奈：他妈的忍无可忍，无须再忍。他把野兔一甩甩老远，肩上猎枪顺势一滑，端着猎枪立姿举枪瞄准，大吼一声：你几个想搞什么名堂？想活命的都给老子滚！言简意赅。

老狗屎一伙吓了一跳，冷不防半路杀出个程咬金，先是一愣：艾祖国不是跑了吗？然后立即就清醒了。现在的艾祖国已经不是数年前那个任人整治的青年学生了，他连木黑甲家革命委员会主任都敢开枪打，我们几个小老头更不在话下，子弹比自己手中棍棒砍刀快得多。几个老东西相互一使眼色，保命重要，一转身撒开腿就跑，跑时还不忘用手掌护住自己的屁股，生怕跑慢了自己的屁股就像木黑甲家的屁股一样，被这个艾祖国的枪子打开花。老狗屎虽然嘴上还叽叽歪歪骂骂咧咧，但脚已不像嘴般刚强，说着说着就侧着身子飞也似的夹着尾巴逃跑了，留下一串不明不白的话，大概意思是：你有本事等着，看老子找不找得到人来收拾你！

没想到老狗屎唱这一出，可是把牛巴史丽给吓惨了。真是老天有眼，艾祖国及时赶到，才化险为夷。这倒是帮牛巴史丽下定了决心。

山上真的能住人？牛巴史丽问。

我不是人？艾祖国笑了。

我的意思是我们几个上去能住得下来？我的意思是吃、住等？

没办法，现在也只能如此了，万一他哪天又来闹事怎么办？艾祖国说的是老狗屎。他想尽量轻描淡写，但牛巴史丽听来还是十分害怕。

只是，只是……

只是什么？你担心的是医院那边？那边问题倒不大，医院里有医生护士，医院有承诺，公社大队也一直派有人在轮流照顾。

那好，先上去看看，不行的话再下来。牛巴史丽也期待着到大瓦山上去透透气。

嗯，上去了，随时都可以下来去医院看牛巴叔叔。

那今晚就收拾，明天凌晨就出发。牛巴史丽说。其实他们也没什么值得收拾的家什，所有衣物都搭在房间墙壁上的那个细绳上，一床被单就可以把整个家包完，往肩膀上一扛一个家就搬走了。之所以要等到凌晨，希望既不能让人家发现搬了家，又要保证路上安全。

天还没有亮，趁着黎明前的黑暗，艾祖国携老将雏，牵着疯妈，背着娃娃就上路了。狗都还没有睡醒，一路倒也安静。一行五人爬坡上坎，艰难地向着大瓦山挺进。当天刚麻麻亮时，一家人已经消失在了大瓦山脚的丛林之中。

一路上基本顺利，只是疯子阿卓有些让人劳神，走着走着她就不想走了，半夜三更黑灯瞎火的不睡觉往哪跑嘛？她嘴里一嘀咕，脚下就慢了大半拍。疯子嘛她哪里还记得昨天晚上发生的事情，艾祖国怕她掉队耽误时间，心里只有干着急。还是牛巴史丽有办法，她问阿卓：

阿莫，野兔肉好不好吃啊？

好吃，当然好吃了，这还用问，你是傻瓜吗？阿卓看了看牛巴史丽，心想这个女人真傻，连这都不知道。

那，阿莫，我再问你，我们吃的兔肉是哪来的？牛巴史丽又问。

这，我们吃的兔肉是哪来的？不是他给我们的吗？阿卓想了想又指了指前面这个像大山一样的男人艾祖国。

这就对了，赶紧跟着他走，我们才有兔子肉吃！牛巴史丽就在这里等着她呢。

走咯，有兔子肉吃咯！阿卓高兴得一阵小跑，把两个孙子都逗乐了。

一行人蔽进大瓦山的怀抱时，东方出现了第一道霞光，撕开云层给灰白的天空抹上了一笔淡蓝。群山沸腾了！那一道金色的光线向四周伸展扩张，把东边的云朵镀了一层金。金色的云彩渐渐散开，给威武的霞光让路，把一张金毯罩向大地。

我看到金山喽！我也看到金山喽！艾人民和艾瓦山高兴得跳了起来。云层的掩映下金色的贡嘎雪山显得更加清晰和透彻。

那边厢老狗屎带领着木黑甲家大主任，张罗着一大队人马，敲锣打鼓、提刀动枪十分高调地包围了老阿嘎留给艾祖国的那两间石头房子，喊了半天话，试探性地扔过去几十块石头也不见丁点动静。最后还是老狗屎壮着胆子带了两个人猫着腰悄悄摸到门口，憋着一口气轻轻一试，结果那门吱呀一声就被推开了：两间房子空空如也，哪里还有艾祖国的影子？老的少的疯的癫的一个都没有。

搞啥子名堂哦！整得我们劳神费力的。木黑甲家大主任松了一口气，扔下一串埋怨，一甩手走了，丢下老狗屎像截被虫子掏空了的朽木桩桩，戳在那里半天回不过神来。

自由对于一个人来说太重要了，终于可以自由地呼吸了。在牛巴史丽眼里，大瓦山上的风是自由的，云是自由的，鸟儿是自由的，泉水是自由的，花是自由的，草是自由的，就是石头也是自由的。经历了这么些年，自己终于获得了自由，史丽这朵金子般花朵现在才真正开放，她真想在这个自由的世界里与自己心爱的男人自由地爱一回。

对于艾祖国来说，他觉得自己太亏欠这个女人了，他想弥补欠下她的一切，他希望把自己的一切包括生命都奉献给她。他很卖力，她也很卖力，天地为媒，一对新人两个老东西，两个饥渴的身体再也不愿等了，好似阴阳两块磁铁，他们实打实地紧紧贴在了一起，一分钟一秒钟都不愿再分开，犹如干柴遇上烈火，他们才是天生的一对。她抚摸着他粗壮的胳膊，将一阵紧似一阵热乎乎的气息喷到了他的脸上。他亲吻着她的秀发、眼睛、耳朵和她的冰肌玉骨。四唇相叠，肢体相缠，噪音分贝还在不断增大，肆无忌惮地惊醒了隔壁疯子阿卓。她一屁股坐起来，迷迷糊糊地看了下四周。兴许是白天爬山太累了，抑或是她太懂得人生太理解女儿了，反正她又倒下去接着呼呼大睡了。但阿卓床上的动静还是暂时打断了这对鸳鸯，牛巴史丽猜想，阿莫肯定睡迷糊了；如果她是清醒的，也许她又要来现场指导了。好在阿卓这一短暂的打扰，又为艾祖国争取并延长了好几分钟宝贵的作战时间。

史丽羞红了脸孔，小兔子一般逃进艾祖国的怀抱。艾祖国双臂却成了铁钳，刚一松开，立即又收紧，他将史丽圈进自己热得发烫的胸膛，趁她不注意，一边拦腰将她抱起，一边用唇齿堵住史丽的惊呼，压低嗓门说：咱们到外面去。

史丽心领神会。艾祖国抱着史丽，拿上了他的察尔瓦。两人来到树林中间。月光如水，从树叶间隙洒下皎洁银光。一些不知困意的小昆虫，仍在小声说着悄悄话。也许它们也奇怪啊，看那两个人，他们大晚上不睡觉，跑到这儿来干什么呢？树林中间奇迹般地有一块巨石。很快，小昆虫就羞红了脸。它们看到艾祖国细心地将察尔瓦铺在石头上，然后将他的新娘放在上面，轻轻脱去彼此衣裳。月光下裸露的男人和女人，身体是那么雄健美丽，闪着微微光芒。

艾祖国既温柔又勇猛，他将蛇一样的大手游进了她的湿地公园，在汩汩温泉中畅游。他将自己的满腔热血集中到了她身体的中心灵魂的触点和爱情的出入口。他终于第一次进入了她的身体，他让她感到一阵期盼已久的幸福疼痛。他在她的身体里不停地进进出出，她娇喘吟吟，她终于做了一次真正的女人。长久的干涸使她的下身分泌出很多滑滑的液体。她情不自禁地收缩着，吸纳着，呻吟着。他让她感到无限地涨满，他拼命地来回抽动着。他们忘乎所以，他们目空一切，全世界只有他们两人存在，其实两人已经融化成一个灵与肉的结合体。他们并没有失去知觉，也没有大脑空白的感觉，他们只想进入对方和吸纳对方，只想钻进对方血管融化进对方的每一个细胞。她咬住了他的肩膀，她的指甲已经掐进了他的肉里，她感到涨满到了极致，全身酥麻，欲死不能；她陶醉到了极致，只是陶醉，是的，超现实的陶醉，直到他全身颤抖拼尽了最后一丝力气，深深地喘着粗气倒在了她的怀中。她抚摸着他肩上的牙印仍然陶醉着，陶醉着。

天当被子地当床，天上繁星点点，四周万籁俱寂，这才是采天地之灵气，集万物之精华，真正实现了灵与肉的结合。

长这么大牛巴史丽终于第一次品尝到了云雨一番的美妙，终于品尝到了做女人的滋味。等两个人的喘息稍微平缓下来后，令艾祖国万万没有想到的是，牛巴史丽从屁股下面抽出她白色的土布内裤来，艾祖国看到的却是一抹桃红。

你跟他、这么些年、一直、没有……他很狐疑很困惑。

他不行！一直不行！一次都没行过！她实话实说，她不想编什么自己如何如何守身如玉誓死不从等瞎话来骗他。

真是苍天有眼啊！他暗自高兴，这才是水到渠成，于是两只粗大的爪子又不老实了，一番激情四溢，一番颠鸾倒凤，很快他们又一次攀登上了幸福的高峰，又一次跌进了幸福的深渊！

云雨几番过后，劳累过度的艾祖国呼呼睡去，可牛巴史丽怎么也睡不着了，难道这就是命？经历了这么多，终于跟自己心爱的人睡在一起，做了一回真正的夫妻，可这是没有得到别人祝福的夫妻，在这荒山野外，这最多只能算苟合，想着想着两行热泪情不自禁地流了出来，不知是喜还是悲。

她想起了跟他的第一次相见，想起那个清瘦的学生艾祖国，她想起了他们在天池畔避雨时他的心跳，想起了他被关押被批斗，后来她突然想起了阿妞，想起了阿妞的两个儿子人民和瓦山。

牛巴史丽赶紧爬起来，蹲在地上使劲晃屁股，努力让身体里的东西流出来。


# 四十三


牛巴史丽觉得有负阿妞，决定终生不生养不带孩子，于是很长一段时间，她都在努力寻找避孕的方法。

据说麝香有避孕的功能，可麝香是名贵的中药材，一时半会也找不到买不起。牛巴史丽还听阿妞说过，古代宫廷里，如果皇帝不喜欢某个被宠幸的宫女，就会让太监把这个宫女倒挂起来，给她用藏红花碾碎的液体清洗下身，据说这样可以将宫女体内的精液清洗得一干二净，可是藏红花在西藏才有啊。她还听说过，使用鱼鳔、羊的肠衣或者猪的膀胱可以制成一种套子，用来套男人的生殖器上，从而起到避孕的作用。她以前还听说过喝水银可以避孕，但学校课本上明明说水银有毒，肯定对身体伤害很大。还有就是使用动物的粪便来避孕，不过，一想到粪便所带来的强烈臭味她一下就没有什么"性趣"了。

最终，牛巴史丽还是没有找到什么最佳避孕方法，末了每次还是只有尽快尽可能把艾祖国的东西排出体外并用盐水清洗。哪个女人不想跟自己心爱的男人孕育一个新生命？哪个女人不希望自己的爱情能够结晶长出果实？但独独我牛巴史丽不能！牛巴史丽天天晚上都是在矛盾与担心中度过，她不知道该如何跟艾祖国交代，她不知道艾祖国会怎么想。有那么一两次，她待到艾祖国快要爆发前，赶紧将其推开，好让其泄到体外。开始艾祖国也没问什么，可后来她的行为还是被他发现了。

为什么？他问。黑暗中他仰面朝天，瞪着大眼，不知道在看什么，不知道在想什么。

不为什么，身体不适。她弱弱地回答。

你撒谎！你是为了她？

不是，不是。她有些紧张，接着说，我们在这荒山上，已经有两个孩子了，还有一个躺着不动的、一个到处乱跑的两个老人；你的负担已经够重了，我们不能再要小孩了。她说的是实情，她觉得或者这样说可以骗过他。

你真傻！他什么都不想说了，也不用说了。

他一把搂过她，什么也不说，就那样死死地搂住，两行热泪夺眶而出。从此，他每次都非常主动地配合她的避孕工作，牛巴史丽也从没中过一次弹。

牛巴史丽相夫教子做得很是到位，她当过老师嘛。艾祖国除了在大瓦山上开荒种地、打猎、照顾家人外，主要时间就是用来在大瓦山陡峻的山崖上凿壁为梯，修筑一级一级通往山下的天梯，同时还是忘不了观察记录大瓦山地质地貌，有时候还要收集一些动、植物和岩石标本。两个儿子除了跟着艾祖国和牛巴史丽学文化，也慢慢能够给艾祖国打打下手了。空闲时，艾祖国也会教教他们一些文化知识。

疯子阿卓在山上换了大环境，天天喝着纯天然矿泉水，吃着有机绿色食物，空气又好负氧离子高；最主要是远离了她记忆中的世界，没人让她生气。她逐渐忘记了去地里扶倒折的庄稼，人也恢复了精气神，说话做事也越来越像个正常人了。

寒来暑往，转眼几个年头过去了。这天天还没有亮，艾祖国就领着大儿子猪儿艾人民背着些山货，像往常一样悄悄下山，绕过瓦山坪，绕过顺河场，径直来到 101 矿上，想去看看牛巴叔叔，然后尽快把这些山货变成矿工们口袋里的人民币，再换些生活必需品悄悄背上大瓦山。他一般是不下山的，通常都是两三个月才下山一次。哪想 矿上高音喇叭里却是哀乐阵阵，人人扎着白花，心怀恐惧，很多人都好像天塌下来了的感觉。看到矿上那往日高高飘扬的国旗也降了下来，艾祖国知道自己的国家一定是出了大事。果然，没一会儿，他就搞清楚了一个自己怎么也不敢相信的事情，太震惊了，江河凝滞，天地呜咽！伟大的领袖，伟大的导师，伟大的舵手，万岁万岁万万岁的毛主席居然离开了他的人民与世长辞了！

艾祖国来到矿区医院。医院里很多人都沉浸在毛主席逝世的悲伤和痛苦中，病人和医生、护士都像失去了亲人一样，哭的哭，号的号，仿佛没有人能正常上班了。艾祖国顾不了那么多，他趁医生护士不注意，径直来到牛巴马日病床前，远远就闻到了一股恶臭。看护的人也没看见，他想是不是牛巴叔叔拉大便了，但这种臭味与大便臭味不同，他赶紧找来水和毛巾，给牛巴马日擦洗身子。当他把他翻过身来时，他才发现他的屁股已经烂了，他最担心的褥疮还是长了许多。

当他第一眼看见时，艾祖国差点呕出来。只见白白的蛆虫在烂肉里拱来拱去，不但恶臭难当，而且还恐怖恶心。艾祖国定了定神，赶紧用毛巾将他全身擦洗了一遍，接着向护士借来了镊子，用镊子一只一只将蛆虫夹出来。镊子头有点粗，他又找来根牙签粗细的竹签子，将蛆一只只地往外掏。有些蛆掏出来还是活的，在地上慢慢蠕动，艾祖国掏一会就赶紧用脚把地上的蛆踩死，免得它们乱跑。可白蛆儿实在是太小太多了，艾祖国不知自己要挑到猴年马月才挑得干净。他灵机一动，想起山上人从腊肉上除蛆虫的土办法，跑到矿区商店买了瓶白酒，大大吸了一口，将嘴凑在伤口噗噗地喷。那白蛆儿如同遇到山洪暴发，溃不成军，有几只还溅到了艾祖国的脸上。土法果真奏效，白蛆儿一坨坨地往外滚。喷了好多口，他才将蛆虫处理干净。艾祖国来不及漱漱口，赶紧找来护士，再挖去褥疮伤口上的腐肉，给牛巴马日敷上药膏。

艾祖国又跑到"大瓦山"家，把牛巴马日长褥疮的事讲给她听了，请求她帮忙经常到医院去照看下牛巴马日。

带着无限的悲鸣，艾祖国赶紧带着老大回到大瓦山。他不敢告诉牛巴史丽她阿达生褥疮的事。他预感到接下来会有更大的事情发生。他希望如果有大事要发生的话，那就尽快发生吧，他希望自己能够下得山来，大大方方地到医院照顾牛巴叔叔。

然而，"大瓦山"并没有直接去医院，而是先到了龙池山庄，把木黑甲家主任一顿臭骂。木黑甲家只好把各个队长叫来一顿臭骂。领导重视了，照顾牛巴马日的人就更细心了。

果然，没过多久，"四人帮"被一举粉碎，几百万群众又一次涌向天安门广场，欢欣鼓舞迎接"第二次解放"。当艾祖国在大瓦山上得到这个消息时，这条新闻已经变成旧闻了。

艾祖国带着老大猪儿艾人民，悄悄下山到101矿上换山货，然后跑到医院去侍弄侍弄牛巴马日。他发现牛巴马日的褥疮虽然没有长蛆了，但溃烂仍然在扩大，有块伤口已经烂得看见了白骨。

从医院出来，他突然想起来，再过一段时间，就是义父周老大去世十周年。虽然艾祖国并没有与杀猪匠周老大结拜认过亲，但自从周老大去世后，艾祖国就一直拿他当自己的义父。他不知道周老大的生日，但牢牢记住了他的祭日。有条件的话，他都会给他烧点香蜡纸钱；什么都找不到时也要烧几片树叶过去，以表自己对他的思念。艾祖国总觉得冥冥之中或许早就注定，周老大就是上天派来在金河口等着专门搭救自己的神仙，要不他怎么会一完成任务就走了呢？想到这里，艾祖国觉得自己下一次山也不容易，现在儿子人民的脚力也练得差不多了，干脆带他一起去金河口区公所外面大渡河边给他老人家上个坟。

走到区公所外面，艾祖国想去找看大门的张区长，他还给张区长留了两只野兔和一张山羊皮。他想着张区长年纪大了，在那个门卫室冬天冷夏天热的，遭罪啊，上次还是三年前给张区长送过一张皮子。结果门卫室已经没有了他所熟悉的身影。父子俩在那里一个探头探脑一个东张西望，突然一个陌生的声音吼道：

干啥子的，在那里鬼头鬼脑的，卖皮子到别的地方去卖！

同志，我找，我想找个人，就是原来在这里守门那个人。艾祖国低三下四的。

你找他啥子嘛？你认识他吗？

认识，我们是十来年的老朋友了；你看，这次下山，我给他带了点山货来。

快进来坐，外面冷，你真的认识他？那人虽然还有些疑惑，但态度明显有了很大的转变。

他当区长的时候我们就认识。

难怪，如果关系不好的话你怎么会把这么值钱的皮子送他嘛！对不起了哈，大水冲了龙王庙。那人满脸堆笑了。

那张区长他现在到哪去了呢？刚才还是陌生人冷冰冰的，现在一下又成了自家人了，反倒是艾祖国一脸疑惑。

我说大哥，你还不晓得哦，张区长现在成了张县长了哦！那人仿佛在说他自己升了官一样，说得眉飞色舞。

啊！艾祖国惊得目瞪口呆，天下居然还有这么好的事？

大哥，你真不晓得啊，"四人帮"被打倒了啊，现在拨乱反正，人民重新当家做主了，张区长这才重新当上了领导，还升了官哦。你老哥既然跟张区长——不对，是张县长——熟悉，以后有机会还是要关照关照兄弟我哈。来，抽根烟！那人一阵唾沫横飞。

艾祖国早已走了神，妈的，原来自己这些年遭这些罪全是这"四人帮"给祸害的，连人家张区长、牛书记、彭政委都是这万恶的"四人帮"迫害的，现在终于把这该死的"四人帮"给打倒了，看来自己在山上真的是与世隔绝了。

你那个收音机卖给我行不？那人还在神吹"四人帮"如何被打倒，艾祖国却盯上了窗台上那个砖头般大小的半导体。

啊？你要买我的收音机？你有钱？有钱去金边县城买新的嘛！你要找张县长的话也只有到县城找他了，我这个是旧的哦！那人生怕得罪了张县长的朋友。

我没钱，交个朋友嘛；我用皮子跟你换，我不去找张县长了。

张区长从看门人变成张县长了，这是天大的好事，用不着自己再担心什么了，也没有必要去找他了。

艾祖国将本来打算送给张区长的山货换成了个二手半导体，将半导体交给猪儿。艾人民像侍弄宝贝一样轻轻捧在手心，可还没走出去几步远，那半导体就发出了"吱——吱——"的噪音。艾祖国皱了皱眉头，吓得猪儿赶紧把收音机旋钮转了回去。

两爷子来到沙坝子。多年没来，地貌已经发生改变，好不容易才找到周老大的坟头。艾祖国两眼通红"扑通"一声跪倒在地，猪儿也赶紧跟着跪下。这是你爷爷，他叫周老大，快叫爷爷。艾祖国说着从怀里掏出一些饼饼、糖果和肉，摆成一排，馋得猪儿直流口水。阿达是什么时候准备的这些东西呢？猪儿更好奇的是自己从没听说过自己有个爷爷叫周老大。他为什么姓周？为什么他会被埋在这里？他是怎么死的？一脑子问题想问，但他已经不是三岁大两岁小了，他知道说话办事要分场合和时机，于是默默跟着父亲一起上香点蜡烧纸钱，口中念念有词：周爷爷，我跟爸爸来看您了！

艾祖国又摸出来两个小酒杯，一一倒满，然后说了声"父亲大人在上，我带着儿子人民来看您了，干"，就自己干了一杯，将另一杯酒洒在了周老大坟头。他就这样一杯接着一杯，直喝得满脸通红泪眼蒙眬。人民就那样陪着父亲一直跪着，他还是第一次看见父亲流泪哭泣，他不知道这个大瓦山一样坚强的父亲背后还有多少自己不知道的故事！

儿子，给你那边的大黄也弄点吃的烧点纸吧，大黄是你爷爷最忠诚的战友和最忠实的朋友，它虽然只是一条狗，但它跟你周爷爷一样，也对我们有恩，做人就得有一颗感恩的心。

正当艾祖国两爷子准备离开沙坝子打道回山时，醉眼迷离间艾祖国看见一坨狗头金向自己飘来。他定睛一看，原来是只金黄金黄的小狗，那神态那模样简直跟周老大那只大黄一模一样。莫非是大黄显灵，专门给艾祖国送个它的不知多少代嫡孙来？那小狗也不客气，直接就奔坟头供品而来。艾祖国想这小东西一定是饿坏了，大黄的子孙吃大黄的东西天经地义嘛，就索性让它吃。艾祖国和猪儿刚离开沙坝子，那狗儿就追了上来，一直跟着他父子俩走，看来是铁定要跟着他们回大瓦山了。

怎么样？我说沙坝子又叫金坝子，有狗头金嘛，我们今天就捡到狗头金了嘛!

哈哈哈,就叫它小黄怎么样?

好的,就叫小黄。

# 四十四

小黄早已经长成了大黄,但它还是叫小黄。小黄成了艾祖国狩猎的最好帮手,同时,小黄也是艾人民最亲最好的玩伴。小黄喜欢跟人民在蓝天白云下一起奔跑撒野,在阳光草地上一起嬉戏打滚,还喜欢趴在人民身边跟他一起静静地听收音机。从那个小匣子里人民得知山下的世界正发生着翻天覆地的变化。从他的眼睛里,小黄看到了自己主人对现状的不满和对外面世界的向往,自己又何尝不是呢?上山快一年了,小黄还没看见过其他狗长什么模样。小小的半导体,吱里哇啦的电流声里传来的有一句没一句的新闻,正扰乱着山上一家人的心。

祖国,你说山下现在到底怎么样了?牛巴史丽依偎在祖国怀里问。

我也说不准,不过肯定日子会越来越好的!艾祖国还真说不清楚,但他坚信,日子会越来越好的,因为像张区长那样的好人重新上台掌权了,而且还升了官。

要不找个时间下山看看?我也好久没去医院看阿达了。牛巴史丽问道。

好的,明天白天准备一下,晚上我们一齐下山,给"大瓦山"阿姨带点东西。

我们同时下山,山上你放心?牛巴史丽说。

没事,人民现在长大了,可以锻炼锻炼了。艾祖国说。

第二天下午,两个人早早地收拾妥当,叫来人民和瓦山。两个大人同时下山,牛巴史丽多少还是有些不放心,她反复交代老大艾人民,要照顾好外婆和弟弟。

你两个就放心下山去吧,山上还有我这个老不死的在呢!阿卓听得不耐烦了,她现在很少发疯,说话办事基本趋于正常。

好,好,好,有您在家坐镇,我们放心。艾祖国笑笑,拉着牛巴史丽出发了。

天黑完时,艾祖国和牛巴史丽终于下到大瓦山山脚。趁着夜色,两人悄无声息地摸进了"大瓦山"家。打老远，"大瓦山"家的小花"汪——呜"只叫了半声，就冲过来往他们身上扑，蹭了艾祖国一腿的泥。牛巴史丽赶紧招呼它：小花别乱叫，小花别乱叫哦！别让坏人听到了哦！

那小花不知听懂没听懂，只顾着轮流跑前跑后跟山上下来的两个老邻居亲热，摇头甩尾的到两人身上蹭来蹭去使劲撒娇。

"大瓦山"还是听到了动静，出来探头一看，赶紧将两人藏进家中，赏给小花一小块饼子，闩上门，回过头来再从头到脚细细打量史丽，嘴里不停发出啧啧声来。

挺滋润哈，真是越长越漂亮了哦，简直跟你妈年轻时一个模子哦！

哎呀，俄着阿姨，你才一点都没老哦！

看来山上日子过得真幸福哇！

哪里哦，你才该享福哦，家里几个女儿都长大挣工分了，你就等着数钱嘛。

享什么福哦，一个个又不争气，要是能像你们这样能干就好喽。

不着急，不着急，只要有人，什么都会有的。

两个女人旁若无人地表扬与自我表扬，恨不得把分开这几年没有来得及说的恭维话全部说出来。艾祖国也不着急，反正有一晚上时间，让她们说，随便说。

谁知这两个女人还真说了一晚上，眼见天快亮了，艾祖国才不得不把她们的话扯回正题。

俄着阿姨，最近山下有些什么大的变化？艾祖国问。

变化可大了，你不问我也要跟你们说。俄着娜玛说，"革委会"取消了，又恢复叫公社和大队了，顺河公社领导也换了，该死的木黑甲家也垮台了，现在是日寸云天当大队长，学校早就复课了……

俄着阿姨，你看我们这情况，如果下山来，大家会不会接受我们？艾祖国问，他想知道大家能否承认他与牛巴史丽的婚姻事实。他觉得其实山上还是不错的，但受苦的是两个孩子，在山上没法接受系统的正规的教育。

不可能，不可能。"大瓦山"的脑袋摇得像拨浪鼓，你想嘛，一是民族不同，二是史丽嫚到底是人家老狗屎家的儿媳妇。民族不同这还好说，关键这第二条，在彝族千百年的传统和观念看来，你们现在在一起是既不合规也不合法的。老狗屎还没有死，他那家支人还没死完，你两个就不可能在这瓦山坪里堂堂正正地在一起！唉，造孽啊！

艾祖国像泄了气的皮球，怎么办呢？不管将来发生什么事情，要自己再跟史丽嫫分开，那是办不到的。

这样的话，我宁愿一辈子不下山了！牛巴史丽斩钉截铁地说道。

要不让孩子们先下山，跟着我，我照顾他们。"大瓦山"实在是想不出其他好办法。她有时也很自责，觉得自己害了牛巴史丽，但到底自己当初让他们分开做得是对还是错，自己也说不清楚，不过自己的目的和出发点都是为了帮助他们。

不行，不行，你的负担已经够重了，我们已经给你添了不少麻烦了。艾祖国知道，俄着娜玛是真想帮助自己。不管什么时候，尽自己最大的可能去帮助别人，这就是俄着娜玛的人生信条，一个纯正的彝族人的处世准则。

没关系的，反正一条牛是放，一群牛也是放嘛！哈哈哈。俄着娜玛觉得自己的比喻好像有点不恰当，于是顺势打了个哈哈，活跃活跃气氛。

俄着阿姨，话虽这样说，但人跟牛不同，人才没有牛好养哦，谢谢你的心意了。牛巴史丽也觉得自己不能太自私，另外虽然自己是养母，但她对两个孩子有着深厚的感情，说心里话还真舍不得和他们分开。

你妈怎么样了？俄着娜玛突然想起了这个昔日的好姐妹。

我阿妈现在还可以，到山上这些年，祖国时常给她弄些草药，她现在好多了，已经基本恢复正常了。牛巴史丽说。

啊？她好了啊？祖国还会治病？啥时候学的，成大夫了哦！以后要好好替我看看病哦，再带几个徒弟出来，替乡邻们看病。俄着娜玛听了又惊又喜，更增加了几分对艾祖国的喜爱之情，她真为牛巴史丽高兴。

我也不知道，他怎么就会弄草药了；我们在山上有个什么小毛病都是他自己给我们治的。史丽骄傲地转向艾祖国，她自己也不知道他何时懂医术了。

我想，以后有条件的话，每个大队、每个生产队都应该培训一个医生或者卫生员，每个大队都应该办个幼儿园……艾祖国憧憬着美好的明天。

行了，你想太多了，现实点吧！你自己说一说，你啥时候成大夫了？牛巴史丽赶紧打断他的理想。

我拜了师傅的，你不知道？艾祖国说。

师傅？牛巴史丽有点糊涂。

我师傅就是你那本《红楼梦》。

《红楼梦》会教你治病？"大瓦山"和牛巴史丽异口同声地问道。

对呀，《红楼梦》就是一本百科全书，据说作者曹雪芹本人就精通中医，书里面光是治病偏方就有几十个，我正是按第二十八回里滋养安神的"天王补心丹"方子来给阿姨配的药，帮她调理的。他这一说，牛巴史丽才猛然想起来，《红楼梦》里还真有不少治病方子。她突然想起自己天天只琢磨什么是"云雨一番"，根本没有注意到什么治病偏方，不觉得脸上一阵火热，同时更加深爱眼前这个男人了。

哦，你有本《红楼梦》医书哦，难怪。俄着娜玛终于知道艾祖国是跟着《红楼梦》这本医书学的给人治病，想想这也没有什么了不起的嘛；我要是能识字，我要是有那本《红楼梦》医书，我也能学着给人治病。不过还是为艾祖国高兴，更为老姐妹阿卓高兴。突然她灵机一动。

你们不敢下山，两个孩子也应该送去上学了，可以让你阿莫阿卓带两个孩子下山居住，他们不敢对她怎么样。你们觉得呢？再者，你阿妈现在病好了，她也应该知道你阿达的事了，她下山来还可以去医院帮帮忙。对了，你们还没有告诉过她你阿达的事情？俄着娜玛问。

我们从来没跟她提起过，也不敢提，怕她受刺激。牛巴史丽接着说，让阿莫带两个小家伙下山，我们怎么没有想到呢？只是，我好舍不得他们哦！

这倒是个办法，不过我很担心，到了老环境，见物思人，万一她去医院看到牛巴叔叔现在这个样子，她精神受到刺激，再复发毛病怎么办？要不我们再想想别的办法？艾祖国说。

没关系的，如果真的旧病复发，再把她接到山上调理就行了。在牛巴史丽心里，两个非亲生孩子的分量早已经超过了亲生母亲的分量。

我觉得就这样办吧，只把两个孩子交给我带的话，你们肯定不放心；让你阿妈带他两兄弟下山，有什么需要时，我再照看着他们三婆孙，你们应该放心了。"大瓦山"说，你们看他们下山后住我家里行不？反正你们的老房子也被你妈给烧了。

不能长期住你们家，他们可以住阿嘎婆婆留下的房子，反正离得也不是很远。牛巴史丽说。

好吧，过几天我去帮你们把房子收拾出来，应该还能够住人；不过你们一定要赶在学校开学之前把孩子们送下山来。俄着娜玛说。

好吧，谢谢俄着阿姨，时间不早了，我们也该回去了。艾祖国听到外面鸡又叫了一遍了，天快要亮了。

两个人告别了恩人俄着娜玛，朝矿区医院走去。牛巴马日病房里有人，那是牛巴家支的一个远房亲戚。她正在给牛巴马日擦洗，他们就进去帮忙，一起给牛巴马日擦拭完，换了身衣服，又坐了会，跟牛巴马日和这个亲戚说了会话，将一张兔皮送给这个远房亲戚，然后依依不舍地走了。

回到山上已经过了吃午饭的时间，阿卓却没有让孩子们先吃；她告诉孩子们，一家人，就要等着一起吃饭。这个奴隶出身的女人，虽然没有文化，也搞不明白什么是幸福，但从小到大的经历让她对家庭看得非常重要。在她的眼里，一家人能团团圆圆天天坐在一起吃饭，那就是最大的幸福！

阿卓没想到，很快他们就不能天天在一起吃饭了。

牛巴史丽和祖国回来后，立即着手给这一老两小做下山的准备，包括物质上的准备和精神上的准备。

物质上还好，无非是钱粮，多狩几次猎，多打些野物，多采些名贵中草药，多跑几次路，弄下山去换成钱什么就有了。来回几十里山路对于艾祖国来说，已经算不上什么大问题了。

问题出在精神准备上。老大艾人民倒是非常想下山，老二艾瓦山和阿卓死活都不愿意下山。

艾瓦山确实舍不得离开爸爸和妈妈，不惜哭鼻子抹眼泪不吃饭，闹了好几天，总说牛巴妈妈不要自己了，才让自己走的。

山上有吃有喝的，还有肉吃，山下没吃没喝的，还要受人欺负。阿卓不知是不是记起了山下的日子，反复念叨着这两句。她觉得现在一家人在山上团团圆圆地过日子多好，为什么非得把孩子送下山去。哦，读书，读书重要？瓦山坪那么多人从来都没有读过书，不是也一代一代地生活过来了嘛？还有眼前这个女婿，他读过书，还是在天子脚下读的书，不一样跑我们这大山里生活了吗？不过，这个北京来的女婿正是因为读了书才这么能干。到底为什么要读书？读书有什么作用？阿卓把自己的头都想得快要炸了。

最终，艾祖国还是不敢告诉阿卓牛巴马日的情况。

# 四十五

临行前，艾祖国很庄严地掏出一个盒子。那盒子大家都没有见过。盒子打开，里面是一个纸包；打开纸包，露出一个布包，布包上缠着橡皮筋；解开橡皮筋，当艾祖国掀起一个角时，牛巴史丽立马认出那是一块手绢。那不是一块普通的手绢，那块手绢曾是十六岁花季少女牛巴史丽的心爱之物，也是牛巴史丽这一生到目前为止第一块也是最后一块手绢，那块手绢是父亲牛巴马日送自己到金边县城上高中时给自己买的，牛巴马日说，城里女孩子都时兴用这个东西，咱们也买一块，别让城里人把我们山里人看扁喽！

父亲牛巴马日说这话时的表情和声音腔调，在牛巴史丽脑子里，虽然已经过去十几年了，但那记忆仍恍如隔日。不过，在金边县中学，牛巴史丽并没有每天将这块手绢拿出来用给大家看，也没有谁欺负她，甚至她还交了些好朋友，那个谢丹阳就是与她关系最好的一个。想到谢丹阳，牛巴史丽不免叹了口气，赶紧将回忆路径转了个方向。想起艾祖国刚到自己家不久，那个怀春的少女牛巴史丽天天睁开眼睛就想见到艾祖国，闭上眼睛就想起艾祖国，又不好意思跟别人讲，更不好意思对艾祖国表达。有一次，她假装不小心，故意将这块自己最心爱的曾经给艾祖国擦过汗的并蒂莲荷花手绢"丢"在了艾祖国房间。

艾祖国将手绢摊开在左手掌上，掌心里露出两块银币大小圆圆的墨绿色玻璃片。那玻璃片中间厚四周薄，每片上面都分别钻了眼系了细绳。大家眼睛一亮，牛巴史丽想莫非这就是传说中的和田玉？再看那细绳，绝对不是一般的棉、麻绳子。那绳还反着光透着亮，莫非是用马尾编成的马尾绳？听老人说这绳子几百年都不会坏，什么值钱的东西能配得上马尾绳？

知道这是什么吗？艾祖国捡起一块递给牛巴史丽。

把宝贝给我看看？小儿子艾瓦山跳起来就想抓艾祖国手中那宝贝，但没够着。

这其实不是什么宝贝，这是一对玻璃镜片。艾祖国将手里系镜片的绳子戴在了小儿子艾瓦山的脖子上。

牛巴史丽想起来了，这两块镜片应该是当年村里人把艾祖国他们从北京带来的仪器设备砸毁以后，绝望的艾祖国掩埋这些设备尸体时捡出来的。

当时，我是想作为结婚礼物送给你们的牛巴妈妈，但这么多年来，由于种种原因，我们一直没有结成婚……说到这里，大家的眼睛都湿了。

除了你们两兄弟，我这辈子也没有挣下什么值钱的宝贝，但对于我来说，我觉得这两块镜片是最有意义最珍贵的物件了。今天，你们两兄弟要离开我们了，我将它送给你们。

牛巴史丽淌着热泪也将手里的镜片戴在了大儿子艾人民的脖子上。

一家人拥在了一起，久久不肯分开。

孩子们，以后不管生活对你如何，一定记住要好好活着，做到勇敢坚强、正直善良！这是你们的爷爷奶奶要我做到的，我要你们以后也要做到！你们要牢记心里。

小儿子艾瓦山自从得到了脖子上这个宝贝，一时竟然忘记了要与爸爸分别。他小心翼翼地玩弄着这个宝贝，生怕一不小心这宝贝就飞了似的；玩够了，再拉着艾祖国给他讲这东西的来历、用处。艾祖国看着儿子这么爱学习，只好放下手里的活路，认真仔细地给他讲自己来考察大瓦山的事情，也不知儿子听没听明白。不过，当艾瓦山说"爸爸，你放心，等我长大了，就跟你一起考察大瓦山"时，艾祖国的心里又泛起了阵阵涟漪，那个久违了的地质考察梦想又跳了出来。

科学教育应从娃娃抓起，艾祖国索性将小儿子带到外面一处空地上，抬头望了望天上的太阳说，瓦山，我们来做一个科学实验。小瓦山一听做科学实验，高兴得不得了。只见艾祖国从地上随便抓了几把干草，揉了揉，放在一块石头上，从儿子脖子上取下那镜片，用右手拇指和食指轻轻卡住边沿，将镜片对准太阳，稍微做了点调整，下面一尺远的那团干草上就有了一个亮点。这让小瓦山很是惊喜，他目不转睛地盯着那个亮点。过了一会，那团草从那个亮点处开始冒烟，草也越来越糊，然后"轰"的一声，燃起了火苗，把小瓦山吓了一跳。原来这就是科学实验！小瓦山想，长大了我一定要当科学家。

按照与俄着娜玛事先约定好的日子，一切收拾妥当。眼见人影开始偏东，一家人出发了。一路上艾祖国努力地想让大家高兴点，可他自己却怎么也高兴不起来。牛巴史丽心里有千万句话要给两个孩子交代，张开嘴什么也说不出来了。还交代什么呢？连自己的阿莫也信不过？这是阿卓多少次给自己保证过的，她一定会管好这两个小家伙！

蝉和蝈蝈歌声四起，一行人却没人说话，只有小黄撒着欢地来回跑，一会跑到众人前面，一会又跑到众人后面，一会再跑回来逐个逮住扑上去狂一阵。但令小黄万万想不到的是，就连最喜欢跟自己玩的老大艾人民今天都不怎么搭理自己了。小黄不知道这一家老小今天是怎么了，以前家里人上山下山不都是高高兴兴的吗？

下山速度跟先前的预计差不多，快到山脚时，天已经黑得差不多了。一家人在树林里稍微休息了一会，等家家户户都回到了自己的小木屋。

不知是谁已经悄悄把启明星挂了天边。走！艾祖国一把抱起老二艾瓦山。瓦山一阵胡乱挣扎，边挣扎边叫唤我要下去走，我要下去走路，我没得问题。

别吼！艾祖国还没来得及发话，老大艾人民果断地喝住了老二。

眼看快要进村了，艾祖国不得不将老二放在地上，回过头打了个响指。小黄应声来到跟前，摇着尾抬起头，带着满眼的疑问望着主人，它期待着主人告诉自己今天大家是怎么了。

主人却只给它下达了返回大瓦山守家的指令。

老阿卓牵着小孙子过来摸了摸小黄的头，小主人艾人民过来一把搂住小黄的脑袋禁不住哭了起来，弄得小黄丈二和尚摸不着头脑，小主人哭着又给小黄下达了返回山上的指令。

一家人走了半天，小黄还在原地发呆，它把脚下刨出了好大一个坑，也没有想明白这家人今天是怎么了。难道这就是传说中的生离死别？小黄想到这里把自己都吓了一跳，算了，肯定是自己想多了，这家人不管是大小主人，哪个人哪次下山也没有超过一天一夜的。小黄也很少下山，本来想趁这次下山的机会交两个狗朋友，但是小黄很忠于职守，它决定按照主人的命令行事，先回山上把家看好，明天再迎接他们回来吧！想到这里，小黄狗转过身，径直往大瓦山上跑回去，也没有心情搭理路边的一群群萤火虫儿了。

一行人进村时小心翼翼地尽量保持无线电静默，悄悄摸到了"大瓦山"俄着娜玛家外，正要打开无线电张口叫门。

小花不知道从什么地方突然蹿了出来，呜——汪——艾瓦山吓得一把抱住了艾祖国的大腿。几个大人尽量保持了克制，既不敢喊人也没敢喝狗，狗出来了还怕人不出来？果然，当小花音量才打开一半，"汪"字刚出喉咙，"嗖"的一声，一把秃扫帚箭一样射过来砸到了小花的屁股上。不长眼睛的瘟殇，认不到人了哦？"大瓦山"嘴里骂着，小跑着迎了过来。小花嘴里的汪瞬间变成了"呜——"夹着尾巴委屈地躲到了一边去，看着主人"大瓦山"热情洋溢地迎接这群人的样子，小花很努力地回忆起了来客中艾祖国、牛巴史丽和疯子阿卓这几张过去的熟脸，立马将自己的郁闷抛到了脑后，左蹦右跳拼命地摇动着尾巴，希望得到老朋友的谅解！但他们好像谁也没把小花当回事，连最小的小朋友艾瓦山也没有接受小花的道歉，一行人急匆匆地进了屋，"嘭"的一声将小花关在了外面。这回小花才真正郁闷了，在门口转了半天，只得拖着一颗受伤的心找地方睡觉去了。

"大瓦山"将艾祖国一行让进屋，关上门，绷着的神经终于放松了，所有人突然像换了个人样，问长问短，有说有笑。

老大姐啊，你还记得我吗？"大瓦山"一把抱住阿卓。

记得，记得。这些年，谢谢你了！阿卓激动地哭了，两个老朋友紧紧地抱在了一起，很久才分开。

一阵寒暄过后终于扯到了正题。

终于把你们盼下山了！俄着娜玛说得非常真诚。

只是太麻烦您了！牛巴史丽也是肺腑之言。

"大瓦山"家里的煤油灯又是一夜未熄。

天快亮时，艾祖国和牛巴史丽轻轻地吻别了两个熟睡中的孩子。在阿卓和"大瓦山"的反复叮嘱中，他们手牵着手默默地离开了"大瓦山"家。等到阿卓再回来时，老大猪儿已经在被窝里抽泣半天了，原来这小家伙是故意装着睡着了。阿卓心疼地一把将艾人民这个可怜的孩子搂在怀里：人民长大了，人民懂事了。

艾祖国和牛巴史丽走了，一路上他们头也不敢回，两人的手就没有分开过，不知到底是谁在鼓励谁。

其实，牛巴史丽几乎是被艾祖国架着回来的，她就像一个被掏空了的躯壳，她根本没有料到，这几年下来自己已经没法离开那两个小东西了。

艾祖国也觉得，脚下这条回家的路，走了好几年，唯独今天是那样漫长！他知道牛巴史丽舍不得那两个孩子，但没有办法不分开啊！

此时山上的苞谷正是成熟的季节，一人多高的苞谷秆子上背负着一个个沉甸甸的苞谷棒子，这些苞谷棒子是山上人的主要口粮，也是山上人的希望。艾祖国左手牵着牛巴史丽，尽量躲开那些割人的苞谷叶子，右手却一不留神伸向了苞谷棒子。当牛巴史丽以为他要偷人家苞谷想要制止时，已经来不及了。只见艾祖国的手已经握住了一个玉米棒子，然后他的手却向上一滑，揪下苞谷棒子上面一撮棕黑色的苞谷须子下来，牛巴史丽悬着的心才放了下来。艾祖国如此反复，揪下一大把苞谷须子，往两个鼻孔里各插了一小撮。

你看我像不像马克思呢？说完把一大把苞谷须子往嘴巴里一含，一大团苞谷须子从他的上嘴唇一直盖住了整个下巴，那模样还真的有点像画像上的大胡子马克思，笑得牛巴史丽眼泪都下来了。她知道，他是在想方设法地逗自己开心呢！

其实艾祖国心里更舍不得两个儿子，但是，自己是坚强的男人，是爷们，所以只有硬忍着对儿子的不舍，镇定自然地搀扶着牛巴史丽回到山上。

牛巴史丽当然知道自己男人的心思，一路好言相劝。艾祖国不是一个好演员，就连小黄这条狗都看出来了。他们两个回来时，小黄打老远就迎了上去，可是他们的身后没有找到那两个小主人的影子，急得小黄顺着小道来回跑了好几趟，也没有找到两个小主人的影子。再从回来的这两个大人脸上，看到的是一脸的无奈，小黄只好悻悻地跑一边生闷气去，它真想好好问一问这两个人，到底把两个小朋友弄哪去了？

牛巴史丽和艾祖国终于过上了她梦想的二人世界，但她觉得自己好像并不开心，她感到艾祖国也没有原来开心。除了干活、种地和打猎，艾祖国只要有空闲时间，他就去修路，修筑下山的道路，不能筑路的地方继续开凿石梯或者栈道，他要让牛巴史丽以后的路越走越宽敞。周老大留给他的那把杀猪刀跟他的人一样，已经被磨得没有了当初的锋芒……

# 四十六

还有三天，就要开学了，艾人民突然想起了医院里躺着的那个牛巴爷爷。爸爸以前让他叫爷爷，还不让他跟阿卓婆婆讲牛巴爷爷的事，但是，马上要开学了，他想去医院看一看他。

人民拿不定主意，是不是应该跟阿卓婆婆说一声，于是他找到了"大瓦山"婆婆，因为，他发现家里有什么事情，阿爸和史丽阿姨都是与俄着婆婆商量的。

俄着婆婆，我想去矿上医院看看牛巴爷爷，我不知道可不可以告诉我阿卓婆婆。人民问。

我们人民长大了，懂事了。"大瓦山"想，阿卓下山这段时间，看上去人也基本正常了，应该告诉她牛巴马日的情况了。于是跟艾人民说，这样吧，我先跟你阿卓婆婆商量商量，好吗？

好的，谢谢俄着婆婆，我跟弟弟玩去了啊！

等艾人民走远了，俄着来到了阿嘎的石房子，找到了正在房子后面开荒的阿卓。阿卓回来后，生产队里的人不确定她是不是真的好了，队里也不敢给她派工；她也觉得有些人看她的眼神有些异样，有的人她觉得又长变了，她就自己开点荒地，种点庄稼，懒得去搭理他们。看到"大瓦山"来了，阿卓赶紧停下手中的活路迎了上来，这毕竟是她多年来最好的一个朋友。

自摸给你！

自摸给你！

俄着阿姨，进家坐坐吧！

阿卓老嫂子，开那么多地做啥，别累倒了！

两个边走边说，进得屋来。

俄着发现，阿卓把房子里面收拾得还很干净，带着两个孙子，家里还这么整洁，根本不像神经有问题的人嘛，"大瓦山"更坚定了自己的信心。

阿卓老嫂子，你还记不记得，记不记得以前的事情？"大瓦山"试探着说。

什么事情？什么时间的事？阿卓感到今天"大瓦山"似乎要跟自己谈什么大事。

就是，就是，就是牛巴大队长的事！"大瓦山"大着胆子说。

哦，他呀，怎么不记得？死了这么多年了，还提他干啥！阿卓很平静。"大瓦山"长出了口气，这个名字很长时间以来，提都不敢在阿卓面前提过，没想到她的记忆已经恢复到了疯掉前，她还只记得牛巴马日死了。

可是，要是牛巴大队长没死呢？"大瓦山"接着试探，测验阿卓的反应。

那怎么可能？你别老拿个死人来开玩笑。阿卓笑了笑。

如果——我说的是如果——如果他没有死呢？

没有死就一起好好过日子嘛，难道再把他推到悬崖下摔死？阿卓脸上掠过一层灰暗，"大瓦山"知道，自己今天戳到了阿卓的伤口。

我说老嫂子，你要做好思想准备，听清楚了，我告诉你，牛巴大队长他没、有、死！

你就天天哄我耍嘛，你们真以为我脑壳有问题？阿卓一点反应都没有，她甚至对"大瓦山"的这种玩笑嗤之以鼻。

你硬是不信，牛巴大队长真的没有死啊！

没有死？没死他去哪了？十年时间了！阿卓还是不相信。

人民嘞！人民？"大瓦山"喊道。

艾人民说是找弟弟艾瓦山玩去了，其实，这家伙鬼得很，他又偷偷地跟踪"大瓦山"婆婆，看她怎么去跟阿卓婆婆商量。

我在这儿哩！啥子事？"大瓦山"刚一喊，艾人民就不知道从哪冒了出来。

你告诉你婆婆，牛巴爷爷在哪里？"大瓦山"说。

可以说啊？艾人民有些不确定。

说嘛，你是我乖孙子，我信你的！阿卓虔诚地等着艾人民宣判。

艾人民看了看阿卓，又看了看俄着婆婆，从她们两人眼睛中找到了肯定的答案。

牛巴爷爷在矿区医院里！艾人民轻轻地说道，可这句话还是重得像泰山，一下就把阿卓婆婆压垮了。

你这个背时娃儿，你为啥子不早说？你们为什么不早点告诉我？阿卓哭得像个受了莫大委屈的小孩，我要去找他！

好嘛，你莫哭了，收拾一下，我们这就去医院看他。"大瓦山"赶紧把她劝道。

我现在就要去！阿卓从地上爬起来，抹了把脸，把脸上的眼泪擦了，走到门口，又返回去，以最快的速度，重新换了件干净衣服，洗了个脸，梳了梳头，又找出牛巴马日送她的那面镜子，左照照右照照。这是十年来她第一次梳妆打扮照镜子，然后迫不及待地跟着"大瓦山"牵着两个孙子往矿区医院跑。阿卓像个出嫁的新娘，她的脸上十年来第一次泛起了红晕。

当阿卓兴致勃勃地赶到医院，一看到变成一截木头的牛巴马日时，她脸上的红晕立刻就散了。

你不是死了吗？怎么变成这个样子了啊？十年了，十年啦！十年你就一直这样躺着吗？阿卓扑到骨瘦如柴的牛巴马日身上，失声痛哭。"大瓦山"牵着艾人民和艾瓦山悄悄退出了病房，把整个牛巴马日的世界都留给了阿卓。

阿卓握着牛巴马日的手，像失散多年的朋友，把肠肠肚肚里的话都找出来说了，话说完了，阿卓的决心已定，她通报大瓦山说，以前我不知道他还活着，有劳大家帮我照顾他了，现在我回来了，我决定，我要把他接回家去照顾！

"大瓦山"一听吓了一跳，但回头一想，相处几十年了，阿卓这样做也是情理之中的事，早知道自己就不告诉她了。

牛巴马日真的被阿卓接回了家，不过他自己的家已经被阿卓发疯时烧了，他现在跟着阿卓，住进了他的仇人的莫阿嘎留下的房子里。

阿卓想起了小时候，她看见奴隶主的莫老爷常常躺着，让仆人拿着个精致的小锤子，在他全身上下敲打，后来趁没人时，她曾偷偷用那个锤子试着在自己身上敲，感觉还真舒服。于是，阿卓让艾祖国在大瓦山上寻了截千年的红豆杉老树根，做成小孩子拳头般大小的木锤，天天给牛巴马日敲打。她一边敲一边跟牛巴马日说话，她说，牛巴啊，你虽然命苦，但我愿意做你的仆人，侍奉你一辈子，你也享受享受当老爷的滋味吧！

艾祖国又从大瓦山上采集了很多鲜花和中草药，捣碎后装成枕头让牛巴马日垫着睡，一个月一换。后来，他还背几背篓晾干的红豆杉树叶下山，铺在牛巴马日床上；还捡拾了很多红豆杉果子，泡成药酒让阿卓天天给牛巴马日身上关节上不停地擦拭。

艾人民进了小学学堂，他虽然非常刻苦认真，成绩也名列前茅，可背后总是有些同学对他指指点点说三道四，这让他很不舒服。开学很长时间了，他还没交到一个朋友，他也不屑于跟他们交朋友。他每天回来，做完作业就带着弟弟，两个孩子围着牛巴爷爷转，给他洗脸，给他按摩，与他说话。

转眼几个月过去了，在阿卓的精心呵护下，牛巴马日的脸上有了一些血色。这天，艾人民正与弟弟给牛巴马日讲《小马过河》的故事，刚讲完，兄弟两个就听到一个声音说：扶我！那声音虽小，但两兄弟都真真切切听到了，两个人你看看我，我看看你，不知是哪传来的声音。

扶我，起来！这次听清楚了，是牛巴爷爷在说话。

牛巴爷爷能说话了！

牛巴爷爷能说话了！

兄弟两个高兴得手舞足蹈！自己的爷爷能说话了，他再也不是别人说的植物人了！两个小家伙努力地将牛巴马日扶起来靠着。

快去叫阿卓婆婆！

牛巴马日能说话了！这一特大新闻，不亚于当年牛巴马日死了和牛巴马日又活了！这一特大新闻迅速传遍了全公社，传到了101矿区。有人买了鞭炮在牛巴马日家门口燃放，矿区医院牛巴马日的主治医生也赶来给牛巴马日进行后期康复治疗。据说那位主治医生就靠牛巴马日这一成功案例，发表了无数的论文，并调回了省城，后来成了全国治疗植物人的前沿领军人物。

艾祖国在山上，隐隐约约听见了山下的热闹劲，他还以为是谁家办喜事呢。

入夜，天一黑，艾人民就叫上弟弟艾瓦山，兄弟两人一人提一个煤油灯，在房前坝子里跑圈圈。他知道，阿爸和史丽阿姨一定会看到的。

第二天晚上，得到信号的艾祖国和牛巴史丽如约而至，当他们看到坐在床上的牛巴马日时，怎么也不敢相信自己的眼睛。

天啊！一定是菩萨显灵了！阿达，阿莫，你们太伟大了！牛巴史丽激动得说不出话来。

牛巴马日看上去像刚出生的婴儿，他还十分虚弱。艾祖国想让他早点休息，可他还是努力地想知道更多这十年中的变化和家人身上发生的事情。

牛巴马日双眼深陷成了两个大黑洞，颧骨高高地突起，脸瘦成了一层革，松松地贴在颅骨上，为他的头和脖子堆满了无用的皱纹。他的头发也掉得差不多了，他的眼皮耷拉着，他努力地睁开眼睛搜寻着说话的人。他的脖子好像无法承受脑袋的重量，立一会儿就得靠个枕头，只见他时而点头，时而摇头，有时也插一两句话。他说话时，有的词句简单点的表达还清楚，复杂点的词句听起来含混不清，不知道他在说什么。但是，当艾祖国和牛巴史丽跪在他床前，希望他能支持他们在一起时，他却坚决地说出了三个字，不可能！

牛巴马日何尝不希望他俩在一起？但是，自己一睡就睡过去十年，十年里经过了这么多事，自己也曾经是这瓦山坪说一不二的人，怎么能让自己的女儿嫁给表哥后，在没有与男方退婚的情况下，再与另外的男人结婚呢？

牛巴马日醒过来这两天也看到了，阿卓已经老了，自己又病成这个样子，要是能留下艾祖国和史丽媛在身边照顾自己和阿卓，还有两个孩子，那该是多么幸福的事啊！但族人的规矩、自己的老脸又往哪搁呢？

你们、还是、走吧！牛巴马日最后还是狠下了决心。牛巴马日的心也在滴血，他知道，他这个决定，也许会导致宝贝女儿恨自己一辈子。天亮前，艾祖国和牛巴史丽只好又一次离开了自己的父母和孩子。

经牛巴马日同意，阿卓换着请了三个毕摩来给牛巴马日做法事，都没有什么效果，牛巴马日还是那个样子。转眼间，艾人民都上小学二年级了，这两年可苦了阿卓，她的头发快白完了，她的背驼得越来越厉害了。牛巴马日这几年看上去反而有点返老还童的样子。

各个生产队开始重新丈量土地、山林和水池，闹得瓦山坪人心躁动不安。牛巴马日叫阿卓把自己弄到椅子上，再找人抬到地里去，他想去看看自己曾经治下的山川和土地。卧床十二年了，他不知道外面到底变成了什么模样。

他看到那些人，很多都是生面孔。这些人的脸上，怎么都洋溢着打土豪分田地时的光芒？他问阿卓，这些人在干什么呢？

听说是重新丈量土地。

为啥要重新丈量？

据说是要分田到户。阿卓说。

叫土地承包到户。旁边有人补充道。

分田到户不是搞单干？那是资本主义啊！牛巴马日显得有些痛心疾首。他清楚地记得，前面那块土地，是他带领三个生产队的人，突击了一个冬天，才平整成现在这一大块地的模样；要是分到各家各户，那块地不又得变成很多小块嘛！

不能这样干哪！这样做违背了马列主义毛泽东思想啊！快去，快去叫他们停下来！牛巴马日气得脖子上的青筋都暴出来了。他不知道是哪来的力气，一把抓下帽子向那些人的方向扔过去，露出稀稀拉拉的几根白发在空中孤独地颤抖。

那椅子上老头是谁呀？那边丈量土地的人也在丈量着牛巴马日。

那不是大名鼎鼎的牛巴马日吗？怎么瘦得不成人形了，都那个样子了还弄出来干啥？

谁呀？这个名字好像听说过。哦，想起来了，死了又活了的那个老红军。

他怕是出来收脚板印子的吧！哈哈哈！

别乱说，快干活！

那些人继续着手中的活计，不再理会牛巴马日他们了。

他们怎么还没停下来？快让他们停下来！牛巴马日气得直喘息。

我们还是回去吧！别管人家的事，你早就不是大队长了！阿卓提醒老爷子。

回家做啥子？走，去公社，去公社找领导，不信就没有人管！牛巴马日说。

阿卓哪里拗得过牛巴马日，只好打发人把他抬回去，哄他说，今天时间晚了，明天再去乡上吧！

第二天一早，牛巴马日又吵着要去公社。阿卓劝不住，只好去请了几个人，把他连人带被子弄到椅子上；再砍来两根竹子，绑在椅子两边，做成一副滑竿。几个人轮流着把他抬到了顺河场。今天顺河场人特别多，街上突然冒出许多小商小贩。当他们来到瓦山坪人民公社时，瓦山坪公社的牌子已经换成了瓦山坪乡人民政府。

日黑从乡政府出来时，牛巴马日几乎没有认出他。日黑来到牛巴马日跟前，热情地握住牛巴马日的手说，老革命啊，您可想死我了；我正说哪天来看你呢，可这段时间忙着筹备成立乡政府，没抽出时间；你今天却到顺河场乡政府来了，恢复得还可以嘛。外面风大，快抬进屋里去！

这是我们瓦山坪乡党委书记。旁边有人补充介绍日黑职务。

公社、没有了？牛巴马日很是茫然，他的脸由蜡黄变成了灰暗。

是的，还没有来得及跟您老革命汇报，土地承包到户，公社撤销了，重新成立瓦山坪乡人民政府。您老还是进去看看吧。日黑书记说。

算了，不进去了，看来、是我、落伍了，回家吧！你们、慢、慢干吧！牛巴马日一脸落寞。

从顺河场回家的路上，牛巴马日一直喃喃道：我、落伍了，可惜、我、睡这、十年啊！

念着念着，椅子上的牛巴马日就没有了声响。风呼呼地刮下来几片雪花，沉默拂过这片多情的土地。有粒沙子掉进了走在一旁的阿卓眼里，她用自己那因风湿变得疙疙瘩瘩的手背来回揉了几下，眼泪就莫名其妙淌了下来，在她缺牙的瘪脸和凸下巴上越聚越多，最后淌成了一条蜿蜒的小溪。

牛巴马日这次真死了，可家家户户都在忙着划分土地。他们都把精力全集中到自家分得土地的等级、面积、水源等方面去了，甚至盘算着自己的哪块地适合种什么庄稼、哪块地要施多少肥料，再也没时间去关心和传播牛巴马日的死讯，仿佛牛巴马日根本就没有在大瓦山存在过。

# 四十七

高耸入云的大瓦山下，丛林般的高压输电线铁塔构成了一道特殊的风景线。连接大瓦山脚下五大天池宽阔的水泥公路上，飞驰着红的、黑的各色各式的小汽车。不时有人停下车来四处拍照，路边停放着庄稼汉子的红色摩托车。车座上放着庄稼人的茶杯，那杯盖是故意拧开的，斜斜半扣在杯口上，一丝老鹰茶的清香正从杯沿口爬出来，跑到公路上、田野里肆意地撒着欢。远处新楼房阳台上，一个晒太阳的缺牙巴老太太，正在拨弄着孙子孝敬她的新手机，她又忘记了孙子教她怎么打开消消乐游戏了。

时间如白驹过隙，三十多年过去了，大瓦山还是大瓦山，山脚下瓦山坪的人已换了几茬。

任紫云想好了，她想今天无论如何都得向他表白。

任紫云自己都不敢相信自己，自己会爱上大瓦山，自己会爱上他，还有他的家人。

记得当初主编派自己来金河口采访时，自己还不愿意呢！主编说，乐水市金河口区大瓦山上有一个传奇人物，这个人为了爱情跟自己相爱的人独自居住在几千米的大瓦山上，用自己的双手为爱人开凿出了九百九十九级爱情的天梯，他们的爱情故事感天动地。虽然你只是个实习生，但是你从小在国外生活，缺乏对社会基层人民生产生活的了解，所以专门派你去采访，借这次机会给你补上一课，让你深入生活扎根人民，好好接接地气，到时随便你写成长篇小说或者电影剧本都行。那意思是说，这个任务非你任紫云不可，怎么说都该你去。

金河口？大瓦山？回国念大学和研究生快六年了，这个地方自己以前都没有听说过；说是乐水市的一个区，可任紫云在百度地图上找了半天也没找到。后来才发现，原来这个金河口区离乐水市还有一百多公里，是块飞地，也不知道那里到底有多么偏僻荒凉。心里老大不情愿，死主编不知道怜香惜玉，把自己派那么远，但还是得硬着头皮，谢谢主编对自己的信任与栽培。

陪同任紫云采访的是金河口区瓦山坪乡龙池村的第一书记艾云峰。艾云峰是土生土长的瓦山坪人，从小他的父亲艾瓦山就给他灌输一些大瓦山的地理知识，他很小就知道父亲和爷爷的大瓦山地质考察梦想。两年前他大学毕业参加公务员招考，考上了区旅游局的一个岗位，他借助新兴网络媒体，致力于金河口辖区内的大瓦山和大渡河大峡谷的旅游宣传。今年他又被下派回龙池村任第一书记，负责彝家新寨建设。他还利用网络帮助瓦山坪老百姓在网上卖松茸、牛膝、天麻、山核桃、老腊肉、贡椒、老鹰茶等等，实现了山区农民家门口就业和因地制宜创收增收，深受村民喜爱。由他陪同任紫云去采访爷爷艾祖国那是再合适不过了。

为什么要建彝家新寨？老寨子不是更有彝族特色吗？任紫云好奇地问。

我们彝族人居住的老房子，很多年久失修，人畜杂居，没有卫生间；省、市、区县各级都很重视彝家新寨建设工作，目的就是要努力改善彝区群众居住条件、提高生活质量、有效保护生态环境，就是彝族百姓自己所说的"三好"，即住上好房子，过上好日子，养成好习惯，从而实现"生产发展、生活富裕、乡风文明、村容整洁、管理民主"的总体目标。我们金河口区虽然起步晚，但是我们要后发赶超，跨越发展……前来开车接任紫云的区宣传部的宣传干事先云中职业病一犯就滔滔不绝地开始宣传彝家新寨建设。

艾云峰一开始并没有把任紫云这个大城市来的千金小姐当回事。既然是区上乡上安排让自己接待陪同她采访，又是采访自己的爷爷，推是推不掉的，只有好好配合她，希望她赶紧把采访工作搞完了事。

尽管任紫云觉得自己做好了十二分的心理准备，她还是被眼前的大瓦山震撼了。从金河口区政府所在地大渡河畔的平和乡出发，小车爬了半个多小时的山路，七绕八绕，穿云钻洞，在云海之上行进了那么久，结果所到之处才是瓦山坪乡政府所在地，这里离大瓦山脚还有数公里远。高高的旗杆下，一个戴眼镜的瘦高个青年早已经等候在那里了。

那就是龙池村的第一书记艾云峰。他虽是村上第一书记，也是乡小学的一名兼职老师，今天是专门调了课在乡上等你的，接下来的日子里你在山上采访就全部由他陪同你了。区宣传部的宣传干事先云中介绍说。

话音刚完，车已经开到了跟前，艾云峰跳上车来，简单寒暄几句，车子继续往前开去。任紫云不知道前面的路还有多远。

介绍完两个人，先云中突然发现两个人名字中都有一个云字，于是跟他们开个玩笑说，你们两个人名字里都有一个云字，这就是缘分啊！说不定你们会发生点什么与云和雨有关的故事来！

没想到，他的话说完后，并没有达到他预期的目的，艾云峰只呵呵笑了一下，而任紫云早已经被窗外的风景所吸引，同时又为在这悬崖峭壁上奔驰的汽车担心，不停地提醒师傅开慢点、开慢点，全然没有注意到先云中所说的话。

与任紫云想象中的完全不一样，一路上看到的房屋，跟成都周围农村房屋也没有多大的差别，那种木板吊脚楼式的老房子已经很少很少了。

先云中显然不想就此打住，因为宣传部刘部长有交代，务必要把成都来的任老师陪好，于是他换个方式，直奔主题。

美女！紫云老师，知道吗？我们现在汽车跑的这条路就是云峰的爷爷也就是你要采访的主人公修的。

他修的这条路？任紫云显然不信，任紫云只听说他修山上的石梯路啊，这条路可不是一人两人能修成的。

先云中终于找到了任紫云的兴奋点，于是讲述了艾祖国修路的故事。

原来上世纪八十年代末期，瓦山坪突然来了一批人，到处收寻古物。后来有人居然背着个机器，就像背着台打农药的喷雾器。不同的是喷雾器有喷嘴，那机器不但没喷嘴，前端还带个小圆圈；人家喷农药是把喷嘴举在空中，对着庄稼，而那些人手里拿着根铁杆将前端的小铁圈对着地上，仔仔细细地在龙池山庄周围搜寻，活像搜索地雷的鬼子。

对了，艾祖国明白了，那机器叫金属探测仪。那些人是冲着的莫家的宝藏来的。艾祖国知道，借助这金属探测仪，只要他们坚持找下去，过不了几天，老阿嘎留下来的那些老东西一定会被找到的。

于是艾祖国跟牛巴史丽商量，老大艾人民跑出去二十多年了，一直也没有消息，老二艾瓦山也当上了一名乡镇干部，一家三口日子过得还不错，自己老两口留着那些东西也没有用，干脆挖出来，捐出去把村与乡的路修好吧，说不定哪天老大艾人民一家人就开着汽车回来了呢！于是，艾祖国就挖开了龙池山庄大黄桷树下的三颗石头，修好了全区第一条乡到村可以通汽车的公路，剩的钱还为村上通了电。

啊！当时那可得好大一笔钱啊！任紫云大吃一惊，那他，现在还住在山上？

对呀，现在还住在山上，老爷子可厉害着呢，咱们区上的区委常委、副区长欧阳宗钦小时候不想上学，被他劝进了学校。后来老爷子还帮他辅导他才考上了大学，那时候大学是很难考的呢！老爷子上知宇宙起源，下知小偷偷钱。先云中越吹越神，他吹牛的水平比他写新闻的能力还要高。

天下还有这样不爱钱的人啊。任紫云知道，用来在这山上修路、通电的钱一定不是个小数字，那笔钱当时要是拿去在自己工作的成都也会置办不少房产。任紫云不禁对先云中口中的这位老人肃然起敬。看来自己这次真是没有白来。

还有更稀奇的事呢！先干事又说：你知不知道，你的采访对象原来是清廷皇族，爱新觉罗氏呢！

什么！居然有这样的事情？任紫云几乎尖叫了出来，她简直不敢相信自己的耳朵。

这有什么，整个金河口的人都知道，二十几年前，北京专门派人来调查，调查后没多久就有人来接他回北京呢！给他赔偿的钱他一分都没要，全捐给希望工程了。

那他怎么还在山上？不是在建彝家新寨吗？怎么他不下山？任紫云问。

彝家新寨建设目前还不能做到全员覆盖，当然这个不是主要原因，这个问题还是等你去采访他时再亲自问他吧。先云中给她抛出了个大大的疑问。

令任紫云肃然起敬的不只是爷爷艾祖国，还有眼前的这位第一书记。从先云中的口中，任紫云得知，艾云峰研究生毕业后放弃了大城市，回到家乡工作，成了金河口一名普通公务员。他为了完成父亲和爷爷的大瓦山地质科学考察梦想，两年来没日没夜地工作，主动要求下派锻炼，回到生养自己的大瓦山，一有时间就走家串户，深入大瓦山，搞调查搞走访。最近已经跟中央电视台《地理中国》栏目联系好了，中央电视台马上就要请专家来大瓦山调查做节目了……

看彩虹！任紫云忽然一声尖叫。顺着任紫云手指的方向，天空一道彩虹。太漂亮了！太漂亮了！

这不算什么，在我们大瓦山经常都能见到。艾云峰淡淡地说。正当任紫云啧啧称奇时，车上的其他人却好像无动于衷。

"吱"的一声，车停在了几间小石屋子跟前，这是任紫云一路上见过的最破的房子。

到了，这就是我家，你就住我家。艾云峰不容置疑地命令道。原来这第一书记住的房子这么破，这房子还是上个世纪的，准确讲是艾云峰父亲艾瓦山小时候居住长大的地方。艾瓦山虽然已经是金河口区政协联系农业、交通和扶贫移民的副主席，同时也是远近闻名，集绘画、书法和文学创作于一身的大艺术家了。他天天带着百姓致富奔小康、修路修桥盖房子建设彝家新寨，自己的老房子却没舍得修缮修缮。老爷子艾祖国请不下大瓦山，他自己一家也不常回来居住，看似的确不需要修缮那老房子了。然而，随着采访的深入，任紫云才知道是艾爷爷不让修葺那个房子，他的理由是害怕若把房子修变了，他的大儿子回来就找不到自己的家。原来艾云峰还有个大伯父，这个大伯父十几岁时离家出走了，至今没有回来。唉，这艾家的故事还真是不少啊。

任紫云一想起艾云峰当时酷酷的样子就想笑。后来，艾云峰带着自己，手脚并用，爬上了爷爷艾祖国用毕生精力修建的爱情天梯时，任紫云才真正被老爷子所折服。她想，要是自己一生能够像两位老人那样彻彻底底地爱一回就好了。所以任紫云心中已经有了一份底稿，她打算写一部电影，名字就叫《爱情天梯》。

来大瓦山好些天了，艾爷爷的爱情故事让自己一次次感动，与此同时，比起大城市里的拥堵和雾霾，她更爱这里的蓝天和白云。尤其是那个酷酷的艾云峰，时不时地让她一阵心动。他踏实能干，有事业心，有责任心，人又长得帅气，相比之前在成都时围在自己身边转的那些奶油小生们，艾云峰不知要强上多少倍。任紫云知道，那些围着自己转的人，不是贪图自己的美貌就是贪图父亲的财产，没有一个值得托付终身。

任紫云跟艾云峰一起，前前后后一忙就是半个来月，终于送走了中央电视台组织的科学考察组，也带走了艾祖国这几十年有关大瓦山人文地理及物候变化的十九个笔记本。

任紫云想好了，过几天要着手准备"中国第一飞人"衣瑞龙来飞越大瓦山的事，又要忙一阵子了，得抓紧时间，今天一定要让艾云峰陪自己去大渡河大峡谷看铁道兵博物馆。她已经打听清楚了，大峡谷里面在铁道兵博物馆附近有一根钢丝绳溜索，从溜索上一滑就从乐水市到了西冒市。因为以大渡河为界，两岸分属两个区县，两个区县分别属于不同的市州。这个溜索还有一个浪漫的名字，叫情人溜索。以前两岸来往，全靠这一根溜索，但是很多时候，因为女子体重轻，不知是惯性小或者胆子小，常常是滑到河中间就滑不动了，于是就找个男子抱着一起滑。久而久之，两个人就滑到了一块成了情人，于是这个溜索就被人们称为情人溜索了。现在两个县区在那溜索附近架了座桥，叫连心桥，过去过来都走桥上，坐溜索的人已经很少了。

# 四十八

任紫云拉着艾云峰，看完了铁道兵博物馆，迫不及待地要求滑情人溜索。艾云峰多少有些不好意思，却架不住任小姐的死缠烂打，想想自己好歹也在大城市上过几年学，这个任小姐真是个"任盈盈"。艾云峰告诉自己，都二十一世纪了，滑一次就滑一次吧，何必那么封建呢。

这么多天来，艾云峰还从来没有像今天这么近距离观察任紫云，虽说她有些任性，谁叫人家就姓任呢，而且还是个那么漂亮的富二代，典型的白富美。两人抱在一起被挂在钢索上，开始任紫云还只是轻轻地抱着艾云峰，可当他们两人双脚一离开地面向河心滑去，任紫云就"啊"的一声，闭着眼睛死死地抱住艾云峰。脚下是几十米高的滔滔大渡河，耳边是呼呼风声，她那纤细的手指几乎掐进了艾云峰的皮肉，痛得艾云峰想叫但又不好意思叫出来。任紫云平时那高傲的脸已经吓得青一阵白一阵，好半天才缓过劲来，但她内心非常激动。原来这大渡河溜索这么刺激，尤其是刚才抱着对方的身体，感受对方咚咚的心跳，原来情人溜索真是名不虚传啊！任紫云只恨这大渡河太窄溜索太短，心想要是这样一直溜下去就好了。

松手，快放开手！已经到了。艾云峰粗鲁地打断了任紫云的想象。她一睁眼，发现艾云峰已经站在地上像棵大树稳稳地扎根大地，自己像只缠在树上的藤，四肢还死死缠绕着艾云峰，于是赶紧松开了手脚。

下得溜索后，任紫云双脚一软一屁股坐到了地上，你凶什么凶？人家害怕嘛！任紫云嘴里咕哝几句，总算给自己挽回了点面子，其实那声音只有她自己听得到。在艾云峰面前，她面色如纸，双脚微颤，往日里的骄傲不知到哪去了，怎么都找不回来。

河对面数百米的悬崖上有一片平整的土地，七八户人住在崖壁，这景致除了天上只有画中才有。可此时任紫云的心思不在这里，她的心思还在那情人溜索上。

再往回溜时，两个人都要熟练和大方得多了。任紫云也不再闭着眼睛，她火辣辣的眼神直勾勾地看得艾云峰脸发红。当滑到河中心时，任紫云正要开口向艾云峰表白，突然听到艾云峰问自己：哎，你脖子上挂的是什么宝贝东东呀？他这一打岔，让任紫云到嘴边的话又憋了回去。

能让我看一下吗？艾云峰又问。

不行！任紫云心想，这艾云峰看似老实，天天装得正人君子一样，其实内心坏坏的，居然偷看人家酥胸。她心里想说，想看你就伸手摸吧！结果一张口就变成了：你好坏！脸一红把脸扭到了一边，自己都不好意思了。

你想到哪去了？我是说正经的，能让我看一下你脖子上的宝贝东西嘛。

不行，那可是我家传的宝贝，想看也得滑过去后再看嘛！任紫云还在撒娇。

奇怪，怎么好像跟我的一样？不过我的在家里放着，小时候经常戴，现在没有戴了。艾云峰说。

不可能！外面从来没看到有卖的，你怎么会有跟我一样的东西？任紫云有点急了。

你是哪淘来的？艾云峰赶紧问。

不是淘的，是我爸爸给我的，据说这吊绳还是用马尾做的呢！等下我看看你那个，是不是真的一样，天下不会有这么巧的事情吧。

四川省彝家新寨现场会暨大瓦山国家湿地公园命名大会在金河口区瓦山坪乡顺河村成功召开，来自省、市、县、乡各级代表三百余人齐聚大瓦山下，学习金河口区彝家新寨建设经验，共商全省"四大片区"扶贫攻坚大计。

现场会还请来了原乐水市市委书记牛季、市政协副主席彭火山等曾经在金河口工作和生活过的老领导、老同志。老领导们感触良多，对金河口区的彝家新寨建设工作给予了充分肯定和高度评价。

忙前忙后搞了好多天，终于把客人们全部打发走了，艾云峰才想起与任紫云鉴宝一事，赶紧回家找出自己的那个吊坠，找到任紫云。她没想到艾云峰果然有一块与自己一模一样的东西，就连那细绳也差不多，这是怎么一回事？

艾云峰想起来了，这东西是爷爷传给父亲，父亲再传给自己的。父亲在区上，干脆直接上山找爷爷，可能只有他才能解开这个谜团，于是拉着任紫云就往大瓦山上跑。

吹面不寒杨柳风，成都市猛追湾府河畔的垂柳已经吐出了新芽，几只小燕子正欢快地穿行其间。不知从哪里飞来一只白鹤，把翅膀一收停止了滑翔，平稳地降落在河水里。那水刚刚淹到了它高高的膝盖，它一步一步在水里行走得那样轻松自如，只把长长的尖尖的喙一下又一下地插进清澈的河水里，它的身后水面上便冒出一团团如花的浑浊。这只鹤看起来多像一个将小手伸进自己糖罐的小孩那么肆无忌惮。高耸入云的四川电视塔旁 339 写字楼九楼落地窗跟前，一个高大的身影看着河里自由的白鹤，他想，要是我小时候有只糖罐该多好啊！

他记得有一次，几个小朋友在一起玩，其中有个小朋友拿出一颗水果糖，众小孩齐刷刷围了上去，眼睛里全闪现出异样的光彩来，小喉咙情不自禁地吞咽着口水。

全部坐好！拿糖者一声令下，那手里拿的哪里是水果糖，那手里分明捧着颗玉玺。

众人唯命是从，整齐划一地坐在地上，伸长了脖子，紧紧地盯着那颗糖。执糖的当权者小心翼翼地剥开花花绿绿的塑料薄膜，拇指般大小、泛着闪闪亮光的棕红色糖粒便呈现在大家眼前。他用指尖轻轻拈起那颗糖，放进自己的小嘴巴里使劲嘬了几下，取出来让大家挨个轮流分享这天下美味。

你们一人只能舔一下，不准嘬啊！水果糖的拥有者骄傲地警告大家，只有我才能嘬！

那糖明明转到了他们两兄弟前，可那糖跳过了他们，径直奔向了后面人的嘴里。回答他们两兄弟的是同一个不屑的声音：你们两个是没爹没娘的杂种，还想吃我们的糖哦？他气得嘴唇发抖，按平时的脾气他又会与他们大干一场，定要出出这口恶气，可今天他突然想起了外婆老阿嘎之死，于是愤然拉着弟弟就走，心里想的是我一定要离开这个鬼地方，一辈子再也不回来了。小男孩还惦记着那颗糖，委屈得哭了出来。大男孩一巴掌打在他屁股上，哭哭哭，没志气，这也值得你哭？你忘记了阿爸阿妈的话了哦？坚强勇敢！跟我念！

坚强，勇敢——小男孩一边哭一边念。

正直善良！大男孩说。

正直善良！小男孩停止了哭泣跟着复述。

坚强勇敢、正直善良！大男孩念。

哥哥，阿爸叫我们念这句话是啥子意思嘛？

以后长大了你就知道了，跟着念就行了，快，坚强勇敢、正直善良！

坚强勇敢、正直善良！小男孩复述。

坚强勇敢、正直善良！两个孩子齐声高喊。回家路上，这个声音响彻了山谷。

没过几年，便陆续有胆子大的人外出打工。一天夜里，趁着阿卓奶奶熟睡之时，他偷偷地溜出了瓦山坪，终于挣脱了大瓦山的怀抱。他知道自己英雄的牛巴马日外公走出大瓦山时是十四岁，自己也是十四岁，他重新给自己起了个名字叫任民。从此，艾人民开始了新的人生。真是岁月蹉跎，转眼三十来年过去了啊！

任总，你约的贾总编来了。秘书打断了他的回忆。

贾贝西？好，好，快请他进来。他说完，随即调整了一下面部表情，微笑着走向了茶几。其实不用贾总编讲，他也知道女儿在大瓦山的表现一定不会差的。

三十多年啦，自己的女儿都成人了，阿爸，你们还好吗？任民的心早已飞回了大瓦山。

艾祖国虽然七十多岁了，可他头不晕眼不花。当任紫云第一次出现在他眼前时，他就觉得这丫头那眼神、那容貌和举止在哪里见过？可怎么也想不起来，客观地讲，自己是不可能见过她的呀！他跟老伴史丽嬷讲这种奇异的感觉，老太太自己也有这种感觉。正想着，突然看见艾云峰拉着气喘吁吁的任紫云来到艾祖国跟前。这孙子可有些天没看见了啊，没见到他就说明他很忙。现在社会好了，想做什么就能做什么了，年轻人忙一点好啊，不像自己年轻时候想忙还忙不成。艾祖国又想起了自己的青春，刚想到自己跟着王教授背着地质科考设备来到山上的情景时，突然被孙子艾云峰的喊声打断了。

爷爷，你看，这是什么？艾云峰将手里的红头文件晃了晃，大声喊道：我们大瓦山被评为国家级湿地公园喽！

国家级？大瓦山真的被评为国家级湿地公园了？老人问。

你看这红头文件，还能有假！昨天才开完彝家新寨现场会暨大瓦山国家湿地公园命名大会，你看，上面写着：中华人民共和国……

老太婆，老太婆，跑哪去了？大瓦山被评上国家湿地公园了！老人激动得不得了。

爷爷，你看紫云也有一个跟我一模一样的东西！艾云峰说着便打开那个黄得发白的军用帆布挎包，那是云峰回村来当第一书记时爷爷给他的。他当时有点想笑，后来老爸艾瓦山给他讲了这个挎包的故事后他再也笑不出来了，于是只要在村上走家串户他都背上这个挎包。还真是怪了，自从背上这个挎包后，和老百姓就相处得更好了，大家都说他比他爸还要接地气。

什么东西啊？你们年轻人的高科技东西我哪里搞得明白啊。艾祖国微笑着，见着孙子就高兴，人越上了年纪就越想天天看到晚辈。

艾爷爷，您好！任紫云赶紧拉个马扎坐到屁股底下，一边喘息一边跟老人家打招呼，这山也太难爬了啊！

见过这个东西没有？真的一模一样！艾云峰似曾听父亲说过，自己的这块东西是爷爷传给父亲的。他将两块项链轻轻放在了爷爷艾祖国的手中，屏住了呼吸，静静地等待老爷子宣判。

艾祖国一看到这两块玻璃，人就僵在了那里，那双捧着这两块玻璃的老手停在了半空中。少顷，他人才活了过来，突然全身抽搐老泪纵横，吓得任紫云不知如何是好。

老太婆！老太婆！艾祖国急切地大声喊道。

做啥子？啥子事？死老头子。牛巴史丽应声而出，急匆匆奔至老爷子跟前，完全忽视了这两个小朋友的存在，看见老头好端端地坐在那里，才回过头来跟两个年轻人打了声招呼，立即又把注意力集中到了老头子那里去了。

怎么了，怎么了？死老头子，你倒是快说话呀！啊？我不是做梦吧，这不是……牛巴史丽也僵在了那里，怎么也不敢相信这是真的。

我的儿嘞——这么多年你都跑哪去了哦！艾祖国老泪纵横，两个老人哭成了一团，直哭得任紫云的心一紧一紧的不知如何是好。艾云峰似乎明白了什么，原来任紫云是自己堂妹妹？

任紫云，任紫云，紫云，紫云，你是云峰，紫云峰，我们大瓦山最美丽的山峰紫云峰。看来这狗东西几十年并没有忘记我们瓦山坪大瓦山……

迷路的鸽子总会飞回来的，小鸽子已经回来了，大鸽子马上就会回来了，这下你总可以放心地搬进彝家新寨了吧？牛巴史丽的老脸上泛起了七彩的祥云。

好吧，下山，记得收拾好我的宝贝啊，其他什么都可以不要。艾祖国说。

好，好，好，就是你那四件套嘛，《红楼梦》、杀猪刀、旱烟袋和猎枪，这是你这辈子攒下的最大财富。牛巴史丽答道。

最大的财富是他们这代年轻人，有人才会有一切，哈哈哈。

夕阳下一抹残云勾勒出两个老人紧紧相依的背影，彩霞满天，身后的大瓦山是如此美丽，怎么看都像是一艘游弋于茫茫云海里的诺亚方舟。艾祖国死死地攥着牛巴史丽的手微笑着闭上了眼睛，山风吹拂着老人历经沧桑的脸庞。每一道皱纹，都是人生宝贵的财富，且让他们尽情地享受着上天赐给自己的大瓦山美景吧……

送走了贾总编，秘书看到任总的心情更好了，于是说：任总，您看那个万亩红豆杉项目和林下天麻种植项目还是按计划实施？

当然的啦，按计划实施，不只是原来的两个项目，另外再通知香港总部，再追加一个亿投资，我打算将紫杉醇提纯项目一起上马。

紫杉醇提取项目也建到金河口？秘书问。

对啦，有什么问题吗？

地产项目还继续考察吗？秘书又问。

现在地产还搞什么搞。还有问题吗？

懂了，任总高明。没有问题了，我这就去落实您的指示。只是，我们现在这个临时办公场所？秘书问。

再往前推，明天就将我们这个前线指挥部前移到乐水市！你要尽快安排我去大瓦山——实地考察！